出种

袁锐 著

重庆出版集团 重庆出版社

图书在版编目（CIP）数据

火种 / 袁锐著. — 重庆：重庆出版社，2023.3
ISBN 978-7-229-17522-1

Ⅰ.①火… Ⅱ.①袁… Ⅲ.①长篇小说—中国—当代
Ⅳ.① I247.5

中国国家版本馆 CIP 数据核字（2023）第 029500 号

火种
HUOZHONG
袁 锐 著

策　　划：李　子
责任编辑：李　子
责任校对：朱彦谚
封面设计：冰糖珠子

重庆出版集团 出版
重庆出版社

重庆市南岸区南滨路 162 号 1 幢　邮政编码：400061　http://www.cqph.com
重庆升光电力印务有限公司印刷
重庆出版集团图书发行有限公司发行
E-MAIL:fxchu@cqph.com　邮购电话：023-61520646
全国新华书店经销

开本：890mm×1 240mm　1/32　印张：11.5　字数：380 千
2023 年 3 月第 1 版　2023 年 3 月第 1 次印刷
ISBN 978-7-229-17522-1
定价：55.00 元

如有印装质量问题，请向本集团图书发行有限公司调换：023-61520678

版权所有　侵权必究

序

1939年，伟大的人民教育家陶行知在重庆合川古圣寺创办了别具特色、享誉中外的育才学校(现重庆市育才中学，简称重庆育才)。学校以"使得有特殊才能者的幼苗不致枯萎"为目的招收抗战中流离失所的难童，开设音乐、绘画、戏剧、文学、社会科学、自然科学等课程。为此先生四处奔走，日啖十粒蚕豆。

重庆育才培养"人才幼苗"。这种人才幼苗教育既不同于普通的基础教育，也不同于专门的人才教育，更不是培养"尖子、天才和小专家"的教育，而是选拔具有特殊才能的儿童，对其进行基础教育和特殊教育，使儿童获得一般知识能力、优良的生活习惯与态度的同时，其特殊才能得以健康发展，为其"将来成为专才"奠定基础。

在重庆育才创建之初的教师队伍组建中，陶行知就非常注意延揽艺术、科技人才加盟。众多有志于救亡图存、全民抗战的文化人士纷至沓来，诸如贺绿汀、郭沫若、戴爱莲、博古、艾青等等。陶行知教育学生"吃自己的饭，滴自己的汗，自己的事自己干"，他的教育思想出发点就是为了人民的解放，为了人民生活的幸福。在他的指引下，一代又一代具有深厚爱国情感和远大人生志向的教师全心全意地为民族的解放、新中国的建立培养人才。

陶行知倡导教育救国、为国育才，他用"为理想而奋斗，一心扑在事业上"的敬业精神，"爱满天下"的大爱精神，"捧着一颗心来，不带半根草去"的奉献精神，"生生不息，勇于开拓"的创造精神，"千教万教教人求真，千学万学学做真人"的求真精神，为国家先后培养出了众多杰出人才。国务院原总理李鹏、著名音乐指挥家陈贻鑫、著名作曲家杜鸣心、著名版画家伍必端、科学家李发伸、中国工程院院士尹泽勇、雕塑家盛扬、文学家高翳、医学家左焕琮等就是众多杰出育才人的代表。一代代育才英杰奔赴各行各业，见证时代潮汐的波澜壮阔，谱写中国发展的绚丽华章。

重庆育才是一所红色学校，有着红色的基因。学校在建校之初就设有两个平行的地下党支部，在中共中央南方局的支持下，许多党内外专家先后来到育才任教。育才的师生们积极参与《挺进报》《反攻》等刊物的秘密出版、传递。在争取重庆解放的华蓥山武装斗争中，有多位育才师生为革命献出了宝贵的生命。据统计，从育才学校先后奔赴延安和其他游击区、解放区的师生有百余人之多。重庆育才在"大后方"树立起了一面抗战建国教育的光辉旗帜，为抗战的最终胜利作出了超凡的贡献。

重庆育才一直继承、践行和发展陶行知老校长的生活教育理论，从抗战时期的"小延安"到今天的"师陶圣地，育才摇篮"。"行是知之始、知是行之成""在劳力上劳心""手脑双长""千教万教教人求真，千学万学学做真人""处处是创造之地，天天是创造之时，人人是创造之人"让育才人们记忆犹新。"红色基因、行一知一行、创造创新"，奠定了重庆育才中学深厚的文化底蕴。1963年学校被评为重庆市教育战线上唯一的"百面红旗"单位，1978年学校被确定为第一所省属重点中学。现已发展成为教职工逾千、学生上万的教育集团。

百年大计，教育为本，功在当代，利在千秋。习总书记说过"教育是为人民服务、为中国特色社会主义服务、为改革开放和社会主义现代化建设服务的，党和人民需要培养的是社会主义事业建设者和接班人"。重庆育才中学始终坚定贯彻总书记关于教育的重要论述和党的教育方针，秉承"行知育才，教育为公"的办学理念，践行"基于生活而教，为了生活而教，用生活来教"的教育模式，努力培养学生的"学习力、生活力和创造力"，坚定初心使命，为党育人、为国育才。

2022年是陶行知老校长创办育才学校83周年，袁锐创作这本小说，以文字的形式为读者展现育才师生在抗战烽火岁月中顽强学习、追求真理、积极进步、勇于创新的意志品质。追溯岁月遗迹，再现鲜活形象，以此为敬，缅怀为教育事业作出卓越贡献的先辈们。

重庆育才中学党委书记　张和松
2021年9月14日

目录

序 /1

第一章
柳暗花明又一村 /1

第二章
疯子涂敬塘 /18

第三章
噩耗 /38

第四章
唐明俊的蜕变 /50

第五章
唐明俊的爆发 /58

第六章
伤离别 /67

第七章
真假"火种" /86

第八章
归来与重逢 /98

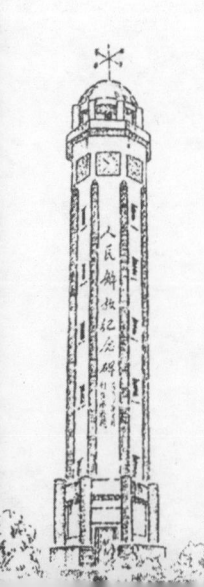

第九章
你到底是涂敬塘还是唐宪富？ /119

第十章
祸福相依 /152

第十一章
青出于蓝而胜于蓝 /177

第十二章
父亲的线索 /192

第十三章
狙杀西田武 /213

第十四章
传承火种 /244

第十五章
一波未平一波又起 /268

第十六章
我就是死了也要保护学校 /291

第十七章
疑窦重重 /315

第十八章
大仇得报 /340

第一章　柳暗花明又一村

浓稠的雾霭，仿佛一张无形的屏幕，笼罩着嘉陵江。两岸峰峦峙立，有如凶神恶煞的猛兽，张牙舞爪择人而噬。

一艘木船溯江而上，在湍急的水流下显得举步维艰。

"轰！"突兀地，一道悠扬而雄浑的钟声在江面上响起。

"白沙沱到了，有下船的赶紧咯！"艄公铜锣般的嗓音在船头响起，木船上也响起了一阵窸窸窣窣的声音，船上的游客纷纷整理自己的行李，准备下船。

"明俊，醒醒，我们准备下船了。"一个胡子拉碴的中年人怜爱地低头看着依靠在自己身上熟睡的半大孩子，轻轻地推搡了一下，柔声道。

中年人似乎没有休息好，不仅仅双眼中泛着红丝，脸上也写满了疲惫。

少年迷迷糊糊地睁开眼睛，当他发现自己竟然靠在中年人的身上睡着时，他瞬间坐直身子，而且还往外挪动了一下屁股，刻意跟中年人拉开一段距离，眼中闪过一抹犹豫。

感受到儿子的疏远，中年人嘴巴嗫嚅了一下，想要说话，却不知道说什么好，最后化为一声无奈的叹息。

"老乡，你这是送孩子去育才学校读书吧？"中年人默默地看着自己孩子时，耳边突然间响起一道热情的招呼声。

中年人回头看了一眼，发现一个面色黝黑的老头正咧嘴朝自己笑着，对方身着粗麻布衣裳，头上裹着白巾，脚底下放着一堆日用品，应该是新置办的。

"是啊，还不知道育才学校会不会收留孩子呢。"唐宪富点了点头，轻声应道。

"肯定会的，育才学校在古圣寺收养了三百多名难童，还在我们村办了农民识字班，免费教村民识字，我现在都认识几十个字了呢！"老头立即双眼放光，声音也变得高亢起来。

"我们听说育才学校有位廖副校长，是个有大情怀的人。我们也是听说了他们很多事迹，这才慕名而来的。"唐宪富附和道，脸上也涌现出淡淡的笑容。

"育才学校再好也没用，反正我没法通过他们的入学考核！"唐宪富正在想象孩子入读育才学校后的情景，一道瓮声瓮气的声音突然间传入他的耳朵，是一路上始终沉默寡言的儿子出声了。

听到儿子的话，唐宪富脸上笑容一滞，紧接着仿佛想到了什么，脸色大变，他一双眼睛紧紧地盯着儿子，厉声喝问道："小兔崽子，之前我们去了那么多中学，你都没有通过入学考核，你是不是故意考砸的？"

唐宪富隐隐记得妻子跟自己提过，儿子小学的成绩非常好，尤其是算术经常拿满分，深受老师赞赏，没有道理辍学两年后，连中学的入学考核都没有办法通过。联想起儿子最近什么都跟自己反着干的行为，他终于明白了是怎么回事。

唐明俊的话音刚落，他便意识到自己说错话了。看到唐宪富举手要打自己，他倔强地挺起胸膛，眼睛直愣愣地瞪着父亲，没有丝毫躲闪的迹象。

"你个瓜娃子，我送你去读书是为你好，你咋这么不懂事呢？"眼看一个爆栗就要落到唐明俊头上，关键时刻，唐宪富停止了打人的动作，压低了声音呵斥道。

唐明俊闻言撇了撇嘴，然后将头扭到了一边。他的脑海中却不由自主地浮现日寇在江津县大轰炸时，自己和母亲一次次绝望地奔跑，最后母亲为了保护自己,身体被活生生地炸成碎片的一幕。

那一刻,唐明俊特别渴望父亲在自己身边,可是在他的记忆中,父亲常年奔波在外,回家的日子屈指可数,这让他脑海中几乎没有父亲的印象,更别说感受到父爱。

从母亲死亡的那一刻起,唐明俊便变得沉默寡言,哪怕父亲已经耐心陪伴了他大半年,为他做了很多事情,可他还是没有办法跟父亲正常相处。

"明俊,父亲是一个没有本事的人,也就这双腿还算利索,所以这一辈子都在替人跑腿赚钱。我希望你能多读书识字,做一个有学问有出息的人。"唐宪富叹了口气,近乎哀求道。

唐宪富是江津县人,因为出身贫苦,唐宪富做过信客、担货郎,也做过小商贩,虽然长期没法跟家人团聚,赚的钱也勉强能够养家糊口。

只是一场突如其来的地毯式大轰炸,不仅将他辛苦了大半辈子建起来的房屋化为乌有,还夺去了他父母和妻子的性命。害怕幸存的儿子在县城睹物思人,他便带着孩子背井离乡到了城里寻找生计。

唐宪富吃了一辈子苦,不愿意儿子跟自己一样吃苦,这才想方设法帮儿子寻找合适的学校。未承想那些学校要么就是嫌弃唐明俊年龄太大,要么就是在入学考核这一关将唐明俊给拒之门外,大半年下来,唐宪富人都瘦了一圈。

看着仅仅十六岁却比自己还高的儿子以及儿子从小因爬坡上坎而练就的强健身板儿和倔强脾气,唐宪富一阵失神。

"明俊,我知道自己这些年来对你陪伴和照顾不够,我也没有资格命令你做什么,但是我希望你看在你妈的面子上,好好地读书学习,让她能够在九泉之下瞑目。"看到儿子对自己的话充耳不闻,唐宪富有点沮丧。

"不准你提我妈!"听到唐宪富提及自己母亲,唐明俊仿佛被踩了尾巴一样,激动地大喊道。

看到船上其他人的目光全部看向自己父子俩和父亲面红耳赤、手足

3

无措的样子,唐明俊也是满脸通红,不再说话,而是抬起脚步就往船头甲板方向走去。

"明俊,我知道你妈走了之后,你难受,其实我比你更难受。以前我光顾着赚钱了,没能好好陪伴你和你妈;你妈也责怪和埋怨我不止一次两次,而我总是跟她说,等孩子大了,钱赚得差不多了,我就好好陪她,没想到……"

唐宪富说到激动处,一阵哽咽,再也说不出话来。

唐明俊还是第一次看到父亲在自己面前如此失态,他不由得疑惑地看了一眼父亲。想起这大半年来父亲带着自己东奔西走到处寻找学校,一次次碰壁,一次次失望的情景,唐明俊一时有点心软,故意放慢了脚步,跟父亲并排前行。

白沙沱码头下船后,两个人徒步走到草街子,又翻山越岭,来到了松林茂密的凤凰山,看到雄踞在山腰的巍峨建筑古圣寺,父子俩不约而同地对视了一眼,身上的疲惫也减轻了几分。

就在父子俩踯躅着想跨入寺庙大门时,几道人影从山下而来,匆匆掠过他们身边,直接进入了寺庙,走在最前面的年轻女子回头瞟了一眼唐宪富和唐明俊父子,嘴中发出一声轻咦,脚步也是一滞。

不过他们一行人似乎有什么要紧事情,年轻女子好看的眉毛轻蹙了一下,随即大步跨入寺庙大门,她身后的几个人也迅速跟上。

父子俩探头看了一眼,发现寺庙门口一个人也没有,寺庙里面更是一片静谧,只是远远地传来若有若无的读书声。

"请问你们找谁?"父子俩正在纠结是站在门口等待,还是进寺庙一探究竟时,一道浑厚的声音在他们耳边响起。

"这位老师您好,我们是江津县人。"唐宪富打量了来人一眼,随即朝对方微微鞠躬,语气急促地说道,"我是带孩子前来求学的,还请多多关照。"

唐宪富一边说话,一边从身上掏出一袋卷烟递给对方,一边紧张地观察着寸头青年的一举一动,脸上满是讨好的笑容。

寸头青年并没有伸手去接唐宪富手中的卷烟，而是盯着唐宪富父子看了一阵，确认他们俩不是来学校捣乱的匪徒后，下意识地松了口气。

"实在抱歉，最近学校经费已经面临山穷水尽之境，恐怕无力再招收新的学员了……"打量了一眼父子俩的穿着，寸头青年脸上露出了为难的神色。

"我也知道现在时局艰难，我已经领着孩子跑了很多学校。要是育才学校也拒绝孩子的话，孩子就再也没有机会上学了，还请先生通融一下。"不待对方将话说完，唐宪富又从兜里掏出一盒火柴塞向寸头青年，眼中满是恳求之意。

寸头青年并没有伸手去接唐宪富递过来的物事，而是脆声道："我只是先生身边一跑腿的，能否收留孩子不是我说了算，这样吧，我去通知教导处方主任一声，要是方主任点头，就让孩子参加入学考核吧。"

"谢谢先生，不知道先生贵姓？"见寸头青年松口，唐宪富半年来绷紧的神经终于松懈，朝对方感激不尽地点头。

"我姓王，叫王德安，你们跟我来吧。"寸头男子咧嘴一笑，然后领着父子俩快步走进大殿。

可能因为有王德安领路，姓方的教导主任仅仅瞄了唐明俊一眼，并没有多问，便给唐明俊安排了入学考核。

清楚地将教导主任的反应看在眼中，唐宪富明白自己父子俩今天撞了大运，他感激地朝王德安笑了笑，低声询问道："请问王先生，学校的入学考核难不难啊？"

"学校的考核，不只是识文断字，还包括了烧饭菜、洗补衣服、唱歌、急救、游泳、查字典等基本生活常识，会其中三项生活常识便可以通过考核，对于出身于贫困家庭的孩子来说，应该很简单。"王德安接过唐宪富递过来的卷烟，叼在嘴中道。

"那就好，那就好，今天实在太感激王先生了。"得知考核内容，唐宪富不由得喜上眉梢，不过想起儿子以前每次入学考核失败的事情，唐宪富又高兴不起来了。

两个人聊天的工夫，让人看不见前路的浓雾悄无声息地消散无踪，一缕晨曦破晓而出，鸡鸣犬吠，鸟雀啾啾，田园风光无限。

"还是这里好啊，不像城里那样，时刻都要揪心跑警报躲轰炸。"唐宪富看了一眼在坝子中玩"藏猫猫"游戏的学生们，脸上露出了慈祥的神色，下意识地感慨道。

"是啊，小日本太可恨了，都在重庆狂轰滥炸三年了，也不知道什么时候是个头……"

"王先生，听说贺绿汀、章泯、艾青等著名大家都在我们学校任教，不知道是真是假？"

"这还能假？！我跟你说，我们学校全靠募捐支撑，所以学校的老师都是国内各领域的第一流学者，也只有这样，学校的威望才能相应提高，募捐的路子才会日益扩大，学校才能长期办下去……"

王德安也是穷苦人家出身，做过跑街小贩，得知唐宪富有做过货郎和摆摊小贩的经历，他备感亲切，两个人很快便聊得火热。

听王德安讲述着学校中任教的诸多国内著名大家以及学校内发生的趣事，唐宪富一阵神往，只是他的心中始终放心不下儿子的入学考核。

在唐宪富焦灼的期盼中，唐明俊终于再次回到了大殿，瞄了父亲一眼，便面无表情地说道："我觉得自己考得不够理想。"

唐明俊一句话有如一声闷雷，轰得唐宪富头晕目眩。他嘴巴嗫嚅了一阵，半天说不出话来。

王德安显然也没有料到会是这个结果，他张了张嘴，想要安慰唐宪富，却不知道如何开口。

就在唐宪富失魂落魄地准备领着儿子离去时，一个短发女子匆匆地从大殿深处走了出来，她先是探头往寺庙外面打量了一遍，确认没有可疑人物在寺庙附近后，这才转身看向唐宪富，神色郑重道："唐先生，方便进屋一坐么？"

唐宪富隐隐记得眼前这个女子不久前在寺庙门口跟自己擦身而过，却不知道对方为何会突兀地找上自己，他不由得将询问的目光看向王德安。

"唐大哥，意姐是我们学校的……领导，她找你肯定有好事，你赶紧答应啊！"王德安看到意姐目光灼灼地盯着唐宪富，他愣了一下，随即喜出望外地跟唐宪富说道，只是在介绍意姐的身份时，他临时将党支部书记几个字吞咽进了肚中，直接用了领导两个字。

"唐先生，我代表学校正式通知您，您的孩子已经通过了入学考核，我们马上就让人给他安排入学手续，不过我这边有一件事情想跟唐先生商量，不知道唐先生是否方便移步？"听到王德安的话，廖意林满脸微笑地点了点头，再次邀请道。

"什么，我通过入学考核了？"唐明俊指了指自己，脸上满是不可置信的神色。

"啊，明俊通过入学考核了？"骤然间听闻这个喜讯，唐宪富先是一愣，随即激动地说道，"谢谢意领导，有什么事情您尽管吩咐，我听您的。"

听到"意领导"这个别有创意的称呼，廖意林忍不住扑哧一笑，她狠狠地瞪了王德安一眼，这才跟唐宪富说道："唐先生，我姓廖，名意林，学校的老师和学生们都习惯了称呼我为意姐，让您见笑了，还请这边走。"

在廖意林的安排下，很快便有人前来领着唐明俊前去办理入学手续。

困扰了唐宪富大半年的事情就这样得到了解决，唐宪富心中疑窦丛生，偏偏有外人在场，他也没有办法询问儿子，只能将满腹疑窦藏在心底。

简单叮嘱了唐明俊几句后，唐宪富便随着廖意林踩着一段青石板路，进入了寺庙侧院的一间木板屋中。

招呼唐宪富坐下，又热情地帮忙唐宪富倒了一杯开水后，廖意林这才在方木桌的另一侧坐下。

唐宪富偷偷地打量着眼前这个知性且大方得体的漂亮女子，心中有点惴惴不安,不过他的脸上始终堆着局促的笑容。

"唐先生,听说您是江津县的,父母和妻子都死于日寇大轰炸,迫不得已才背井离乡到城里讨生活?"廖意林朝唐宪富笑了笑,挑起话题道。

唐宪富不知道廖意林为何有此一问,他疑惑地点了点头。

"不知道唐先生为什么要将令郎送到我们育才学校来读书?不会仅仅是因为我们育才学校免费吧?"廖意林见唐宪富不出声,她换了一个话题道。

提到孩子读书的事情,唐宪富的话匣子一下子便打开了,"领导,您可千万不要误会啊,我们来育才学校,固然有部分原因是育才学校免费,更重要的是因为这里聚集了国内各个领域的名家,我觉得孩子只有在这里才会变得更加优秀。"

唐宪富说话时,廖意林也不打断,只是观察着唐宪富的言行举止,偶尔点头或者轻"嗯",表示她在认真倾听,与此同时,她的心中也是于电光石火间闪过无数念头。

"领导,抱歉啊,好久没有这么轻松地跟人聊过天了,一时间有点碎嘴,耽误您时间了,不知道您找我有什么事情?"唐宪富说了大半天后,才发现进屋之后,除了廖意林刚开始说了两句话,后面基本上是自己在说,对方在听,于是他迅速结束了话题。

"唐先生,不知道你是否听说过,外界一直盛传我们育才学校是共产党学校,草街子联保主任和合川县保安队长经常到学校威胁我们的学生,让他们不许在育才读书,不然随时会发生意外。这种情况下,你还敢继续让孩子在我们学校读书么?"廖意林眼中闪过一道精光,紧紧地盯着唐宪富的双眼道。

听到廖意林的话,唐宪富不由得愣了一下,好半响后才叹息道:"我就是一小老百姓,不知道什么叫布尔什维克,只知道育才学校愿意帮助穷困人家,很多名家都愿意来育才学校,所以学校肯定差不了。"

"至于危险,大厦将倾,覆巢之下,岂有完卵,日寇的轰炸一天不停,我们的脑袋便随时都挂在裤腰上。在江津县,我睡觉都不敢合眼;在主城,我要随时竖起耳朵听防空警报,古圣寺再危险,相对于日寇的轰炸来说不值一提。"

唐宪富的话让廖意林的眼睛一亮,她愈发肯定了心中的计划,权衡片刻后,她字斟句酌地问道:"不知道唐先生是否有孪生兄弟?"

看到唐宪富摇头,廖意林继续问道:"那唐先生有听说过军统魔头戴笠以及他手下的八大金刚么?"

"这个我听说过,戴笠是杀人不眨眼的大魔头,听说他不仅杀日本人和汉奸,凡是跟蒋政府声音不同的人他都杀,连共产党员和普通老百姓也杀,他手下的八大金刚同样双手沾满了鲜血。"说这句话时,唐宪富脸色煞白,说话也没之前利索了。

"唐先生应该是只听过军统的罪行,没见过戴笠及他手下八大金刚长的什么样子吧?"廖意林笑了笑,然后从身上掏出一张照片递给唐宪富道,"我这里有一张照片,还请唐先生过目。"

唐宪富恭敬地站起身子,伸出双手接过了廖意林递过来的照片。

当唐宪富的目光落在照片上时,他惊呼道:"领导,你手中怎么会有我的照片?不对,照片里的人应该不是我,可是这张脸明明是我啊。领导,这张照片是怎么回事?"

"唐先生,照片上的人并不是你,而是人称五阎王的军统五哥徐敬塘。军统的人除了戴笠之外,便数他最为神秘,也数他杀人最多。"廖意林眼睛一眨不眨地盯着唐宪富,一字一顿地说道。

感觉到廖意林身上散发出来的咄咄逼人的气势,唐宪富往后缩了缩身子,连忙摆手否认道:"廖……廖领导,您弄错了,我不是徐敬塘,我真的不是徐敬塘,我从来没有杀过人。"

"唐先生,我知道您不是徐敬塘,因为徐敬塘已经死了,我们的人亲眼目睹他被人暗杀的,他的尸体现在还在我们的联络站摆放着呢。我请唐先生来这里,是想跟唐先生商量一件事,您能否冒充徐敬塘继续潜伏在军统,暗中帮我们做事?抱歉,刚才忘了跟唐先生介绍我的身份,我是育才学校的党支部书记,来自延安。"

……

廖意林的话,有如一块巨石砸进了池塘,在唐宪富的心中掀起了轩然大波,他只觉得自己双耳嗡嗡作响,整个人完全失去了语言能力。

唐宪富陷入了沉默,心中天人交战:一方面,是廖意林在他面前自爆身份,这份坦诚和信任让他特别感动;另一方面,却是他在犹豫是否应该将自己的特殊经历说出来。

廖意林只是恬然地看着唐宪富,也不催促。

"廖……廖书记,虽然我跟徐敬塘长得很像,可是我对他一无所知,我怕我冒充不来。"足足过了半炷香的工夫,唐宪富才沉声回答道,此时他的额头上已经布满了细密的汗珠。

"唐先生是不敢冒充,还是不愿冒充?"廖意林脸上露出了似笑非笑的神色。

"我……我……廖书记,军统是一个大魔窟,我进去之后只有死路一条。明俊现在就剩我这么一个亲人了,我要是死了,谁来照顾明俊啊?"在廖意林的逼视下,唐宪富眼神躲闪道,"廖书记,要是我不答应您的要求,您不会不让明俊入学吧?"

"当然不会,事情一码归一码,唐明俊虽然常识一科考得不是很理想,但还是勉强达标了,我既然代表学校通知你们通过了入学考核,自然不会出尔反尔。"说到这里,廖意林不由得叹了口气,"只是没有唐先生的配合,我们在重庆的地下工作开展起来要困难很多……"

"廖书记,我不是不愿意冒充徐敬塘,而是真的不敢冒充啊。军统都是杀人不眨眼的大魔头,我连鸡鸭鱼都不敢杀,更别说杀人了,而且我对军统的人和事完全不熟,进去以后便两眼一抹黑,很容易露馅的。"唐宪富哭丧着一张脸道。

"没事,我理解唐先生的想法,我不会勉强您的。"廖意林笑了笑,站起身子便要送客。

见廖意林不再坚持让自己冒充徐敬塘,唐宪富下意识地松了口气,在廖意林的陪同下走到了门口。只是想起家人惨死在日寇大轰炸之下的事情以及儿子对自己的疏远和冷漠,他突然间又顿住了脚步。

"廖书记,要是我愿意冒充徐敬塘的话,我能放心将明俊交到您手中么?"唐宪富转过头问道。

见唐宪富好像改变了主意,神色黯然的廖意林先是一怔,随即脸上的笑容一点点荡漾开,她不可置信地问道:"唐先生这是同意我的建议了?"

唐宪富点头道:"虽然我怕死,可是我很清楚一个道理,要是国家都没了,我也没有办法独活。左右都是死,与其窝囊地被流弹或者日寇的大轰炸弄死,还不如冒充徐敬塘,至少在身份暴露之前,我还可以杀几个日本人和汉奸垫底。作为生意人,赔本的生意不能做!"

"唐先生,你可要想好了,一旦冒充徐敬塘,你根本就没有犯错的机会,只要犯错便要面临死亡的下场;而且你会危机重重,不仅仅军统内部有人要杀你,中统的人想除掉你,便是汪伪政权和游击队的人也恨不得你死之而后快!"廖意林面色郑重地说道。

听到廖意林的话,唐宪富不由得瞠目结舌,沉默了半晌后,他讪讪道:"廖书记,我现在后悔还来得及么?"

认真地打量了一眼唐宪富,确认他是在跟自己开玩笑后,廖意林才吐气道:"唐先生,为了让你更好地完成潜伏任务,保护你的安全,估计你现在这个身份以后不能用了。"

"什么意思?"

"集中在徐敬塘身上的目光实在太多了,要是你继续用唐宪富这个身份,会给你和明俊带来灭顶之灾。所以最好的办法是你现在的身份死于一场意外,从此销声匿迹。"

"这样不好吧,明俊才失去妈……"

"唐先生,育才学校的学生,大部分都是失去父母的孤儿,最小的才八岁,最大的也只有十七岁。明俊已经十六岁,不小了,他可能会陷入短暂的悲恸之中,但是很快便会调解过来的,我们的老师也会将他当成自己的孩子带。"

"我……"唐宪富嘴巴嚅动了一下，最终还是没将心中的话说出来，"意姐，还有什么需要注意的地方么？"

"这些年来，我们对徐敬塘做了详尽的调查，但是不一定完整。徐敬塘擅长双手使枪，格斗能力极强，喜欢抽雪茄，最喜欢去的地方是夜迷离舞厅和醉春楼……

"……所以，你有一天的时间跟我学习摩斯电码和交谊舞，至于枪法和格斗技巧，只有等以后有时间了，你自己慢慢琢磨。"

听到廖意林嘴中蹦出的有关徐敬塘的一个又一个特征以及一系列的专业术语，唐宪富眼中闪过一股莫名的神色，一些不愉快的记忆涌上心头，让他不由自主地皱眉。

廖意林只当唐宪富听得吃力，她连忙放慢了语速，而且时不时观察唐宪富脸上的神色变化。

意识到自己失态，唐宪富迅速地调整了情绪，认真倾听廖意林叙说。

接下来的时间，唐宪富一点点地"死记硬背"着徐敬塘的资料。

当廖意林反复确认唐宪富完全记住了徐敬塘的资料之后，才开始教他摩斯电码。

"唐先生真是天赋异禀！"半天时间后，廖意林对唐宪富的记忆力赞叹不已。

有关徐敬塘的资料，唐宪富仅仅听廖意林介绍一遍，就记住了七八成；廖意林重复一遍后，唐宪富竟然记住了全部内容。至于摩斯电码，唐宪富更是触类旁通，一学即会。

"让领导见笑了，这些年跑南闯北，别的本事没有，光锻炼出察言观色和死记硬背的能力了。"见廖意林并没有察觉到异常，唐宪富下意识地松了口气。

有关徐敬塘的资料以及摩斯电码技巧，唐宪富早就烂熟于心，几乎成为了一种生存本能，所以即便他装得再笨拙，也是让廖意林眼前一亮。

接下来的时间,唐宪富表现得更加"谨慎"了。

廖意林在教唐宪富跳舞时,唐宪富身体僵直,不仅双手完全不敢碰触廖意林的身体,双腿也仿佛灌了铅似的挪不动,时不时踩廖意林一脚。

"唐先生,不用紧张,放轻松点,你就当我不存在,将注意力集中在音乐节奏上。"

"唐先生,注意你双手的位置,还有面部表情,要始终面带微笑。"

"……"

三个小时过去,廖意林累得满头大汗,嗓子也哑了,唐宪富才"勉强掌握"交谊舞的要点,他看向廖意林的目光带着几分赧然和歉意。

"廖书记,我很笨的,徐敬塘是夜场老手,我要是冒充他,是不是很容易露馅?"擦拭了一下额头的汗水,唐宪富忐忑地问道。

"其实唐先生很聪明,只是唐先生从来没有跟异性跳过舞,再加上我们现在所处的场景,唐先生有点放不开。真的进了舞厅,在特定氛围的影响下,唐先生应该会表现得很好。"廖意林蹙眉沉思了片刻,脆声说道。

听完廖意林的分析,唐宪富精神一振,心中担忧尽去。

办理完入学手续后,唐明俊并没有立即被安排班级,而是在学校的安排下,进行了一系列的测验。

育才的教学跟其他中学不同,它不仅仅有普通课,还有其他学校所没有的特修课。普通课即公共课程,全体学生均需学习,从小学到中学的课程按照教育部门颁发的标准教学,只是在具体科目与课时上有所增减。

刚开始时,普通课占比大于特修课,但是学校每年依据学生情况,特修课占比会逐渐加大,并且课程设置虽有等级,在个人学习上并不完全遵照等级。例如一个学生的算术好,英语差,那么他的算术可能上三年级,英语上二年级,因此,育才学校的教科书均在原有基础上进行了增添与浓缩,甚至完全新编。

因为唐明俊的算术水平已然达到了初二的水平，可以直接跟随初二的同学一起上，英语对唐明俊却是一个老大难，他只能跟初一的同学一起上。

"唐先生，学校分班后，对您的孩子进行了特殊才能的测试选拔。根据明俊的动手能力，在征求他的个人意见后，将他选拔到了社会科学组特修，社会科学组有很多优秀的学生，我就是他的主任……"将唐明俊送到唐宪富身边时，廖意林强调道。

"明俊，在育才待了一天，你感觉学校如何？"听到社会科学组几个字，唐宪富眼中闪过一抹异色。他知道，育才学校的党支部成员基本上都集中在社会科学组，当然，社会科学组的学生也是育才学校最优秀的。

"还行。"唐明俊本来不想搭理父亲，不过看了看旁边的班主任老师和社会科学组主任，他瓮声瓮气地回答道。

"你喜欢就好，你要跟老师和同学好好相处，多学知识，以后做一个有本事的人。"唐宪富溺爱地看了一眼儿子，千言万语化为了一声叮嘱。

唐明俊并没有察觉到父亲心事重重的样子，他的脑海中，全是今天在育才精彩的经历，他有心跟父亲分享，却拉不下面子。

父子俩心中都藏着事，躺到床上后，辗转反侧半天没睡。

不过唐明俊的睡意说来就来，唐宪富正在心中措辞，想做最后的努力，跟儿子好好沟通一下，耳边已经传来儿子均匀的呼噜声。

唐宪富又一次失眠了：一方面，他放心不下儿子，他知道这是自己跟儿子最后一次相处，以后即便见到儿子，也只能装作不认识；另一方面，他对于冒充徐敬塘潜伏在军统的任务始终是忐忑不安的。

第二天一大早，天还没有破晓，唐宪富便从床上爬了起来，他恋恋不舍地看了一眼儿子，留下一张纸条后，便蹑手蹑脚地走出了卧室。

寺庙大门口，廖意林早就在门口候着了，让唐宪富诧异的是，门口还有一副滑竿儿。

"唐先生第一次来凤凰山,不熟悉山路,我怕天色太暗不安全,所以特地让草街子的老乡送你到码头,唐先生在滑竿上也可以多休息一会儿。"在唐宪富询问的目光中,廖意林轻声解释道。

"廖书记有心了。"听说滑竿是特地给自己准备的,唐宪富心中不由得涌起一阵暖流,"明俊那孩子平时很听话,只是脾气有点倔,还请廖书记帮忙多看着点。"

"唐先生尽管放心,孩子进了育才,我会将他当成自己的孩子照顾,学校其他老师都是如此。"知道唐宪富在担心什么,廖意林安抚道。

唐宪富点了点头,想跟廖意林说几句有关潜伏任务的话,又碍于有轿夫在旁边,他将快到嘴边的话咽进了肚中,心不在焉地朝廖意林挥了挥手,便抬腿坐上了滑竿。

清楚地将唐宪富的反应看在眼中,廖意林朝唐宪富笑了笑,给了他一个安抚的眼神,也是挥手作别。

默默地注视着滑竿消失在黑暗中,廖意林犹自呆立在寺庙门口,她的脸上写满了担忧,也不知道自己的决定是对是错。

躺在滑竿上的唐宪富此时心中却是五味杂陈,看着古圣寺的方向,他觉得自己对不起儿子,更对不起廖意林的信任。

昨天晚上,唐宪富在廖意林面前并没有说实话,他不仅仅认识徐敬塘,而且他比廖意林更加了解徐敬塘。

唐宪富原本的确是一个信客和货郎,往返于江津县和重庆城之间,给十里八村的乡亲们送送口信以及贩卖点小东西赚钱。

三年前,一场噩梦改变了唐宪富的人生轨迹。

唐宪富清楚地记得,那是一个风雨交加的傍晚,自己备齐了货物在朝天门码头准备登船时,被突然间冒出来的几个黑衣人架走。对方先是将自己关进一个审讯室,各种严刑拷打,问自己跟徐敬塘是什么关系。

严刑逼供的日子持续了大半个月,就在唐宪富以为自己要死在审讯室时,对方好像调查清楚自己跟徐敬塘的确没有丝毫关系,紧接着便对自己进行了软禁，让自己死记硬背徐敬塘的资料，只要自己稍微有所抵触，便是刀枪招呼。

在唐宪富的苦苦哀求下，对方给了唐宪富每三个月一次的假期，允许唐宪富以信客和货郎的身份回江津县城跟家人团聚，不过唐宪富的身边还是随时有人跟踪监控，只要发现情况不对劲，唐宪富和家人随时可能死于非命。

经过一段时间的相处，唐宪富已然弄清楚抓捕和软禁自己的人是汪伪政权特别行动处的人。他们在街上看到自己时，误以为自己是徐敬塘，这才展开了偷袭行动，调查发现自己跟徐敬塘并无关系后，他们心中又滋生了新的念头。

当唐宪富得悉对方的计划时，他内心是极为抵触甚至想逃跑的，奈何他和家人的性命都被掌控在特别行动处的人手中，所以只能默默地忍受和听从特别行动处的安排。

唐宪富被汪伪政权特别行动处的人特训了整整两年时间。特别行动处对他进行了大量的技能培训，直到确认唐宪富对徐敬塘的资料倒背如流，完全熟悉了徐敬塘所掌握的技能时，才对唐宪富进行了长达一年的考核。

事实证明，特别行动处的高强度训练和非人折磨没有白费，在他们不计成本的投入下，唐宪富已然蜕变成了一台杀人机器。一年时间内，唐宪富格杀了十几名军统和中统人员，成功截获八次情报，以完美的成绩通过了考核，这才赢得单独带着孩子来育才学校求学的机会。

"他们昨天就采取行动了么，为什么我没有接到通知？"

"刺杀徐敬塘的机会可遇而不可求，应该是突发情况！"

"难道从明天开始，我便要以徐敬塘的身份给那些王八蛋做事了么？"

电光石火间，唐宪富已然捋清楚发生了什么事情，只是想着家人死于大轰炸的场景以及自己这三年来所受的非人折磨，唐宪富从内心深处抵触跟特别行动处的人一起共事，只是他伪装得很好，特别行动处的人没有察觉到他的心思而已。

"不，我不是在给日本人做事，我是在给地下党做事。"想起廖意林的信任和嘱托，唐宪富紧皱的眉头缓缓舒展开，也露出了坚毅的神色。

第二章 疯子徐敬塘

下午三点多的时候，唐宪富抵达了朝天门码头，他根据廖意林提供的地址，兜兜转转找了好几圈，才在邹容路的巷子深处找到了此行的目的地墨文书店。

书店看起来有些年头了，无论是门口石阶上的青苔，还是门框上方摇摇欲坠的门匾，或者店中残旧的书架，都在述说着书店的年龄。

飞快地在店中扫了一遍，唐宪富的目光锁定了书店中一个眼镜男子，也是书店中唯一的一个人。

这是一名四十岁左右的男子，他身材瘦削，脸色惨白，有种病恹恹的样子，鼻梁上架着一副黑框眼镜，愈发衬托了他的文弱气质。身着灰色长袍的眼镜男子正捧着一本书看得津津有味，连书店中进来了人也没有察觉到。

唐宪富轻咳一声，提醒对方自己的到来。听到咳嗽声，眼镜中年男子恋恋不舍地将目光从书本上挪开，打量着自己书店中的不速之客。

下一刻，眼镜中年男子放下了书本，他夸张地瞪圆双眼，围着唐宪富转了两圈，这才啧啧有声道："像，实在太像了，要不是徐敬塘的尸体还在我楼上躺着，我肯定会以为站在我面前的就是他！"

"徐敬塘的尸体在楼上？那你昨天晚上睡在什么地方？！"面对眼镜打量的目光，唐宪富毫不犹豫地转移话题。

"床在楼上，我当然睡楼上啊。"眼镜中年男子理所当然地回答道,一句话说完,他便伸手拽住唐宪富的胳膊往楼上走,"你之前应该没有见过徐敬塘吧,我带你去看看徐敬塘,你就知道自己跟徐敬塘长得有多像了。"

想着眼镜中年男子的手可能摸过徐敬塘的尸体,唐宪富心中硌硬得慌:"蒋浩轩,楼梯窄,你前面带路就行,我在后面跟着。"

"嘿嘿,好的,你看我这榆木脑袋,都忘记跟你自我介绍了,廖书记应该已经跟你提过我吧?"

"我原来是廖意林同志的交通员,廖意林同志去古圣寺后,便将我留在了这里,让我留意城里动静的同时,帮忙给育才学校购置一些急需品,也算是学校在城里的一个落脚点。"

可能平时很少有人跟蒋浩轩说话的缘故,骤然间碰到唐宪富这么一个"自己人",蒋浩轩很激动,话有点多。

"书店位置太偏了,又背阴,光线昏暗,基本上没什么人进来。我好几次都跟廖书记说将书店搬到别的地方去,都被廖书记拒绝了。廖书记说这个书店不仅仅是书店,还是组织在重庆的备用联络站,随时可能被正式启用,我等了快两年,书店终于派上正式用场了。"

唐宪富闻言点了点头,他刚从外面踏入书店时,眼前一黑,感觉进入了另外一个世界似的,伸手不见五指。他花了好大一会儿工夫才适应书店内的光线,书店环境这么差,人气能好才怪了。

两个人说话的工夫,已然沿着狭窄的楼梯上了二楼。

事实上书店并没有二楼,只是为了方便休息和储存杂物。书店在装修时被强行隔断为两层,一楼的挑高正常,跟一般的房屋一样,二楼却只有一米五左右的高度,两个人上楼后,得弯着腰才能行走。

要是说一楼光线仅仅是昏暗的话,二楼就完全没有光线了。

蒋浩轩不知道从哪里摸出一盒火柴,呼的一声划燃,点亮了摆放在床前木柜上的一根蜡烛,让唐宪富终于能够看清楚二楼的摆设了。

"你……你怎么将尸体放床上,你自己睡哪儿?"唐宪富的目光在阁楼上扫了一圈,当他终于找到尸体所在时,不禁瞠目结舌。

"我睡地上啊，难道我还跟尸体同床共枕不成？"

"你为什么不将尸体放地上，自己睡床上？"

"死者为大，当然应该他睡床上。"面对唐宪富的质疑，蒋浩轩飞速回答道。

看到蒋浩轩惨白的脸色，又打量了一眼二楼的摆设，唐宪富笑了。

"你……你笑什么？"在唐宪富的瞪视下，蒋浩轩的脸上闪过一丝不自然的神色。

"书店昨天晚上有客人借宿么？"唐宪富不答反问道。

"没有啊，书店就我一个人，徐敬塘的尸体在店里放着，我哪敢招待客人嘛。"蒋浩轩疑惑地看着唐宪富道。

"我刚才在楼下角落好像看到了一张凉席，还裹着一床被子。"唐宪富似笑非笑道。

蒋浩轩闻言一张脸涨得通红，他狠狠地瞪了唐宪富一眼，都不想搭理唐宪富了。

"你之所以将尸体放在床上，一方面是因为楼上隐蔽，不容易曝光；另一方面，我猜徐敬塘躺到床上时，应该还没死，他死了之后，你根本就不敢动他的尸体了吧？"看到蒋浩轩气急败坏的样子，唐宪富继续说道。

"唐宪富，你这个人肯定没朋友！"蒋浩轩气得跺了跺脚，愤然道，"我本来还想帮你和徐敬塘换衣服，现在我不伺候了。"

蒋浩轩一句话说完，他便转过身子，想要下楼。下一刻，蒋浩轩的脸色变得惨白，手中的蜡烛也差点被吓得掉到地上。

唐宪富原本是跟在蒋浩轩身后的，蒋浩轩转身后，正好面对唐宪富。

此时唐宪富两只眼睛瞪得圆圆的，眼中一大半是白仁，几乎看不到黑眼珠。他嘴巴也微微张开，伸出了半截舌头，脑袋无力地偏向一边，身体僵直地伫立在蒋浩轩面前。

蒋浩轩艰难地回头看了一眼床上徐敬塘的尸体，又扭头看了一眼站在自己面前几乎完全一样造型的"徐敬塘",他的身子不受控制地瑟瑟发抖,一张脸也变成了苦瓜脸。

下一刻,蒋浩轩蹲下了身子,痛哭流涕道:"五哥,我错了,我不该拿您的大洋,我不该动您的枪……"

"蒋浩轩,还我命来!"阴森的声音在阁楼上响起,仿佛来自十八层地狱。

"五哥,不关我的事啊,您是被人乱枪打伤的。我将您抱进书店,是想救您性命,您自己失血过多而死的,您临死前,还恩将仇报想崩掉我呢!"蒋浩轩诚惶诚恐地解释道。

蒋浩轩说着说着,他感觉不对劲了,因为他发现徐敬塘化身的鬼跟着自己蹲了下来,而且对方正在捧腹大笑。

"你不是鬼?你是唐宪富?"蒋浩轩颤抖着声音问道。

"老蒋,你胆子这么小,还守着徐敬塘的尸体睡了一个晚上,真是难为你了。"唐宪富拍了拍蒋浩轩的肩膀,朝蒋浩轩竖大拇指道。

"唐宪富,你个龟儿子不知道人吓人会吓死人么?你怎么可以跟我开这种玩笑,老子都差点被你吓得尿裤子了!"确认自己被唐宪富戏弄后,蒋浩轩怒不可遏,指着唐宪富的鼻子大骂道。

"老蒋,不是我说你啊,你的胆子该练练了,知道今年6月初的'隧道大惨案'么?日寇大轰炸造成的,一下子死了近十万人啊,老子从死人堆中爬出来,腿都没抖一下。"唐宪富挑了挑眉毛,嘚瑟道。

"你就吹吧,反正也没人知道。除非你自己跟徐敬塘互换衣服,我就相信你说的是真的。"蒋浩轩撇嘴道,激将道。

"行,你将蜡烛放这里,下楼去等我吧,免得待会儿真的被吓得尿裤子。"唐宪富非常干脆地答应了。

蒋浩轩将信将疑地看着唐宪富,见唐宪富不像是在跟自己开玩笑,他放下蜡烛,跟唐宪富错身而过,只是走到楼梯口时,他又顿住了脚步:"我还是在楼上给你壮胆吧,你有需要时,我也可以给你打打下手。"

唐宪富点了点头，他坐到床边，神情复杂地凝视了徐敬塘片刻，这才伸手在徐敬塘脸上扫过，帮徐敬塘合上了双眼。

紧接着，唐宪富将徐敬塘身上的衣服一件件脱下，他的目光在徐敬塘裸露的身体上扫过，心中不由得暗暗吃惊。

徐敬塘的身上有十七处枪伤，还有一处文身。

被特别行动处软禁和特训的两年时间中，唐宪富的身上先后也增添了三十几处枪伤，其中的十七处伤口竟然跟徐敬塘身上的伤口位置一模一样。没见过徐敬塘的尸体之前，他只是觉得特别行动处的人变态，完全不将自己当人看，动不动就拿子弹招呼自己。此时此刻，唐宪富才明白，特别行动处在自己身上留下的那些伤口是别有用心的。

完全记住了徐敬塘的身体特征后，唐宪富迅速地脱下自己的衣服，将徐敬塘的衣服穿在了自己身上，然后又将自己的衣服给徐敬塘穿上，动作异常麻利，仿佛演练过无数遍一样。

"唐宪富，有你的啊，你不会真的是从死人堆中爬出来的吧？"蒋浩轩目睹唐宪富跟徐敬塘换衣服的全过程后，他心中对唐宪富的那点气烟消云散，满脸钦佩道。

"老蒋，以后你不能叫我唐宪富，唐宪富已经死了，以后你得喊我五哥。"唐宪富指了指床上的尸体，又指了指自己，沉声道。

蒋浩轩还在发呆时，唐宪富看着已经燃完快要熄灭的蜡烛，皱眉道："城里不是通电了么，书店怎么不装电灯啊？光线好了，书店人气自然就旺了。"

"学校穷啊。'皖南事变'后，赈济委员会停止了向学校拨款，尽管战时儿童保育会仍按照保育生名额拨放经费，数额未减，但是当下物价飞涨，保育费那点经费相对古圣寺的三百多名娃儿来说无异于杯水车薪，孩子们都从一天三餐改为两餐了。孩子们都饿着肚子，我又怎么可以乱花钱呢？"蒋浩轩叹气道。

蒋浩轩的话让唐宪富愣了一下，他的脑海中下意识地想起自己带着儿子去古圣寺求学时，寺庙门口王德安跟自己所说的一番话。

唐宪富之前还以为王德安的话是推托之词，他此时此刻才明白，育才学校应该是真的到了山穷水尽的地步了，无论在政治上，还是经济上都是如此。

昨天跟廖意林交流时，唐宪富得知"皖南事变"之后，学校先是被强令要求成立国民党支部，之后，当局又指派草街子乡长公然索要古圣寺房屋，随即，教育部也要求育才学校改为国立，学制要完全遵照普通学校办理，教材也需要用国立本教科书。

唐宪富沉默了片刻，继续问道："你有看到跟徐敬塘发生冲突的人么，那些人怎么样了？"

"我看到了啊，当时正值三更，我听到'砰'的一声，便连忙打开二楼的窗户，然后看到五个人围着徐敬塘射杀。

"这徐敬塘胆子也够肥的，那么多人对他恨之入骨，恨不得生啖其肉，他居然还敢去醉春楼喝花酒，而且身边不带人。

"我亲眼目睹徐敬塘被一枪命中后腰，然后身子委顿倒地，还以为他玩完了呢。结果这家伙在地上躺了不到五秒钟，便一个懒驴打滚躲到了掩体后面，接下来只听得'砰砰'几道枪声，围杀他的五个人便接二连三地倒下了，徐敬塘那家伙杀人跟杀鸡似的……"

提到徐敬塘的枪法时，蒋浩轩眉飞色舞，明显是被对方折服了。

尽管未能亲眼目睹徐敬塘出手，但光是听蒋浩轩的描述，看着他眼中迸发出来的崇拜目光，唐宪富都能够想象得出徐敬塘的身手有多厉害。

"等等，你说围杀徐敬塘的那几个人全部死了，没有一个逃脱的？"唐宪富愣了片刻，他骤然间心跳加速。

"对啊，全部死了，要是没死，肯定有对徐敬塘补枪的啊。我等了半天，发现没人了，这才将徐敬塘搬进书店的……"

蒋浩轩后面的话，唐宪富一个字也没有听进去，他的脑海中只是反复回响着四个字"全部死了"。要是知道自己身份的那几个人全部死了，是不是意味着自己就脱离了特别行动处的掌控，自己不用继续给汪伪政府做事了呢？一个疯狂的念头涌上心头，让他对接下来的生活充满了期待。

"你怎么会想到将徐敬塘的尸体弄进书店？"唐宪富揉了揉眉头，好奇地问道。

"我开始以为中枪的是自己人，所以看到敌人全部死翘翘后，我便第一时间将他背进了书店，直到被他用枪指着脑袋，我才知道自己救错了人。还好这家伙流血过多只剩最后一口气，没来得及扣动扳机便自己嗝屁了。

"他忘恩负义用枪指我，所以他死后我也没对他客气，将他全身上下搜了一个遍，不仅搜出了几十枚大洋，还有很多他的私人物件。恰好这时廖书记来重庆办事情，廖书记从那些私人物件认出了徐敬塘的身份。廖书记也不知道该如何处理这件事情，让我见机行事，随时跟她保持联系，没想到这才一天时间过去，她便想到了狸猫换太子的办法。

"死掉的那几个人身份已经被查出来了，是汪伪政府特别行动处的人。到目前为止，军统和中统的人还不知道跟特别行动处发生冲突的是什么人，他们都猜测是共产党的游击队。不过徐敬塘一直不露面的话，估计军统的人很快便能够查到他身上。

"……"

唐宪富发现，蒋浩轩就是一个话痨，尤其是他激动时，会一直说下去，根本就没有别人插嘴的份儿。

蒋浩轩大大咧咧的性格，无形中缓解了唐宪富的紧张情绪，这让唐宪富有点担心，这家伙要是被抓了，他会不会也管不住自己的嘴巴呢？

"对于如何冒充徐敬塘，你有什么好的建议么？"听完蒋浩轩的讲述后，唐宪富面色凝重地问道。

"我建议你回到军统后，第一时间严刑逼供那几个日本特高课的人，最好是将他们全部杀掉，这是对隐藏在暗处的汪伪政府特别行动处的人最好的回答。

"另外，你必须根据徐敬塘办公室和家中的摆设，反复研究徐敬塘，弄清楚徐敬塘的爱好、性格以及人际关系，免得出差错。"

"……"

这一夜，唐宪富跟蒋浩轩彻夜未眠，他们将自己能够想得到的细节全部梳理了一遍，在脑海中一遍又一遍地预演着唐宪富可能遇到的意外。更多的时候是蒋浩轩在说，唐宪富在听。

在这期间，唐宪富好几次故意试探蒋浩轩，想从蒋浩轩嘴中套出地下党的秘密信息。他发现蒋浩轩虽然话痨，但是能够轻易识破自己的语言陷阱，说话也极为警惕，分寸把握得很好，废话一大堆，关键信息却一个字都没有泄露，这让唐宪富对蒋浩轩好感大增。

当窗户外面的天色已经微微泛白时，两个人才发现他们竟然不知不觉间讨论了一个晚上。

唐宪富再次走出墨文书店时，他的额头上已然缠了几层纱布，胳膊处也多了一根绷带。左右张望一眼，发现街道上没人，他朝书店方向打了一个手势，然后蒋浩轩背着一个麻袋从书店探出脑袋。

想起麻袋中的尸体马上就要跟"唐宪富"这个身份一起烟消云散，远在古圣寺的儿子很快便能听到"自己"死亡的噩耗，唐宪富有点怅然。不过面临即将到来的重重危险，唐宪富深吸一口气，脸上也露出了决然的神色。

跟蒋浩轩交换了一下眼神，两个人朝不同的方向而去，仿佛陌路人。

走出巷子，唐宪富看到路边停着一辆黄包车，他眼睛一亮，直接坐了上去。

"罗家湾19号。"在黄包车司机询问的目光中，唐宪富报了一个地址。

听到"罗家湾19号"这个地址，黄包车司机的身子一僵，他偷偷地打量了一眼唐宪富鼓囊的腰部，完全不敢吭声，只能苦着一张脸，弯腰拉着唐宪富迅速地朝中山二路的方向走去。

尽管彻夜未眠，唐宪富的精神却极度高昂，上车后，他挺直了身子，脑海中闪过徐敬塘的所有信息，努力地调整着自己的面部表情，让自己彻底跟过去告别。

黄包车司机好几次偷偷回头打量唐宪富，看到唐宪富不怒自威的样子，他连大气都不敢喘，而是埋头拉车，心中祈祷着身后这位军统的大爷今天心情好，不会赏自己花生米吃。

唐宪富正在脑海中推演进了军统办公室后，可能遇到的种种突发情况时，黄包车司机的声音突然间在他耳边响起："老板，罗家湾19号到了。"

被黄包车司机的声音惊醒，唐宪富抬头默默注视了面前的花园公馆一眼，点了点头，递给黄包车司机几张钞票，大步踏入花园公馆。

进入公馆之后，唐宪富明显感觉到了一阵肃杀之气，明明有着"花园公馆"这么漂亮的名字，整栋楼却像一匹狰狞的凶兽，随时可能纵起伤人。

大楼里到处都是哒哒哒的声音，唐宪富知道，那是电报员击打电键的声音，伴随着哒哒哒的电键声，还有报话员的呼号，从这里发出的摩斯电码和呼号，指挥着全国的特务活动。

刚刚踏入花园公馆时，唐宪富还有点紧张。毕竟这是传说中的魔窟，里面的人几乎都双手沾满了血腥，被抓到这里的人，几乎就没有能够竖着出去的，唐宪富害怕自己一不小心就变成了这幢楼里的冤魂。

唐宪富每一步都走得小心翼翼的，眼睛一直警惕地打量着四周。走了一段路程后，唐宪富的心境慢慢调整了过来。因为公馆中每次有人跟他迎面而过时，对方都是恭敬地站到一边让道，并且向他弯腰行礼。从这些人的眼中，唐宪富看到了尊敬、畏惧甚至狂热。也是这个时候，唐宪富才想起徐敬塘在这幢大楼中的地位。

走到四楼一间办公室前，唐宪富整了整衣领，又调整了一下面部表情，这才敲响房门。

"进来！"一道带着浓浓鼻音的浙江口音在房屋内响起。

唐宪富推开房门，然后看到了一个身着灰色中山装的男子正背对着自己翻弄着书柜上的文件。听到脚步声,对方回头看了一眼,脸上先是露出了错愕的神色,随即变成了惊喜,最后却化为了关心和焦灼。

"老五,你回来了,身上的伤是怎么回事?"中山装男子快步迎向门口,将唐宪富搀扶到沙发边坐下,语气急促地问道。

尽管唐宪富早就知道徐敬塘跟军统的大魔头戴笠关系匪浅,但唐宪富真正站在这位神龙见首不见尾,连委员长都难得一见的大魔头面前时,还是难免有点紧张。不过戴笠仅仅简单的一个脸色变化,便让唐宪富心中担忧尽去,也迅速地将自己代入了徐敬塘的角色。

唐宪富还是第一次从一个人的脸上看到这么丰富的表情变化,他感觉得出来,戴笠对徐敬塘的关心不是装出来的。

"老板,南京那边的孙子太嚣张了,不就抓了几个日本特高课的人么,好像抓了他们亲爹似的,居然趁我落单时对我下黑手!这口气我没法忍,我想亲自提审审讯室的那几个鬼子!"唐宪富额头上青筋凸显,几乎是咆哮着跟中山装男子道。

中山装男子闻言瞳孔一缩,下意识地问道:"邹容路的那几个人是你干掉的?"

"没错,我刚从醉春楼出来,便遭了那几个孙子的冷枪,要不是我身子硬朗,估计已经将性命交待在那几个孙子手中了。不过那几个孙子运气不好,我一枪一个,让他们全部到地府报到去了。"唐宪富瓮声瓮气地说道。

说话的同时,唐宪富掏出腰中的手枪,一把砸在茶几上,大声嚷嚷道:"老板,你可不能让人拦我,不崩了那几个鬼子,我心中念头通达不了。"

"老五,你冷……冷静一下……阿嚏……"中山装男子一句话还没说完,便连续打了好几个喷嚏。

早就将戴笠资料烂熟于心的唐宪富眼睛一亮,他注意到茶几上有几片药,他连忙起身给戴笠倒了一杯水递过来,然后又将药片递给了戴笠。

"早年间的鼻炎,最近事情太多,老毛病又犯了。"急剧的喷嚏,让戴笠的眼睛有点红肿,他掏出手绢擦了擦眼睛,又擦了擦鼻涕,这才沉声道:"汪伪政府特别行动处的人不是奔我们手中那几个日本特高课的人来的,他们的目标是我,你是被我牵累了。"

"谁给他们的胆子,居然敢打老板您的主意,我这就去将他们全揪出来!"唐宪富瞪圆了眼睛,义愤填膺地说道。

"兔子被逼急了还跳墙呢,我这一段时间杀了他们太多人了,他们要是没有任何反应反而不正常。"戴笠递给唐宪富一根雪茄,自己也点燃了一根,慢慢吐出一口烟圈,脸上露出了享受的神色。

"老五,我让你这段时间没事就去醉春楼晃荡,我还以为你早就猜出了我的心思呢。没想到你会毫无防备,差点丢了性命,做哥哥的对不住你啊,让你受惊了。"戴笠拍了拍唐宪富的肩膀,歉然道。

说者无心,听者有意,骤然间听到戴笠这句话,唐宪富被吓得浑身汗毛竖起,一身鸡皮疙瘩都起来了。

唐宪富不知道戴笠是在试探自己,还是徐敬塘早就熟悉了戴笠的心思,但是戴笠简单的一句话却让唐宪富明白了眼前这位大佬绝非他表面上看起来那么和蔼可亲。同时唐宪富也暗自警惕,在摸清戴笠的心思之前,能不出声就不出声。

"老板,那您现在岂不是很危险?"唐宪富关心地问道。

"老五,你恐怕还不知道被你杀掉的那五个人的身份吧?"戴笠闻言不由得哈哈大笑起来,"汪伪政府特工总部特别行动处知道我身边人多,所以这一次几乎是精锐尽出,其中最厉害的莫过于以吴友国为首的杀人机器。我们派去南京和上海的兄弟,几乎有一半的人折在了吴友国手中,没想到他这一次竟然栽在了你手中。"

"要是吴友国没死,我可能不敢出门,既然他死了,特别行动处的其他人应该已经全部离开了重庆,现在应该比任何时候都安全。老五,你给我们军统长面子了。"戴笠拍了拍唐宪富的肩膀,眼中也满是赞赏的目光。

"都是老板教得好,老五不过为党国尽微薄之力罢了。"唐宪富谦虚道。

"老五，你要是心中的气还是没顺的话，审讯室的那几个日本特高课的人就交给你了，要死要活随便你。我马上要去缅甸那边建立情报网，以加强南亚抗日活动，重庆的兄弟们你要照顾好。"戴笠指了指茶几上摊开的一张地图，跟唐宪富说道。

看到戴笠言语间透露出送客的意思，唐宪富识趣地欠起身子："谢谢老板成全，您放心好了，只要我还有一口气在，兄弟们肯定不会吃亏。"

后退着离开戴笠办公室，唐宪富轻轻地掩上房门，在门口伫立片刻，思索着自己刚才跟戴笠的谈话有无不妥后，这才迅速朝审讯室走去。

还在走廊上，唐宪富便听到了从门缝中传来的惨叫声：

"快说，你们此行来重庆的目的是什么！"

"吴友国一行人是否是跟你们一起的，你们是否还有同党？"

……

每一句审讯，都夹杂着鞭子呼啸声以及落在肉体上发出的清脆响声。

唐宪富推开房门，看到审讯室里烟雾缭绕，夹杂着浓郁的血腥味，让空气变得十分污浊。

"五哥。"

"五哥。"

……

看清楚唐宪富的脸庞，审讯室中无论是坐在办公桌后面负责记录和监视的，还是正在严刑逼供的，都一起转过身子，恭敬地朝唐宪富行礼。

"干什么呢，这么大的烟味，你们是想将审讯室给烧了？"

听到唐宪富的话，正在抽烟的一个青年迅速地将烟掐灭，一脸谄笑地看着唐宪富："五哥，这几个人嘴巴太硬了，什么都不肯说，我们实在无聊，所以兄弟们才忍不住抽了几根。"

"咦，五哥你怎么受伤了，哪个孙子干的？"

"五哥，你出门怎么不带上我们啊，有我们在，肯定护你安全。"

"五哥，这两天不见你人影，你不会一直在家中养伤吧？"

审讯室的几个人适应了房门打开后的强光后，发现了唐宪富头上的纱布和胳膊上的绷带，他们一下子便围住了唐宪富，脸上都露出了急切和关心的神色。有那么一刹那，唐宪富的心中甚至产生了一种错觉，眼前这群人并非双手沾满血腥的刽子手，而是有情有义的兄弟。

"吴友国几个人的尸体你们不是已经看到了么？那几个孙子伏击偷袭你们五哥，被你们五哥一窝端了。"唐宪富漫不经心地说道，仿佛干了一件微不足道的事情。

"哈哈，我就知道吴友国那几个人是五哥干掉的，中统那帮龟儿子非说是游击队干掉的，这下看他们还有什么好说的。"

"中统那帮龟儿子处处都想跟我们军统争个高下，我们只需要将吴友国等人身上的子弹拿去化验一下，事情就真相大白了。"

"五哥，下次有这样危险的任务时，你还是将我们带在身边吧。我们虽然实力一般，关键时刻我们至少还能帮您挡一下子弹啊。"

唐宪富看得出来，眼前这几个人是真心实意拥护徐敬塘的。徐敬塘是一直跟在戴笠身边的老军统了，为军统挖掘培养了很多人才，再加上徐敬塘仗义疏财，身手高强，这让他在军统不仅仅有着良好的人缘，更有着无与伦比的威望。

距离唐宪富最近的是行动处的陈树尧，也是徐敬塘的绝对心腹，另外几个人都是行动处的成员。

"兄弟们的情义我记住了，下次有挡子弹的活一定带上你们。"唐宪富分别拍了拍几个人的肩膀，沉声道，"我身上的伤不碍事，不过吴友国那几个孙子偷袭我，哥哥心中念头不通达，将这几个人都给我处理干净了，眼不见心不烦。"

唐宪富冷冰冰地扔下一句话，便转身走出了审讯室。不是他不想在审讯室多待一会儿，实在是审讯室的血腥味太重了，再加上那几个日本特高课的人被折磨得人不像人鬼不像鬼的样子，唐宪富害怕自己继续在审讯室待下去的话，会忍不住恶心呕吐。

几乎唐宪富刚刚离开审讯室，他的耳边就传来了一阵凄厉的哀号声，他的鼻端隐隐还闻到了皮肉被烤焦的味道。想起审讯室中正在进行的酷刑，唐宪富的脚步更快了。

离开审讯室后，唐宪富来到了徐敬塘的办公室。

将办公室的门插上，唐宪富环视了一遍办公室，又挨个将办公室的茶几、角柜、沙发、办公桌椅、书柜等所有可能隐藏窃听器的角落全部摸了一遍，确认办公室是干净的后，他才走到办公桌后缓缓坐下。

唐宪富其实已经不是第一次来花园公馆了，最后一年考核期间，唐宪富先后接受吴友国的指派，来了花园公馆八次，也进了徐敬塘的办公室八次。

前面七次，唐宪富都成功地以徐敬塘的身份进出花园公馆，为汪伪政府特工总部拿到了他们想要的情报。

唐宪富第八次进入花园公馆，推开徐敬塘办公室门的瞬间，便意识到了不对劲。他没来得及做出任何反应，便被人捂住了嘴巴，然后昏迷了过去。再次醒来时，唐宪富发现自己已然到了一个陌生的地方，跟徐敬塘独处一室。徐敬塘正笑吟吟地看着自己，让唐宪富感到毛骨悚然。

"最了解自己的往往是自己的对手，这句话果然没错。"徐敬塘跟唐宪富说的第一句话就让唐宪富心里生出寒意，"唐宪富，你前几次能够成功进出花园公馆，并且拿走情报，都是我故意为之，你不会真的以为我们军统是菜市场，可以自由出入吧？"

"我身边有76号行动处的人，吴友国的身边又何尝没有我的人？"没有给唐宪富说话的机会，徐敬塘继续说道，"我两年前就知道你的存在了，之所以一直没有动你，就是想看吴友国到底对我了解到了什么程度。没想到他能够培养出你这么一个出色的特工，你的表现真的惊艳到我了。"

"你现在有两个选择，要么死，要么给我办事，我给你十秒钟的时间考虑。"这是徐敬塘跟唐宪富说的第三句话。

31

好死不如赖活着，唐宪富选择了给徐敬塘办事。接下来的时间里，唐宪富成为了双面间谍：一方面，他需要完成吴友国安排的任务，另一方面，他需要随时跟徐敬塘汇报吴友国的情况。

不得不说，跟徐敬塘相处，比跟吴友国相处要愉快多了，因为徐敬塘根本就没有将唐宪富当成下属，而是当成了亲兄弟一般，对唐宪富知无不言、言无不尽，几乎将自己剖开了让唐宪富了解，让唐宪富一度感到极度的惶恐不安。

"五哥，你就不怕自己阴沟里翻船，哪天真的被我取而代之么？"趁着徐敬塘心情好的时候，唐宪富故意开玩笑似的问道。

"要是真有那么一天，我会很开心的。"徐敬塘闻言，非但没有生气，反而哈哈大笑。

短短几个月的时间，徐敬塘便用他的人格魅力征服了唐宪富，让唐宪富彻底为其所用。

"五哥，没想到当初我的一句玩笑话会一语成谶，你九泉之下真的开心么？"凝视着办公桌上徐敬塘的相框，唐宪富轻声问道，声音低得只有他自己能够听到。

无论是吴友国还是廖意林，他们都不知道，这个世界上没有人比唐宪富更适合扮演徐敬塘，也没有人比唐宪富更了解徐敬塘，因为唐宪富有徐敬塘亲自悉心教导。

在办公室坐了半天，唐宪富接了几个电话，都是有关日常工作的，唐宪富一一搪塞了过去。

"五哥，招了，日本特高课的人招了！"唐宪富正在翻看徐敬塘的工作日记时，办公室的门突然间嘭的一声被撞开，满脸血污的陈树尧冲了进来，满脸兴奋地大喊道。

"还有没有规矩了？给我出去！"斜睨了一眼陈树尧，唐宪富脸色一沉，厉声呵斥道。

陈树尧愣了一下，随即深深地对着唐宪富鞠了一躬，毫不犹豫地转身走出办公室，紧接着门外响起了敲门声。

"进来！"唐宪富清了清嗓子，大声道。

"五哥，对不起，我刚才激动了。"再次进入办公室后，陈树尧并没有立即汇报工作，而是认真道歉。

"只此一次，下不为例。我了解你的性子，所以我不会治你的罪，但是我必须教会你规矩，你要是在戴老板或者其他上司面前如此莽撞，到时性命怎么没的都不知道。"

"谢谢五哥教诲，我记住了。"

"跟我说说怎么回事，你不是说日本特高课的人都是硬骨头，花了几天时间都没撬开他们的嘴么？他们怎么突然间就松口了？"

"还是五哥您高明啊，仅仅在审讯室打了一个照面，扔下一句话，那些日本特高课的人心理防线就全部崩溃了。他们之前觉得戴老板不敢杀他们，或者特别行动处的人可能会救他们，可是您……"陈树尧绘声绘色地讲了审讯室中几个日本特高课人的反应。

陈树尧几个人已经审讯日本特高课的人好几天了，可是因为戴笠没有发话，军统行动处的人不敢伤了这几个日本特高课的人性命，所以陈树尧几个人很是被动，非但不敢动用重刑，反而要遭受那几个日本特高课的人威胁甚至谩骂。

也就是徐敬塘失踪的这两天，陈树尧几个人心中不安，心烦意乱之下才忍不住将诸多手段用在了日本特高课人的身上，让他们老实了一些。

结果今天唐宪富在审讯室一席话让陈树尧等人仿佛拿到了尚方宝剑，毫不犹豫地将浑身本领施展开，先是用老虎凳酷刑弄死了两个日本特高课的人，紧接着又用披麻戴孝酷刑弄死了两个，剩下的直接崩溃。陈树尧还没对他动手，他便将自己知道的全部说出来了。

原来这几个日本特高课的人来重庆的主要任务是弄清楚重庆的兵工厂分布情况，方便他们精准轰炸，而且他们已经成功地弄到了兵工厂分布图，正准备通过特别行动处的人传递给汪伪政府，就被军统情报组的人发现了。

"有在他们身上搜到兵工厂分布图么?"听到"轰炸"两个字,唐宪富仿佛某根神经被刺痛,声音不由自主地变得高亢。

　　"没有,他们说将兵工厂分布图藏在他们落脚的山城宾馆了,但是我们并没有在房间找到兵工厂分布图。"

　　"五哥,要是兵工厂分布图真的泄露出去了,会不会很危险啊?"陈树尧顿了顿,满脸担忧道。

　　"在确认兵工厂分布图的真假之前,他们是不会轻易采取行动的。汪伪政府潜伏在重庆的间谍并不少,重庆的几个大型兵工厂地址他们又不是不知道,这三年来他们又奈何得了我们了么?"唐宪富字斟句酌地说道。

　　这一个结论是唐宪富自己经过深思熟虑之后总结出来的。日寇从1938年初便对重庆进行地毯式的战略轰炸,但是始终未能对重庆造成根本性的伤害,除了汪伪政府没法弄到陪都重庆的重要资料外,最主要的是汪伪政府忽略了重庆得天独厚的地理优势:既有长江天险,又有群山环抱,还有浓雾蔽城,典型的四险之地,易守难攻。

　　据唐宪富所知,重庆军民非但没有被日寇的大轰炸给炸趴下,反而愈炸愈强,重庆的绝大部分兵工厂、银行、政府、学校以及企事业单位,都修建了自己的防空洞,很多生产、工作和教学也转移到了地下,表现出了强大的韧性。

　　"吩咐兄弟们将眼睛瞪圆了,采取外松内紧的策略。我们对外界要表现出我们对兵工厂分布图的不在意,但是对内,兄弟一定要打起十二分的精神,弄清楚兵工厂分布图的下落,至于那个日本特高课的人,就不用我教你怎么处置了吧?"唐宪富揉了揉眉头,挥手道。

　　"五哥,树尧知道了。"陈树尧干脆地应了一声,便要转身离开办公室。

　　"还有一件事情,我这一次死里逃生,是因为唐宪富帮我吸引了火力。我当时重伤逃脱,唐宪富却生死未卜,你抽空打听一下唐宪富的下落,最好让他永远消失,这件事情你亲自去办,不能让任何人知道。"

犹豫了一下,唐宪富沉吟道。

徐敬塘暗中培养唐宪富为其替身的事情,徐敬塘并没有隐瞒陈树尧,甚至很多时候是陈树尧在两个人之间传话。

面对陈树尧这么一颗隐藏在自己身边而且随时可能爆炸的地雷,唐宪富的第一反应是除掉他以绝后患,只是想起陈树尧跟徐敬塘之间亦师亦友的感情以及陈树尧的能力,唐宪富决定先观察一段时间再说。

陈树尧领命离开后,唐宪富继续翻看徐敬塘的工作日记,他发现徐敬塘是一个极度自律,而且作息时间很有规律的人,基本上不会浪费多余的时间在无聊的事情上。

从徐敬塘的日记中,唐宪富推断出徐敬塘应该知道戴笠让他去醉春楼的真正目的,不过徐敬塘或者是因为艺高人胆大,又或者是纯粹地想跟戴笠表明自己的忠心,所以毫不犹豫地执行了戴笠的意志。

"也不知道汪伪特工总部76号是否有记录自己的身份信息……"揉了揉发涨的额头,唐宪富的脸上闪过一抹担忧的神色。

经过三年的相处,唐宪富知道吴友国权力欲望极其强,一心想打造自己的势力,压根就没有将特工总部放在眼中,所以吴友国极有可能没有将抓捕、软禁和特训自己的事情汇报给特工总部知道。

"要是真的如此,那么我只要将吴友国在重庆的力量连根拔起,就可以彻底清除后患了。"想起自己这三年来经历的种种非人折磨,唐宪富的眼中闪过一抹激动的光芒。

唐宪富并没有立即采取行动。被吴友国软禁了三年,他现在最不缺的就是耐心。他需要等待一个动手的信号,并且他相信那个时间不会太长。

徐敬塘的住所在老街六十八号,一栋老式的小合院。唐宪富推开房门,看着昏暗月色下爬满了藤蔓的院墙,第一时间喜欢上了这个院落。

欣喜地打量了一遍院落,唐宪富这才慢悠悠地进入客厅,拉亮了电灯。

强烈的光线让唐宪富的眼睛不由自主地微微眯了一下,再次睁开眼睛时，他看到了高悬在客厅中金碧辉煌的大吊灯以及雕塑精美的天花板，黄色的灯光让整个房屋变得柔和而温暖。

房门正对着的墙壁上并排挂着几个大相框，分别是孙中山、蒋介石和戴笠，象征着房屋主人特殊的崇拜对象。房屋另一侧的斗柜上面，同样大大小小地摆了一些照片，有徐敬塘参加金山卫战斗的照片、徐敬塘授勋典礼的照片，还有蒋介石亲笔题字签名的照片。

斗柜对面的墙壁，则是挂了整整一壁的勋章，几乎都是一级勋章和二级勋章，也不知道是徐敬塘没有三级勋章，还是他不屑于将三级勋章挂在墙上。

唐宪富打量着照片和勋章的同时，脑海中想象着徐敬塘照相和接受勋章时意气风发的样子，竟是忍不住一阵神往，或许，这才是男人应该活成的样子？

接下来的几天时间，唐宪富几乎两点一线，往返于办公室和小合院之间，战战兢兢地处理着徐敬塘的日常工作，如履薄冰地捋理着徐敬塘的人际关系，虽然有点手忙脚乱，疲于应付，但是没有出过任何乱子。

慢慢地，唐宪富发现自己好像有点杞人忧天，因为徐敬塘长期以来在军统积累的人缘和威望，根本就没有人敢去质疑他，也没有人敢去调查他，或者说，根本就没有人想过要去调查他。

几年前倒是有中统的人看不惯徐敬塘张扬跋扈的行为，暗中陷害徐敬塘，想将他除掉，没想到却被他识破了陷阱，结果中统在重庆的人几乎被徐敬塘血洗了一遍。事后虽然中统的人很愤怒，奈何他们理亏，加上蒋委员长又偏爱军统，这件事情最终不了了之，反而成就了徐敬塘的一段神话传说。

不过唐宪富还是不敢掉以轻心，这几天，他将大部分的时间和精力都用在了阅读上面：徐敬塘办公室和家里的藏书也被唐宪富看了一个遍，尤其是徐敬塘做了备注的书，唐宪富更是反复阅读。

没有了吴友国这么一柄悬顶之剑，唐宪富觉得前所未有的轻松，工作和阅读之余，他脑海中时不时浮现出儿子那稚嫩而俊美的面庞。

"育才学校并非一方净土,看来自己得尽快对吴友国的人动手了,免得有漏网之鱼将自己的信息传递到了汪伪政府特工总部,危及自己和明俊的性命。"在纸上写写画画半天后,唐宪富在吴友国的名字上面画了一把红色的死叉。

第三章　噩耗

凤凰山上，百年古松茂密成林，古圣寺掩映其中，不时有读书之声从寺庙中传出，跟松涛声相和，山下是潺潺溪流，附近则是竹篱茅舍和农田，一派世外桃源景象。

"这是一座假寺庙！"唐明俊坐在松林的石凳上，打量了一眼规模宏大的寺庙，嘴中嘟囔道。

唐明俊仅仅花了一天时间就将寺庙逛了个遍。古圣寺很大，分为前堂和后堂，庙里有很多神像，但是看不到半点香火，也没有人到庙里朝拜，整座寺庙只有一个守庙的和尚，他在后堂待着，从来不到前堂来，因为前堂租给了育才学校。

前堂几乎占了整座寺庙三分之二的面积，极为宽敞，各专业组都有自己的教室、寝室，老师们也有自己的住处，有做饭的大伙房，还有礼堂和游艺室、阅览室，阅览室存有大部分《万有文库》和其他书籍、报刊。

虽然学校环境优美，而且学习氛围浓厚，可是唐明俊完全不感兴趣。他到现在还纳闷，自己明明故意做错了很多道题，怎么就通过了入学考核，被留在育才学校了呢？

唐明俊只有第一天因为好奇而上了一整天的课，然后就没了兴趣，他有心离开学校，却不知道何去何从，这让他很是烦躁。

很快，唐明俊便被学校后面的桃园给吸引住了，那满树枝的、白里透红的桃子，仿佛巨大的磁铁一般，让唐明俊完全挪不开目光。

摸了摸饿得前胸贴后背的肚子，正在长个子的唐明俊吞咽了一下口水，脚步不由自主地朝桃树林的方向移去。

蹑手蹑脚地进入桃树林后，唐明俊摘了一个桃子，简单地在身上擦了擦毛，便往嘴里塞，香甜的汁水顺着喉咙流进肚里，唐明俊的脸上露出了满足的笑容。三两口吃完一个桃子后，唐明俊又将手伸向另外一个桃子。

"好哇，我说园子里的桃子怎么一天比一天小，敢情是进了偷桃贼啊！"唐明俊刚刚摘下第二个桃子，他的耳边冷不防响起一个声音。

唐明俊被这突如其来的声音吓了一大跳，随即拔腿就跑。

"站住，你给我站住！"桃园的主人显然没有料到唐明俊会如此干脆，他在后面气急败坏地大喊道。

唐明俊闻言，脚下也跑得更快了。

"附近村里的孩子我都认识，你的面孔看着陌生，肯定是育才学校的。你跑得了和尚跑不了庙，我直接去到育才要赔偿。"桃园主人看到唐明俊手脚麻利，自己根本追不上，他忍不住尖着嗓子喊道。

唐明俊眼看就要跑出桃园了，听到桃园主人的话，他心中一慌，脸上也露出了焦急的神色，虽然说他不想上学，却没想过要连累学校。

突然间，唐明俊的眼角余光发现了六个鬼鬼祟祟的身影。这六个人掩藏在草丛之中，桃园主人因为角度的原因而看不到他们，唐明俊却看得清清楚楚。他认出了其中一个女生，正是昨天晚上跟意姐打小报告，说他在大伙房偷食地瓜的温念君。

唐明俊眼睛一亮，脑海中立即有了主意，要是自己将事情闹大了，惹意姐生气了，她是不是就会通知父亲来接自己离开育才学校了呢？

下一刻，唐明俊不再逃跑，而是伸出双手，飞快地从树上摘桃子，一边摘，一边往草丛中六个人的方向扔，同时压低了声音喊道，"温念君，曾景阳，你们几个人先撤，我拖住园子主人。"

39

"停手，停手，哎哟，我的老祖宗，你倒是停手啊……"园子主人距离唐明俊太远，并没有听到唐明俊的叫喊声。他只看到唐明俊眨眼间的工夫就摘了几十个桃子，而且一边摘一边扔，好像故意在跟自己怄气。他心疼得要命，气喘吁吁地大喊道。

藏在草丛中的六个同学被突如其来的变故惊呆了，直到一个个被桃子砸到了脑袋，他们才如梦初醒，新来的唐明俊同学是想跟自己几个人打配合么？

这几个人本来就是因为在学校吃不饱肚子，忍受不了桃园的诱惑，想偷偷过来偷桃打牙祭的，所以在听到唐明俊的话后，他们下意识地捡起地上的桃子，一溜烟地逃回了学校，心中却对唐明俊好感大增。

"我昨天晚上是不是不该向意姐打小报告，唐明俊肚子饿了，到厨房偷地瓜吃也很正常啊，我们今天还不是忍不住过来偷吃桃子了。"温念君嘴中塞着半个桃子，赧然道。

"这两件事情性质不一样；唐明俊到厨房偷吃地瓜，大家伙都得挨饿；我们到校外偷桃子，不会让同学们饿肚子。"曾景阳的嘴巴被桃子塞得鼓鼓囊囊的，却不忘反驳温念君。

"君姐，桃园的主人长得凶神恶煞的，一看就不好招惹，你说唐明俊要是被桃园主人抓到了，他会不会挨打，我们要不要通知意姐？"另外一个同学小心翼翼地问道。

听到这名同学的话，温念君突然间想到了什么，心中咯噔一声，下一刻，牙齿不小心咬到了嘴巴内侧一边的肉，骤然间的剧痛让她好看的眉毛蹙成了一团。

"君姐，怎么了？"听到温念君嘴中发出痛呼声，脸上也露出了痛楚的神色，几个同学关心地问道。

"没事，我刚才不小心咬到嘴巴内侧的肉了。"温念君摸了摸精致而白皙的脸颊，愤然道，"我们上了唐明俊的贼船了。我昨天才打过明俊的小报告，他当时看我的目光好像要吃了我，不可能这么好心配合我们偷桃子，他今天是故意拖我们下水的。"

"君姐，那我们现在该怎么办？"这一行人明显是以温念君为首，平时也习惯了温念君拿主意，他们异口同声地问道。

温念君朝逸少斋的方向努了努嘴，苦着一张脸说道："桃园主人跟意姐过来了，我们这次只能认栽了。"

"唐明俊这龟儿子太阴了，他最好祈祷自己以后不要落在我手中，不然我要让他知道马王爷有几只眼。"曾景阳一边飞快地将手中剩下的半个桃子往嘴中塞，一边含糊不清地说道。

另外几个同学见状，也加快了吃桃子的速度，想在挨训之前，多吃两口桃子，唯独温念君因为嘴巴被咬后痛得厉害，看着手中剩下的桃子，脸上满是纠结的神色。

几个人堪堪吃完手中的桃子时，廖意林已经到了几个人的身边。

想起自己所犯的错误，温念君等人一个个低垂着脑袋也不敢吱声，战战兢兢、浑身发抖，等着廖意林的痛斥和责骂。

"你们摘了人家的桃子？"出乎他们意料的是，想象中的暴风骤雨并没有到来，廖意林的声音像往日一般温和。

廖意林伸手将温念君头上的一片桃树叶子慢慢拿掉，叹气道："你们几个都成大花脸了，快回寝室去洗洗脸，换换衣服，今后不能再随便摘别人家的桃子了。"

几个人愣了一下，随即争先恐后地跑进了寺庙。

唐明俊看到廖意林就这样轻易放过了温念君一行人，不由得目瞪口呆，难道廖意林已经识破了自己的阴谋，打算只惩罚自己一个人？一时间，唐明俊心中恐慌不已，脸色也变得惨白。

"你平时在学校中是不是吃不饱肚子？"廖意林关心地问道。

唐明俊猜不透廖意林的心思，只能用鼻子"嗯"了一声。

"以后我让王德安每天晚上送你一个烤土豆，你现在正是长身体的时候，不能饿肚子。"廖意林柔声道。

"啊，意姐，你不开除我么？"听到廖意林的话，唐明俊一脸诧异。

"我为什么要开除你，没能让同学们填饱肚子，是我没本事，真要开除人，也只能开除我自己。"廖意林摸了摸唐明俊的脑袋。

"明天我跟李先生买些桃子，让同学们吃个够，好么？"看到唐明俊呆滞的面庞，廖意林继续说道。

"意姐，对不起，我错了，我不该去偷摘李先生家的桃子，我更不该诬陷温念君和曾景阳等人……"唐明俊内心膦得慌，他鼻子一酸，眼泪鼻涕一个劲地往外涌。这一刻，唐明俊想起了自己的母亲，眼前的廖意林像极了自己的母亲。

唐明俊这一哭不要紧，他的脸上本来就沾满了从桃树上落下的灰尘，被眼泪、鼻涕、衣袖一搅和，瞬间变成了大花猫。

"唐明俊同学，你不喜欢育才学校么？"廖意林一边帮忙唐明俊擦拭泪水，一边问道。

唐明俊摇了摇头，然后又点了点头，最后发现自己好像没法用动作表述清楚，他哽咽道："喜欢！"

"喜欢就好，育才学校的老师，都是国内各领域的第一流学者。他们不仅仅做学问是第一流，为人处世同样是第一流的。你要好好珍惜这来之不易的机会，不能随便旷课，知道么？"听到唐明俊的回答，廖意林语重心长地说道。

"意姐，我错了，我以后不会再逃课了。"唐明俊大声保证道，一句话说完，久久没有听到廖意林的声音。唐明俊抬头，才发现廖意林已然步履匆匆地离去，远处好像有客人来学校了。

第二天，唐明俊进入教室时，飞速地扫了温念君等人的方向一眼，有点做贼心虚。

"唐明俊，别在门口站着啊，快进来领桃子吃。"温念君仿佛什么事情都没有发生过一般，亲切地招呼道。

也是这个时候，唐明俊才发现讲台上放了一大筐桃子，班主任老师正在给大家发桃子。温念君在一旁帮忙维持秩序，所以她一眼便看到了唐明俊。

"对不起！"跟温念君擦身而过时，唐明俊轻声说道。

温念君愣了一下，随即恬然笑道："我还没谢谢你呢，昨天就让我尝到了桃子的味道。"

唐明俊闻言愕然，难道温念君等人不知道自己在校长面前告了他们黑状？教室人多，唐明俊也没有解释，而是歉然地笑了笑，然后排到了队伍后面。

"唐明俊，意姐找你有事情，她在办公室等你！"一道声音突兀地在教室门口响起，将教室中众人的目光吸引了过去。

下一刻，所有人的目光都落到了唐明俊身上，眼中满是艳羡的光芒，在同学们眼中，能够进入廖意林的办公室是一件非常荣幸的事情。

唐明俊同样一脸惊喜，讲台上的桃子也对他没有了吸引力，他扔下书包，大步走出了教室。

唐明俊进了廖意林的办公室，忙向她问好。

"唐明俊同学，这一块怀表，是你父亲托人从重庆带过来的，让我们转交给你。"在唐明俊询问的目光中，廖意林面色凝重地从兜里掏出一块崭新的怀表，递向唐明俊道。

听到"父亲"两个字，唐明俊眼中闪过一抹不耐烦的神色，他没有说话，也没有伸手去接廖意林递过来的怀表。

"你父亲说，他之前给你准备的生日礼物，你好像不喜欢，直接扔进了嘉陵江，所以他又重新给你准备了生日礼物，他觉得你应该会喜欢。"廖意林继续说道，说这句话时，她的声音低沉，眼睛也有点红肿。

"意姐，麻烦你将这块怀表还给我父亲，只要他送的礼物，我都不喜欢。"唐明俊沉默了片刻后，心烦意乱地说道。

"唐明俊同学，我还有一件事情要告诉你，你父亲买到怀表后，回住所的途中遭遇了军统跟76号日伪特工的枪战。他被日伪特工的流弹扫中要害，身受重伤，临死之前，他念念不忘的就是让人将这块怀表送到育才学校来。"说这番话时，廖意林脸上露出了不忍的神色。

"什么，我爹死了？"刚刚还对父亲表现出一副不耐烦模样的唐明俊，听到父亲死亡的噩耗后，他从椅子上站了起来，惊呼失声道。

"是的，我们派人打听过，你父亲的确死了，而且尸体也被军统的人清理了。"在唐明俊不可置信的目光中，廖意林点头道。

"不，我爹不可能死，你肯定是骗我的！意姐，你快告诉我，你是在跟我开玩笑！"唐明俊歇斯底里地喊道。

看到唐明俊反应如此激烈，廖意林不由得暗暗自责，自己的计划是不是太过自私和残忍了？不过想到现在木已成舟，便是想终止计划也来不及了，反而可能给唐宪富和唐明俊父子带来生命危险，她也只能听天由命，顺其自然。

此后的几天，唐明俊将自己关在宿舍，不吃不眠，整天以泪洗面，完全像换了一个人似的，廖意林怎么劝说和安抚都没用。

"唐明俊同学，还请节哀顺变，你父亲最大的心愿，是希望你能成为一个有学问的人。你现在需要做的，便是好好学习，用优异的成绩来告慰你父亲在天之灵。"廖意林站直身子，走到唐明俊的身后，拍着唐明俊的肩膀道。

"意姐，我以前只是跟我爹置气，我不想我爹死啊！"唐明俊抱住廖意林，号啕大哭道。

"我知道你父亲非常爱你，你也很爱你的父亲，你只是恼怒父亲陪伴你时间太少，所以处处跟他对着干。我看出来了你是爱你父亲的，我想你父亲肯定也感觉得到你的爱。"廖意林耐心劝说道。

"我父亲真的能够感觉到我是爱他的么？"唐明俊停止了哭泣，半信半疑道。

"当然，这个世界上，哪有父母不爱孩子的，又哪有孩子天生不爱父母的？！"廖意林笑道。

廖意林的话让唐明俊陷入了沉思。

"唐明俊同学，你王德安大哥这几天有事请假了，可以请你去学校食堂帮忙打下手么？"廖意林突然间诚挚地请求道。

唐明俊闻言眨巴了一下眼睛，费了好大一会儿工夫才理解廖意林的话，他点了点头，表示答应。

在食堂帮忙的这几天，唐明俊忙得脚不沾地，根本没有时间去感伤和悲恸。他体会到了廖意林的良苦用心，对她感激不已。

"混账，党国拨付你们那么多活动经费，你们就是这么敷衍了事的么？！"罗家湾19号，花园公馆，办公室中的唐宪富看到情报处共享过来的最新情报时，怒不可遏，拍案而起。

站在唐宪富面前的情报员原本是一脸兴奋地前来邀功的，被唐宪富劈头盖脑呵斥了一通后，脸色变得煞白，身子也是瑟瑟发抖，完全不知道"五哥"为何会生气。

"我让你们注意育才学校的动静，一个月时间过去，你们却告诉我，这个十六岁的少年唐明俊可能是延安方面派来的人，你们的消息还能再靠谱一点么？"看着手中儿子的照片，唐宪富有种拆了情报处的冲动。

"这个唐明俊，在学校大谈大轰炸、皖南事变，谈委员长的不是，我们情报处都想直接一枪崩了他！"情报员委屈地解释道，浑然不知道自己疯狂地在死亡边缘试探。

"我他妈还想一枪崩了你，育才学校的师生一向思想活跃，育才学校也不是你们可以随便乱来的地方，以后你们情报处的人不用再盯着育才学校了，我另外派人负责此事。"情报员的话音刚落，唐宪富便一个烟灰缸砸了过去。

猝不及防之下，情报员被砸个正着，额头上流下了殷红的鲜血。他还想出声解释，却被陈树尧直接架出了办公室。

"五哥，您消消气，唐宪富跟唐明俊的身份，除了您和我知道，其余人都不清楚。情报处的人怀疑唐明俊也很正常，毕竟年轻人思想进步嘛。"陈树尧再次返回徐敬塘办公室时，先是笑嘻嘻地帮忙唐宪富点上烟，这才安抚道，"唐宪富为了救五哥丢了性命，要不我们将恩情还在唐明俊身上？"

半个月前，陈树尧已然通过情报处的力量，在七星岗的乱坟坡找到了"唐宪富"的尸体，只是当时"唐宪富"的尸体已经腐烂，看不出模样，陈树尧仅仅从"唐宪富"的衣角以及挂坠确认了"唐宪富"的身份。为了感谢"唐宪富"的救命之恩，陈树尧厚葬了"唐宪富"的尸体，"徐敬塘"也亲自去拜祭了一下。

"怎么还？"唐宪富询问的目光落在陈树尧身上。

"这还不简单，将唐明俊弄进军统，跟着兄弟们吃香的喝辣的，保证不让他吃亏。"陈树尧笑嘻嘻地说道。

"说的什么混账话，军统是混日子的地方么？军统是刀尖上讨生活的地方，唐宪富最大的愿望，便是让他儿子做一个普通人，不然他也不会想方设法将儿子送往古圣寺。"唐宪富瞪了陈树尧一眼，厉声呵斥道。

说完这句话时，唐宪富心中咯噔一声，他想起了一个致命的细节：廖意林是几乎跟自己前后脚进入古圣寺的，她又见过徐敬塘的尸体，所以送唐明俊去古圣寺的，只能是冒充唐宪富的徐敬塘，而不是唐宪富。

自己要想改头换面，成为真正的徐敬塘，就必须让廖意林相信她看到的不是徐敬塘的尸体，而是唐宪富的尸体，那么自己以后就不能以徐敬塘或者唐宪富的身份跟蒋浩轩联系，而是以新的身份向廖意林传递重要情报。

"还好这个月风平浪静，自己也一直没有跟蒋浩轩联系。"唐宪富双眼微眯，吐出一个又一个烟圈，手指则是有节奏地敲击着办公室的桌面，心中想着如何找到一个更加合适的身份帮地下党办事。

情报处的信息也给唐宪富敲响了一记警钟：虽然育才学校远在合川，但那里也并非一方净土，不仅当地的流氓、特务、警备所和乡联保的人会骚扰育才学校，军统和中统的力量同样可以深入育才学校。

事实上，让情报处关注育才学校，只是唐宪富对军统力量的一次试探，同时也是想了解儿子的近况。他没想到会弄巧成拙，差点给儿子造成生命危险，这才是刚刚唐宪富暴怒的原因，可惜的是，情报处的人永远猜不到唐宪富动怒的原因。

"我们在冯玉祥身边是不是安插有人？"唐宪富突兀地停下了敲击桌面的动作，询问陈树尧道。

"是的，冯将军第六战区司令长官一职被撤后，他明面上退隐于巴县中学（重庆两路口和上清寺之间），事实上却热衷于各种进步文化工作。戴老板让我们给冯将军派了一个保镖，那个保镖还是五哥您的人。"陈树尧恭敬地回答道。

"什么叫我的人？我们都是委员长的人！"唐宪富瞪了陈树尧一眼，厉声呵斥道。

陈树尧闻言，轻轻地扇了自己一记耳光，脆声道："五哥，我说错话了，我这就去将叶慕之的档案拿过来。"

一句话说完，陈树尧转身离开了办公室。十几分钟后，陈树尧的脚步声再次响起，他的额头上也多了一层细密的汗珠。

朝陈树尧使了一个眼色，示意陈树尧离开后，唐宪富这才打开了这份被列为机密的档案。

当唐宪富看到档案照片上面年轻而漂亮的面庞时，他的目光下意识地瞟向了年龄一栏，然后才看对方的详细资料。

尽管叶慕之的资料很简单，只有短短几百字，却让唐宪富看得胆战心跳，呼吸急促。

叶慕之出身于武术世家，日军大扫荡时，叶慕之一家所在的村庄也未能幸免。关键时刻，叶慕之跟随父亲和兄长同时暴起，几乎将日军的扫荡队伍屠戮近半，她一个人便徒手杀了十几个日本兵。只是他们最终还是不敌日军的热武器，叶慕之的父亲和兄长死于日军的机枪扫射之下，叶慕之也是身负重伤，被路过的徐敬塘所救。

徐敬塘得知叶慕之的遭遇后，热血上涌的他带着军统的人追杀日军三十余里，全歼了那支日军队伍。徐敬塘的行为，不仅为叶慕之报了血海深仇，也折服了叶慕之，让叶慕之成为了他的追随者。

落日余晖透过窗户落在办公桌上，也落在了唐宪富刚毅的面庞上。想起陈树尧跟自己汇报的有关叶慕之这三年来在冯玉祥身边的点滴，他的脑海中涌现出一个绝妙的计划。

晚上八点的时候，戴着墨镜、身披风衣的唐宪富准时地出现在了夜迷离舞厅，扫了一眼大厅，他很快便看到了吧台旁边局促不安的叶慕之。

身材姣好、面容精致的叶慕之无疑是舞厅的焦点，此时的她身边正围着几个男子，叶慕之一边礼貌地拒绝几个男子跳舞的邀请，一边焦灼地看向舞厅入口。

看到"徐敬塘"的身影后，叶慕之眼睛一亮，站直身子，一个乳燕入怀扑到了"徐敬塘"的身上。

那几个刚刚围着叶慕之半天的男人打量了一眼唐宪富，然后不怀好意地朝唐宪富逼近。

唐宪富冷笑一声，舒展了一下手臂，不仅露出了他的腕表，更是露出了胳膊上军统的刺青。

看到唐宪富手臂上的刺青，几个男子瞳孔一缩，果断地打消了找唐宪富麻烦的心思。

"五哥，我们下次接头能否换一个地方啊？"叶慕之娇嗔道。

"好！"唐宪富干脆地应道。

"谢谢五哥！冯将军最近委托王昆仑帮他找了一位史学名家，名叫翦伯赞。翦伯赞每天都到他家里给他讲述中国通史。冯将军除了偶尔去一下育才学校，参加一些文化活动，基本上在闭门读书，作息规律，没有表现出任何异常。"知道"徐敬塘"约见自己的目的，叶慕之言简意赅地汇报道。

"叶慕之，你觉得冯将军是一个什么样的人？"唐宪富突兀地问道。

"啊……我不知道该如何评价冯将军，不过我觉得冯将军挺时髦的，而且思想上进。"叶慕之愣了一下，摇了摇头，紧接着又说出了自己的看法。

"听树尧说，你不想继续监控冯将军了，觉得冯将军没有监控的必要？"唐宪富继续问道。

"五哥，对不起，我错了，我不该私底下跟陈树尧抱怨工作。"想起徐敬塘的狠辣，叶慕之脸色大变。

"慕之，不用紧张，我从来没有将你当成下属，而是将你当作家人。既然你不想监控冯将军了，那就算了。你找一个合适的机会，去古圣寺吧。"唐宪富轻声道。

"五哥需要我在育才学校里面做什么？"叶慕之没有询问原因，而是问具体的工作内容。

"你暗中获取唐明俊的信任，保护唐明俊的安全。"唐宪富一字一顿地说道。

"好的，五哥，我会尽快想办法进入育才学校的。"叶慕之一如既往地信任徐敬塘，没有任何的询问和质疑，只有绝对地服从。

听到叶慕之的回答，唐宪富下意识地松了口气，他夹在手指间的刀片隐蔽地从叶慕之的后颈处拿开，若无其事地继续跟叶慕之翩翩起舞。

第四章 唐明俊的蜕变

或许是父亲的逝世让唐明俊突然间懂事了,又或者是廖意林的关心,让唐明俊有了学习的动力。接下来的时间,唐明俊不再逃课,而是如饥似渴地学习着课本知识,每天上完普通课之后,他便会溜去专业组听课。

唐明俊爱好广泛,兴致高昂,不仅仅是社会科学组的专业课他一堂课都没有落下地全部参加了,美术组、文艺组、戏剧组、自然组的专业课,他同样不放过。他有如海绵一般,在育才学校这个知识的海洋中吸取水分,迅速地充实着自己。

与此同时,学校面临的境遇越来越困难。因为育才的学生大多是难童,当时国民政府曾经答应给育才一些补助,但是钱很少,随着物价飞涨,没多久,补助的钱只能应付学校总开支的七分之一。因为缺米,学生们常吃已经发黄的霉米,加上菜、蚕豆、南瓜充饥。最困难的时候,学生们一天只能吃两顿,而且每顿的饭菜都要限量。

穿对学生们来说同样是一个大难题,老师甚至专门上课,教育大家要爱护衣服,爱惜得好,就可以多穿一段时间。

进入冬季后,学校的师生们又遇到了一个大问题:学校的宿舍没有垫被,四川山区阴冷,没有垫被,晚上根本就没法入睡,最后师生们将稻草铺在床上,又松软又暖和。要是白天是大晴天,放到太阳底下晒一晒,晚上睡觉就更香了。

这一天，唐明俊他们正在上课，意姐满脸兴奋地走进教室，告诉大家她带回来几百斤大米，马上就要到白沙沱码头了，让大家去码头搬东西。

听到"大米"两个字，社会科学组的同学一个个双眼放光，还有比这更值得庆祝的喜讯么？

教室中轰然一声大响，无论是男生还是女生，全部陷入了欢呼的海洋，紧接着他们顾不得讲台上目瞪口呆的老师，兴高采烈地走出了教室，直奔嘉陵江方向而去。

"这群兔崽子，听到有吃的，竟然课也不上了，不像话！"看到转瞬间教室中只剩下了自己一个人，马侣贤哭笑不得。马侣贤是学校的总务主任，现在担任副校长，学校的日常管理工作基本上是他在负责，偶尔也给学生们上课。

"马校长，孩子们这段时间都饿坏了，听到有吃的不跑才怪了。"廖意林促狭地笑了笑。

唐明俊一行人则是有如急行军一般，沿着山路小跑着到了白沙沱码头。到了码头之后，学生们便开始打量摆放在船舱里装着大米的口袋。

"君姐，我们俩轮流背一袋米怎么样？"陈慧敏看着男生们一人背一袋大米后，剩下的口袋差不多两个女生搬一袋的样子，她巧笑嫣然地走到温念君身边招呼道。只是温念君此时的目光完全被唐明俊吸引住了，根本没有听到陈慧敏的话，直到陈慧敏轻咳了两声，她才回过神来。

"哦……好的。"

"君姐，你之前不是讨厌唐明俊，还联合我们一起整蛊他么，我发现你现在有点不对劲啊。"陈慧敏看着温念君霞飞双颊的样子，她疑惑道。

"哪里有，乱说！"温念君做贼心虚地瞪了陈慧敏一眼，没好气地说道，"赶紧干活啦，一天就知道八卦。"

陈慧敏"哦"了一声，也没有多想，弯腰跟温念君一起抬起麻袋。

另外一边，无意间瞥见温念君注视唐明俊的一幕，曾景阳一阵心烦意乱，他走到唐明俊面前，大声道："唐明俊，我们俩比试一下，看谁先将米背到学校怎么样？"

"码头到学校的路不好走，意姐能够找到这么多大米不容易，我们还是稳着点好，自己摔倒了无所谓，将米撒了就罪过大了。"唐明俊瞟了曾景阳一眼，慢吞吞地说道。

"你……"听到唐明俊的话，想了想大米撒落路上的场景，他不寒而栗，嘴中却忍不住嘟囔道，"不敢比试就直说，非要给自己找那么多理由。"

曾景阳的嘟囔声很轻，船上吵吵嚷嚷的，几乎没有人听得见，不过声音还是传进了唐明俊的耳中。

"曾景阳，你平时不是跟温念君她们走得很近么？女孩子力气小，你要是体力好，可以在路上帮着她们点啊。"唐明俊装作没有听到曾景阳的话，而是朝温念君的方向努了努嘴。

曾景阳闻言一愣，他疑惑地打量了唐明俊一眼，发现唐明俊眼神清澈，一片真诚，他不由得赧然道："谢谢兄弟，我先走一步了。"一句话说完，曾景阳便迅速地朝温念君的方向走去。

唐明俊自己扛起两袋大米，然后大步朝凤凰山方向行走。

"简直就是畜生！"曾景阳刚将温念君和自己的两袋大米放到肩上，便看到了唐明俊扛着两袋大米健步如飞的样子，他嘴巴抽搐了一下，忍不住暗骂道。这一刻，曾景阳暗自庆幸，还好自己没有跟唐明俊打赌，不然的话自己要输惨。

曾景阳没有注意到的是，他的身后，温念君跟陈慧敏的目光也被唐明俊所吸引，完全忘记了出声感激帮助他们扛米的曾景阳。

社会科学组的同学将米扛到半山腰的时候，发现自然组的同学已经在那候着了。自然组的同学像接力一样，将社会科学组同学肩上的大米扛了过去，那动作，好像演练了很多回一样熟练。

自然组同学的到来，让迎接粮食的队伍变得庞大起来，也热闹起来。师生们仿佛打了一场大胜仗一般。回山的路上，歌声不断，笑声不断,欢乐不断。

育才学校一行人的动静,不仅仅惊动了十里八村的乡亲们,同样引起了草街警备所的注意。

"县政府才下达训令,要求育才学校立即迁出古圣寺,没想到他们表面上答应得好好的,暗中却募集了这么多大米,这明显是在糊弄我们啊!"草街警备所的所长马文勇听闻了育才学校一行人的动静后,不由得勃然大怒,眼睛一转,脑海中立即涌现出一个馊主意。

十几分钟后,两个一身黑色劲装的男子出现在了草街警备所,马文勇则是一脸谄笑地站在门口迎接。

"汤长官好,方长官好,我们的人暗中跟随育才学校师生一行人,已经可以确认他们背的都是大米,足以维持育才学校两个月的用度。"看到两个劲装男子,马文勇立即恭敬地汇报。

"废物,你们警备所领着党国的经费,就是这么给党国办事的?想一个法子截获他们的大米不就好了么?"汤大成瞪了马文勇一眼,厉声呵斥道。

"汤长官,我也想将那些大米抢过来啊。可是育才学校来了凤凰山后,先是跟当地德高望重的名流打成一片,让那些名流将自己的孩子送进了育才学校读书,然后还办什么农民识字班,又将附近十里八村的村民给收买了,我要是敢对育才学校的师生们动手,这十里八村的村民便会活撕了我。"马文勇苦着一张脸说道。

"你们乡联保主任是吃干饭的?"方汉军厉声问道。

"甘……甘主任半个月前,领着几个地痞流氓去育才学校捣乱,结果他们离开学校的当天晚上,便被人摸进了屋子,包括甘主任在内的几个人全部被人揍得鼻青脸肿,只剩下半条命,甘主任现在还在床上躺着静养呢。"马文勇结结巴巴地说道。

汤大成跟方汉军闻言不由得目瞪口呆,面面相觑:育才学校明明只有一群手无缚鸡之力的书生,而且被政府打压已久,陷入了极度的困境,眼看就要支撑不下去了,怎么到了马文勇嘴中就变成龙潭虎穴了?

两个人交换了一下眼神，然后将马文勇扔到一边，走到了墙角处窃窃私语。

"老汤，你说这件事情怎么办，马文勇都跟我们汇报了，我们总不能视而不见吧？"

"按理来说，我们俩只是负责盯梢育才学校是否跟共产党关系密切，其他事情跟我们没关系，但是育才学校从来不给我们面子，要是不抓住这个机会狠狠搞它一次，我真的咽不下这口气。"

"可是你刚才也听到了，甘红田和马文勇这帮地头蛇都对育才学校无可奈何，我们就更是够呛了啊。育才学校的人抓又抓不得，杀又杀不得，真是让人头痛啊。"

"但我们也不是拿它毫无办法，我们先去合川县保安队一趟，到了晚上，等古圣寺周围的村民都睡着了，我们搞突袭……"

"老汤，行啊，就按照你的法子办！"

汤大成跟方汉军商定了法子之后，才跟马文勇告辞，迅速地往县城方向赶去。

马文勇很想询问一下汤大成跟方汉军有什么计划，不过话到了嘴边又被他咽了回去，有些事情，不知道反而比知道了好。

当所有的大米都搬进古圣寺时，寺僧烧香的晚钟准时响起，清亮的钟声震动了师生们的耳鼓，四野的虫声加深了师生们对于秋凉的感觉。育才师生们照例开始了天天举行的晚会。

"不知不觉间，新的学期过去了三个月，在这三个月的时间中，同学们都有了很大的进步，我尤为欣喜，不过我今天想跟大家讨论的却是一个沉重的问题：孩子们，你们不妨想想，我们是从哪到这里来的，很多人都会回答是从保育院来的，可是，孩子们不妨再想想，我们是如何到保育院去的呢？"廖意林第一句话，便让全场师生陷入了寂静。

唐明俊下意识地看了一眼四周，他发现很多同学的眼睛都红了，尤其是曾景阳，平时一向顽劣的他，此时完全像变了一个人似的，情绪低落，目光呆滞，仿佛陷入了沉思。

"孩子们还记得自己进入保育院之前的情景么？当我们的老家被敌人的炮火威胁，当我们的头上被敌人的飞机炸弹威胁着的时候，当我们亲眼目睹自己的父母、兄弟姊妹或者亲戚朋友被敌人的枪炮炸弹毁灭时，我们能有什么办法呢？只有逃，逃，逃……"

廖意林富有感染力的演讲还在继续，底下已经抽泣声一片。唐明俊的脑海中下意识地想起了母亲带着自己亡命奔跑的一幕，他下意识地捂住了双耳，尖叫着"不要"，泪水不受控制地往外涌。

"自然，我们还有很多孩子的父母或者兄弟姊妹并不曾被敌人的炮火所毁灭，现在还跟孩子们常有书信来往。他们在信上说家乡平安，可是，我们想想，在敌人的压迫下，家乡真的平安么？要是家乡不是真的平安的话，他们在写这封信的时候，心里又是怎样的悲伤……"

廖意林说到这里时，一直面色平静的温念君也是蹙了蹙眉头，眼中隐隐流露出一丝担忧。

"我们记得，我们的国父中山先生，在临死的时候，口里不断地说着一句话，和平、奋斗、救中国！和平、奋斗、救中国！和平、奋斗、救中国！然而，中山先生死了以后，由于国内不能和平，对外不能奋斗，到了现在，弄得我们很多孩子家破人亡……"

"家破人亡"四个字，廖意林说得尤为沉重，全场也发出了沉重的抽泣声。

"现在，我想问问孩子们，在这家破人亡的时候，我们在这育才学校，是应该努力学习，奋发向上，共同进步，还是应该花前月下、沉溺游玩，当一天和尚撞一天钟混日子呢？"

廖意林的最后一句话突然间提高了音量，让全场的抽泣声瞬间消失。很多人愕然地抬头，他们的眼睛还是红肿的，脸上却闪过一抹慌乱的神色。

人群中的曾景阳下意识地将手伸进了兜里，脸色也变得惨白。

由于长时间生活在一个单纯温暖、自成体系、与外界相对隔离的环境中，再加上学校面临的政治压迫和经济困境，部分育才学生精神上有了一种空虚感，甚至产生了消极和颓唐的情绪，于是一些不好的风气也在学校中兴盛起来了。

有些学生是长期不修边幅，衣冠不整，头发蓬乱，毫无形象可言；有些学生进入了青春期，对异性有了懵懂的好感，开始换着法子吸引异性的注意；更有甚者，很多学生开始玩扑克牌。

有扑克牌的能玩，没扑克牌的也想玩。想买扑克牌又没钱，有人就找旧牛皮纸制作，破报纸破书本也将就，用红蓝铅笔、钢笔画上简单的牌花。大家都无心认真上课，偷偷摸摸制牌盼着下课好玩。一时间，学校拥有的扑克牌数量激增，大约每五人就能有一副，不分地点、不分场合、不分时间，东一群西一伙地玩起来就忘记了上课，忘记了吃饭，达到了废寝忘食、走火入魔的境地。

一股扑克牌风，将原本良好的学习氛围破坏殆尽，好学上进、读书钻研的风气也被扫荡一空。

"我现在给大家一次改过自新的机会，大家去教室或者宿舍，将自己的扑克牌全部拿到这里来。"廖意林用前所未有的严肃语气跟大家说道。

一百多名师生鸦雀无声了片刻，紧接着大部分学生面红耳赤站了起来，他们一个个埋头掩面而去，唯有极少数学生坐在原处没有动弹。

唐明俊扫了一眼，发现以曾景阳、温念君、陈慧敏为首的小团体都一动不动地坐在原地。想起这几个人的期中考试成绩死死地咬在自己屁股后面，他们平时也的确不跟大家一起玩扑克牌，唐明俊忍不住朝他们笑了笑。

不仅仅唐明俊在四处打量，几乎所有留在松林露天课堂的同学都忍不住抬头看向四周。当他们发现留下的基本上都是平时成绩很好的同学时，他们忍不住会意地点头微笑招呼。

"奇怪，既然曾景阳不玩扑克牌，他刚才紧张什么？"唐明俊清楚地记得，刚刚廖意林说到最后一句话时，曾景阳的脸色明显表现异常，"难道这家伙最近也动了玩扑克牌的心思，制了一副牌藏在兜里？"

十几分钟后，离去的同学们陆陆续续回到了松林里的露天课堂，在廖意林的眼神示意下，他们一个个自觉地将扑克牌扔到了松林中间的空地上。

"孩子们，为了让大家吃饱、穿暖、休息好、热心学习，这两年来，我到处化缘募捐，大家过去在学习上奋发努力、积极钻研向上的劲头让我觉得一切都是值得的，可是当我发现你们最近心思没有放在学习上时，我深感痛心和不安……"

廖意林一边训话，一边点燃了松林中间的扑克牌堆，熊熊的烈火将扑克牌烧成了灰烬，也将同学们贪玩的心烧到了零度。

没有一个同学因为扑克牌被烧了而不舍或者难过，他们心中有的只是内疚，还有后悔以及不安。毕竟廖意林和学校的老师们做了很多事情，给自己创造了这么好的学习环境，自己却不知道好好珍惜，反而玩物丧志，沉溺于玩扑克牌，实在太不懂事了。

很快，便有同学走到廖意林面前，恭敬地鞠躬道歉，并且做出保证，以后不会再玩牌，而是将所有的心思放在学习上。有了第一个，便会有第二个、第三个、第四个……

见同学们都意识到了自己的错误，廖意林和学校的老师们交换了一下眼神，下意识地松了口气，脸上也露出了满意的笑容。

就在廖意林清了清嗓子，准备结束今天的例会时，一道凄厉的惨叫声突然间在古圣寺方向响起，让廖意林面色大变，也让松林中的同学们乱了套。

第五章　唐明俊的爆发

一些师生抢先冲向古圣寺，其余师生都紧张地看着学校的方向。

跨入寺庙大门时，才发现院子门口守着几个县保安队的队员，他们满脸冷笑地注视着蜂拥而入的师生们，看到师生们进入寺庙，他们也不阻挠。

寺庙前殿中，还有一些保安队员在翻箱倒柜，不仅仅将教室中的课桌抽屉全部掀翻，便是老师的办公室、学生的宿舍也未能幸免。

"你们这是流氓行为，我要报警抓你们，我要抗议！"师生们隐隐约约听到了教导处方主任歇斯底里的怒吼声，然后大家下意识地朝声音传来的方向集中。

"报警抓我们？你还是想想如何保住自己的性命吧！学校里到处都是违禁书籍和笔记本，你告诉我，育才学校到底想干什么？"张天国狠狠一脚将方主任踹倒在地，厉声质问道。

合川县保安队队长张天国的一番话，不仅仅让方主任面如死灰，便是闻讯而来的育才学校师生们也是噤若寒蝉，如坠冰窖。

"你们这是赤裸裸的污蔑，趁着我们师生不在教室，将一些乱七八糟的东西往学校中塞，然后猪八戒倒打一耙，说这些东西是我们的，你们居心何在？"就在全校师生六神无主，不知所措时，一道洪亮的声音突然间在寺庙中响起，关键时刻，却是廖意林挺身而出，挡在了方主任前面。

"笑话,你们育才学校一向跟延安走得近,你们学校的师生完全被共产党渗透,你们的教材全部是非法读物,你们整天给学生们灌输一些乱七八糟的思想,我用得着污蔑你们?"在廖意林的瞪视下,张天国下意识地后退了两步,随即冷笑出声道。

"凡事都要讲究证据,不是你血口喷人就能作数的。古圣寺是我们育才学校租赁下来的,你们没经过我们的同意,便擅自闯了进来,在这里翻箱倒柜不说,还打伤我们的人,此等行径跟土匪流氓有何区别,又怎么对得起你身上这身制服?"廖意林大怒道。

"证据已经摆在您的面前,到时我会呈交上峰,至于这些证据能否作数,我说了不算,您说了也不算,得上峰说了算。"张天国反而笑了,他挑衅地看了廖意林一眼,挥手道,"将所有证据都搜集起来,走人,对了,将这个姓方的也带上,我怀疑他是共党。"

随着张天国一声令下,寺庙内的宪兵们立即行动了起来。

"他们在教室和办公室中的搜寻行为是假象,他们是奔我们的大米来的,他们好几个人都去大伙房了。"方主任被踹倒在地后,胸口堵了一口气。他花了好半天工夫才将胸口的那一口气捋顺,这才大声提醒道。

听到方主任的话,育才学校师生们一阵骚动,他们下意识地便要往大伙房方向冲,张天国却是毫不犹豫地朝天放了一枪,大声威胁道:"要是不想掉脑袋的话,就给我乖乖地站在这里,谁都不许动。"

"我日你仙人板板,你们要抢我们的口粮,还让我们站着不动,我就不信你们真的敢开枪,有种就打死我们!"就在大家都被枪声震慑住时,人群中突然间爆发出一声怒吼,然后曾景阳一马当先冲了出去。

曾景阳的一句话有如捅了马蜂窝,让人群沸腾起来。

"有种就打死我们!"

"有种就打死我们!"

"有种就打死我们!"

59

此起彼伏的怒吼声直冲云霄，彻底点燃了育才同学们的斗志，一大群学生跟着曾景阳朝大伙房方向冲了过去。

廖意林和老师们见状却是脸色大变，要是真的发生大冲突了，张天国他们固然难辞其咎，可是孩子们的伤亡也在所难免。这也是为什么每次县城保安队和当地的流氓进入学校捣乱时，学校都忍辱负重、委曲求全的原因，而那些捣乱的县城保安队和流氓，忌惮育才学校在社会上的影响力，也不敢做得太过分。

"小兔崽子，还真当我的枪是摆设了！"看到育才的学生们完全失控，要往大伙房方向冲刺，张天国的脸色变得非常难看。他眼中闪过一丝凶狠之色，然后将枪对准了冲在最前面的曾景阳。

张天国扣动扳机的瞬间，他感觉到自己拿枪的手臂遭受了一记重击，紧接着自己的喉咙被人紧紧扼制住，然后后脑勺已经被一个硬邦邦的东西顶住，他这才发现，自己手中的枪也不知道什么时候到了对方手中。

"要是不想死的话，就赶紧下令住手。"一道阴恻恻的声音在张天国的耳边低沉地响起，仿佛来自地狱深处，让他浑身直冒冷汗。

"住手，全部给我住手！"被枪指着脑袋，张天国不敢有任何犹豫，他张皇失措的声音在古圣寺的上空响起。

第二道枪声响起的刹那，育才学校师生们都是脸色大变，尤其是冲在最前面的曾景阳更是双腿一软，头脑一片空白，差点直接跌倒在地。这一刻，曾景阳心中生出了那么一丝丝后悔，自己怎么就冲动了呢。不过曾景阳此时心中想得更多的却是惨死在日寇大轰炸之下的父母，还有这一年多来温暖了自己心扉的温念君。

曾景阳下意识地回头看向温念君的方向，发现温念君正满脸担忧地看着自己，她白皙精致的脸蛋上，一滴泪水悄然滑落。

"她哭了，她在担心我，一切都是值得的。"曾景阳朝温念君笑了笑，心中的那一丝后悔消失无踪，取而代之的是无限的满足。曾景阳将手伸进裤兜，取出一张他写了很久，却一直没有勇气递给温念君的纸条。

"住手，全部给我住手！"就在曾景阳以为自己已经中枪，而且必死无疑时，张天国张皇失措的喊叫声传入了他的耳帘。曾景阳听在耳中，觉得别样的聒噪。

曾景阳愕然地看向张天国，想知道刚刚还疯了一般朝自己开枪的张天国，怎么会突然间态度大变。然后曾景阳惊讶地发现，张天国的身后多了一道人影，那个人赫然是唐明俊。

唐明俊一只胳膊扼制着张天国的脖子，另外一只手则是拿枪对着张天国的太阳穴。

"自己没有死，竟然只是耳朵被擦破了一点皮，唐明俊救了自己一命？"曾景阳下意识地摸了摸自己火辣辣的耳朵，原以为会被一枪爆头、必死无疑的他满脸呆滞。

突然间发生的变故，不仅让曾景阳目瞪口呆，育才学校的师生们，以及跟随张天国一起进入古圣寺捣乱的县城保安队队员们也傻眼了。

唐明俊的行为让古圣寺陷入了死一般的寂静，育才学校的同学们下意识地吞咽了一下口水，看向唐明俊的目光充满了崇拜，廖意林等人却是面面相觑，他们一边担心唐明俊的安全，一边思索着这件事情该如何收场。

"曾景阳，你继续带着同学们去大伙房，要是有人敢动我们的大米，就给我狠狠收拾他们，一群只会鱼肉百姓、欺男霸女的地痞流氓罢了，穿上了一身制服，还真当自己是一盘菜了。"唐明俊抢先开口了。

要是说唐明俊刚刚进入育才学校时，还什么都不懂，但在育才学校待了三个月后，他几乎将国情和时事研究透彻了。

县保安队听起来很正规，其实是民间武装，不在国家军队或警察部队编制内，政府不负责其薪酬。一般负责人都是当地的土豪劣绅，他们对县长负责，由县长管理。他们的主要职责是帮助警察抓小偷，维护当地的法律和秩序。

国民政府统治期间，没有几个普通老百姓愿意加入保安队，其成员多为游手好闲的乌合之众。他们作恶多端,欺骗男女,勒索钱财,伤害人民,当地人民对其恨之入骨。

听到唐明俊的吩咐,曾景阳跟唐明俊交换了一下眼神,便领着一帮男生继续朝大伙房方向冲去,原先被枪声震慑住的男生此时也纷纷跟了上去。

"你跟我们县保安队撕破脸皮,就不怕给学校带来麻烦么?"意识到自己此行目的落空,张天国心中极为不甘,忍不住厉声威胁道。

听到张天国的话,唐明俊下意识地看向意姐,发现她一脸担忧的神色后,心中咯噔一声,随即狠声道:"你要是将我逼得狠了,我大不了辍学跟你死磕!我父母都死在日本鬼子手中,我暂时奈何不了日本鬼子,还收拾不了你这种小瘪三么?"

"我们学校很多同学父母死于抗日战争,有些同学的父母还在冒着生命危险浴血战斗。育才学校在收留抗日烈士遗孤的同时,也在为国家培养抗日战士。你们不去战场跟日本鬼子厮杀,却在这里欺辱烈士遗孤,欺辱抗日英雄的后代,你们就不脸红么?"唐明俊顿了顿,掷地有声地质问道。

唐明俊振聋发聩的一番话,让育才学校的师生们忍不住齐声叫好,以张天国为首的县保安队员却是垂头丧气,满脸通红。

"好,说得好。"突然间,一道阴阳怪气的声音在人群中响起,却是古圣寺的门口再次进来了两个人,为首的一个黑色劲装男子一边大声叫好,一边为唐明俊的讲话鼓掌,"育才学校培育出来的学生口才好,胆量更好,在下佩服!"

"汤长官救我,方长官救我!"看到进入寺庙的两个劲装男子后,张天国仿佛抓到了救命稻草一般,大声喊道。

"废物,连一个学生娃都对付不了,我救你何用?"汤大成白了张天国一眼,然后慢悠悠地走到教导处方主任面前,将方主任搀扶了起来:"方主任,我们又见面了,上次被你找机会跑掉了,这次可以老实跟我们回去了吧?"

汤大成跟方汉军两个人架起方主任便走，完全无视了被唐明俊挟持的张天国，对其余育才学校师生也是视而不见。

"住手，你们怎么可以在学校乱抓人呢？"眼看方主任就要被架出学校，廖意林急了，她不由得大喊道。

"就凭他是共产党员，他就该被抓！"汤大成斜睨了廖意林一眼，大笑道。

"就算你们要抓人，也应该有政府的批文！"廖意林怒目圆瞪道。

"中统局办事可以先斩后奏，不需要批文！"方汉军得意地回答道。

"你们将方主任放下，不然我就开枪了！"唐明俊听到刚进来的两个人表明身份后，行事肆无忌惮的样子。他下意识地将枪头对准了汤大成，厉声威胁道。

"小朋友，你的枪都没上膛，吓唬一下张天国那种孬货也就罢了，还想唬住我？"被唐明俊拿枪指着，汤大成非但没有害怕，反而哈哈大笑，"张天国，你要是连一个小孩都对付不了，我回去得跟你们合川县长唠叨唠叨，让他换一个保安队长了。"

听到汤大成的话，唐明俊不由得愣了一下，目光下意识地落到了自己手中的枪上，脑海中却在消化汤大成的话：上膛是什么意思？

下一刻，一股剧痛从腰间传来，紧接着唐明俊感觉到自己的身子腾空而起，狠狠地被摔到了地上。却是张天国反应过来自己没有性命之虞后，趁着唐明俊走神的工夫，突然间暴起，一个背摔将唐明俊掀翻在地。

"小王八羔子，竟然敢挟持我，我今天就让你知道花儿为什么这样红。"张天国重获自由身后，他一把从唐明俊的手中抢过手枪，咔嚓一声手枪上膛后，便将枪口对准了唐明俊。

只听得"砰"的一声闷响，育才学校师生们的心房狠狠地战栗了一下，他们目眦欲裂地看向张天国，恨不得生啖其肉。便是汤大成和方汉军两个人也是一阵头皮发麻，脸色变得异常难看，闹事归闹事，跟死人完全是两码事。要是张天国真的在育才学校打死了人，而且打死的还是学生，不仅张天国这个当事人会死得很惨，汤大成跟方汉军也脱不了干系。

就在所有人都用愤怒的目光看向张天国时，却看到张天国的额头上已然多了一个血洞。他目光中满是惊恐，还有些许茫然和不甘，然后身子轰然倒地，反而是被大家认为已经被张天国开枪击毙的唐明俊正动作矫健地在地上打滚，屁事没有。

"你们狗胆不小啊，敢在育才学校开枪！"一道怒喝声突然间在门口响起，然后几道人影从寺庙外走了进来，为首的是一个身着军装，体形微胖的中年男子。

刚刚还趾高气扬不可一世的汤大成和方汉军两个人，一见到这位中年男子就放开了教导处方主任，垂头丧气地站在一边。

"谁让你们过来捣乱的？"中年男子打量了两个人一眼，大声呵斥道。

"长官，我们怀疑育才学校窝藏了共匪……"汤大成战战兢兢地解释道。

"放你妈的狗屁，育才学校收养的不是烈士遗孤，便是战时难童，他们在为抗战培养人才，哪里来的共匪？！你们要是再胡言乱语，血口喷人，信不信我一枪崩了你们！"汤大成的话还没说完，便被长官毫不客气地打断，然后又是一顿呵斥。

面对长官的呵斥，汤大成满头大汗，却不敢辩驳半句，只能低声应是。

"我们这就走。"汤大成跟方汉军点头哈腰，夺路而逃。

中统局的两个人一走，剩下的县保安队员站在那里大眼瞪小眼，脸上满是焦灼和不安的神色，不知道该何去何从了。

"还有一群保安队员在大伙房破坏我们的大米，我怕同学们不是他们的对手，先过去帮忙了啊。"唐明俊看到大殿突然间安静了下来，他心系大伙房那边的动静，便带头冲了过去。

大伙房中，曾景阳等男生正跟县保安队的十几个人打得有来有往，不亦乐乎，好几个装米的口袋被弄破了，大米撒得地上到处都是。

看着地上那白花花的大米，唐明俊眼睛都红了，他大吼一声，便向人群冲去。只是唐明俊很快便愕然地停住了脚步，他发现自己虽然动作很快，有人比他动作更快。

唐明俊感觉仿佛一阵清风从自己身边吹过，然后刚刚跟在自己身边的一个漂亮女生便出现在了交战的人群之中。她白皙的手掌在空中形成了一道幻影，五指翻飞间，掌起拳落，或是推，或是格挡，或是卸力，一分钟时间不到，县保安队员便全部栽倒在地，哼哼唧唧的再也爬不起来。

"这……这也太厉害了吧？"唐明俊看了看自己的双手，再看看对方的双手，他双眼一阵阵发光，"不行，自己一定要找一个机会跟她学习格斗技巧。"

曾景阳等人也被她的身手给惊住了，他们愣了片刻，发现站在大伙房门口的唐明俊，这才出声招呼道："明俊，你怎么也过来了，外面怎么样了？"

"一位长官收拾了县保安队。"唐明俊回答道。

"我叫叶慕之，学过几年武，一向仰慕育才学校，想留下来帮忙。"叶慕之大大方方地自我介绍道，"我比你们大不了几岁，你们喊我叶姐或者慕之都可以。"

"叶姐好，感谢你的救命之恩。"

"叶姐，你的身手简直太霸道了。"

"叶姐，我能不能跟着你学武术啊？"

……

叶慕之一句话，迅速地拉近了同学们跟她的距离，而这也正是她的目的，看到唐明俊满脸渴望地看着自己，她点了点头："我会抽空教你们一些防身术和格斗术，前提是你们能吃苦。"

听闻叶慕之答应教自己习武，无论是唐明俊，还是曾景阳等人都兴奋不已，摩拳擦掌地恨不得现在就开始跟叶慕之学习武术。

一行人正在大伙房寒暄时，嘈杂的脚步声在外面响起，紧接着一大群县保安队员从伙房外涌了进来。就在伙房中一群人紧张不已，以为又要面临一场恶战时，进来的这群人却是抬起躺在地上的保安队员就走，完全不敢吭声。

第六章 伤离别

育才学校成功躲过一劫。

育才学校在庆幸之余,兴高采烈地举办了欢迎晚会。文艺组、音乐组和戏剧组的同学纷纷上台,八仙过海各显神通,将一身才艺展示得淋漓尽致。在一阵阵叫好声中,育才学校欢迎晚会的氛围一次又一次被推上高潮。

育才学校的师生们意犹未尽地回到宿舍,在松涛声和虫鸣声的伴随下陷入沉睡时,上海,76号特工总部,日本特高课课长田中后岛的办公室的灯光却还亮着,他的办公桌上摆放着一堆绝密档案。

这些绝密档案,基本上是日伪政府王牌特工吴友国留下来的。

事实上,田中后岛已经研究这些绝密档案整整三天时间了,他总觉得这些档案的背后隐藏着一个天大的秘密,要是自己不能破译这个秘密,在跟重庆国民政府和共产党的交锋中会非常被动,但是到目前为止,他没从这些档案中看出任何眉目。

"中国人办事情果然不可靠!"田中后岛嘀咕了一句,干脆合上档案,又揉了揉发涨的额头,微眯双眼,靠在了椅背上。休息了十几分钟后,他拨响了一个电话,将行动处的特工陈天明喊到了自己的办公室,因为陈天明在进入行动处之前,曾经是吴友国的心腹。

"陈君,你了解徐敬塘的身手么?他跟吴处长的实力相比,谁强谁弱?"点头招呼一声后,田中后岛直接切入了正题。

"田中课长，徐敬塘跟吴友国都是王牌特工。徐敬塘是正规军校特训出来的，在枪法方面更胜一筹；吴处长出身市井，拜过武术名家为师，近身格斗能力更强。要是贴身肉搏，应该吴处长厉害一些；要是枪战的话，就难以预料了。"陈天明字斟句酌地回答道。

"我记得吴处长曾经跟我提过一个'狸猫换太子'的行动计划，我也批准了。为什么机要室的所有档案中，完全看不到这个行动计划的影子？"田中后岛疑惑地问道。

"这……"陈天明闻言，额头直冒冷汗。

陈天明知道吴友国从来没有真正将日本人当主人，而是在利用日本人的扶持发展他自己的势力，所以吴友国对于档案的处理完全凭心情以及是否会损害自己的利益："实在抱歉，田中课长，这个我也不是很清楚。"

"不，直觉告诉我，你知道这个计划，或者说，你对这个计划有所猜测，你不妨大胆说出来。"田中后岛跟陈天明说话时，一直死死地盯着陈天明的双眼，所以他很容易就发现了陈天明脸色的异常。

"田中课长，我真的不知道。"想起吴友国留下的庞大地下势力，陈天明不寒而栗。他敢肯定，要是自己今天敢在田中后岛办公室出卖吴友国，自己明天就会暴尸街头。

"陈君，其实在见你之前，我已经召见了很多人，行动处的、情报处的、机要处的，他们有跟我说实话的，也有跟我撒谎的，还有遮遮掩掩、欲盖弥彰的。你知道那些敷衍了事、故意糊弄我的人，都是什么下场？"田中后岛突然间收敛了笑容，阴恻恻地问道。

在田中后岛鹰隼般的注视下，陈天明觉得自己仿佛没有穿衣服一般，没有任何秘密可言，他的脸色也是一点点变得惨白。

"吴友国之所以会发展出那么庞大的地下势力，完全是因为我们大日本帝国的经费支持和军火支持。只要我们大日本帝国愿意，我们可以扶持出第二个、第三个吴友国，难道陈君心中就没有半点想法么？

"吴友国三个月前死于重庆之后，紧接着76号特工总部在重庆的势力几乎被连根拔起。失去了吴友国等人的行动处不仅仅毫无战斗力可言，还对特高课不忠诚，你是想让我将76号的人全部杀掉问罪么？"

……

田中后岛缓缓说完一番话之后，便点燃了一根雪茄，吞云吐雾起来。办公室一片寂静，只剩下了壁钟的嘀嗒声。

陈天明闻言陷入了剧烈的挣扎之中：田中后岛的话已经说得很明白了，要么为田中后岛所用，成为第二个吴友国；要么继续欺瞒田中后岛，被田中后岛处决。

"田中课长，其实吴友国已经暗中执行了'狸猫换太子'计划，只是为了保密，他没有将行动计划记录在案。吴处长这几年反复研究过徐敬塘的资料，有一段时间，私下的饭局中也张嘴闭嘴都是徐敬塘……"

陈天明内心剧烈挣扎了一番后，终究还是没能承受住巨大的压力，将自己所知道的信息全部吐露了出来。

"徐敬塘？果然跟我掌握的情况差不多，要是真正的徐敬塘已死，现在的徐敬塘是吴友国培养的棋子，这幕戏就太好玩了。"田中后岛拉开抽屉，从里面掏出一封解密的电报扔给了陈天明。

"陈君，恭喜你通过了特高课的考验，从现在开始，你将成为76号行动处的副处长。"见陈天明看完了电报后，田中后岛收回电报，热情地与陈天明握手道。

看完了电报内容后的陈天明却是浑身直冒冷汗，心中暗呼侥幸。他没有想到田中后岛居然如此狡猾，明明在中统高层内部有人，掌握到了足够多的证据，却故意装作什么都不知道，然后在76号特工总部进行清除异己的整顿行动。

"谢谢田中课长的关照，我会全力以赴为帝国服务的。"陈天明战战兢兢地保证道。

看到陈天明后退着离开办公室后，田中后岛的目光再次落到了中统高层发过来的密报上面。

事实上，对于密报的内容，田中后岛也是半信半疑：一方面，他对中国人始终保持着警惕心理，觉得中国人不可能跟大日本帝国一条心；另一方面，给自己密报的那个内线的权力欲望实在太强了，他不敢保证对方是否别有用心。

"徐敬塘是真是假，只需派人去育才学校一趟便知。"沉思了半响后，田中后岛心中已然有了一个完美的主意。

合川县政府赔偿育才学校的三百斤大米，第二天便由县保安队亲自押运，送到了古圣寺的大伙房，至于那些大米是县政府赔偿的，还是县保安队的乡绅们赔偿的，就没有人知道了。

唐明俊、曾景阳等男生壮着胆子向学校提出申请，让叶慕之教大家防身术和格斗术。学校在征求叶慕之的意见后，没有任何犹豫便答应了。

学校本来有意弄一个武术组的专业课出来，却被叶慕之婉拒。叶慕之拒绝的理由很简单：习武对于气血要求极高，在育才学校没有办法保证同学们营养的情况下，盲目习武非但没法学到真正的武术，反而会伤到身体。

叶慕之在学校开了几堂大课，给师生们讲述了基本的防身术和格斗术，同时教了大家一套养生术的动作。叶慕之又教了唐明俊、曾景阳等十几个男生蹲马步的动作，说之后再检查他们的练习效果。

育才学校在扑克牌风波后，又兴起了一股武术风。

对于全校习武的事情，学校非但没有阻挠，反而极为支持，因为育才学校的伙食问题，大部分学生身体都偏瘦弱，这让学校极为痛心，也很是担心，而武术显然可以很好地改善这一情况。

于是，在育才学校，随时随地都可以看到习武的人群，大殿内、松林中、花坛前、古庙后，有的单独练习，有的捉对厮打，有的三五成群，不仅仅全体学生参与了进去，便是老师们也乐在其中。不到半个月的时间，育才学校的师生们便将养生术的动作练得熟练，甚至将这一套动作当成了每天的必修课。

相对于格斗术、防身术和养生术，蹲马步的动作无疑是枯燥而无聊的。

跟唐明俊、曾景阳同时练习蹲马步的十几个男生，坚持了不到一周，便纷纷放弃，跟随主力部队去练习养生术了。

"唐明俊，你说我们这样蹲马步会有效果么？"

"叶姐说了，蹲马步主要是锻炼下盘的稳固和平衡能力，也是培养我们的耐力耐性，我们照做就是了。"

"你有没有发现，叶姐对你的态度有点奇怪？"

"怎么奇怪了？"

"我也说不出来，反正我觉得她对你的态度跟对别的男生态度不一样。"

"无聊！"

"唐明俊，你说是君姐漂亮，还是叶姐漂亮？"

"曾景阳，我发现你真的很无聊呢，她们谁漂亮很重要么？"唐明俊无奈地说道，只是他一句话说完，然后眼角余光看到一道靓丽的身影款款从远处朝自己和曾景阳的方向走来。他的眼珠一转，不动声色地问道："曾景阳，你觉得她们俩谁漂亮？"

"见到叶姐之前，我觉得君姐是我们学校最漂亮的，可是看到叶姐后，我才知道女孩子还可以有另外一种美。要是让我选择其中一个做女朋友的话，还真的难以抉择呢。"曾景阳皱眉沉思道。

唐明俊闻言愕然，他怜悯地看了曾景阳一眼，然后默默地站直身子走到了一边。

"咦，你怎么今天才蹲了半个小时就收功了……"曾景阳满脑子都是叶慕之跟温念君的身影，压根没有注意到唐明俊的眼神变化，更没有注意到已经站在他身后的靓丽身影。

下一刻，曾景阳的屁股传来一股巨力，然后他不由自主地扑倒在地，摔了一个狗吃屎。

"曾景阳，你不要脸，谁稀罕做你女朋友啊？"与此同时，一道怒吼声也在他的耳边响起。

听到这道魂牵梦萦的声音,曾景阳傻眼了,他终于知道刚刚在自己对面蹲马步的唐明俊为何突然间躲到了一边,敢情对方早就知道了温念君的到来。曾景阳指了指唐明俊,咧了咧嘴巴,却不知道该说什么好,唐明俊除了没有尽到提醒的义务,其他事情好像都是自己在作死。

"温念君,你过来找我们有事么?"唐明俊满脸微笑地招呼温念君,缓解了曾景阳的尴尬。

"嗯……我是来跟你们告别的,我叔叔找到我了,想接我去重庆上学,方便就近照顾我。"温念君脸上满是雀跃的表情。

"恭喜你,终于可以与亲人团聚了。"唐明俊看出了温念君眼中掩饰不住的喜悦,由衷祝福道。

"君姐,那我们以后岂不是很难看到你了?"曾景阳恋恋不舍地说道。

温念君显然还记恨曾景阳刚刚说的话,她狠狠地瞪了曾景阳一眼,没好气地说道:"你有你的叶姐就行了,哪里会想到看我啊?"

一句话说完,温念君想起古圣寺距离重庆的确有点远,光是走山路到码头便有五公里远,从白沙沱码头坐船到北碚又得大半天时间,到了北碚后,还得摇摇晃晃坐几个小时的汽车才能到重庆。默默地打量了一眼待了两年多的学校,温念君瞬间有点惆怅了。

"君姐,我……"听到温念君的抱怨,曾景阳心如刀绞。他张了张嘴,便想对温念君表白,只是他还没来得及将心里话说出口,便看到温念君递给了唐明俊一封信。

"唐明俊,很高兴能够在育才学校遇到你,这次离别,也不知道我们以后是否还有机会见面。我有很多话想跟你说,要是一直不说,我怕自己会抱憾终生。我想跟你说的话全在信中了,等我离开后,你再慢慢看。"温念君盯着唐明俊,说完这番话后,便急匆匆离去。

看着温念君窈窕的背影,回想着温念君的话语,唐明俊一时间觉得自己手中的信重于千钧,站在原地半天没有动弹,连曾景阳神色黯然地离开了也没有注意到。

温念君的离去,并没有在育才学校引起太大的波澜,因为这样的事情在育才学校不是第一次发生,也不会是最后一次发生。作为一所难童学校,时不时会有失联的亲戚找上学校领走孩子。

只是以温念君为首的小团体直接散伙了,团队的核心人员之一陈慧敏没心没肺地迷上了养生术。团队的另外一个核心人员不仅上课时神不守舍的,还退出了蹲马步的行列,而且不修边幅,茶不思饭不想的,一个月下来,整个人都瘦了一圈。

唐明俊自然知道曾景阳的身上为何会发生这种变化,可是他没有办法也不知道怎么去安慰曾景阳。

正如温念君在信中所说的那般,唐明俊的内心熊熊燃烧着一团火焰。那一团火焰,不仅仅是复仇的火焰,更是上进的火焰,所以唐明俊在育才学校,比任何一个同学都要刻苦认真,他对温念君仅限同学间朦胧的好感,并未上升到爱慕之情。但唐明俊做梦也想不到的是,温念君在离开之前的信无意间却伤到了曾景阳。

罗家湾19号,花园公馆。

"五哥,最近温东岳到处抓捕重庆的地下党员,短短的一周时间内,中统抓了十几个地下党员,而且好像还在布局,准备将重庆的地下党势力连根拔起。"陈树尧汇报完工作后,顿了顿,神色古怪地说道。

"这不是很正常么?温东岳是中统调查科特务组的副主任,但凡对共产党的调查研究、密谋策划以及被认为属于最机密的情报搜集、破坏指导统统都是他的职责范围啊。"唐宪富悠闲地吐出一个烟圈,笑眯眯地说道。

"我的五哥欸,中统明显是在抢我们的饭碗啊,党务调查、舆论控制和党政机关的思想监控才是他们应该干的活。"见唐宪富淡然的样子,陈树尧急了。

"温东岳这个人我很清楚,有点小聪明,但是缺乏魄力。再说了,你怎么知道他不是在演戏呢?我们军统之前不也这么干过?随便找几个自己人假扮地下党员,大庭广众之下将他们逮捕,然后引诱真正的地下党员上钩。"

"五哥，温东岳的所作所为能够瞒得过共产党，绝对瞒不过我们。"陈树尧神色焦灼道，"中统抓的那十几个人真的都是地下党员。遭受了中统最严酷的刑罚后，有三个人没挺过去，直接嗝屁了，其他人都还关在审讯室，搞不好真要被他们抢一个大功。"

"根据情报处的消息，温东岳不是共党潜伏在中统的特工么？我们最近也没想对他下手啊，他这是发什么疯？"唐宪富坐直了身子，脸上终于露出了几分认真的神色。

"五哥，这就是我觉得温东岳反常的地方啊。以前中统那边经常泄露消息，让我们在抓捕地下党的行动中很被动；这一次他居然主动出击抓捕地下党员，我都怀疑他共产党情报特工的身份是他故意放出来的烟雾弹。"陈树尧义愤填膺地说道。

唐宪富闻言哈哈大笑，他指了指陈树尧："军统也好，中统也好，都是为党国办事，怎么到你嘴中就成了阶级敌人？"

"五哥，不仅我着急，兄弟们也着急啊。你之前不是让我们派人盯着育才学校么，结果我发现他们中统的人早就行动了；而且温东岳的侄女好像就是育才学校的，将育才学校的底细摸得一清二楚。他突然间将侄女从育才学校叫回，我怀疑这是要对育才学校动手的先兆。

"根据情报处的消息，育才学校简直就是一个匪窝：周恩来夫妇去过那里，贺绿汀、艾青、茅盾都在那里上过课；尤其是贺绿汀和艾青，分别担任过育才学校的音乐系主任和文学系主任，皖南事变后去了延安。他们的党支部书记廖意林更是延安派过来的人，要不是冯玉祥将军罩着，我们早就将育才学校给掀了。"

看到陈树尧急眼的样子，唐宪富将雪茄的烟头放进烟缸摁了摁，哼声道："树尧，你要记住一句话，每逢大事要静气，急是解决不了任何问题的。"

"还愣着干什么，喊兄弟们抄家伙，直接到中统要人去！戴老板不在重庆，阿猫阿狗们便可以蹲在我们头上拉屎么？"陈树尧还在猜测唐宪富话中的意思时,唐宪富已然站直了身子,大声咆哮道。

"好嘞!"看到五哥还是原来的那个五哥,陈树尧激动地应了一声,然后迅速地跑出了办公室。

陈树尧离开后,唐宪富在办公室来回踱步,陷入了沉思。

唐宪富为了彻底隐藏自己的身份,跟蒋浩轩见过一次面后,就再也没有联系过他。现在育才学校面临危机,自己该以何种方式通知学校呢?很快,唐宪富眼睛一亮,他往机要处办公室打了一个电话,要了一份绝密文件过来。

绝密文件中是军统调查到的有关温东岳的情况。仔细地将温东岳的资料全部看了一遍之后,唐宪富脸上露出了古怪的神色。

温东岳的身份没有任何问题,是正儿八经的黄埔系,但是温东岳的哥哥和嫂子却参加过华蓥山游击队,最后死于日军的大轰炸。

温东岳疑似地下党潜伏在中统的情报员"火种",多次想方设法营救被军统抓捕的地下党员,然而被军统的人耍得团团转,只能眼睁睁地看着地下党员惨死在他的面前,非但没能如愿救人,反而进入了军统情报处的监控之中。

近一年来,也不知道温东岳是察觉到了危险,还是已经心灰意冷了,他开始在中统混日子,偶尔兜售一些无关紧要的情报赚取生活费,让军统的人想对他下手,都找不到合适的借口和机会。

"温东岳,老老实实赚钱不好么,为什么非要搞事情?"喃喃自语了一声,唐宪富将绝密档案还回机要室,迅速地前往中统审讯室。

唐宪富刚刚靠近审讯室,便听到了凄厉的惨叫声,浓郁的血腥味也是扑鼻而来。

"五哥,我们的人已经将中统的那帮瘪三堵在里面了。他们很强势,拒不交人,我们现在该怎么办?"陈树尧出门抽烟时,正好看到了站在走廊外踌躇的唐宪富,他连忙招呼道。

"里面的惨叫声是怎么回事?"唐宪富皱眉道。

"兄弟们咬死温东岳是在演戏,让他要么交人,要么就将审讯室的那十几个人全部弄死。这不，温东岳舍不得下手，兄弟们正在帮忙出力呢。"

陈树尧左右环顾了一眼，看到四周没人，这才凑到唐宪富耳边轻声道："温东岳应该是想从审讯室的这些人嘴中撬出重要情报，兄弟们又怎么可能让他抢先呢？"

唐宪富闻言，下意识地皱了皱眉头。在军统待了几个月，他早就见识了陈树尧等人的心狠手辣，可想而知审讯室中那群人正在遭受的折磨。

饶是唐宪富已然有了足够的准备，当他推开审讯室的大门，看到里面的惨状时，他还是忍不住一阵心惊肉跳。

军统行动处的十几个人，一些人在跟中统的人对峙，一些人则是将各种酷刑施加于被抓捕的人身上：电刑、烙刑、老虎凳、"磨排骨"、"披麻戴孝"。

"杀了我吧，求求你们杀了我吧，我真的什么都不知道。"

"你们会遭报应的。"

"住手，我说，我什么都说。"

……

在酷刑的折磨下，很多人生不如死，只求解脱，也有人破口大骂，还有人受不了酷刑、愿意招供的，但大部分人都是奄奄一息，一声不吭。

唐宪富的目光在人群中扫过，最后落在了其中一个眼镜中年人的身上，只是对方在"披麻戴孝"的刑罚下似乎已经昏迷了过去，并没有看到唐宪富的到来。

看清楚这个人相貌的瞬间，唐宪富的心狠狠地抽搐了一下，因为这个人赫然是蒋浩轩。

"救，还是不救？"唐宪富陷入了剧烈的挣扎之中。

从情分上讲，自己很有必要救蒋浩轩，毕竟自己将儿子委托给了育才学校，蒋浩轩算是育才学校的人，跟自己也算投缘。

从理性角度分析，应该将自身安全放第一位，乱世中什么事情都有可能发生,唐宪富不敢保证这里面是否有陷阱;退一万步说,即便没有陷阱,自己营救蒋浩轩的行为,也会被有心人看在眼中,随时成为一颗暗雷。

唐宪富在心中权衡利弊时,他的眼角余光无意中瞟到了温东岳。当他发现温东岳在自己进入审讯室后,并没有跟自己大吵大闹,而是在观察自己的言行举止时,他悚然惊醒,手心也捏了一把汗。

"温主任,我们的人盯了这些人几个月,正在放长线钓大鱼,你平白无故地乱插一脚是什么意思,想找不痛快是吧?"唐宪富踱着八字步走到温东岳身边,一字一顿地质问道。

"徐敬塘,你这样说就没意思了,明明是你们军统不讲规矩,想从我们手中抢功。"温东岳看到唐宪富一行人气势凌人的样子,他愤然道,"回头我们会找戴老板讨要一个说法。"

"哟,长本事了,知道找戴老板告状了,不错。"唐宪富大笑着拍了拍温东岳的脸庞,然后突兀地脸色一沉,压低了嗓音质问道,"温东岳,我给你脸了么,你敢在我面前耍小聪明?"

一句话说完,温东岳脸上露出惊慌神色的瞬间,唐宪富直接一个膝撞顶在了温东岳的腹部,连续三连撞之后,他又是一拳落在温东岳的脸上,将温东岳击倒在地。

收拾了温东岳之后,唐宪富直接从腰中掏出手枪,直接瞄准了正准备从地上爬起来的温东岳。

"五哥饶命,我错了,我再也不敢了。"温东岳本来还想质问一声,被枪顶着脑袋后,他瞬间脸色煞白,大声求饶。

唐宪富狞笑一声,缓缓扣动扳机。

听到"砰砰"两声枪响,温东岳胯下一热,身子也是瘫软倒地。

"死了的人全部扔七星岗乱坟坡,活着的人弄去军统。"唐宪富扔下一句话后,这才大踏步离开审讯室,留下审讯室中陷入震惊中的众人。

也是这个时候,温东岳才发现唐宪富刚才并没有对自己开枪,而是击毙了两名地下党员,其中一个赫然是墨文书店的老板蒋浩轩,也是他用来试探唐宪富的棋子。

看到蒋浩轩中枪的地方赫然是左胸膛，温东岳的眼中不由得闪过一抹疑惑神色，难道自己猜错了？突然间，温东岳对于自己掌握的情报以及推测感到迷茫了，连军统的人将审讯室的人全部转移走了也没有注意到。

在其他人的眼中，温东岳是被军统"五哥"的威严震慑住了，倒也没有多想。

老街六十八号，凌晨三点。

唐宪富打开老式四合院的大门，探头张望了一眼，确认没有人在四周监控自己后，他这才掩上大门，身形迅速地融入了黑暗之中。

半个小时后，唐宪富抵达了此行的目的地——七星岗乱坟坡。看到乱坟坡上一个个小土堆和那横七竖八毫无遮掩的尸体，看到坟间闪烁的点点磷火，唐宪富只觉得头皮一阵发麻，心中生出打退堂鼓的想法。不过想起育才学校对儿子的照顾和关怀以及儿子在育才学校的成长和变化，唐宪富觉得自己必须做点什么，不然对不住自己的良心。

唐宪富弓着身子，借助微弱的月光，慢慢地翻看和辨认着地上的尸体。当他无意间撞到缺胳膊少腿或者面目全非的尸体时，他心中一阵不适，愈发讨厌这个战火纷飞的乱世。

就在唐宪富忙碌了大半个晚上，以为陈树尧他们这一次有心情将蒋浩轩的尸体掩埋时，他终于找到了蒋浩轩的尸体。

看到蒋浩轩匍匐前进的样子以及他身后草丛留下的一摊血迹，唐宪富先是大喜，紧接着脸上却又涌现出一抹担忧。

唐宪富蹲下身子，将手放到蒋浩轩的鼻端，感觉到鼻端出来的冰凉，唐宪富的心猛地一沉。

"老蒋，我来晚了。"唐宪富看到蒋浩轩死不瞑目的样子，忍不住缓缓帮忙蒋浩轩合上眼睛。

唐宪富之所以朝蒋浩轩左胸膛开枪，是因为他知道蒋浩轩的心脏异于常人，左胸膛并非致命的地方，所以他在赌，赌自己能够抢在蒋浩轩死亡之前，将蒋浩轩抢救过来。只是蒋浩轩在中统审讯室受刑时就已经流血过多,被扔在乱坟坡后,他自己又爬行了一段距离,最终丢了性命。

第二天一大早,唐宪富刚刚在办公室坐好,陈树尧便风风火火地敲门进来。

"五哥,你那两枪,彻底击溃了被抓的那些共产党员的心理防线,除了有两个地下党员死不开口外,另外几个人都招供了,而且我是让他们分别写供词的,杜绝了他们串供的可能,所以这几份供词应该是真的。"陈树尧一边说话,一边将供词递给了唐宪富。

唐宪富心跳骤然加速,他故作平静地接过陈树尧递过来的供词,仔细看了一遍。当唐宪富发现供词中出现的一长串名单和代号时,他右眼皮直跳,下意识地从座位上站了起来。

"这些地下党员还真是无孔不入啊,中统调查处、特务处都有他们的人,甚至连我们军统情报处和机要处都有他们的人。军统和中统在地下党面前完全就是透明的啊,难怪我们每次抓捕行动都会失败。"用心将供词记在心中后,唐宪富啧啧有声道。

电光石火间,唐宪富脑海中冒出一个主意,他眼珠一转,吩咐道:"将供词送温东岳一份,让他配合我们军统行动。"

"五哥,为什么啊?这是我们立功的好机会,没必要送温东岳功劳。"陈树尧闻言着急了。

"你怎么就知道这是功劳不是陷阱?要知道人都是温东岳抓的,我们是从温东岳手中将人要过来的,让温东岳配合行动,只是以防他暗中搞小动作,以免兄弟们无谓牺牲;再说了,供词是我们拿到的,论功行赏,还能少得了我们的?"唐宪富恨铁不成钢地呵斥道。

"五哥英明。"陈树尧闻言恍然大悟,然后迅速地离去。

陈树尧离开几分钟后,唐宪富迅速走出办公室,驾车赶往了朝天门码头。下车前,他简单地伪装了一下,这才根据绝密档案的记载,走到一个修鞋匠面前。

"于师傅早,这是昨天欠你的补鞋费用,知道你家着急用钱,所以我赶在上班前送了过来。"唐宪富一边说话，一边递给修鞋匠一张大面额纸钞。

骤然间听到唐宪富的话，修鞋匠一脸茫然，他并不记得昨天有人欠自己补鞋的费用，直到他看到唐宪富朝自己眨眼睛，他才意识到不对劲，不着痕迹地接过唐宪富递过来的纸钞，同时也摸到了夹在纸钞下面的纸条。

将情报传递出去后，唐宪富转身就走，没有任何逗留，他该做的已经做了，接下来只能听天由命了。

"奇怪了，以前不是'火种'给自己传递情报么，今天怎么换了一个人？'火种'也太冒失了！组织明明规定只能他跟我单线联系，他还敢擅作主张，看来得跟组织汇报这一情况，实在不行就只能断了这条线，免得暴露更多的同志。"

老于盯着唐宪富离去的背影，并没有第一时间查看情报，而是确认四周没有眼线后，他这才收起摊子，转身进入一个暗巷查看情报。

当老于打开血淋淋的供词纸条，看清楚里面的详细内容后，他浑身一个激灵，再也顾不得"火种"的冒失，毫不犹豫地启动了紧急联络方案，将供词的内容传递了出去。

重庆幸存的地下党员在接到老于通知后火速撤离时，以唐宪富为首的军统行动处已然跟以温东岳为首的中统调查科会合到了一起，大肆抓捕隐藏在军统和中统内部的地下党员。

借着跟温东岳搭讪的工夫，唐宪富成功地偷梁换柱，用一张白纸将温东岳身上的供词调换过来时，他才松了口气。

军统和中统的这一次行动，并没有局限于清除隐藏在军统和中统内部的奸细，还要清剿隐藏在全市各个角落的地下党员。

接到重庆发过来的密电后，廖意林第一时间通知学校的共产党员撤离学校隐藏行踪，有几名共产党员更是被直接送往了延安。

育才学校陷入空前的紧张氛围时，育才的学生们难得地迎来了一个假期。

80

"唐明俊,我觉得学校的氛围今天有点不对劲,今天学校外面突然间多了很多陌生面孔,气势汹汹地好像要来抓人。"唐明俊在宿舍蹲马步时,曾景阳突然间跑进宿舍,一脸神秘道。

"我们学校周围不是一直都有很多人盯着么,怎么就不对劲了?"唐明俊继续保持着标准的马步动作。

"你说那些人会不会对我们动手啊?"曾景阳一脸担忧道。

"应该不会吧!他们每一次来学校,不都是搜捕隐藏在我们学校的共产党员,我们只是普通学生而已。"唐明俊异常干脆地回答道。

"明俊,我们是不是共产党员还不是那些特务和土匪说了算,万一我们被他们抓住一顿毒打后,你是承认,还是不承认?"

"明俊,我们社会科学组的师兄师姐们,好多人都加入了共产党,你有想过加入共产党,成为一名共产党员么?"

……

也不知道是曾景阳今天谈话兴致高,还是他对共产党员这个话题感兴趣,他的话匣子打开后,有点停不下来。

"我想打日本鬼子,我想为我爸妈报仇雪恨。"唐明俊收起马步,掷地有声地回答道,"可是,意姐觉得我还小,说我现阶段的主要任务是学习。等我学到了真正的本领,变得强大了,才考虑接受我入党的要求。"

说到最后一句话时,唐明俊眼神黯然,心情也有点沮丧。

"明俊,其实是不是共产党员不要紧,只要我们有坚定的共产主义信仰就行,国父孙中山是国民党,他不也是主张和平奋斗救中国么?"曾景阳拍了拍唐明俊的肩膀,朗声道,"即便我们不是共产党员,也照样可以杀鬼子的。"

末了,曾景阳又凑近唐明俊的耳旁,轻声道:"我无意间发现了一个秘密,你想不想知道?"

"什么秘密?"唐明俊一下子来了兴趣。

"你跟我来!"曾景阳神秘兮兮地说了一声,然后拉着唐明俊的手便往寺外走去。

"景阳，意姐一再叮嘱我们，这段时间外面不安全，让我们尽量待在学校不要外出，你怎么将我往山上带呢？"被曾景阳拉到后山后，唐明俊忍不住抱怨道。

"因为秘密在山上啊。"曾景阳左右打量了一眼，凑近唐明俊说道，"我前段时间不是心情不好么，所以喜欢爬到树上发呆，结果我发现意姐时不时神秘地往山上走一遭，然后又折转学校。她有时从山上归来时，好像得到了什么宝贝一样开心，所以山上肯定有大秘密。"

听到曾景阳的话，唐明俊不由得狠狠瞪了曾景阳一眼，转身就往山下走："曾景阳，你太无聊了，暗中窥探意姐的秘密已然不对，你还将我往山上带。万一我们被人盯上，不仅意姐的秘密会暴露，我们自己也可能身陷囹圄。"

"唐明俊，说话别那么老气横秋的嘛，我们怎么可能被人盯上……"看到唐明俊转身欲走，曾景阳一把拉住唐明俊的胳膊，嬉皮笑脸地说道。只是他话还没说完便脸色大变，因为他看到三个满脸匪气的青年从路边的丛林中钻了出来，不怀好意地盯着自己和唐明俊看。

发现曾景阳脸色不对，唐明俊毫不犹豫地跨前一步，跟曾景阳并肩而立，转身后，警惕地打量着眼前的三个不速之客。

"两位同学不用紧张，我们只是来后山透气，没有恶意。"为首的青年朝唐明俊笑了笑，满脸热情地靠近两个人。

唐明俊跟曾景阳见状，下意识地交换了一下眼神，转身就往山上跑。

半个时辰后，唐明俊和曾景阳已经跑得气喘吁吁，回头一看，发现那三个青年还是不紧不慢地跟在自己身后，一脸戏谑地看着自己两个人。

看到唐明俊和曾景阳好像跑不动了，三个青年一脸狞笑，快速走向他们。

唐明俊跟曾景阳有心想继续逃跑，奈何曾景阳体力已尽，完全迈不动脚步了。唐明俊虽然还有余力，却不想扔下曾景阳一个人独自逃走。

"两位同学,谢谢你们带路,我好像知道你们意姐藏在什么地方了。"快要路过他们身边时,为首的青年微笑道。

唐明俊和曾景阳闻言面面相觑,完全不知道青年话中的意思。

趁两个人走神的当儿,三个青年毫不犹豫地动手了。

曾景阳早就因为逃跑而疲惫不堪,只来得及抬手摆出防御的架势,就被一记掌刀砍晕在地。唐明俊虽然极力反抗,却也寡不敌众,很快就被三个青年给放倒在地。

"赵哥,你刚才说那句话,是为了让他们分神,还是你真的知道了廖意林藏在什么地方?"将唐明俊和曾景阳制伏后,另外一个小眼睛青年好奇地询问为首青年道。

"你们刚才不是听到这个曾景阳跟唐明俊的对话了么,曾景阳说廖意林时不时往山上跑,而且有时还满脸高兴地下山,根据温主任提供的情报,育才学校的电报十有八九藏在山上。"赵姓青年看了一眼上山的路,满脸兴奋道,"从古圣寺到这里,已经有差不多两公里山路,我觉得廖意林应该就在这附近,太远了她来回也不方便。"

"可是,温主任一再叮嘱我们,我们几个人这一次的任务就是唐明俊。我们既然已经完成了任务,是不是不应该节外生枝了?"小眼睛青年嗫嚅道。

"理是这个理,但是温主任最近憋了一股劲儿在跟军统较量。要是我们能够将育才学校的地下党势力一网打尽,温主任能亏待我们几个?"赵姓青年蛊惑性十足的声音在另外两个人耳中响起。

"这样吧,刀疤留在这里看守唐明俊跟曾景阳,蜈蚣跟我一起上山,走了这么久,也差不多该到地儿了。"不等两个人提出反对意见,赵姓青年便下达了命令。另外两个人犹豫了一下便点头答应,紧接着三个人分头行事。

"哎,希望不要出岔子才好。"看着两个同伴离去的身影,刀疤心中隐隐觉得有点不安。

刀疤心中刚刚涌出这个念头,便听到后脑勺处传来一阵呼啸声,紧接着剧痛传来，刀疤眼前一黑，直接身子瘫软倒地。

却是唐明俊在发现自己不是三个人的对手后，故意假装体力不支晕倒在地，直到发现对方有两个人已经离去，只剩下刀疤一个人看守自己和曾景阳时，这才突然间抓住早就藏在背后的石头偷袭刀疤。

唐明俊看了看身子瘫软倒地的刀疤，又看了看同样昏迷不醒的曾景阳。他走到曾景阳身边，拍了拍曾景阳的脸庞，将曾景阳弄醒。

"你在这里看着刀疤，他要是醒来你就直接拿石头砸他。我去跟踪那两个人，关键时刻可以出声示警。"言简意赅地将刚刚发生的事情说了一遍后，唐明俊便将手中的石头递给曾景阳，一溜烟地朝山上跑去。

十几分钟后，唐明俊循着脚印进入了一个山洞，而且听到了激烈的打斗声，唐明俊心中着急，加快脚步冲进了山洞。

进入山洞的瞬间，唐明俊的眼睛一阵失明，不由自主地闭上了眼睛。骤然间，唐明俊听到一阵尖锐的呼啸声传入耳中，与此同时听到了一道惊呼声。

关键时刻，唐明俊福至心灵地往地上一躺，躲过了莫名的一击，然后他清楚地看到，之前跟自己遇到的两个青年正在慌张地往山洞外逃跑，叶慕之跟廖意林则是紧紧地追在后面。

只看到叶慕之的双腿在地上一蹬，然后两颗石子有如出膛的炮弹一般，朝两个青年激射而去。两个青年只来得及发出一声闷哼，便直愣愣地倒在了地上。

"唐明俊，你怎么来了？"廖意林跟叶慕之异口同声地问道。

在廖意林的注视下，唐明俊下意识地缩了缩脖子，然后将自己上山途中发生的事情详细地叙说了一遍。听闻曾景阳还在外面看守另外一名中统特工，叶慕之连忙跑了出去。

一番审讯之后，廖意林得知三名中统特工的主要目标并非自己，而是唐明俊。廖意林不由得一愣，看向唐明俊的目光变得复杂起来。

"意姐，你知道我父亲到底是怎么死的么，为什么中统特工的目标会是我？"看到廖意林脸色不对，唐明俊下意识地问道。

"你父亲是军统在清缴日伪特工残余势力时，被日伪特工乱枪打死的……"廖意林犹豫了一下，还是忍不住告诉了唐明俊其父亲死亡"真相"。说这句话时，廖意林心中愧疚不已，要不是自己让唐宪富假冒徐敬塘，唐宪富应该不会被日伪特工误认为徐敬塘，然后横死街头吧？

想起徐敬塘，廖意林一阵咬牙切齿，这个该死的五哥到底有几条命啊，怎么死了一次又一次，最后总是能够活蹦乱跳地出来祸害革命呢？

"意姐，我想跟你学习摩斯电码以及一些情报员的基本技能，您能教我么？"唐明俊知道自己直接请求加入共产党会遭到拒绝，他退而求其次道。

廖意林显然没有料到唐明俊会突然间跟自己提出这个要求。她下意识地答应了，只是她想了想唐明俊的身世以及他报仇心切的心理，忍不住伸手摸了摸唐明俊的脑袋，最后缓缓摇头。

"明俊，我能够理解你想参加革命的迫切心情，不过我还是那句话，你当前最紧要的任务是学习，用知识充实你的大脑，用武术强健你的体魄。唯有这样，在革命最需要你的时候，你才能成为一名优秀的战士。"廖意林看着延安的方向，铿锵有力地说道。

第七章 真假"火种"

"饭桶，一群饭桶！"76号特工总部，特高课课长田中后岛看完重庆传来的最新密报后，不由得暴跳如雷，将手中的密报撕得粉碎。

田中后岛没有想到自己精心策划的一次行动，居然会雷声大雨点小，最后收获几近于无。

"徐敬塘，你到底是真李逵还是假李逵呢？"田中后岛看着黑板上的徐敬塘三个字，喃喃自语道。

这一次重庆的大搜捕行动因为徐敬塘的插手，行动功亏一篑；育才学校那边的后手，也是石沉大海，而且还不知道徐敬塘是否有插手。对于徐敬塘这样一个奸诈而狡猾的敌人，田中后岛感觉有点棘手。

"中国人办事不可靠，看来自己得抽时间亲自去一趟重庆才行。"想起最近76号特工总部行动连连受挫，田中后岛眼中闪过一抹狠戾。

自从吴友国跟他的心腹葬身重庆之后，先是76号特工在重庆的残余势力被人连根拔起，紧接着重庆兵工厂分布图也被军统截回，让大轰炸行动有如无头苍蝇，无法对重庆政府方面造成有效压制。

"去重庆之前，我需要将特工总部的力量完全掌控在自己手中，并且让它变得更加强大才行。"想起乌烟瘴气、一团乱麻的特工总部，田中后岛又是一阵头痛。

民生路，大同巷，一间毫不起眼的裁缝铺中。

下午时分，一个戴着毡帽的男子埋头走进了铺子，跟伙计对上暗语后,便被带到了裁缝铺的二楼密室。

"老于,外面情况怎么样了?"毡帽男子刚刚上楼,早就等候在楼上的十几个人连忙站直了身子,其中一个挑夫打扮的中年人更是忍不住出声询问。

"外面很乱,除了这个安全屋以及极个别联络点,我们在重庆的联络点附近几乎都有军统和中统的人监控。要不是大家撤离得快,估计就被一网打尽了。"老于摘下毡帽,一句话说完,便迫不及待地往喉咙中灌了一杯茶。

"'火种'真的叛变了么?"沉默了片刻,其中一个人小心翼翼地问道。

老于准备烧掉神秘人给他的情报时,无意中发现供词的另外一面出现了一行字迹:火种已经变节。

这一行字迹让老于心生疑窦,他甚至有点怀疑神秘人给自己的供词是伪造的,目的便是打草惊蛇,引蛇出洞,不过当时紧急联络方案已经启动,他想后悔都来不及了。

"是的,'火种'已经变节,我已经从'蒲团'那里得到确认。这一周内,'火种'带队突袭抓捕了十三名我们的同志,其中三名同志拒绝招供被杀,还有两名同志被'五阎王'虐杀在审讯室,剩余的同志受不了军统的酷刑……"

说这番话时,老于的内心是极度痛苦的,因为被抓的那十三名同志,都是他曾经跟"火种"提过的,或者说是"火种"这段时间想方设法从他嘴中套问出去的。从某种意义上说,他也算是火种的同谋,残害革命同志的刽子手。

一番话说完,老于已然泣不成声,一个劲地跟众人道歉。

"老于,这件事情不能怪你,虽然'火种'辜负了你的信任,但是还好他只是跟你单线联系,对组织内的事情知之甚少,这一次抓捕对于我们重庆的地下党工作影响并不大。"

"你在关键时刻能够冷静判断,果断启动紧急联络方案,保全了同志们性命,粉碎了敌人的阴谋,反而算大功一件。"

"我们当务之急,是要弄清楚给你传播情报的那位同志的身份以及联络站重建的问题。"

……

因为合川县政府下达训令,要求育才学校立即迁出古圣寺,如果拖延不迁,一旦发生强行搬出的情况,县政府概不负责。

尽管有冯玉祥将军暗中照拂,育才学校还是在合川县保安队、草街子警备所、中统特务和当地流氓的骚扰下烦不胜烦,严重影响了育才学校的教学秩序。

为了解决新的校舍问题,廖意林多方奔走,1942年元旦,终于在重庆七星岗至较场口的管家巷二十八号找到了一所被日寇炸毁了大半的房子。廖意林打听到了房屋主人的下落,从房主手中租到了房子,育才学校负责房屋的修缮,修缮费用可以抵五年租金。

于是育才学校在重庆市内也有了一个校舍,简称管二八,戏剧组、音乐组、绘画组都搬迁到了管二八,热衷于各种社会活动的唐明俊时不时地到管二八学习。

跟廖意林提出学习摩斯电码和特工基本技能的要求被拒后,唐明俊一度十分沮丧,看到廖意林便绕道而行。

让唐明俊没想到的是,叶慕之得知这一情况后,主动找到唐明俊,传授其摩斯电码和基本特工技能。跟叶慕之相处越久,唐明俊越是感觉到叶慕之对自己的特别。

"叶姐,你为什么对我这么好啊?"有一天,唐明俊实在忍不住心中的好奇,出声问道。

"因为我们的家人都是死于日寇之手啊。"叶慕之的回答很简短,却每一个字都重于千钧,让唐明俊近乎窒息。从那以后,唐明俊将叶慕之当成了自己的亲姐,而叶慕之也很高兴多了唐明俊这么一个弟弟,对唐明俊愈发地喜爱。

繁忙而充实的生活总是过得飞快,转眼间三年时间过去,唐明俊在育才学校度过了他的十九岁生日。

十九岁的唐明俊已然完全没有了入学时的稚嫩，取而代之的是成熟、稳重以及满腹诗书的儒雅。

跟随学校戏剧组、音乐组、绘画组在重庆市参加和举办了多次演出和展览，也跟社会科学组的同学们参加了很多游行示威和抗议活动后，唐明俊对社会时局的认知更加深入，对真理的追求和传播也更加执着。

此时的唐明俊已然不再纠结入党的问题，他内心已然是一名坚定的共产主义者，热衷于各种社会活动和事务。学校哪个专业组事情多，他便往哪边跑，俨然成为了学校中最受欢迎的人。

这一天，管二八的绘画组想买一些教学用具。唐明俊得知这一消息后，毫不犹豫地拉着曾景阳将这个活揽了下来。

"唐明俊，你有想好毕业后去干什么吗？"曾景阳看着城里面熙熙攘攘的人群，一时间有点迷茫。

"杀日本鬼子。"唐明俊毫不犹豫地回答道。

"就知道会是这个答案，浪费我口水。"曾景阳撇了撇嘴，看着擦身而过的一辆道奇车，他眼中闪过一丝神往，"温念君离开学校两年了，也不回来找我们，也不知道她这两年在哪儿，又过得如何。"

听到温念君这个名字，唐明俊心中也荡起一丝旖旎："听说她叔叔很有钱，她应该不会过得太差吧？"

"要是温念君真的过得很好，她没有理由不联系我们啊，温念君不是那样的人。"曾景阳下意识地反驳道。

唐明俊瞪了曾景阳一眼，懒得再搭理他。

曾景阳也知道自己情急之下说错了话，不再吭声，而是跟唐明俊一起寻找文具店。两个人正东张西望时，一道人影突然间撞向唐明俊。唐明俊本能地要闪身躲避，发现对方满是血渍的胸膛以及明显因为失血过多而变得惨白的脸色后，他犹豫了一下，伸手扶住了对方。

"好像是中统的人在追他，难道这个人是共党？"曾景阳警惕地打量了四周，看到几个身着中山装的青年手持枪支四处搜查，便压低了声音跟唐明俊说道。

唐明俊原本还担心自己帮错了人,听到曾景阳的话后,他果断地将伤者的衣服和帽子穿戴到自己身上,轻声叮嘱曾景阳道:"你带他到旁边的巷子藏起来,我去引开中统特务。"扔下一句话后,唐明俊转身就跑,为了吸引那几个中统特务的注意,唐明俊还故意在奔跑的过程中"张皇失措"地撞翻了一个蔬菜摊子。

凭着矫健的身法以及对巷子的熟悉,唐明俊带着几个中统特工绕了几圈,确认将对方甩掉之后,这才回到跟曾景阳约好的巷子见面。

"你终于回来了,我都担心他坚持不到你回来的那一刻。"看到唐明俊归来,曾景阳下意识地松了口气,"他应该是伤到了心脏,说话也很费劲。"

"同学,谢谢你的救命之恩,可以麻烦你一件事情么?"听到身边的动静,原本奄奄一息的老吴睁开了眼睛,吃力地抓住了唐明俊的手。

"这位先生,你受了重伤,暂时不要乱动,也不要说话,我们马上送你去医院。"唐明俊曾经在学校医务室打过一段时间下手,查看了一下中年人的伤势后,连忙出声劝阻对方。

"这附近所有的医院都被监控了,我不能去医院,同学……听说你们是……育才学校的学生,我认识廖……意林,你……你能帮忙我办一件事情么?"中年人一脸期待地看着唐明俊,说话时声音断断续续的,仿佛随时要咽气。

唐明俊有心阻止对方继续说话,想将对方送到医院抢救,可是想了想中统的力量,他强忍内心的悲恸,重重地点了点头。

"……我们的电码……被中统破译了,中统以我们的口吻发了一则电码出去,想将我们隐藏在国民政府内部的情报人员'火种'引出来,接头时间是晚上七点,地点是夜迷离舞厅……求……你……"中年人一句话还没说完,便头一偏,直接咽气。

确认中年人死亡后,唐明俊和曾景阳不由得面面相觑。

"明俊,我们现在应该怎么办?"曾景阳紧张地打量着四周,有点不知所措。

唐明俊掏出父亲送自己的怀表看了一眼，两条眉毛一挑，喃喃自语道，"距离碰头时间只剩一个小时，要是再不采取行动，就来不及了。"

"明俊，你想干吗？你不会想去夜迷离舞厅，阻挠'火种'接头行动吧？"听出了唐明俊的言外之意，又看了看唐明俊兴奋的表情，曾景阳急了，压低了声音吼道，"你疯了么，现在夜迷离舞厅危险重重，你要是敢过去捣乱会丢掉性命的！"

"那你说我们现在应该怎么办？"唐明俊目光灼灼地盯着曾景阳，朗声道，"难道我们就无视他的临死托付，任由'火种'暴露和被捕么？他为了使命可以牺牲他自己的性命，我们为什么不可以？"

"你简直就是一个疯子，他是共产党员，你不是！"曾景阳瞪了唐明俊一眼，没好气地说道。

"你不是跟我说过么，是不是党员无所谓，只要有坚定的共产主义信仰就好。这几年时间，我可是将马克思的《共产主义宣言》反复研读过的，要不要我背诵给你听？"唐明俊知道曾景阳是担心自己的安全，他满脸微笑地回答道。

"唐明俊，你听我说，我们不能去夜迷离舞厅。我们当务之急是找到意姐，将情况汇报给意姐知道，让意姐去想办法。我们势单力薄，又没经验，真的很危险。"曾景阳死死地拽住唐明俊的胳膊，都有点急眼了。

"景阳，不要那么紧张，你又不是不知道我的身手，三五个人根本奈何不了我。时间紧急，我们分头行动，我先去夜迷离舞厅，你则回学校找意姐汇报情况。要是意姐的动作够快，即便我遇到了危险，她也能及时赶到救我。我能否加入共产党，就看这一次的表现了。"唐明俊一句话说完，便不由分说地将老吴的尸体往曾景阳怀中一推，转身便走。

"那你小心点，千万不要冲动，最好等我和意姐到了再行动。"见唐明俊主意已决，曾景阳了解好友的性格，也不再劝阻，只能冲着唐明俊的背影喊道。

唐明俊潇洒地朝身后挥了挥手，头也不回地离开了。

民生路，夜迷离舞厅。

晚上六点钟不到，唐宪富便领着行动处一行人，像回家一样，大摇大摆地涌入了大厅。看到"五哥"光临，夜迷离舞厅的老板和舞女纷纷上前招呼，客气地将唐宪富迎上了二楼的包间。

几乎唐宪富一行人刚刚在包间中坐好，以温东岳为首的中统调查组也进入了夜迷离舞厅。他挥了挥手，中统的人便有如土匪下山，将大厅中的客人挨个盘查了一遍，然后又走上二楼包间，打算将包间也全部搜寻一番。

温东岳鹰隼般的目光正在四处扫视，想要查看"火种"是否已经提前进了舞厅。

突然间楼上传来一阵争执声，紧接着只听得"砰砰"几声闷响，却是上楼搜查的几个中统特务被人从二楼顺着楼梯扔了下来。

"不长眼的东西，连五哥的包间都敢搜，活腻了直说！"陈树尧居高临下地看了一眼摔落在大厅地上的几个调查组成员，不屑地呵斥道。

听到这道熟悉的声音，温东岳心中咯噔一声，他突然间恨不得扇自己一耳光，自己光想着将那个假冒自己的"火种"引出来了，怎么就没想到徐敬塘是夜迷离舞厅的常客呢？

"徐敬塘会不会就是'火种'呢？"想起田中后岛两年前交给自己的任务，温东岳心中突然间冒出这个念头。

不过温东岳很快便摇了摇头。这两年来，温东岳一直在仔细观察徐敬塘，并没有发现徐敬塘有任何异常表现。要是非要说现在的徐敬塘跟两年前的徐敬塘有什么不同，那就是徐敬塘好像变得更加暴戾了，对中统的人如此，对共党更是如此。

温东岳刚开始还有心跟徐敬塘一争高下，杀杀徐敬塘的威风，结果一次又一次被徐敬塘设计，身边的亲信也被徐敬塘弄死了几个之后，温东岳便再也不敢招惹徐敬塘了，甚至看到他就绕道而行。

"温主任，我们这才半天时间没见面，你便想我了？"温东岳还在神游物外时,唐宪富已然下楼。他看了看伫立在大厅中央的温东岳,脸上露出了意味深长的笑容。

"徐敬塘,你们军统的人不配合我们执行公务也就罢了,反而将我们的人打伤,你们不会是想阻挠我们抓捕共匪吧?"看到唐宪富满是讥讽的笑容,温东岳气急败坏地大吼道。

温东岳的话音刚落,便听到耳边传来一阵风声,紧接着左脸庞一阵剧痛,人也不由自主地摔倒在地,却是站在唐宪富身边的陈树尧毫无预兆地对他动粗了。

"姓温的,嘴巴放干净点,饭可以乱吃,话不可以乱说。五哥大人大量不跟你计较,并不代表军统的兄弟们可以任由你诬蔑。"陈树尧一拳撂倒温东岳后,阴恻恻地说道。

温东岳有心呵斥一声,可是看到陈树尧放在腰间的手以及军统行动处一伙人杀气腾腾的样子,又看了看远离自己身边、东张西望根本不敢看自己的属下,将快到嘴边的话咽了回去。

"温主任,我今天就不阻挠你执行公务了。不过你下次来夜迷离舞厅之前,麻烦告知我一声,免得又被你败了玩性。"唐宪富蹲下身子,将温东岳从地上拉起,又帮其整理了一下衣领,亲热地招呼道。

感觉到徐敬塘对自己的轻慢和无视,温东岳心中屈辱,却又不想再次丢脸,只能将头偏向一边,冷着脸不说话。

唐宪富热情洋溢地跟舞厅中众人挥了挥手,便带着行动处一行人浩浩荡荡地离去,留下中统的人尴尬无比地站在原地。

"搜,给我继续搜,谁要是有任何异动,就地击毙!"温东岳面红耳赤地大吼一声,然后大步朝楼上走去。

舞厅中的客人见温东岳动了真火,也不敢继续看温东岳的笑话,而是老实地配合中统的行动。

在老板和一众舞女的极力招呼下,大厅的气氛渐渐恢复正常。

夜迷离舞厅外,唐宪富上了道奇车后,他没有吭声。司机知道唐宪富的习惯,没有第一时间启动车辆,而是静静地等着唐宪富的吩咐。

唐宪富点燃一根雪茄，脑海中不由自主地想起中统刚刚的抓捕行动，他知道，又到了更换电报密码的时候了。

就在唐宪富跟司机说出"回家"两个字的时候，他看到一道熟悉的人影匆匆地朝夜迷离舞厅方向赶了过来。

看到那道自己朝思暮想的身影，唐宪富心中一阵激动，差点忍不住出声招呼。关键时刻，唐宪富忍住了冲动，脑子也有如高负荷马达一样高速运转起来。

"明俊怎么会来夜迷离舞厅，难道是老吴临时有事，派他过来了？要是他跟温东岳遭遇，会不会落在温东岳手中，被温东岳往死里整？"道奇汽车一点点地远离夜迷离舞厅，唐宪富的眼神也一点点地变得冰冷。

唐明俊并没有注意到跟自己擦身而过的道奇车，他掏出怀表看了看，发现距离老吴约定的跟"火种"接头的时间还有二十分钟，下意识地松了口气。

站在舞厅门口，看到大厅中灯红酒绿、翩翩起舞的人群时，从来没有来过这样场合的唐明俊不由得一阵局促。

"帅哥，想进来玩么？姐姐陪你啊。"唐明俊咬了咬牙，正准备鼓起勇气跨入舞厅大门，突然间一阵香风袭来，紧接着唐明俊感觉自己的胳膊被一股柔软包裹，耳边也响起一道热情的招呼声。

唐明俊下意识地看了一眼来人，发现对方穿着一件大红色的紧身旗袍，一只手捏着一块香帕，另一只手则紧紧地缠着自己的胳膊，水汪汪的眼睛满是挑逗地看着自己。

"不……不用了，我进去找人。"唐明俊从来没有跟异性如此亲密接触过，他陡然间心跳加速，说话也不利索了。

"帅哥，想找什么人跟姐姐说，姐姐对这里熟。"舞女似乎特别喜欢唐明俊青涩的反应，她突然间凑近唐明俊，在他脸上啵了一口，这才大笑道，"不过姐姐帮你找到人后，你得好好陪姐姐跳一曲舞。"

没提防之下被突袭，唐明俊心中一慌，连忙甩开舞女的手，张皇失措地冲进了舞厅。只是唐明俊光顾着往舞厅中跑了,未承想一个原本走得好好的男子身体毫无预兆地往旁边一倒,突然间跟唐明俊撞了一个满怀。

"赶着去投胎啊!"唐明俊还没弄清楚是怎么回事,就被对方揪住了衣领,耳边也传来了对方的厉声质问。

看到对方满脸通红的样子,闻着对方嘴中散发出来的浓郁酒臭味,唐明俊这才明白自己不小心撞了一个醉汉,只能一个劲地向对方赔礼道歉。

好不容易摆脱醉汉的纠缠,唐明俊看了看熙熙攘攘的舞厅,心中一阵发愁,自己不认识"火种",也不知道"火种"有没有抵达舞厅,自己又该如何阻止他不要冒头呢?

找了一个视野好的角落坐下,唐明俊一边心不在焉地喝酒,一边仔细观察着舞厅中的人群,想通过一丝蛛丝马迹找出"火种"的藏身之处,结果时间不知不觉间到了六点五十,唐明俊还是没能找到"火种"的影子。想到七点钟就是"火种"跟老吴接头的时间,唐明俊急了。

"自己也真够笨的,为什么非要想着去找'火种'呢?只要自己在舞厅制造混乱,将潜伏在舞厅的中统特务引出来,让'火种'意识到危险不就好了?"电光石火间,唐明俊的脑海中涌出一个主意,他的脸上也露出了开心的笑容。

瞄了一眼大厅中翩翩起舞的红男绿女,听着二楼包间时不时传来的嬉笑打骂声,唐明俊的目光最后落在了二楼中间的一个包间上。因为那个包间最为安静,而且包间的外面还有两个疑似中统特务的人守着。

掏出怀表看了一下时间,唐明俊跟前台要了一杯鸡尾酒,同时顺走了吧台上的火柴,这才端着杯子,摇摇晃晃地往楼上走去。

"鬼鬼祟祟地想干什么呢?一边去。"当唐明俊走到二楼中间的包房,故意探头探脑想知道房间内的动静时,守在门口的一名中统特工面色不悦地呵斥道。

"哦……"唐明俊仿佛受到了惊吓,身子瑟瑟发抖,手中的鸡尾酒也洒了一地,"我……我在楼下喝多了,找房间呢。"

唐明俊一边说话,一边哆嗦着从兜里掏出火柴,想给中统特工点烟。

中统特工看到唐明俊光点火,却不递给自己卷烟,被唐明俊笨手笨脚的样子给气到了,没好气地推搡了唐明俊一把:"这不是你的房间,赶紧滚开。"

被中统特工这么一推,唐明俊手中的酒杯直接落到了楼道的垃圾桶中,他刚刚划燃的火柴也掉落垃圾桶中。只听得"轰"的一声,却是鸡尾酒跟垃圾桶中的各种易燃物在火星的催化下,起了化学反应,蹿起一股火焰。

趁两名中统特工发呆的工夫,唐明俊却是身子一歪,一头撞开了包厢的大门。

"站住,不然我们开枪了!"两名中统特工发现唐明俊撞门的动作之后,顾不得去灭火,而是不约而同地摸出了腰中的手枪,对准了唐明俊的后脑勺。

唐明俊却好像没有听到背后的威胁声一样,还是跌跌撞撞地往房屋里走。

两名中统特务下意识地认为唐明俊是进来对温东岳不利的,他们没有任何的犹豫,迅速地扣动了扳机。

关键时刻,唐明俊却仿佛后脑勺长了眼睛一般,一头栽倒在地,完美地躲过了来自背后的子弹。

"酒……再来两杯酒……今天晚上不醉不归!"倒在地上后,唐明俊依然"醉醺醺"地大声吆喝。

"怎么回事,谁让你们开枪的?"看着倒在自己面前的人影,还有自己属下留在墙上的两个枪眼,温东岳厉声质问道。

"他……好像……是醉酒走错了房间。"两名特工交换了一下眼神,又看了看趴在地上的唐明俊,其中一名特工不是很确定地说道。

温东岳翕动了一下鼻子,瞟了一眼走廊上浓密的烟火,一张脸黑得跟木炭似的:"蠢货,被一个毛都没长齐的小孩子耍了都不知道怎么回事!这又是放火又是开枪的,你觉得地下党员和'火种'看到了这种情况,他们还敢继续接头么?"

听到温东岳的话,两名中统特工恍然大悟。他们咬牙切齿地看了地上的唐明俊一眼,跨前一步,便想擒拿唐明俊。

得知自己的身份已经被识破的瞬间,唐明俊头皮一阵发麻,毫不犹豫地一个懒驴打滚,便想夺路而逃。只是唐明俊再厉害,也是双拳难敌四手。在训练有素的两名中统特工围攻下,发现没有办法闯出重围的唐明俊索性假装屈服,任由两名中统特工制伏自己。

第八章　归来与重逢

"是你？！"之前唐明俊趴在地上，温东岳没有认出他来。当两个人正面相对时，看清楚唐明俊脸庞的温东岳不由得愕然。

听到温东岳的话，唐明俊眼中闪过一抹疑惑神色，他认真地打量了温东岳一眼，不是很确定地问道："我们认识么？"

"假如我没有认错的话，你是唐明俊同学吧？"温东岳笑了笑，热情地握住了唐明俊的手，"我是温念君的叔叔，曾经在念君那里看到过你的照片，她还有一个玩得好的朋友叫曾……曾什么来着……"

"曾景阳！"唐明俊适时地提醒道。

"没错，就是曾景阳，我见过你们三个人的合影，念君也经常跟我提起你们，说你们都是她的好朋友，老想回育才学校看你们。"温东岳点了点头，脸上的笑容也更浓郁了。

在温东岳的眼神示意下，两名中统特工悄悄地退出了包间，给温东岳和唐明俊留下了谈话的空间。

"念君离开学校前，也跟我们提过您……叔叔，念君这两年过得还好吧，同学们也非常想念她。"感受到温东岳的亲切和热情，唐明俊心中的警惕一点点地放下，下意识地跟温东岳打听温念君的消息。

"我将念君从育才学校接回来后，得知她有精忠报国的理想，便将她送进了一所军校进行特训。因为军校是封闭式管理，所以她这两年没法跟你们联系，不过算了算时间，她还有半年时间毕业，到时你们便可以见面了。"提起温念君时,温东岳脸上满是喜爱的神色。

"她居然进了军校?"唐明俊闻言,恍然的同时,不由得一阵神往。

"唐明俊同学,你怎么会来夜迷离酒吧?酒吧可不是什么好地方,不是你们这种小孩子应该来的!"温东岳脸色一沉,恨铁不成钢地呵斥道。

"叔叔,我……"唐明俊嘴巴一张,不由自主地就想解释自己来酒吧的苦衷,不过当他无意中看到温东岳眼中闪过的一抹兴奋和激动神色时,不由悚然惊醒,也意识到了眼前这个威严十足的中年人除了是温念君的叔叔外,更是一名中统特工。

"……我本来是站在门口看热闹的,结果被舞女拉了进来。"一句话说完,唐明俊面红耳赤,手足无措。

听到这个完全出乎自己意料的答案,温东岳心中无比失望。他紧紧地瞪视着唐明俊,想从唐明俊眼中看出一丝异常。

包间中突然间陷入了死一般的寂静。

就在温东岳脸上神色变幻不定,纠结是否要对唐明俊严刑逼供时,走廊外突然间传来一阵急促的脚步声,然后包间的门再次被推开,两道人影从外面冲了进来。

"明俊,你没事吧?"进来的两个人看到唐明俊后,他们忍不住关心地问道。

"意姐,景阳,我没事,这是温叔叔,他正跟我说温念君同学的消息呢。"见是曾景阳及时地搬了救兵过来,唐明俊心中压力尽去,连忙向廖意林和曾景阳介绍温东岳。

听到唐明俊的介绍,廖意林跟曾景阳都是一愣,廖意林一面跟温东岳招呼,一面不着痕迹地打量着温东岳。

曾景阳看着温东岳身如渊渟岳峙的气势,眼中却是闪过一丝灼热。

"唐明俊,学校让你跟曾景阳出去买教学用具,你怎么跑到舞厅来了?而且你还敢偷偷喝酒,学校平时是怎么教你们的,你是想被开除么?"跟温东岳招呼过后,廖意林转身便揪住了唐明俊的耳朵,厉声呵斥道。

"意姐，我错了，我再也不敢了。"见廖意林背着温东岳跟自己使眼色，唐明俊瞬间心领神会，迅速委屈求饶。

"温先生，还好明俊这次碰到了您，要是落在其他人手中，他即便不死也得脱一层皮，感谢您对孩子的照顾。"训了唐明俊一顿后，廖意林又转过身子跟温东岳表达谢意。

"廖老师客气了，唐明俊是念君的同学，照顾他是应尽之谊，不然念君回来后，得知我的所作所为，她还不恨死我啊。"温东岳满脸热忱地回应道。

"叔叔，我本来对你强行送我去军校的行为非常不满，不过看在你对我的老师和同学这么热情的分上，我就原谅你了。"温东岳的话音刚落，一道清脆的声音在房屋外响起，紧接着一阵香风刮过，一道靓丽的身影有如乳鸽投林一般落到了温东岳的怀中。

"念君，你怎么回来了，你不会是逃校了吧？"看到突然间出现的侄女，温东岳心中惊喜，语气却异常地严厉。

"我才没有逃校呢，人家是在军校表现优秀，提前半年结业了。"温念君嘴巴一噘，娇嗔道："人家回来后，想第一时间跟你报喜，结果你却来这种乌烟瘴气之地寻花问柳，真是气死人家了。"

"女孩子家家的，脑子里哪来的那些乱七八糟的东西？！叔叔这是执行公务，怎么就成寻花问柳了？"听到温念君的抱怨，温东岳哭笑不得，他手指头重重地戳了一下温念君的额头，吩咐道，"既然碰到了老师和同学，就邀请到家里做客吧，叔叔也马上回家。"

"谢谢叔叔，就知道叔叔对我最好了！"温念君飞快地在温东岳脸上"啵"了一个，然后亲切地跟廖意林、唐明俊和曾景阳打招呼，并且邀请三个人前往温府做客。

站在一旁的温东岳也以赔礼道歉的名义，极力邀请廖意林等人到自己家中做客。

廖意林跟唐明俊心中还装着事情，以唐明俊受到惊吓为由，委婉地拒绝了温东岳和温念君叔侄俩的邀请。曾景阳在征求廖意林的同意后，高兴地接受了邀请。

目送廖意林和唐明俊离去的身影，温东岳的眼中闪过一丝冷冽。他好几次都忍不住想下令抓捕廖意林和唐明俊，对他们严刑拷问，最终还是极力忍住了内心的冲动。

抬起手腕看了看时间，距离地下党员跟"火种"接头的时间已然过去了半个小时，温东岳知道，自己精心策划的诱捕行动彻底失败了。脑海中依次闪过徐敬塘、唐明俊、廖意林跟曾景阳的脸庞，温东岳的眼神闪烁不定。想起被自己安排在山城宾馆的田中后岛以及田中后岛这一次来重庆的任务，意识到行动失败的温东岳已然没有了继续逗留夜迷离舞厅的心思。

"收队！"看到楼下一群装模作样的属下，温东岳气不打一处来，大声吆喝道。

"唐明俊，谁让你莽撞行事的！"前往公交车站的路上，廖意林厉声质问道。

唐明俊正在为自己破坏了中统特务的阴谋而高兴，期待廖意林赞扬自己几句呢，突然间听到廖意林的呵斥，他脑子有点蒙，怔怔地看着廖意林，半天说不出话来。

"你这样不经组织批准贸然行动，不仅可能打乱组织部署，还可能给你自己带来生命危险，你就不能长点脑子么？"看到唐明俊委屈的样子，廖意林有点于心不忍，她轻轻地点了点唐明俊的额头，声音也变得柔和。

"我……我也没组织啊，我请求加入组织，您每次都拒绝我。"唐明俊幽怨的语气，仿佛受了委屈的小媳妇。

"明俊，革命不是吃饭唱歌，而是要付出鲜血和性命的，尤其是现在内外忧患交织的时候，人命更是有如草芥。等到你做好了随时牺牲性命的准备时，我们再批准你加入组织。"廖意林牵着唐明俊的手，语重心长地说道。

"我……"

"明俊,我代表老吴感谢你帮他完成了最后的使命,拯救了'火种'的性命。"就在唐明俊准备开口说他已经做好了牺牲性命的准备时,廖意林却是朝他深深地鞠了一躬,根本就没给他开口的机会。

"意姐,我……"

"明俊,中统破译了我们跟'火种'的联络电码,我们得马上更换电码,并且通知下去,你自己坐公共汽车回去,我就不跟你一块儿了。"廖意林扔下一句话后,便迅速地转身离去,留下一脸无奈的唐明俊。

"就知道会是这样,每次都是这样,根本不给我开口的机会。意姐,我真的做好了随时为革命献身的准备啊。"目送廖意林离去的背影,唐明俊心中苦涩无比,嘴中喃喃自语道。

恰好在这时,公共汽车进站,魂不守舍的唐明俊跟着人群一起上了车。扫了一眼车内的空座,唐明俊大步往车后厢走去,他的目光也在车上乘客身上一一扫过。

突然,唐明俊的脚步微微停顿了一下,因为他看到靠近车厢中部的地方,有三个人并排而坐,坐在最外侧的青年手中拿着一张报纸,那张报纸赫然是昨天的早报,唐明俊昨天恰好读过这张报纸,所以对于报纸的版面和布局印象特别深。

"这人是昨天太忙错过了读早报,想今天补上,还是今天出门时拿错了报纸?"唐明俊一边继续往车后厢走,一边心中嘀咕。

走到车后厢的空座坐下时,唐明俊忍不住又看了一眼拿着昨天早报的青年,然后他的瞳孔一缩,差点惊呼失声。因为早报的下面,赫然掩藏着一把漆黑的日式手枪,枪口直指坐在中间的中年人。

唐明俊下意识地看向中年人的另一侧,因为角度问题,唐明俊可以非常清楚地看到,中年人另一侧的青年同样手持一把日式手枪,跟他的同伴一齐将枪口对着坐在中间的中年人。

"坐在两侧的青年手中拿的是日式手枪,他们极有可能是日伪特工,那么中间被挟持的中年人应该是爱国人士,自己要不要帮这名爱国人士，又该怎样帮呢？"唐明俊心中迅速做出判断的同时，脸上神色也是变幻不定。

离开夜迷离舞厅后，没有了温东岳在身边，久别重逢的温念君跟曾景阳瞬间话多了起来，直到车子抵达温府，他们才意犹未尽地暂停了对话。

在管家的带领下，曾景阳跟温念君一起参观了温府。

"君姐，我怎么觉得你对自家府邸也不是很熟悉啊？"曾景阳完全被温府的精致和奢靡给震撼住。当他想对温府的环境表示羡慕时，却发现温念君也一脸迷茫，他不由得疑惑出声道。

"我叔叔的府邸两年前并没有这么漂亮。"温念君好看的眉头蹙成了一团，仿佛在认真回忆，"其实我跟叔叔待在一起的时间不长，我对叔叔的大部分记忆都来源于我爸妈的述说。几年前我被叔叔接回重庆，不到一周时间就被他送去了军校。"

"君姐，你在军校都学了一些什么啊，军校是不是比我们育才学校好玩多了？"听到军校两个字，曾景阳的眼睛立即亮了。

"军校可不是玩耍的地方，那是玩命的地方……"听到军校两个字，陷入了回忆的温念君脸色变得煞白。她想起了这七百多个日夜中自己所承受的巨大痛楚以及牺牲在各种临时任务中的同学。温念君说着说着，便陷入了沉默，曾景阳连续喊了她几声，她仿佛都没有听到。

感觉到温念君身上散发出来的内敛和强大气息，曾景阳心疼的同时，更多的却是羡慕，眼中也露出了若有所思的神色。

两个人在管家的带领下将整个温府逛了一遍的时候，温东岳及时地赶了回来。在温东岳的热情招待下，无论是温念君还是曾景阳都觉得非常舒心。

"念君，这一次回来就不要再离开了，以后就住在府中。要是无聊，就帮叔叔打理院子，如果你想工作，也可以来中统上班。"酒足饭饱后，温东岳柔声道。

"叔叔，我住在府中没问题，工作的事情就不劳你费心啦，我的老师会帮忙安排的。"温念君毫不犹豫地拒绝了。

"你的老师……你想去军统？"温东岳愕然道。

也是这个时候，温东岳才突然间想起，自己当初为了不让侄女知道自己叛变革命的事情，只想着尽快将侄女送离身边，却不小心陷入了徐敬塘精心设计的圈套，被徐敬塘将侄女送入了军统的培训学校。徐敬塘赫然是那所学校的总教官，也是温念君嘴中的老师。

想到这里，温东岳一阵牙痛。

"我暂时也没想好，我尊重老师的决定。"温念君回了一句，便没有了继续这个话题的意思。

"温主任，我可以跟在您身边做事情么？"一直在旁边默默听着叔侄俩说话的曾景阳突然间向温东岳鞠了一躬，认真恳求道。

温东岳跟温念君显然没料到曾景阳会提出这样的请求，他们不约而同地将目光落在了曾景阳身上。温念君欲言又止，却不知道自己该说什么，最后只是深深地看了曾景阳一眼，没有吭声。

"愿意为党国效力是好事啊，党国现在最需要的就是你这样的优秀人才。"温东岳拍了拍曾景阳的肩膀，哈哈大笑道。

公共汽车上，唐明俊的内心已经天人交战了很长时间，自己到底要不要救助这名被挟持的爱国人士呢？时间在焦灼和不安中度过，公共汽车不知不觉间已然抵达附近的车站，唐明俊下意识地站起身子走向车门。

"明俊，革命不是吃饭唱歌，而是要付出鲜血和性命的……"唐明俊双脚落在地面的瞬间，他的脑海中突然间回响起廖意林的一番话。与此同时，廖意林朝自己深深鞠躬的画面也在唐明俊的脑海中浮现，唐明俊心中的热血瞬间沸腾。本来已经下车的唐明俊果断地转身，抬腿挡住了即将闭合的车门，然后再次跳上了公共汽车。

"你个瓜娃子不要命了么？"司机紧急刹车的同时，扭头大骂道。

"师傅，抱歉，我下错站了。"在司机的怒视中，唐明俊轻声解释了一句，重新找位置坐下。这一次，唐明俊没有坐回原来的位置，而是坐到了驾驶员旁边的位置。

刚刚司机为了避免发生车祸而紧急刹车时，唐明俊发现，挟持中年人的其中一个特务在猝不及防之下手枪掉落到了车上，这让唐明俊电光石火间想到了一个主意。

"师傅，您注意到靠近车后门位置的那几个人没？有一名爱国人士被两个特务用枪挟持了，我想帮助那名爱国人士脱险，您方便配合我一下么？"车子再次启动后，唐明俊凑近司机的耳朵，轻声恳求道。

司机闻言愕然，他通过后视镜看了一眼唐明俊所说的位置，发现情况真的如唐明俊所说的那般，他握着方向盘的手微微颤抖了一下。

"你……你想我怎么配合你？"司机用眼角余光瞟了一眼唐明俊，眼中满是担忧的神色。

"我刚刚尝试用摩斯电码跟被那名挟持的爱国人士沟通，发现对方也懂摩斯电码，要是我们三个人配合得当，应该能够出其不意地将那两个特务拿下……"唐明俊知道司机怀疑自己的能力，他耐心地跟司机说出了自己的计划。

"你真的可以跟坐在中间那个中年人交流？"司机闻言，眼中露出一抹怀疑神色，唐明俊的年龄一看就是学生，怎么可能懂摩斯电码这么复杂的东西？

"这样吧，你要是能让那个中年连续眨眼五次，我就配合你们一起行动。"司机虽然怀疑唐明俊的能力，但是在没有更好选择的情况下，他也只能半信半疑。

很快，司机通过后视镜看到了中年人的回应，他这才完全相信唐明俊的话。

唐明俊跟司机再次确定行动计划后，他又通过摩斯电码，将行动计划告知了被挟持的中年，并且征得了对方的同意。

车辆即将抵达下一个车站时，唐明俊站起身子，缓缓地走到了后门附近，靠近了中年人和两名日伪特务。

突然间公共汽车一脚急刹，无论是被挟持的中年人，还是两名日伪特务的身子都不由自主地往前倾倒。早就有了心理准备的唐明俊趁着两名日伪特务分神的刹那,狠狠一拳砸向其中一名特务的面庞。中年人则是直接暴起,用胳膊钳制了另外一名特务的脖子。

出乎唐明俊意料的是,被他攻击的特务似乎因为之前掉过一次枪,这一次竟然有了提防,非但手中的枪没有再次掉落,身子也是摇晃一下便稳住了。察觉到唐明俊的攻击动作,对方冷笑一声,顺势拉住唐明俊的胳膊往身后一带,唐明俊的身子不由自主地倒向了对方。

"不要动,举起手来!"就在那名特务眼中闪过一抹狰狞,准备拿枪指向唐明俊的腹部时,特务感觉到自己的额头上多了一个硬邦邦的东西,耳中也传来了冷漠的呵斥声。

特工的动作瞬间一滞,然后缓缓地举起了双手。

看到日伪特工拿枪的手慢慢地举了起来,唐明俊悬在半空的心落地的同时,一把夺过对方手中的枪,然后才将原本拿在手中的一卷报纸扔到了一边。

"你……骗我?"眼角余光扫到被唐明俊扔到一边的报纸,日伪特务不由得瞠目结舌。

"老实点,不要动,否则子弹可不长眼。"唐明俊厉声呵斥道,"师傅,麻烦您将这两个家伙绑起来!"唐明俊又朝司机招呼道。

此时天色已晚,公共汽车上只剩下了唐明俊这几名特殊的乘客。见唐明俊跟被挟持的中年人真的制伏了两名日伪特务,司机脸上乐开了花,毫不犹豫地从手扶箱中找出绳子,将两名日伪特务绑了一个结实。

在中年人的指挥下,公共汽车在靠近山城宾馆的位置停下,然后唐明俊跟中年人分别挟持着两名日伪特工走进了宾馆。

"小同志,你也是共产党员么,你的上线是谁?"进了宾馆房间后,中年人迫不及待地问道。通过之前的摩斯电码交流,中年人已然向唐明俊"坦诚"了他共产党员的身份,这也是唐明俊信任中年人并且愿意冒险动手的原因。

"我……我不是共产党员。"唐明俊赧然道。

"那你是国民党员？"中年人继续问道。

"也不是啦，我只是育才学校的一名普通学生。"唐明俊的头摇得像拨浪鼓，随即兴奋道，"你是因为我懂摩斯电码，才怀疑我是共产党员或者国民党员的情报员吧？摩斯电码是我学习之余自己瞎琢磨出来的，今天还是第一次真正派上用场呢，太刺激了。"

盯着唐明俊的脸庞看了半晌，发现唐明俊神情不似作伪，中年人脸上不由得露出了失望的神色。

"很高兴认识你，唐明俊同学！我是日本特高课课长田中后岛，这两位是我的下属，分别叫陈天明和邓军。我们在车上跟你开了一个小玩笑，你不会介意吧？"就在唐明俊一脸仰慕地看着中年人，期待从中年人嘴中了解更多共产党员的故事时，中年人的一句话让唐明俊如遭雷击。

田中后岛一边说话，一边解开了陈天明和邓军身上的绳子。

"你是日本人？"虽然不知道特高课是什么机构，但是田中后岛的姓名已经暴露出了他的日本人身份，唐明俊额头上青筋凸显，双手拳头也是握得嘎嘣直响，看向田中后岛的目光布满了血丝。

想起母亲惨死在日军大轰炸之下的一幕，唐明俊怒吼一声，便冲向田中后岛，想要为母亲报仇雪恨。只是他刚刚走到田中后岛身边，后脑勺处便传来一阵剧痛，然后眼前一黑，却是之前被唐明俊耍诈挟持的陈天明果断出手，将唐明俊撂倒在地。

"田中课长，这个小王八羔子居然敢对您龇牙咧嘴的，我这就毙了他！"陈天明踹了晕厥倒地的唐明俊一脚，咬牙切齿地说道。

"不，唐明俊不能死，我留着他有大用。"田中后岛瞪了陈天明一眼，直到瞪得陈天明心中发虚时，他才收回目光，"跟温东岳说一声，我们将唐明俊带去上海了，让他密切关注唐明俊失踪之后徐敬塘的反应。"

唐明俊再次醒来时，他发现自己已然身处一艘轮船之上，听着耳边传来的汽笛声，看着两边飞速倒退的风景，躺在下铺的唐明俊摸了摸依然隐隐涨痛的后脑勺，一双眼珠滴溜溜地转动着。

"小子，我劝你不要轻举妄动，我可以饶你一次性命，可不意味着我会一直饶你性命。"唐明俊刚刚坐直身子，想要弄清楚自己的处境时，耳边传来一道呵斥声，与此同时，一个漆黑的枪洞也出现在了唐明俊的眼前。

在枪支的威胁下，唐明俊很快便冷静下来，他知道，愤怒对于现在的自己来说没有任何作用，唯有活下去，自己才可能为母亲报仇雪恨。

"大男人不要那么小家子气，不就是被我用报纸欺骗过一次么，至于一直耿耿于怀？"唐明俊打量了一眼车厢内的环境，又瞟了陈天明一眼，不屑讥讽道。

"你！"陈天明被气得浑身发抖，要不是有田中后岛的叮嘱在前，他恨不得立即对着唐明俊的脑袋扣动扳机。

陈天明一张脸憋得通红时，坐在唐明俊对面软卧下铺的田中后岛却是哈哈大笑，他指了指桌子上的围棋，朗声道："唐明俊同学，看得出来你仇恨我们日本人，不过看在你救了我一命的分上，我给你一次活命的机会，陪我下一局棋。你赢了，便可以活下去；要是输了，只能怪你自己命不好。"

"田中先生是在笑话我么？你们三个人是一伙的，只是在车上演戏而已，即便我不出手，你照样没事。"想起自己竟然栽在日本人手中，唐明俊浑身不得劲，没好气地嚷嚷道。

田中后岛闻言笑了笑，也不说话，只是做了一个请的手势。

唐明俊有心拒绝跟田中后岛下棋，可是感觉到田中后岛身上散发出来的不容抗拒的气势，又看了看旁边一脸冷笑的陈天明和邓军，他还是心不甘情不愿地坐到了棋盘前。

"唐明俊，你在得知我的日本人身份之前，是不是很得意，觉得自己今天表现不错，称得上是一名合格的特工了？"往棋盘上放了两枚棋子后，田中后岛打破了车厢内的沉寂。

唐明俊闻言抬头看了一眼田中后岛，虽然他没有吱声，但是他脸上的神色无疑默认了对方的说法。

"其实你今天的表现糟糕透顶，要是中国的特工都像你这样笨，重庆政府早就被76号特工总部的力量渗透了。"在唐明俊询问的目光中，田中后岛摇了摇头。

看到唐明俊一脸的不服气，田中后岛大笑道："你今天至少犯了十处错误！"

"第一，你发现我被挟持后，时不时地看向我们所在的方向，你是生怕自己无法暴露么？

"第二，你明明已经下了车，却再次跳上去，还跑到司机旁边嘀咕，你当陈天明跟邓军是瞎子么？

"第三，摩斯电码对特工来说是基础中的基础，你觉得我能看懂，陈天明跟邓军就看不懂？

"第四，我说我是共产党员，你就完全信任了我，置自己生命危险于不顾，这对特工来说是何等幼稚的行为。

"第五，你明明缴获了陈天明的枪械，竟然在陌生的环境中将枪械放到一边，而不是紧紧地握在手上……"

田中后岛有条不紊地将唐明俊在车上所犯的错误全部指了出来，听得唐明俊冷汗淋漓。

原本唐明俊觉得自己敢于出手，而且成功得手，心中还有点得意，此时此刻，听到田中后岛说出自己那么多的破绽，他觉得自己栽在田中后岛手中一点都不冤。

"唐明俊，你知道自己父亲是怎么死的么？"说教了唐明俊一番后，田中后岛突兀地问道。

"他不是无意间卷入军统特务跟你们的冲突，被流弹打死的么？"唐明俊下意识地回答了一声，一句话说完，他"嗖"地一下站直了身子，瞪圆了眼睛看向田中后岛，大声质问道，"你们之前调查过我？或者说，你们在公共汽车上的圈套就是针对我而设计的？"说完这句话，唐明俊脸上露出了恍然的神色。他发现自己陷入了一个田中后岛精心设置的阴谋，这让唐明俊心中又生出一股挫败感。

109

"你现在才发现自己是我们的猎物,反应也未免迟钝了点。"陈天明在一旁嗤笑出声道。可惜的是,此时的唐明俊眼神涣散,仿佛没有听到陈天明的话。

"唐明俊,其实你父亲并不是一名普通的货郎,他的死亡也没有你想象中那么简单。要是你愿意替我效力,让我满意的话,我可以告诉你有关你父亲的真实身份以及他死亡的真相。"看到唐明俊将所有的信息消化得差不多了时,田中后岛才用手指叩了叩桌面,轻声道。

听到田中后岛抛出来的诱饵,唐明俊下意识地便想点头答应。因为唐明俊一直梦想自己的父亲是一名无所不能的大英雄,他恼怒的是,母亲死亡时,父亲没有陪伴在母亲和自己身边。此时听闻父亲并非一名普通的货郎,而是有着另外一层身份,他瞬间激动起来,现实中的父亲形象似乎要和梦想中的父亲形象叠合起来了。不过唐明俊知道,自己要是直接答应田中后岛的邀请,以田中后岛对自己的调查和了解,对方十有八九会对自己起戒心,甚至击毙自己。想到这里,唐明俊冷静了下来。

"田中先生,我在你眼中,只是一个笨得不能再笨的学生,应该不值得你拉拢吧?"唐明俊朝田中后岛笑了笑,嘴角微微上翘,满脸讥讽道,"而且你要是真的调查过我,就应该知道我对那个男人有多厌恶。对于一个抛妻弃子的男人,你觉得我会在乎他真正的死因?"

"你虽然犯了很多错误,身上还是有可取之处的,至少你敢于行动,而且成功诈骗到了陈天明手中的枪,这种勇气和机智正是特工最需要的品质。唐明俊,你能告诉我,你在车上救我的真正目的是什么吗?"田中后岛怔怔地注视了唐明俊片刻,脸色慢慢变得严肃。

唐明俊知道,真正决定自己命运的时刻到了。

"在我们中国有一句古话:点滴之恩,当涌泉相报!我救你,一方面固然是因为同情,不忍心看到你的性命葬送在特工手中;另一方面,你戴的眼镜以及你腕上的手表,还有你的衣着打扮,无一不在告诉我你是一个有钱人。我要是营救了你,应该可以获得不菲的报酬。"

唐明俊说这番话时,双眼放光地盯着田中后岛的腕表,说着说着,唐明俊的眼神又重新变得黯然："不过谁让我倒霉呢，原本以为救了一个有钱人，可以借此摆脱困窘的日子，谁知道会踩中一个精心设计的陷阱。"

听到唐明俊的话，田中后岛不由得哈哈大笑，他双手往桌面上一推，所有的棋子全部被打乱。

"你们中国还有一句古话：祸兮福所倚，福兮祸所伏。你可以将我们在公交车上所布置的一切当成一个陷阱，同样可以将其当成一个考验。唐明俊，恭喜你通过了我们的考验，以后你将成为76号特别行动处的队员。"田中后岛朝唐明俊伸手道。

"我……我还没答应你呢。"看到田中后岛的反应，唐明俊知道自己已经度过了最危险的时刻，他暗中松了口气，脸上却露出了为难的神色。

"你肯定会答应我的，你不是想要钱么？76号最不缺的就是钱。"田中后岛一边说话，一边朝身后打了一个响指。

得到指示后，邓军将放在车厢角落的一个密码箱拎到了田中后岛和唐明俊面前。只听得"啪"的一声脆响，皮箱被田中后岛打开，然后摆放得整整齐齐的一堆金条呈现在唐明俊的面前。

"唐明俊，只要你答应加入76号，这一箱黄金便是你的，另外，你每个月都可以领到三根金条作为你的薪资。"田中后岛将密码箱往唐明俊面前一推，朗声道。

"这……这……"唐明俊不由自主地做了一个吞咽的动作，眼睛死死地盯着密码箱内的金条，仿佛被磁铁吸引住了一般，"田中先生，要是您刚出才所说的全部是真的，我答应加入76号。"

说这番话的时候，唐明俊隐隐听到，自己内心深处的某样东西似乎破灭了。他看不到自己此时此刻脸上的神色，不过他知道，自己的脸色肯定很难看。

唐明俊虽然保住了性命，但是他知道，自己丢掉了比性命更重要的东西：从今日起，自己将成为76号特别行动处的队员，简而言之——

汉奸。

唐明俊在轮船上享用着他从未吃过的日本精致料理，却味同嚼蜡。

一轮明月不知道什么时候钻出了乌云，高高地悬挂在树梢上。看着天上的圆月，唐明俊想起了廖意林，还有温念君。

廖意林忙完工作回到管二八时，已经是晚上十点多，她想找唐明俊谈心，解开唐明俊的困惑，这才得知唐明俊下午离开学校后，便再也没有回来。联想到唐明俊晚上在夜迷离舞厅阻挠"地下党员"跟"火种"接头，破坏中统诱捕陷阱的事情，廖意林大急。

"不会是温东岳暗中派人跟踪唐明俊，趁唐明俊落单时将他抓起来了吧？"想起两年前温东岳叛变革命，不仅导致自己的上线老于不得不离开重庆，更是害得十几名同志被抓，廖意林便恨得牙痒痒的。尤其是这两年来，温东岳表面上向共产党示好，让共产党放松警惕，暗地里却利用中统强大的情报力量，抓捕了一个又一个共产党员。要不是神秘的"火种"突然间出现，并且每次都能够提供精准的情报，估计地下党在重庆的情报系统早就被连根拔起了。

唐明俊失踪的消息在管二八传开，管二八瞬间沸腾了，无论是已经休息的，还是没有休息的，全部都从校舍里冲了出去，满大街地搜寻唐明俊的下落。

第二天早上，温府。

"什么，唐明俊失踪了，什么时候的事情，他怎么会失踪？"温念君接到曾景阳的电话时，她脸色变得煞白，连手中的咖啡杯滑落到了地上都没注意到。

"念君，发生什么事了？"温东岳正收拾好东西准备出门，看到温念君魂不守舍的样子，他扭头问道。

"叔叔，明俊失踪了，求求你帮忙找一下他！"听到叔叔的声音，温念君仿佛抓住了救命稻草，三步并作两步走到温东岳面前，抱着温东岳的胳膊摇晃道。

"唐明俊好好地怎么会失踪呢？"温东岳轻声嘀咕了一句，这才点头道,"念君,你不用担心,我到了办公室就安排下去,让中统的人密切关注唐明俊的下落。"

"叔叔,你一定要帮忙找明俊啊!他们学校的老师找了一个晚上,将明俊平时喜欢去的地方都问了一个遍,也没有发现他的踪迹,学校的老师和同学们都着急死了。"温念君张皇失措地恳求道。

"念君,你放心,有叔叔在,明俊不会有事的,我肯定帮你将明俊找回来。"温东岳摸了摸温念君的头,欲言又止道,"其实……"

"其实什么?"听到叔叔答应帮忙寻找唐明俊时,温念君正高兴呢,温东岳的一个"其实"瞬间又让她的心悬了起来。

"其实军统的情报力量远比中统的情报力量强,只要你的老师愿意出手,分分钟就能将唐明俊找出来,只是你的老师实在太忙了,你应该不好意思因为这点小事情而打扰他吧?"温东岳犹豫了一下,将自己刚刚吞进肚里的话又说了出来。

"温东岳这个吃里扒外的龟儿子,我日他仙人板板。"当唐宪富得知儿子被日本特高课的人俘虏,并且被连夜送往上海时,他的脸色要多难看就有多难看。

唐宪富下意识地想让陈树尧帮忙弄一张去上海的机票,将儿子从特高课手中抢回来。不过想起中统装模作样寻找唐明俊下落的一幕以及温念君小心翼翼朝自己求助的事情,唐宪富知道,正如自己一直在密切关注温东岳的动静,温东岳肯定也在暗中监督自己的一举一动。要是自己贸然行动,非但没有办法保护儿子的安全,反而会暴露自己的身份,让自己父子俩都陷入绝境。

唐宪富摸出一根雪茄叼在嘴中,想要点燃雪茄,却因为手指头颤抖,好几次都没能将火柴划燃,气得他将雪茄和火柴都扔到了一边。

"我最大的愿望便是明俊能够健康快乐地成长,为什么你们连我这么一点微不足道的愿望都不能满足呢?"唐宪富狠狠地揪了揪自己的头发,眼中全是血丝,仿佛困境中的囚徒。

接下来的两天时间,唐宪富一直将自己关在办公室中,他哪里也没有去,甚至没有朝外面拨打一个电话。

想起远在上海生死不明的唐明俊,叶慕之却是恨不得自己能够插上两扇翅膀,立即飞到唐明俊身边。

叶慕之在挂念唐明俊的安危时,田中后岛正在将唐明俊介绍给76号特工总部特别行动处的人。

唐明俊的到来,受到了特别行动处的热烈欢迎,也是这个时候,唐明俊才知道,之前被自己诈骗了枪支的陈天明竟然是特别行动处的副处长,这让唐明俊心中生出一股不妙的感觉。

"唐明俊,76号不养废物。从现在开始的三个月时间内,76号的所有训练设施,你都可以随便使用;76号培训处的所有教官,你都可以请教。三个月之后,我会对你进行考核,要是考核通过,你可以继续留在76号;要是失败,你继续活着也没有意义!"田中后岛说完这句话后,便转身离去。

目送田中后岛的身影离去,唐明俊还在发呆,突然间一股巨力从他肩膀处传来,他不由自主地一个趔趄,然后一脸诧异地看向推搡自己的陈天明。

"小子,能够加入76号,你是不是很得意?"陈天明居高临下道。

唐明俊淡淡地扫了一眼陈天明,却没有搭理他,而是转身便走。只是唐明俊刚刚走了两步,便被人拦住了去路,他转身换一个方向,又被另外一个人拦住。连续转身好几次后,唐明俊还是站在原地不能动弹。看着这群刚刚还对自己热情似火的队员,转瞬间一个个对自己冷眼相向,唐明俊知道,自己被针对了。

"小子,不要以为田中先生邀请你加入76号,你就高人一等。在田中先生眼中,只有可以重用的精英和不可利用的废物两种人;而你,只是一个一无是处的废物罢了,你觉得自己能够在特别行动处站稳脚跟?我呸!"陈天明一口浓痰吐在了唐明俊的鞋子上。

唐明俊显然没有料到陈天明会突然间有如此粗鄙的动作,等他反应过来时,已然来不及躲避了。

看了看鞋子上的浓痰，唐明俊的眉头紧锁。这双鞋子，是廖意林攒了几个月的工资给他买的，他一直视若珍宝。

鞋子上的浓痰让唐明俊瞬间失去了理智，陈天明正一脸轻蔑地看着唐明俊冷笑时，唐明俊突兀地一个勾拳砸在陈天明的下巴上，将陈天明掀翻在地。

陈天明摸了摸嘴角的血渍，他眼中闪过一抹玩味的神色，然后又是一口带血的唾沫吐在唐明俊的鞋子上。

"大家刚才有看到是谁先动手的么？"吐完唾沫后，陈天明大声问道。

听到队员们异口同声的回答后，陈天明在唐明俊怒气冲冲地冲向自己时，他一把捞起唐明俊的腿，将唐明俊掀翻在地，紧接着一只手掐住唐明俊的脖子，直接将唐明俊的身子推到了墙角，直接一个膝撞，狠狠地落在唐明俊的肚子上，让唐明俊下意识地弓腰。

下一刻，陈天明一个肘击砸在唐明俊的背上，在唐明俊身体落地的瞬间，陈天明一脚踩在了唐明俊的脸上，让唐明俊完全动弹不得。

"小子，不要以为自己有点身手就了不起，刚才我要是想要你的命，你已经死了无数次。公共汽车上的事情不算完，这一次我先收点利息，接下来的三个月，我们慢慢玩。"陈天明拍了拍唐明俊的脸庞，撂下一番话后，领着特别行动处的一群人离开了。

躺在冰冷的地面上，唐明俊眼神涣散，久久没有动弹。

"怎么，受了这么点打击就一蹶不振了？"突兀地，田中后岛的声音在唐明俊耳边响起。

惊吓之下，唐明俊一个懒驴打滚从地上爬了起来，满脸警惕地看着田中后岛。

"你身手不错，应该是练过，但是你缺乏实战经验，下手时畏手畏脚的。陈天明不同，他这些年来，每天练习和琢磨的都是杀人术，所以你的心要是狠不起来，你永远不会是他的对手。"田中后岛微笑道。

唐明俊正纳闷自己怎么会轻而易举被陈天明击败，田中后岛一席话让他醍醐灌顶。他有心感激田中后岛，想了想田中后岛的日本人身份，又将快到嘴边的感激话语吞回了肚中。

"76号的规矩不能坏，你初来乍到便寻衅滋事，就罚你打扫和整理旧档案馆吧。"田中后岛扫了唐明俊一眼，漠然道。

"我……"唐明俊张嘴便要辩解，不过看到田中后岛的眼神，他心中一阵不舒服，最终还是选择了沉默。

有关唐明俊的处罚决定很快便在76号特工总部传播开，听闻唐明俊仅仅是被罚打扫和整理旧档案馆，陈天明一脸的不可置信，这不是相当于没有处罚么？

陈天明不甘心地找到田中后岛，投诉唐明俊的蛮横无理和不讲规矩。田中后岛却对陈天明的话不置可否，只是拉着陈天明下了半天围棋。

上诉被驳回，陈天明内心极为不甘。一计不成又心生一计，从田中后岛的办公室回来之后，他让人切断了旧档案馆旁边的水管和电路，这让在旧档案馆中忙得满头汗水的唐明俊雪上加霜。

嘴中没好气地嚷嚷了一声，唐明俊凭着记忆找到了旧档案馆的火柴跟蜡烛。唐明俊刚刚点燃蜡烛，便听到资料室深处传来一声闷响。

"谁，出来！"唐明俊往资料室的深处走了几步，发现这里还有一扇门，自己之前并没有察觉到这扇门的存在。他小心翼翼地推开房门，正想查看门内的情况时，身后却一阵妖风涌来，手中的蜡烛突兀熄灭。

唐明俊瞬间头皮一阵发麻，下意识地想转身逃跑，不过想起下午翻看的有关旧档案馆的相关资料，他不由得冷笑。从身上掏出火柴再次点燃蜡烛，果然看到一道人影迅速地隐入了身后的书架。

"于老头，我都看到你了，你还是出来吧！"唐明俊转过身子，朝书架后面招呼道。

随着唐明俊的招呼，一个精瘦的老头从书架后面冒出头来，他上下打量了唐明俊一眼，这才摇头咂嘴道："你个瓜娃子没意思，一点都不好玩。"

"你……你是重庆人？"听到老于嘴中地道的重庆方言，唐明俊眼睛一亮，亲切地问道。

"什么重庆人？这位小哥，你出现幻听了么？"字正腔圆的普通话从老于嘴中吐出，让唐明俊愕然瞪圆了眼睛。

"难道我真的出现幻听了么？"唐明俊看了看眼前的老于，眼中的兴奋一点点消退，他没有纠结老于的籍贯问题，而是求助道，"老于，你是资料室的管理员，应该对档案馆很熟，你知道档案馆为什么会突然间停电么？"

"小哥，档案馆不仅仅是突然间停电这么简单啊，还漏水了呢。你要是不赶紧将外面的水管修好，估计档案馆的资料很快就全部报销了。"老于似笑非笑地看了唐明俊一眼，不紧不慢地提醒道。

"外面的水管？"听到老于的提醒，唐明俊先是愣了一下，紧接着脸色大变，拔腿就往外面跑。

"哎，果然还是年轻没经验啊。"见唐明俊什么都没准备，就往档案馆外面跑，老于摇了摇头，回到自己的资料室，看到地面上已经被浸湿的草席，老于嘴中发出一声叹息。

很快，唐明俊便去而复返，闯进了资料室，满脸焦灼地问道："老于，你这里有工具箱么？档案馆外面的水管和电路都被人破坏了，我得想办法维修一下。要是晚了，估计档案馆的资料都会损坏。"

老于朝墙角努了努嘴。顺着老于努嘴的方向，唐明俊看到一堆乱七八糟的器具和管件，他不由得眼睛一亮。

"谢谢老于。"唐明俊嘴中回了一声，拿起自己需要的物件，再次跑了出去。

唐明俊忙碌到后半夜，才将水管和电路全部维修好。

"你是不是很生气，甚至打算明天去找陈天明算账？"看到唐明俊归还工具时气鼓鼓的样子，老于主动搭讪道。

"外面的水管和电路明显是人为破坏，肯定是特别行动处的人干的。我不找他们算账，难道还要忍气吞声不成？"唐明俊义愤填膺地说道。

"你能够打得过他们？"老于不置可否地问道。

"既然打不过，为什么不能忍气吞声，好汉不吃眼前亏的道理你都不懂吗？"见唐明俊沉默，老于继续说道。

"可是，明明知道有人在针对自己还要忍气吞声，这种感觉真的很憋屈啊；而且人善被人欺、马善被人骑，我要是不还击，他们继续针对我怎么办？"唐明俊急了，下意识地反驳道。

"你要是能够打得过他们当然可以反击。要是打不过他们，就没必要自取其辱，老祖宗教过我们一句话：君子报仇十年不晚。要想出气，就要好好地学本事，等到真正有能力反击时再说，你暂时必须学会忍气吞声，以柔克刚，否则你就陷入了他们精心设计的圈套……"

第九章 你到底是徐敬塘还是唐宪富？

接下来的一段时间，唐明俊将所有的私人物品都交给了老于保管，只穿戴76号特工总部发放的衣帽。特别行动处的人还是处处刁难唐明俊，不过唐明俊谨记老于的叮嘱，无论是面对言语上的讥讽还是身体上的碰撞，唐明俊都是置若罔闻，沉默以对。

见唐明俊不接招，陈天明知道唐明俊识破了自己的心思，在不违反76号规定的情况下，陈天明也不敢做得太过分。

"小子，你以为做缩头乌龟，我就拿你没办法了么？"想起唐明俊即将面临的新人考核，陈天明眼睛一亮，脑海中又涌出了新的主意。

陈天明开始利用职权之便，故意给唐明俊委派紧急任务，同时，陈天明将特别行动处成员的值日任务也全部安排给了唐明俊，让唐明俊没有时间上课或者接受特训。

转眼间一个月时间过去，唐明俊终于沉不住气了。要是一直没有办法正常上课或者接受特训，意味着唐明俊的特工技能在三个月时间内得不到任何提升，到时肯定没有办法通过76号的新人考核，那么考核之日便是唐明俊死亡之时。

"于叔，我现在该怎么办，陈天明摆明了不想让我通过新人考核，估计行动处的人都在等着看我笑话。"经过一段时间的相处，老于跟唐明俊已然建立了信任关系。唐明俊遇到困难时，会习惯性地找老于倾诉，向他求助。

"明俊，你最近进步很大。"老于满脸欣慰地看着唐明俊，眼中流露出掩饰不住的赞赏神色，"我原以为你会很快忍不住向我求助，没想到我这一等，就等了差不多一个月。"

"于叔，76号发生的事情，你都知道？"唐明俊闻言愕然，他忍不住认真地打量老于，想从老于身上发现一些端倪。

老于点了点头，脸上露出了一丝惆怅，随即意兴索然地指了指档案馆的资料，沉声道："你是守着金山而不自知啊！76号的教官再厉害，他们能厉害到哪儿去。档案馆中不仅有各种特工技巧的精髓，更是有着很多经典实战案例，难道还不足以让你应付新人考核？"

"于叔，谢谢提醒，您帮了我大忙。"唐明俊深深地朝老于鞠了一躬，然后飞快地扑向了档案馆的资料。

老于见状，苦笑着摇了摇头，然后隐入了资料室。

"你为什么不亲自教导唐明俊特工技能？身为共产党曾经的王牌特工，你要是愿意亲自教唐明俊，要比他独自摸索强一百倍吧？"黑暗中，一道黄莺般清脆的声音突兀地响起。

"那你为什么不杀了陈天明等人，任由他们欺辱唐明俊呢？"老于对于这道突然间出现的声音没有任何意外，而是反问道，"我都不是你的对手，你收拾陈天明几个人应该是轻而易举的事情吧？"

"其实道理是一样的。五哥叫我们来这里，并非保护唐明俊那么简单，隐藏身份、窃取情报、为国效力才是我们的终极目标。"见黑暗中的人沉默，老于忍不住叹息道。

"可是，五哥安排我过来的唯一任务就是保护唐明俊的安全啊。"黑暗中的叶慕之差点忍不住出声辩解，不过想起老于的身份，她愣是忍住了辩驳的冲动，而且她隐隐觉得老于的做法是对的。

"老于，我不知道你现在心中是怎么想的，但是你务必记住一点，于德路两年前已经死了。你现在不再是共产党的王牌特工，而是五哥的人，只能服从五哥的命令，为五哥做事情。"叶慕之冷冰冰地提醒道。

听到叶慕之的提醒，老于挺直的身子突然间佝偻下去，整个人也仿佛突然间苍老了十几岁,他的脑海中不由自主地浮现出了两年前的一幕。

两年前,温东岳叛变革命,出卖了一大批地下党情报员。身为温东岳的联系人,老于更是他的重点抓捕对象。

温东岳一面暗中抓捕地下党的情报员,一面继续积极联系老于,向他传递重要情报。因为不清楚"徐敬塘"的身份和立场,所以哪怕"徐敬塘"提醒老于"火种"已经变节,老于还是忍不住想一探究竟,结果落进了温东岳布置的天罗地网。

其实老于被抓之前,"徐敬塘"再次伪装身份跟老于碰头并且打赌,就是赌温东岳是否彻底叛变了革命:要是老于赢了,"徐敬塘"亲自向温东岳和老于道歉;要是老于输了,老于就只能以另外一个身份出现,完全听命于"徐敬塘"。

老于并不相信自己联系多年的"火种"会叛变革命,他觉得这里面肯定有什么说不得的苦衷。他故意自投罗网,结果让老于很失望。在受刑了差不多一个月之后,他被押上了刑场,然后挨了子弹。

再次醒来时,老于还以为自己已经到了阎罗地府,直到"徐敬塘"以本来的面目出现在他面前,并且说出赌约时,老于才知道自己还活着,而且输了赌约。

心灰意冷的老于在养好伤之后,便听从徐敬塘的命令,潜伏到了日伪特工总部,成为了76号总部的资料库管理员。

两年来,老于在帮徐敬塘做事情的同时,也得知徐敬塘化身为新的"火种",为延安方面提供了很多情报。这让老于一度以为徐敬塘是地下党潜伏在军统中的王牌特工,可是徐敬塘却从来不承认自己的情报特工身份,也不让老于跟以前的同志联系,这让他极为困惑。

"叶小姐,你跟了五哥那么多年,你知道五哥到底是一个什么样的人么?"老于忍不住询问叶慕之道。

"五哥是一个好人。"老于得到的还是那个一成不变的答案。当叶慕之说到最后一个字时,声音已经飘得很远,轻到几乎听不到。

"'火种',你到底是徐敬塘还是唐宪富？"想起自己这两年来在76号特工总部搜集整理的资料，老于眼中闪过一丝困惑，"你是徐敬塘还是唐宪富，似乎都不重要，重要的是你救了老于的命，又在为国效力，所以老于这一辈子心甘情愿为你做事情。"

旧档案馆的资料对于唐明俊来说，的确是一座知识的宝库。接下来的时间，唐明俊白天疲于应付陈天明分配给他的临时任务和值日任务，到了晚上，他则窝在旧档案馆自学特工知识，遇到不懂的地方，他便直接询问老于。

老于开始还假装听不到唐明俊在问什么，在被唐明俊无意中揭破谎言后，他开始帮唐明俊解答疑问，每次都是恰到好处地指出其中的肯綮。

多日的相处，唐明俊已然认定老于是一位隐士高人。唐明俊希望能够拜老于为师，老于犹豫了一下，征得唐宪富的同意后，便收下了唐明俊。不过为了避免76号生疑，老于并没有向唐明俊倾囊相授他的绝招，只是让唐明俊保持着一种合理的进步速度。

转眼间两周时间过去，唐明俊在老于的指点下身手进步飞快。

这一天，在完成足够多训练量以后，老于交代唐明俊外出的时候帮忙买一份《上海年华》的电影杂志。老于千叮咛万嘱咐唐明俊，这份杂志对他来说十分重要，唐明俊铭记于心。

买到老于需要的《上海年华》后，唐明俊便往76号方向赶，只是在路过一家小摊时，看到小摊正在叫卖叫花鸡。唐明俊吞了吞口水，他掏出从76号预支的薪资，买了一整只叫花鸡，打算带回去跟老于一起吃。

"哟，这不是唐明俊么，这是知道自己没有办法通过76号的新人考核，就破罐子破摔，跑出来逛街了？"唐明俊刚刚接过摊贩递过来的叫花鸡，耳边就响起了一道聒噪的声音。

听出是陈天明的声音，唐明俊一阵头痛，他转身便走。

"唐明俊，你还没有跟我汇报今天的任务情况，别忙走啊。"陈天明跨前两步追上唐明俊，大声招呼道。

唐明俊闻言，无奈地顿住脚步。只是唐明俊还没来得及出声，他便感觉到眼前一花，却是手中的叫花鸡被陈天明抢走了。

陈天明抢到叫花鸡之后，便撕掉包裹在叫花鸡外面的报纸大快朵颐，嘴中还不忘揶揄：“这叫花鸡味道不错，看在你孝敬我叫花鸡的分儿上，我以后就不跟你计较了。"

唐明俊本来是想从陈天明手中抢回叫花鸡，听到陈天明的话，他觉得用一只叫花鸡换取自己日后的宁静生活似乎也不错，便打消了抢夺的想法。

"你手中拿的是《上海年华》？你小子可以啊，连我喜欢《上海年华》这点小爱好都打听到了。这玩意可不好买，我今天逛了大半个上海滩都没买到，你有心了！"陈天明啃了两口叫花鸡后，眼角余光扫到唐明俊手中的杂志。他眼睛一亮，朝唐明俊伸手道。

"这……"唐明俊显然没有料到陈天明会看上自己手中的杂志，想了想老于的叮嘱，他攥着杂志的手微微发力。

唐明俊犹豫的当儿，陈天明已然伸手去抢夺唐明俊手中的《上海年华》，嘴中也嚷嚷道：“唐明俊，看在你这么有心的分上，我以后就不针对你了，而且会将你当好兄弟！"

陈天明一句话还没说完，他便听到了"哗啦"一声，却是《上海年华》杂志在两个人的拉扯下，直接一分为二，被撕成了两截。

"你……这本杂志不是买给我的？"看到唐明俊脸上神情不对，陈天明不是很确定地问道。

唐明俊没有说话，而是直接一拳抢向了陈天明的脸庞，"王八蛋，我忍你很久了，暗中使绊子不说，还抢我叫花鸡，撕我杂志，你以为自己是天王老子啊，谁都得围着你转！"

陈天明摸着火辣辣的面庞，他打量了左右一眼，发现并没有76号的人。他狞笑道：“唐明俊，你要是一直认怂也就算了，我还真拿你没有任何办法，既然你今天不装了，我也就不跟你客气了。"

陈天明一句话说完，他的身子诡异地闪到了唐明俊的身后，然后唐

123

明俊的脖子一凉，却是陈天明手中不知道什么时候多了一把匕首，而且那把匕首已然架到了唐明俊的脖子上。

就在陈天明以为自己制伏了唐明俊，脸上露出一丝得意神色时，他的后背处一阵剧痛袭来，他愣神的工夫，唐明俊已然身形暴露。

陈天明缓缓地摸向自己的后背，发现自己的背上已然多了一把匕首，匕首齐柄而入，只留下了短短的一截匕首柄在身体外面。

"你……你好狠！"陈天明伸手指了指唐明俊，眼中满是不甘。

"我讨厌别人威胁我，而且这里不是76号大楼，所以你今天的一切都是自找的！"唐明俊死里逃生之后，看到陈天明身子委顿倒地的一幕，才明白有人救了自己。他知道陈天明误会是自己出的手，他也懒得辩驳，而是漠然回应。

"76号的规矩，可不仅仅局限于76号大楼内，而是针对所有的76号人员。"唐明俊的话音刚落，一道冷冽的声音在他身后响起。

突然间出现的声音，不仅让唐明俊浑身一寒，如坠冰窖，便是陈天明也是不知所措，脸色变得煞白。陈天明被送往了76号的医务室，唐明俊则被田中后岛叫上了车。

"听说你这段时间没有正儿八经地上过一堂课？"道奇车上，田中后岛沉默了片刻，轻声问道。

"陈处长将所有的临时任务和值班任务都堆到了我头上，我根本抽不出时间上课。"唐明俊瓮声瓮气地回答道。

听出了唐明俊话语中的怨气，田中后岛笑了。

"你这本杂志是帮谁买的，我记得你并没有阅读电影杂志的爱好。"田中后岛指了指唐明俊手中已经烂成两截的《上海年华》，好奇地问道。

"在育才学校时，老师曾经跟我们上过电影赏析的课，今天无意间看到这本书，发现里面的很多观点跟老师讲的观点不谋而合，所以忍不住买下来看看。"唐明俊并没有出卖老于，而是干脆地回应道。

田中后岛凝视了唐明俊半晌，然后说自己也是电影爱好者，开始用各种电影学的专业术语试探唐明俊。不过唐明俊本来就对电影学感兴趣,而且在学校学习过很多电影学知识也是真的,所以面对田中后岛的各种试探,他对答如流,轻松过关。

"虽然说今天是陈天明挑衅在先,但是你重伤陈天明也是事实,所以我罚你回去关禁闭两天,你服气么?"田中后岛本来怀疑唐明俊手中的杂志中隐藏着传递信息的密码,没能从唐明俊嘴中问出有用的信息,他很失望,直接宣判了对唐明俊的处分。

"我不服气,你就不关我禁闭了么?"唐明俊毫不客气地顶嘴道。

"唐明俊,看来你被陈天明教训得还不够啊。"听到唐明俊的话,田中后岛嘻了一下,摸了摸鼻子道,"既然你不服气,那关禁闭的时间就增加一天吧。"

唐明俊闻言,不由得懊恼地攥紧了拳头,自己怎么就忘了老于的叮嘱,不懂得忍气吞声了呢?

不过唐明俊并没有将关禁闭的处罚放在心上。回到旧档案馆后,唐明俊将《上海年华》递给了老于,并且将在外面跟陈天明发生冲突,并且被罚禁闭的事情言简意赅地跟老于说了一遍。

"你要被关禁闭?"听到唐明俊的话,老于激动得从草席上翻滚起来,"76号的禁闭可跟外面的禁闭不一样,那是要命的,你还是自求多福吧。"

"于叔,不就是在小黑屋子独处一段时间么,有什么可怕的?"看到老于夸张的样子,唐明俊不解地问道。

"要是那个小黑屋子里还关着饿了几天的军犬,那些军犬一直都是喂的活人血肉呢?"老于冷着一张脸道。

听到老于的话,唐明俊不由得目瞪口呆,脸色也是变得煞白。

饶是唐明俊已经有了足够的心理准备,进入禁闭室后,几条凶狠的军犬同时扑向他时,他还是忍不住心惊肉跳,差点被咬断大腿。要不是老于一再叮嘱,而且教了他很多躲避军犬攻击的方法,估计刚进禁闭室,唐明俊便会被军犬咬伤,那么接下来等待他的只有死亡这一条路了。

不过即便躲过了军犬的偷袭，唐明俊还是不敢大意，因为进入禁闭室之前，他被搜过身，不能携带任何武器、粮食和水进入禁闭室，所以接下来的三天时间，他不仅要面对饥渴的威胁，还要随时提防军犬的捕食，连眼睛都没办法合上。

"接下来的72个小时，自己就只能打起精神，看到底谁能坚持到最后了。"摸了摸圆滚滚的肚皮，唐明俊竖起耳朵，随时捕捉着可能从黑暗处扑向自己的军犬的动静。

唐明俊花了整整一天时间，才适应禁闭室的黑暗，也弄清楚禁闭室一共拴有五条军犬，但是，唐明俊也付出了巨大的代价，不仅仅大腿被咬了一口，两条胳膊也是多处被抓伤，火辣辣的痛。这都是唐明俊扛不住疲倦侵袭，打瞌睡时被军犬给撕咬的。

"不行，再这样下去，自己迟早会死在这几条军犬的撕咬之下。"又勉强撑过半天之后，唐明俊已然被饿得头昏眼花，疲倦也有如潮水般涌来。唐明俊知道，真正考验自己的时候到了。

就在唐明俊的意识再次陷入模糊时，他隐隐听到一阵风声从自己左侧传来，唐明俊下意识地往右一阵躲闪，却冷不防右边大腿处传来一阵剧痛。

唐明俊喉咙中不由自主地发出一声惨叫，所有的疲倦瞬间消失无踪。他眼中闪过一抹狠厉，然后任由右大腿被军犬撕咬。他猛地双手往前一伸，抓住了左边扑向自己的军犬，狠狠地往地上砸了下去。

唐明俊竭尽全力地砸了十几下，直到感觉手中的军犬完全停止了挣扎，他这才挥拳砸向一直在使劲撕咬自己右大腿肌肉的另外一条军犬。此时唐明俊的右大腿已然血流如注，完全失去了痛觉，不过脑海中闪过廖意林和温念君的面庞，唐明俊一个劲地告诉自己：不能死，要坚持住。

咬住唐明俊右大腿的军犬发现情况不对劲，松口便想逃跑，只是唐明俊眼疾手快，一把捞住了这条军犬的脖子，然后这条军犬又重蹈了第一条军犬的下场。

　　似乎被唐明俊突然间爆发出来的凶狠所震慑住，剩下的三条军犬围着唐明俊一阵低吠，却是再也不敢扑向唐明俊。

　　"老于，我们真的坐视不管么？要是唐明俊在禁闭室有个三长两短，五哥肯定会暴怒的。"旧档案馆的资料室中，叶慕之满脸焦灼地问道。

　　"叶小姐，小不忍则乱大谋，既然你那么看好唐明俊，你就应该相信唐明俊。"老于气定神闲地说道。

　　"可是，唐明俊毕竟还是一个孩子，他从来没被关过禁闭，还要面对五条凶猛的军犬，我真的担心他的安全。"叶慕之局促不安地辩驳道。

　　"不，唐明俊已经十九岁，不再是孩子，而是一个男人。你悉心教导他几年功夫，他的身手和反应能力并不差，差的是生死之间的搏斗经验。只要他熬过这一关，他就是一名优秀的特工了。"老于似笑非笑地盯着叶慕之道。

　　"我还是放心不下他的安全，我想去禁闭室看看。要是他有性命危险，我也可以出手相救。"叶慕之却是压根听不进去老于的话，站直身子便往资料室外面走。

　　"叶小姐，你是不是喜欢唐明俊？"老于突兀的话语突然间传进了叶慕之的耳中，让叶慕之脚步一顿，身子停留在了原地。

　　"我……我没有……你不要乱说。"老于一句话，让叶慕之心慌意乱，她语无伦次地否认道。

　　"叶小姐，你的言行举止已经出卖了你的内心，你这种状况，根本发挥不出你平时的实力。别说闯进禁闭室，估计连禁闭室的大门都摸不到。"老于笑了笑，然后叹息道，"其实我跟你一样担心唐明俊，但是他是那种愈挫愈勇的性格，我们都要学会相信他。"

　　在老于的劝阻下，叶慕之最后还是按捺住了内心的冲动，没有去禁闭室救人，不过因为在老于面前暴露了她对唐明俊的情愫，这让她在老于面前再也没有办法像以前那样冷漠了。

三天的时间转瞬即逝，陈天明虽然伤口很深，却不致命，几天的时间，他已然恢复过来。听闻唐明俊被关了三天禁闭，陈天明喜出望外，不顾医生的劝阻，第四天一大早，他便领着特别行动处的一众成员来到了禁闭室外面。

"陈处，禁闭室在 76 号就是阎罗殿，进去的人没有人能活着出来的，唐明俊连新人考核都没过，他怎么可能在禁闭室熬得过三天时间？"

"依我看，唐明俊肯定死翘翘了，说不定尸体都被军犬分吃了。"

……

特别行动处的人叽叽喳喳的，言语中对唐明俊充满了不屑。

尽管陈天明也不相信唐明俊能够从禁闭室中活着出来，不过想了想唐明俊身上发生的诡异事件，摸了摸自己隐隐作痛的后腰，他还是没有说话，而是侧耳倾听禁闭室内的动静。

"禁闭室内没有半点动静，唐明俊不会真的被军犬分尸了吧？"半天后，陈天明也没有听到任何声音，他下意识地吐了口气，脸上也露出了开心的笑容。只是陈天明脸上的笑容持续不到三秒钟，便看到唐明俊拖着沉重的脚步一瘸一拐地从禁闭室走了出来。

"你……你还活着？"陈天明惊呼失声道。

唐明俊瞄了陈天明一眼，却没有搭理他。

这一次，以陈天明为首的特别行动处的成员罕见地没有阻挠唐明俊的离去，也没有冲唐明俊冷嘲热讽。因为唐明俊身上的气息实在太冷了，而且他浑身血污，身上没有一处是干净的，嘴角甚至还黏着一块血淋淋的肉片，也不知道是他自己的，还是军犬的。

直到唐明俊离得远了，陈天明等人才闯入禁闭室。

当陈天明一行人看到禁闭室中的军犬全部被打死，其中一条军犬更是被咬得不成样子时，他们下意识地打了一个寒战，想起自己昔日对待唐明俊的态度，他们一个个心有余悸，后怕不已。

资料室门口，唐明俊嘶哑着声音喊了一声"于叔"，便身子瘫软倒地，彻底昏厥了过去。

不吃不喝不眠地跟军犬搏斗了三天时间，无论是体力还是精力，唐明俊都达到了极限，要不是有着强大的意念支撑，他最终都不一定能够活着走出禁闭室。

老于被唐明俊的样子吓了一跳，直到检查唐明俊的呼吸，确认他没有生命危险，老于才松了口气。

耐心地解开唐明俊身上的衣服，遇到有血痂的地方，老于不得不小心翼翼地用药水轻轻擦拭。

帮唐明俊清洗身体时，看到唐明俊身上深可见骨的伤口，老于心疼不已。花了足足两个小时，老于才将唐明俊身上的伤口全部处理完毕。整个过程中，唐明俊始终没有被惊醒，一直处于沉睡状态中。

擦了擦额头上的汗水，老于又喝了满满一杯凉白开，这才坐在简陋的桌子前，看着《上海年华》杂志发呆。

四天前，老于拿到《上海年华》后，便迫不及待地破译上面的密令，只是破译出来的内容却让老于震惊不已：

"保护好唐明俊，找机会将他送回重庆，火种留。"

"过去一整年时间，'火种'才给我传达两条密令。唐明俊来76号不到两个月时间，'火种'就给我传达了三条密令，看来唐明俊在'火种'心中不是一般的重要啊。"老于喃喃自语一声，点燃一根火柴，准备将自己破译的内容烧掉。

老于第一次破译出"火种"传达的密令时，还以为自己破译错了，或者是"火种"更换了新的密码本，所以他忍不住反复确认，多次破译密令内容。

今天已经是老于第五次破译密令内容了，他终于可以确认，"火种"向自己传达的密令没有任何差错，而是自己低估了唐明俊在"火种"心中的地位。

就在老于点燃纸条，准备烧毁纸条上的密令时，一条胳膊凭空出现，将老于手中的纸条抢了过去。

老于下意识地一个擒拿，将对方背摔在地，然后耳边听到了熟悉的惨叫声。

"明俊，你什么时候醒过来的？"看到自己误伤了唐明俊，老于不由得一阵愧疚，然后慌忙检查唐明俊身上的伤势。

"于叔，你下手真够狠的。"尽管唐明俊痛得龇牙咧嘴的，他的脸上却满是笑容，激动地挥舞着手中的纸条道，"于叔，您一直骗我说自己不是共产党的情报员，这一下有了真凭实据，你没法否认了吧？"

听到唐明俊激动的声音，老于脸色大变，他朝唐明俊比画了一个噤声的手势，然后警惕地探头看了一眼外面。确认档案馆没人后，他这才一把抢过唐明俊手中的纸条重新点燃。

"于叔，火种是谁，他怎么会在密令中提到我，是不是意姐他们知道了我的下落，委托你送我回去？"唐明俊紧紧地抓住老于的胳膊，压低了声音问道，不过他一张脸因为激动而涨得通红。

老于看着一脸期待的唐明俊，他陷入了沉默，因为他还没有做好跟唐明俊说明自己身份的心理准备。

"于叔，您放心，我嘴巴很严，肯定不会出卖您的。这一次的《上海年华》杂志，我就跟田中后岛说是我自己买的。"唐明俊摇晃着老于的胳膊，继续哀求道。

见老于还是不说话，唐明俊又帮老于的空杯倒上开水，然后一脸热情地走到老于后面，用没有受伤的一只手帮老于捏肩膀。

"停，我怕你了，我的确是一名情报员联络员，不过'火种'并非你们学校的廖意林，而是另外一名同志。他受廖意林同志委托寻找你的下落，我会尽快找机会送你离开 76 号，你做好心理准备。"被唐明俊折腾得没办法了，老于叹气道。

"于叔，我不想离开 76 号。"唐明俊犹豫了一下，眼神坚定地说道。

老于闻言一愣，他哑然失声道："为什么，难道你想当一名汉奸？"

"不，我想杀掉日本人为父母报仇雪恨，不过我知道凭着一己之力，很难对付得了 76 号特工总部。于叔，你可以介绍我加入组织，让我跟组织一起战斗么？"唐明俊恳求道。

"我……"老于为唐明俊的眼神和诚意所打动,本来想点头答应,只是他很快便反应过来,曾经的于德路已经死了,他现在只是"火种"的联络员,跟组织已经失去了联系,他的眼神不由得变得黯然。

"于叔,求求你了,你就答应我嘛。我求了意姐很多次,她总是以各种借口拒绝我。要是你也不帮我,我就真的没办法了。"清楚地将老于的脸色变化看在眼中,唐明俊着急了,他焦急地抱着老于的胳膊摇晃道。

"这样吧,你先做我的联络员,负责帮忙买《上海年华》。等你证明自己是一名合格的联络员了,你再找机会向廖意林同志汇报,向她申请加入组织。"老于实在不忍心让唐明俊失望,他沉声道。

"谢谢于叔,我保证做好你的联络员。"听到老于的回答,唐明俊愣了一下,随即喜出望外道。

自从接触和了解共产主义后,唐明俊便萌生了加入共产党的念头,虽然这次还是没能达成夙愿,不过总算距离组织近了一步,这让唐明俊的内心得到了极大的满足。

"至少自己不再是一名纯粹的汉奸。"唐明俊自我安慰道。

接下来的时间,陈天明仿佛换了一个人,不仅没有记恨唐明俊重伤他的事情,反而给唐明俊批了几天假期,让唐明俊安心休养,将唐明俊的值班任务也分配给了行动处的其他成员。

唐明俊受宠若惊的同时,也乐得清静,所以他并没有拒绝陈天明的好意,而是每天窝在档案馆中查阅资料,如饥似渴地补充着自己的特工知识。

很快,唐明俊便发现了异常,因为平日里安静的档案馆突然间变得热闹起来,特别行动处的人以探望自己为由,时不时地来一趟档案馆,而且他们在档案馆一坐便是一整天。

老于则经常被陈天明以各种莫名其妙的原因拘押和拷打,每次老于回到档案馆时,都是遍体鳞伤,奄奄一息,让唐明俊愤怒不已。

"应该是你在禁闭室的表现引起了陈天明的警惕,他们在调查你身手进步的原因,你一定要沉住气,机智应对。"

"于叔,你放心,我不会冲动行事的。"

事实证明,老于的揣测是完全正确的。

陈天明很快便"弄清楚"了唐明俊没上课也能进步飞快的原因。他"好心"地终止了唐明俊打扫旧档案馆的工作,让唐明俊可以正常上课和接受特训,以应付即将到来的新人考核。

只是当唐明俊去培训处时,他才发现陈天明似乎跟这里的教官打过招呼了,培训处的教官都对他爱理不理的;而且陈天明对老于的折磨并没有停止,这让唐明俊极为愤怒。

"王八蛋,别让我找到机会,不然我绝对饶不了他。"这一天,唐明俊来到资料室探望老于,看到原本就瘦骨伶仃的老于已然被折磨得只剩下半条命时,唐明俊狠狠地一拳砸在墙上,虎目含泪道。

"明俊,我不要紧的,不过我这里有一个很重要的任务交给你,希望你能够帮忙完成。"老于朝唐明俊笑了笑,然后面色凝重地请求道。

"于叔,您说,我保证圆满完成任务。"唐明俊一听说有任务,他立即精神一振。

"是这样的,为了安全起见,'火种'每半年会跟我更换一次密码本,明天就是我跟'火种'更换密码本的时间。哪怕陈天明明天不过来找我麻烦,我这身体状态也不宜出门,所以只能委托你前去跟'火种'接头了。"

"于叔,您放心,这个任务交给我就是了。"听闻可以见到"火种",唐明俊眼睛一亮,更加兴奋了。

"记住,安全第一。"将接头的时间、地点以及暗号告知唐明俊之后,老于再次叮嘱道。

唐明俊跟老于重复了一遍接头的具体细节,确认自己全部记住了后,他才重重地点了点头,然后溜回了自己的宿舍。

第二天,唐明俊完成一天的训练后,便紧张而兴奋地抵达了指定的接头地点。

可是唐明俊坐在床边的桌子旁等了两个小时，发现接头的时间早就过了，"火种"却迟迟没有出现。

"是老于记错了接头的时间和地点，还是'火种'遇到了危险？"唐明俊脸上露出了焦灼不安的神色。

眼看天色越来越暗，要是继续逗留在外面，会遭到76号的惩罚，唐明俊不得不将椅子往后挪了挪，方便自己站直身子。唐明俊挪动椅子的瞬间，他听到"啪嗒"一声闷响，似乎有什么东西从椅子底部掉落地面。

捡起地上的本子，看了看四周空荡荡的桌椅，想起自己今天接头的任务，唐明俊不由重重地拍了拍自己的额头。

"原来'火种'早就到了，而且将密码本放到自己椅子底下了，只是他为什么不跟我见面，也不提醒我一声呢？"唐明俊心中失落的同时疑窦丛生。

"'火种'应该是为了安全着想，尽量避免跟陌生人见面。他将密码本放自己的椅子底下，而没有出声提醒，应该是想考验我，看我是否是一名合格的联络员。"唐明俊很快便替自己的问题找到了答案，然后一脸兴奋地拿着密码本回到了76号大院。

只是走到宿舍大楼门口时，唐明俊却是身子一僵，脸色也变得特别难看，因为他看到田中后岛正领着特高课的一众人员在宿舍大楼中巡逻，也是这个时候，唐明俊才想起一件事情，每周一是特高课例行检查学员宿舍的日子。

唐明俊瞟了一眼宿舍大楼门口的通风管道，看到田中后岛跟陈天明正在聊天，特高课跟一众行动处成员也在忙碌，并没有人注意到自己回来，唐明俊下意识地便想将密码本塞进去。只是准备从怀中掏出密码本的瞬间，唐明俊犹豫了，通风管道真的安全么？

"永远不要在专业特工面前卖弄最基础的特工知识！"

田中后岛在火车上教导的话语突兀地在唐明俊脑海中响起，唐明俊果断打消了将密码本藏在宿舍大楼通风管道的想法。他转身溜进了宿舍大楼的公共卫生间，蹲坑半天，将密码本的内容死记硬背下来之后，这才撕毁密码本，再次回到宿舍。

"唐明俊，我刚刚好像看到你在宿舍门口晃了一下，怎么转眼间就不见了人影，你刚才去哪儿了？"唐明俊刚刚进入自己的宿舍，便迎来了陈天明的厉声质问。

听到陈天明的质问，唐明俊看了看集中在自己身上的众多目光，满脸为难道："陈处，你闻不到我身上的臭味么？也不知道是我肠胃不行，还是76号的伙食有问题，我从昨天晚上到现在，已经进了八趟茅厕。我怀疑再这样下去，我明天都没法接受特训了。"

听到唐明俊的回答，众人下意识地掩住了鼻子，并且不着痕迹地后退了两步，跟唐明俊保持了距离。

"邓军，你去搜唐明俊的身。"陈天明一边后退，一边吩咐身旁的邓军道，"我去搜寻宿舍大楼的通风管道。"

尽管邓军心中百般不愿，他还是捏着鼻子走到唐明俊身边，一脸嫌弃地按照76号的规定动作，将唐明俊全身从上到下搜寻了一遍。与此同时，陈天明则是认真地搜索着宿舍大楼的通风管道。

"唐明俊，你现在觉得是冷还是热，我怎么看你一边冒汗，还一边颤抖？"搜身完唐明俊后，邓军满脸疑惑地问道。

"我……我也不知道，这身体一会儿冷一会儿热的，难受得不行……我又想上厕所了，你搜完了没？"唐明俊闻言脸色一变，焦灼地催促道。

"这家伙是生病了么？"看着唐明俊匆匆离去的身影，邓军脸上闪过一抹疑惑。

"我觉得他这种症状不是生病，而是得了狂犬病，他前几天在禁闭室被军犬咬得遍体鳞伤……"另外一个行动处的成员得意扬扬地说道，只是他一句话还没说完，便看到同伴们看向自己的目光有点古怪。

顺着同伴们的目光，这名行动处的成员缓缓地转头看向自己的身后，然后发现田中后岛正用杀人的目光看着自己。

"你们特别行动处最近出息了啊,处处针对一个没有通过考核的新人。既然你们将自己跟新人放在同样的位置上,一周后的新人考核,特别行动处的人全部参加!"一字一顿地扔下这句话后,田中后岛跟特高课一行人转身便走,留下面面相觑的特别行动处众人。

田中后岛一句话,让以陈天明为首的特别行动处的人陷入了极度恐慌之中。

一方面,田中后岛言语之间表达出了他对特别行动处的不满,这意味着特别行动处以后的日子不会好过;另一方面,76号的新人考核不仅仅对新人来说是一件非常艰难的事情,对于特别行动处的老人来说,同样是地狱般的磨炼,尤其是田中后岛主持的考核。

"陈处长,我们现在该怎么办,要不要跟丁处长汇报这件事情,让丁处长跟田中课长求情?"邓军犹疑了一下,向陈天明建议道。

"你觉得丁处长会因为这件事情向田中课长求情?丁处长早就对特别行动处的战力表示不满了,估计她巴不得通过这一次考核淘汰掉一些人。"想了想自己的那个变态上级,陈天明没好气地说道。

特别行动处的人正在因为新人考核的事情而头痛不已时,唐明俊已然调整完情绪,再次回到了宿舍。

"我刚才听到了什么?你们要跟我一起参加新人考核,而且你们还害怕新人考核,我的耳朵没有出现幻听吧?"躲在门外偷听了片刻,唐明俊不由得哈哈大笑,然后夸张地嚷嚷道。

"唐明俊,你还敢回宿舍,你一个人连累了我们整个行动处,信不信我们将你撕了。"听到唐明俊阴阳怪气的话语,邓军气不打一处来,厉声呵斥道。

行动处的其他成员看到唐明俊一脸欠揍的样子,也是纷纷出声附和邓军,义愤填膺地指责唐明俊。

"你们朝我嚷嚷有什么用,又不是我让你们参加新人考核的,有本事你们朝田中课长嚷嚷啊?说实话,我挺看不起你们的,一群恃强凌弱的软脚虾,有你们这么一群废物待在76号,简直是76号的耻辱。"唐明俊说话时,眼神一直停留在陈天明一个人身上。

"你说谁是废物?"陈天明大怒之下,他一个箭步冲到唐明俊身前,伸手揪住唐明俊的衣领,面红脖子粗地大吼道。

"我说的就是你啊,陈大处长,你要不是废物,怎么会一直为难我一个新人,而且针对弱不禁风的老于呢?有本事去跟军统特工和地下党特工斗啊。"被揪住衣领后,唐明俊轻轻地将陈天明的手拿开,又整了整自己的衣领,不紧不慢地说道。

"我再废物也比你强,至少我杀过两个军统特工,也抓捕过一个地下党特工,总比你还从来没有杀过人强。"陈天明知道唐明俊在故意激怒自己,想让自己犯规被惩罚,他冷哼一声,沉声反驳道。

"陈处长,既然你觉得自己比我强,那你敢不敢跟我比上一场?一周后的新人考核,我们俩谁分数低,谁就向对方磕头道歉!"唐明俊斜睨着陈天明,眼中满是不屑的神色。

"好,这可是你说的,到时别说我欺负你。"脑血上涌之下,陈天明毫不犹豫地答应了下来。

一句话说完后,陈天明才意识到不对劲。想起自己接二连三栽在唐明俊手中的事情以及唐明俊在禁闭室中的表现,陈天明有点心慌,不过已经大庭广众之下答应赌约,他也不便反悔,恶狠狠地瞪了唐明俊一眼,转身便走。

唐明俊跟陈天明之间的赌约很快便在 76 号大楼传播开。

"这两个人是天生的冤家么,怎么还没完没了了?"赌约传到田中后岛耳中时,田中后岛忍不住嘟囔了一声。

"田中课长,需要勒令他们取消赌约么?"一旁的助令征求意见道。

"不,76 号需要的就是这种氛围。对了,通知考核处一声,让他们提升考核难度,我要让特别行动处的人感受到什么才是真正的地狱磨炼。"田中后岛狞笑一声,他有点期待新人考核之日早点到来了。

唐明俊并不知道自己跟陈天明提出的赌约会提升新人考核难度。应付完特别行动处的人后,他便找了一个机会溜到旧档案馆的资料室。

"你不应该跟陈天明打赌的。"见到唐明俊后,老于并没有第一时间问他要密码本,而是叹气道。

"师父,您这是对我多没信心啊。"唐明俊嘴角微微上扬,神采飞扬道,"经过近三个月的时间,我几乎将档案馆的资料啃完,这几天在培训处上课时,也将新人培训资料吃透。我敢保证,这一次新人考核我有着绝对的把握。"

"我不是对你通过考核没信心,我只是觉得你在76号的首要任务是韬光养晦,保护自己,而不是这样意气用事。"老于瞪了唐明俊一眼,厉声呵斥道,"而且,你觉得陈天明会正儿八经地跟你比试么?要是他跟你玩盘外招,你还确保自己能赢?"

被老于点拨后,唐明俊才幡然惊醒,他犹豫道:"师父,那我要在考核中藏拙,故意输给陈天明么?"

"既然你已经信心十足地提出了赌约,那就全力以赴吧!田中后岛执掌特高课之后,特别重视人才,你要是真的赢了陈天明,更容易受到重用。"老于沉默片刻,给出了自己的建议,随后他侧耳听了一下外面的动静,轻声问道,"密码本呢,拿到没有?"

"拿到了,都在我脑子中呢。"唐明俊指了指自己的脑袋,将拿到密码本前后发生的事情言简意赅地跟老于说了一遍。

"'火种'竟然没有跟你见面么?"听完唐明俊的叙说,老于眼中闪过一抹思索的神色,随即拿出纸笔递给唐明俊,让他默写密码本内容。

半个小时后,唐明俊停止了书写。

"写完了么?"老于探头看道。

"没有。"唐明俊愁眉苦脸地摇了摇头,他紧紧地揪住自己的头发,着急道,"我当时明明全部背下来了啊,怎么突然间有一段内容怎么也想不起来了呢?"

"不要着急,我教你一种记忆方法,保证你能够将密码本的内容全部想起来。"老于非但没有责怪和催促唐明俊,而是满脸微笑道,"要想成为一名王牌特工，宫殿记忆法是必须掌握的诀窍。"

"宫殿记忆法来自于两千多年前的古希腊，它可以让你的记忆翻上几倍，甚至几十倍，对于一些内容的记忆，它甚至可以让你达到过目不忘的效果……"在唐明俊期待的目光中，老于侃侃而谈，将宫殿记忆法的起源、原理以及技巧娓娓道来。

唐明俊听着听着，他的眼睛开始发亮，脸上的神情也变得越来越激动，他发现，一扇神奇的大门突然间在自己面前打开了。

蔼蔼夜色有如无边黑幕，笼罩着76号大楼，乌云遮月，连星星的微光也被遮挡。

一道黑影悄无声息地摸到考核处的机要室外面，他从兜里掏出一根铁丝，对着门锁捣鼓了几下，然后机要室的门应声而开。黑影小心翼翼地回头看了一眼，发现没有任何异常，这才掩上房门，点燃一根火柴，打量房屋中的情况。只是当火柴燃起的瞬间，黑影脚下一个趔趄，嘴中也差点惊呼失声。

与此同时，机要室的电灯亮了起来，距离陈天明不到一米远的地方，一个浓眉大眼的魁梧大汉正瞪视着陈天明。

"老赵……赵教官，都这么晚了，您怎么还在机要室？"愣了好大一会儿，陈天艰难地笑了笑，尴尬地招呼道。

"我也不想三更半夜地守在机要室啊，可是田中课长说了，这一次的考核特别重要，让我务必看好考题，不能有任何疏忽。"赵瑞似笑非笑地看了陈天明一眼，回答道。

听到赵瑞的回答，陈天明一张脸都变成了苦瓜色："赵教官，我要是跟您说，我走错了地方，您信么？"

"我当然相信陈处，就是不知道田中课长会不会相信。"清楚地看到陈天明的脸色变化，赵瑞脸上露出了开心的笑容。

陈天明闻言，被吓得体如筛糠，犹豫了片刻，他从兜里掏出一根金条递给了赵瑞，哀求道："老赵，帮帮忙，我不想被一个新人打败，只要帮我弄到考试题目，考核结束后，再孝敬您两根金条。"

"陈处,你太客气了,这次考试题目虽难,对你来说还是很容易的。这样吧,我家今天来客人了,所以没有办法看守机要室。这件事情你知我知,不能让第三个人知道,如何?"赵瑞一边飞快地接过金条,一边热情地说道。

"赵教官,我懂的,我今天在机要室没有碰到任何人。"看到赵瑞朝自己眨眼睛,陈天明连连点头,悬着的一颗心总算落到了实处。

目送赵瑞离去后,陈天明开始光明正大地翻看新人考核的试题。当陈天明看完考核试题后,他眉头紧锁,心中也是一阵后怕,因为这些试题,他竟然绝大部分都回答不出来。

"这一次特别行动处肯定要栽一个大跟斗!"陈天明掏出纸笔,迅速地将所有考题抄了一遍后,这才心满意足地离去。

接下来的几天时间,以陈天明为首的特别行动处成员突然间变得勤奋起来,他们几乎每天都往档案馆中钻,而且整天整天地泡在档案馆中,让一向冷寂的档案馆突然间变得热闹起来。反而是唐明俊一天无所事事地到处溜达,好像没有将考核和赌约的事情放在心上。

事实上,唐明俊并非真的在76号大楼内闲逛,而是在按照老于的教导,一点点地建立自己的记忆宫殿,将自己所有的记忆分门别类地整理后,放进相应的房间,而每个房间又有很多格子,格子中可以放入更细的分类记忆。

唐明俊实在爱煞了这种类似于自我浅度催眠的记忆方式,他就像得到了新鲜的玩具一样,爱不释手地研究着,玩耍着。

当唐明俊堪堪掌握宫殿记忆法时,76号大楼新人考核的日子终于来临。

拿到考核试卷后,特别行动处的人全部傻眼了,因为他们发现这一次的考核难度超过了以往任何一次的考核难度。考核试题的每一个字他们都认识,但是这些文字组合到一起后,他们就一点都不认识了。

当考场中其他人都在长吁短叹,抓耳挠腮时,只有唐明俊跟陈天明两个人在奋笔疾书。

为期两天的新人考核很快便落幕,考核结果第一时间公布了出来。

"这次的考核题目那么难,陈处居然拿了满分,他太厉害了吧?"

"咦,唐明俊怎么也拿了满分?他会不会提前知道考题了,不然一个新人怎么可能拿满分?"

……

当特别行动处的人看到公布的成绩单时,他们一个个不由得惊呼出声;相对于大部分人距离及格线还有遥远距离的成绩,唐明俊跟陈天明的满分实在太耀眼了。

人群中,陈天明的脸色变得非常难看,他原以为,自己通过作弊手段,百分之百能够赢得跟唐明俊之间的赌约,没想到考核结果出来后,唐明俊竟然跟自己一样是满分。

"唐明俊会不会跟自己一样,也是通过作弊才得满分的呢?"听着身边众人的讨论,陈天明心中突兀地冒出了这个念头。

看到一边笑容满面的唐明俊,陈天明眼珠一转,走到邓军身边,跟邓军耳语了一番,然后邓军又迅速地集拢了一群人窃窃私语。

很快,唐明俊考试作弊的事情便在人群中传开了。

就在众人对唐明俊指手画脚,议论纷纷时,田中后岛进入了教室。

"考核结果如此之差,你们不知道反省自己的成绩,反而吵吵嚷嚷的,成何体统,当76号是菜市场么?"田中后岛扫了一眼教室中众人,厉声呵斥道。

在田中后岛凌厉的扫视下,特别行动处的人纷纷低头,教室中也陷入了死一般的沉寂。

"在座诸位,时间最长的已经进入76号大楼三年多;时间短的,也在76号待了一年以上,结果新人考核就交给我这么一份答卷,谁能给我一个满意的解释么,还是说特别行动处全是一群废物?"

"这一次考核成绩在三十分以下的,我很遗憾地告诉你们,76号不养废物,你们可以收拾东西滚蛋了;三十分以上六十分以下的,以接下来的半年时间为考核期,考核期内,薪资减半,一旦有违规表现,直接开除。"

"考核成绩在六十分以上的,薪资翻倍。"田中后岛说到这里,目光扫向陈天明和唐明俊两个人,"我在这里特别要表扬的是唐明俊和陈天明两个人,他们在这次考核中极为优异,这才是我们76号需要的人才。"

田中后岛一席话,如同狂风暴雨,让特别行动处一众人脸色大变,面面相觑,其中十几个人更是有如霜打的茄子一般,垂头丧气,忧愁满面。

陈天明原本还指望邓军等人帮忙自己起哄,指责唐明俊在考核中作弊。被田中后岛一顿下马威之后,陈天明知道,自己今天没法指望邓军一行人帮忙自己诬陷唐明俊了。

"田中课长,这一次的考核内容严重超标,大家的准备时间也不充分,还请田中课长看在特别行动处这些年为76号辛苦办事的分儿上,再给他们一次考核的机会。"陈天明犹豫了一下,朝田中后岛请求道。

田中后岛闻言,不由得深深地看了陈天明一眼,他没有立即回复陈天明,而是看向唐明俊,沉声问道:"唐明俊,你觉得需要再给这些人一次考核机会么?"

唐明俊显然没有料到田中后岛会征询自己的意见,他下意识地看向了刚刚还在对自己指手画脚的一众特别行动处的成员。

特别行动处的一众成员,尤其是这一次考核成绩在三十分以下的人,一个个紧张地看着唐明俊,眼中满是哀求的神色。

"田中课长,我觉得应该给他们一次重新考核的机会。我相信如果有足够的准备时间,他们应该都能通过新人考核。"唐明俊非常干脆地回应道。

"既然你们俩都这么说,那就再给他们一次考核的机会吧。"田中后岛发了一通脾气后,脸色似乎缓和了许多,他的目光在陈天明跟唐明俊脸上来回移动,沉声道,"我记得你们在考核之前有一个赌约,这次考核你们都是满分,不如赌约作废如何?"

听到田中后岛的宣布，陈天明心中很不服气，还想指责唐明俊考核作弊，不过想起唐明俊刚刚替特别行动处一行人说话的事情，他又沉默了。

"田中课长，我不同意赌约作废。"田中后岛的话音刚落，唐明俊便朗声道，"陈天明这一次能够拿满分，我怀疑他作弊了，所以我想恳请田中课长现场出题，那样他就没法作弊了。"

"唐明俊，你血口喷人，明明是你自己作弊了，你却贼喊捉贼，诬陷我作弊！"听到唐明俊的话，陈天明不由得目瞪口呆，紧接着激动得破口大骂。

"陈处长，你嚷嚷得越凶，越是证明你做贼心虚。你有没有作弊，你自己清楚，田中课长也一清二楚。"相对于陈天明的激动，唐明俊的表现却有点云淡风轻。

"田中课长，你千万不要相信他的一派胡言……"陈天明见田中后岛用意味深长的目光看着自己，他额头直冒冷汗。

陈天明知道，76号对田中后岛来说没有任何秘密可言，自己作弊的事情，田中后岛十有八九已经知道，就看田中后岛是否愿意追究而已。在田中后岛的瞪视下，陈天明的声音越来越弱，最后放弃了辩驳。

"唐明俊，既然你不愿意赌约作废，那我就现场给你们出一道题吧。"田中后岛凝视了唐明俊片刻，朝身后的助理招了招手，然后从助理手中拿过一叠文件，从中抽出两份，分别递给两个人一份。

"你们手中拿着的是一份高级密码，谁能在一个时辰之内破译出自己手中的高级密码，谁就赢得这次赌约。"唐明俊跟陈天明接过"考题"后，田中后岛心不在焉地宣布道。

田中后岛没有说明的是，他给唐明俊和陈天明的高级密码，是重庆政府刚刚更换的高级密码。76号情报处跟机要处已经研究了大半个月，却没有任何进展。他并不觉得特别行动处有能力破译这份密码，所以这一次破译行动，他并没有让特别行动处参加。

田中后岛此时将高级密码拿出来考核陈天明和唐明俊，并不是看好两个人的密码破译能力，而是想打击一下两个人，让他们知难而退的同时，废掉他们之间无聊的赌约。

拿到高级密码后，陈天明眉头紧锁，陷入了沉思，他将高级密码文件从头到尾扫了一遍，找不到任何头绪，唐明俊却是心跳骤然加速，手心直冒汗。

"为什么田中后岛给我的高级密码，跟'火种'交给我的密码本内容那么相似，田中后岛究竟是在试探我，还是真的在考核我？"唐明俊一边小心翼翼地用眼角余光观察田中后岛的动静，一边眼珠滴溜溜地乱转，在心中权衡利弊。

时间一点点地流逝，眼看一个时辰的考核时间就要结束，拿着高级密码考题的陈天明跟唐明俊两个人都是满头大汗，没有任何进展。

陈天明原本还担心唐明俊能成功破译出高级密码文件，他时不时紧张地瞟向唐明俊的方向一眼，直到发现唐明俊跟自己一样，只是在草稿纸上写写画画，试卷上始终一片空白时，他才下意识地松了口气。

"好了，时间到，请交卷。"一个时辰后，田中后岛抬了抬手腕，冷冽出声道。

听到田中后岛的话，陈天明感觉身上一下子轻松了很多，他连忙站直身子，诚惶诚恐地将高级密码文件递给了田中后岛。

"田中课长，实在抱歉，这份高级密码太难了，我完全找不到头绪。"陈天明鞠躬道歉道。只是陈天明一句话说完，却迟迟没有等到回应，他抬头看向田中后岛，这才发现田中后岛此时正死死地盯着唐明俊所在的方向。

陈天明心中咯噔一声，他顺着田中后岛的目光，转身看向唐明俊，然后发现唐明俊此时正在奋笔疾书。

原来，在思考了足足一个时辰之后，唐明俊心中已然有了判断：田中后岛应该没有发现"火种"跟自己接头的事情，所以高级密码文件的出现带有极大的偶然性。这是一次真正的考核，而不是试探。既然不是试探，在充分权衡利弊之后，唐明俊自然想要赢得赌约。

"田中课长，虽然我没有完全破译这份高级密码文件，但是相对于陈处长的白卷，应该算是赢了，对么？"唐明俊仅仅破译了两行高级密码，便果断地选择了交卷。

"唐明俊，你超时交卷，考核成绩不能作数，你跟我一样是零分，所以赌约作废。"陈天明毫不犹豫地反驳道。

"陈处，考核成绩是否作数，不是你说了算，而是田中课长说了算。"唐明俊看到陈天明色厉内荏的样子，他笃定地笑道。唐明俊之所以信心十足，是因为他已然写出了高级密码的正确破译思路，要是这份高级密码对76号足够重要，自己就赢定了。

"陈天明，你输了，履行赌约吧！"田中后岛瞄了陈天明一眼，硬邦邦地扔下一句话后，便拿着唐明俊的试卷迅速离去。

田中后岛的话有如一声响雷，炸得陈天明两耳嗡嗡作响。直到田中后岛离开半天，陈天明才回过神来，明白发生了什么事情。

"唐明俊，你肯定在今天之前接触过高级密码，你作弊了对不对？"陈天明双眼猩红地冲向唐明俊，一把揪住唐明俊的衣领，厉声质问道。

"陈天明，你要是输不起就直说，这样胡搅蛮缠有什么意思？"

"你要是不作弊，我能输给你？"陈天明歇斯底里地大吼一声，随即一拳抡向唐明俊，恶狠狠地吼道，"我现在就让你知道，我们俩到底谁更厉害！"

在被陈天明揪住衣领时，唐明俊的神经就绷紧了。看到陈天明朝自己挥拳，唐明俊冷笑一声，微微偏头，躲过了陈天明的拳头，然后直接一个膝撞狠狠地顶在陈天明的肚子上。在陈天明下意识地弯腰时，唐明俊又是一个肘击落在陈天明背上，将陈天明揍趴在地上。

"陈天明，今天是你先动手的，大家都看在眼中，你可不能耍赖啊。"唐明俊死死地踩着陈天明后背，漠然出声道。

"谁先动手可不是你我说了算，而是大家说了算，不信你问问在场众人，看到底是谁先动的手？"陈天明闻言不由得哈哈大笑，得意地说道，"你完了，你等着再次关禁闭吧。"

看到陈天明嚣张的样子，唐明俊气不打一处来，直接一脚踹在陈天明的脸上，这才转身看向邓军一行人，冷声问道："刚才是谁先动手，你们有人看清楚么？"

要是换在往日，邓军等人肯定会毫不犹豫地说是唐明俊先动手的，甚至已经主动帮忙陈天明对付唐明俊了。可是唐明俊这次不仅以优异的成绩通过了76号的新人考核，还破译了田中后岛最为看重的高级密码；更重要的是，唐明俊向大家释放了善意的信号——给大家争取了再次考核的机会，所以特别行动处的一行人已经不敢也不愿意继续帮着陈天明对付唐明俊了。

"你们怎么一个个变成哑巴不说话了？邓军，你来说刚才是谁先动手的？"见特别行动处的人迟迟不吱声，陈天明急了，他气急败坏地朝邓军吼道。

"陈……陈处，刚刚是你先动手的啊。"被陈天明点名后，邓军犹疑了一下，然后照实说道。

邓军的回答让陈天明一愣，随即他有如穿孔的皮球——一下子泄了气。

陈天明知道，既然邓军都选择了照实说，那么特别行动处的其他成员也十有八九会照实说，所以自己根本没有必要再自取其辱，一个个去询问其他人答案。

"唐明俊，我错了，我向你道歉。"沉默了半天后，陈天明履行了赌约，然后头也不回地走了。

随着陈天明的道歉，唐明俊在特别行动处的不公平待遇终于结束。

傍晚时，田中后岛再次来到特别行动处。就在特别行动处一众成员战战兢兢，以为田中后岛要整治特别行动处时，田中后岛却是亲热地拍了拍唐明俊的肩膀，当众宣布唐明俊可以搬进豪华单间住宿，享受副处长待遇。

唐明俊愣了一下，随即反应过来，应该是自己提供的高级密码破译方式帮了田中后岛大忙，这才让田中后岛特地跑到特别行动处来替自己站台。

"唐处,你太厉害了!除了丁处外,我还从来没见过田中课长对谁这么客气过,以你的表现,估计很快便可以将陈天明取而代之了。"

"唐处,实在抱歉啊,之前被陈天明蛊惑,做了很多对不起你的事情,你要打要罚我都认了,以后我唯您马首是瞻。"

……

田中后岛离开后,以邓军为首的一众特别行动处成员们立即围上了唐明俊,对唐明俊各种巴结和奉承,其中以陈天明的狗腿子邓军表现得最为过分。

邓军甚至向唐明俊吐露了很多陈天明的秘密,甚至帮忙唐明俊出谋划策整治陈天明,却被唐明俊拒绝了。对唐明俊来说,能让陈天明下跪道歉已经足够了,没必要跟陈天明弄得死去活来的。

跟一众特别行动处成员寒暄半天后,唐明俊找了一个机会,到集市上买了一整只叫花鸡,又舀了半斤散装的高粱酒,这才溜进旧档案馆的资料室。

"算你小子有心,知道孝敬师父。"看到唐明俊一手提鸡,一手拿酒,老于瞬间眼睛变亮了。

唐明俊嘿嘿一笑,直接将装着高粱酒的水壶递给了老于,然后又撕下一只鸡腿递了过去:"师父,之前无意中听你说过喜欢喝酒,也不知道你是喜欢喝米酒,还是高粱酒,希望你能喜欢。"

"男人当然要喝高粱酒。"老于将壶口对着嘴巴一倒,咂吧了一下,这才将鸡腿塞进嘴中,鼓囊着双颊道,"明俊,你知道我潜伏日伪76号的主要任务是什么吗?"

"什么?"唐明俊还是第一次听到老于主动跟自己聊起自己的工作,瞬间精神一振,下意识地问道。

"这是秘密,不能告诉你,哈哈。"见唐明俊眼睛一眨不眨地看着自己,眼中满是期待的神色,老于哈哈大笑道。

唐明俊闻言恨得牙痒痒的,他一把抢过老于手中的酒壶,又将老于另外一只手中的鸡腿也抢了过来："师父，我突然间想起我只买了一个人的肉和酒，忘记买你那一份了。"

"你……你这个小兔崽子，敢从师父手中抢食吃，你咋不上天啊！"回过神来的老于狠狠地瞪了唐明俊一眼，重新抢回酒肉，这才靠近唐明俊的耳旁，压低了声音道，"我潜伏76号的唯一任务，便是得到田中后岛对重庆大轰炸的计划书。"

"师父，我妈是死于日军大轰炸的，我想为母亲和那些冤死在日军大轰炸下的同胞报仇雪恨。我可以参与您的计划，一起盗取田中后岛有关重庆大轰炸的计划书？"老于的话音刚落，唐明俊便迫不及待地请求道。

"我没有权力答应你的请求，不过我会向我的上级'火种'请示。要是他同意，我就没意见。"老于沉默了半天，这才一脸纠结地说道，"丁胜楠啊，那是一个可怕的女人！可以说，76号特别行动处完全是她一个人撑起来的，有她在，特别行动处就是一条龙，没有人敢招惹；没她在，特别行动处便是一条虫，没有人看得起。"

"丁胜楠有那么厉害？"

"女人在乱世中生存不易，女人在乱世中称雄更不容易。76号的情报处和机要处人才济济，为何特别行动处在以吴友国为首的杀人机器全部折戟重庆后，它还能跟情报处、机要处平起平坐，就是因为丁胜楠。

"这个女人不仅武功高强，而且全科精通、心狠手辣。还有，她出了名的护短。你将陈天明收拾得那么狠，而且特别行动处因为你而成为了76号的笑话，估计她回来后，应该会给你一个下马威。"

……

从旧档案馆回到宿舍后，唐明俊便有点心神不宁，脑海中全是有关丁胜楠的传说。其实唐明俊并没有刻意跟老于打听丁胜楠，只是在离开资料室之前，下意识地问了老于一声"76号特别行动处那么弱，为什么田中后岛还是很重视它？"没想到却引出了丁胜楠的传说。

"不管了，水来土掩、兵来将挡，我就不信我还能被一个女人吓倒。"唐明俊嘴中嘟囔了一声，然后扯过被子盖在自己身上，很快便陷入了梦乡。

"哐当！"唐明俊睡得正香时，突然间一声巨响传入耳帘，紧接着他感觉到整栋宿舍大楼都在摇晃。

"地震了么？"唐明俊一个翻身下床，下意识地往宿舍外面冲。

只是唐明俊冲到门口时，却被一个铁塔般的身影拦住了去路，对方一脸不屑地从上到下打量着唐明俊，冷哼道："特别行动处怎么会有你这种废货？"

也是这个时候，唐明俊才发现并没有发生地震，自己刚刚听到的巨响、感觉到的晃动，仅仅是因为眼前这个家伙踹宿舍门造成的。

看着已经烂得不成样子的宿舍门，一丝怒火从唐明俊眼中升起："这深更半夜的，你踹烂了我的房门，是不是应该给我一个交代？"

"让我给你交代？你配么？"铁塔大汉鼻孔朝天，根本懒得看唐明俊一眼。

下一刻，铁塔大汉为他的傲慢付出了代价。

几乎铁塔大汉的话音刚落，唐明俊便一脚狠狠地踹向了铁塔大汉的膝盖。铁塔大汉惨叫出声的同时，唐明俊一个扫堂腿将铁塔大汉放倒在地。几乎没有任何反抗，铁塔大汉便被唐明俊的胳膊扼住了脖子。

铁塔大汉刚开始还想凭着蛮力挣脱唐明俊的扼制，一双拳头乱舞，企图反击唐明俊。只是铁塔大汉挣扎得越厉害，他的呼吸便越困难，胡乱挥舞的拳头却是连唐明俊的衣襟都碰不到。

慢慢地，铁塔大汉的动作越来越慢，一张脸也因为缺氧变成了绛紫色，眼看铁塔大汉就要窒息时，他的脸上终于露出了惊恐的神色。

"好了，松手吧，不然要出人命了。"一道清脆的声音突兀地在唐明俊的耳边响起。

唐明俊抬头，发现宿舍外面站着一个身材火辣却浑身散发着冷冽气息的靓丽女子。对方漠然地注视着自己和铁塔大汉，仿佛眼前的一切并没有引起她的任何情绪波动。

"丁处？"唐明俊打量了女子一眼，疑惑地招呼道。

"你跟陈天明之间的冲突我已经听说了。虽然你是被迫应战，但是你的行为损害了特别行动处的声誉是事实，我现在给你两个选择：要么打败我，可以取代陈天明成为特别行动处的副处长；要么拒绝应战，然后被我撵出特别行动处。"丁胜楠点了点头，面无表情地说道。

"丁处，既然你知道我是被迫应战……"看到丁胜楠比自己矮了半个头，身子瘦削，唐明俊是真心不愿意跟丁胜楠动手，他下意识地便想出声辩驳。

只是唐明俊的话还没说完，一条白皙的腿便出现在他的面前。看到这条腿以闪电般的速度直奔自己裆部而去，唐明俊下意识地瞪圆了眼睛，嘴中怪叫一声，连忙侧身躲避。也是这个时候，唐明俊才知道，丁胜楠表面上是在跟自己商量，事实上她已经替自己做出了选择。

"喂，你讲不讲道理啊，怎么一上来就想让我断子绝孙，我还没女朋友呢。"好不容易躲过丁胜楠的偷袭后，唐明俊委屈地大喊道。

只是丁胜楠对唐明俊的喊叫声置若罔闻，白皙的小腿在空中形成一道道幻影，一个劲地往唐明俊的裆部攻击，让唐明俊浑身直冒冷汗，不得不打起十二分精神应对。

"喂,你除了撩阴腿还有其他招么？女孩子不是应该文雅一点么？"连续躲过五次撩阴腿后，唐明俊急了，他再次朝丁胜楠大喊道。

丁胜楠依然充耳不闻，只管用撩阴腿招呼唐明俊。

"你要是再用撩阴腿，我就不跟你客气了哈。"再次躲过两次撩阴腿后，唐明俊面红脖子粗地警告道。

又是三招之后，看到丁胜楠还是一成不变的撩阴腿，唐明俊终于对丁胜楠失去了耐心。

当丁胜楠再次使用撩阴腿时，唐明俊不再躲避，而是后发先至，直接踢向丁胜楠大腿后侧，迫使丁胜楠不得不及时收招。

丁胜楠的攻击节奏被打断后，唐明俊又开始以慢打快，让丁胜楠无所适从。

接下来的时间，只要丁胜楠使用撩阴腿，唐明俊便踢她大腿后侧，或者截击她小腿，或者提膝防守稍向内扣，让丁胜楠的撩阴腿无功而返；紧接着唐明俊则会时快时慢，完全掌控进攻的节奏。

丁胜楠跟唐明俊之间的比试，很快便惊动了特别行动处的其他成员，后来田中后岛也被吸引过来观战了。

跟丁胜楠比斗了半个小时之后，唐明俊察觉到丁胜楠似乎对自己并没有杀意，而是在试探自己的身手。这种感觉让他异常熟悉，就像是叶慕之在跟自己喂招一般。

唐明俊惊讶地发现，尽管自己跟着叶慕之学了三年功夫，已经将招式融会贯通，可是在实战经验方面，自己却跟丁胜楠相差了十万八千里。好几次要不是丁胜楠关键时刻收力，自己都会被丁胜楠重伤。

唐明俊还发现一个问题，丁胜楠并没有系统地学过武术，而是仅仅练习了军校的搏斗术。她的战斗技巧似乎是一次又一次的实战积累起来的，完全是大繁至简，没有任何的花哨可言，都是杀人的路数。

时间在不知不觉间流逝，前来观看丁胜楠跟唐明俊比试的人也越来越多。两个人有来有往，一触即离，大部分人都是在看热闹，唯有田中后岛以及精通格斗术的少部分人看得出来，丁胜楠是在给唐明俊喂招，让唐明俊的实战经验在以一种恐怖的速度提升着。

一个小时后，因为体能的劣势，丁胜楠的动作越来越慢，最后躲闪不及，被唐明俊一掌印在胸前。她果断地终止了比试，大方地承认自己输了半招。

"恭喜你加入特别行动处，我们行动处新添一员大将。"丁胜楠热情地朝唐明俊伸出了自己的手，跟之前的冷若冰霜判若两人。

跟唐明俊招呼一声后，丁胜楠又转身向观战的众人道："大家记住了，以后唐明俊便是我的亲弟弟。大家要是想欺负他，先过我这一关再说。"

听到丁胜楠的话，包括田中后岛在内的围观者不由得愕然，他们可是从来没有见丁胜楠对哪个人这么热情过。

众人都心知肚明丁胜楠在 76 号的分量,所以在场众人看向唐明俊的目光满是羡慕:有丁胜楠这句话,唐明俊以后在 76 号会少很多麻烦。

"唐明俊,恭喜你!丁处在跟你决斗前,似乎承诺过你,要是你赢了她,便可以成为特别行动处的副处长。正好这个宿舍的门被踹坏了,你现在就搬到陈天明的房间吧!"田中后岛深深地看了丁胜楠一眼,这才走到唐明俊面前,表达了自己的祝贺。

听到田中后岛的话,唐明俊淡然地点了点头。躲在人群中看热闹的陈天明却仿佛被打翻了调味瓶似的,心中五味杂陈。

在特别行动处,陈天明一直不甘心居于丁胜楠之下,所以丁胜楠外出执行任务时,他拼命巴结田中后岛,希望能够将丁胜楠取而代之。没想到自己还没来得及取代丁胜楠,唐明俊便加入了特别行动处,让自己的副处长位置又受到了威胁,他又想方设法地针对唐明俊。

丁胜楠执行任务归来后,陈天明第一时间找到丁胜楠,希望丁胜楠为了特别行动处的脸面能够收拾唐明俊一顿。可是,陈天明眼睁睁地看着丁胜楠"故意"输给了唐明俊,而且还将自己的副处长职务作为赌约输了出去,田中后岛竟然也默认了丁胜楠跟唐明俊之间的赌注,完全没有帮忙说话的意思。

"自己这算是偷鸡不成蚀把米么?"想起自己找丁胜楠告状的初衷以及自己这段时间鞍前马后伺候田中后岛的辛酸,陈天明内心苦涩无比,他有种狠狠地扇自己耳光的冲动。

第十章　祸福相依

在丁胜楠、邓军一行人的帮助下，唐明俊当天晚上便搬了"家"。

唐明俊原以为陈天明跟自己一样，住的是单间宿舍。所以当他跟在丁胜楠后面，进入76号大楼后面的一套四合院时，他不由得愕然瞪圆了眼睛。

浑浑噩噩中，唐明俊送走了邓军一行人，开始打量院子中的一切，他觉得自己仿佛在做梦。

"是不是从来没有见过这么漂亮的房子，被震撼到了？"丁胜楠柔声问道。

唐明俊木然地点了点头。

"我第一次进入这个院子时，也是兴奋了很长一段时间。不过当我一次又一次游离于生死边缘，为76号争取到一份份荣誉时，我才知道，这是我们应该享受的待遇。相对于性命，其他东西都是身外之物。"丁胜楠感慨道。

"丁处，您也住在这里？"唐明俊敏锐地捕捉到了丁胜楠的话外之音，下意识地问道。

"没错，我就住在你隔壁，所以你不要在我的眼皮底下搞什么小动作，不然小心我饶不了你！"看到唐明俊紧张的样子，丁胜楠眼神一冷，肃然道。

看到丁胜楠刚刚还笑容满面，突然间就晴转多云，唐明俊局促地缩了缩脖子道:"丁处,我胆子小,您不要吓我。"

"胆子小还敢将我的话当耳边风,你应该叫我什么?"丁胜楠美眸一瞪,厉声道。

"胜楠姐?"想起丁胜楠跟自己比斗结束后说的话,唐明俊福至心灵地喊了一声。

听到唐明俊的称呼,丁胜楠脸上重新绽放出开心的笑容,让院子都明亮了很多:"这就对了,以后在公众场合你喊我丁处,私底下你只能喊我胜楠姐,不然我就收拾你。"

"胜楠姐,我知道了。"感觉到丁胜楠对自己的亲近,唐明俊自然不会拒绝,他看了看四合院另外一侧的房屋,好奇地问道,"胜楠姐,这套四合院除了我们,还住有其他人么?"

"这套四合院是吴处长征收的,属于特别行动处的财产。其实他当时征收了好几套花园洋房,不过吴处长折戟重庆后,情报处跟机要处便将另外几套花园洋房霸占了过去,我只保住了这套四合院。除了特别行动处的人,没有人有资格住进来。

"我先前让陈天明住在这里,只是让他帮忙看管院子,事实上以他的能力和本事,还没有资格住进这个院子。你的到来,让我看到了特别行动处重新崛起的希望,你可不要让我失望啊!"

……

丁胜楠跟唐明俊闲聊了不到十分钟,便急匆匆地离去。她这一次回76号,是因为执行任务过程中遇到了困难,需要机要处提供支持。从机要处得到了她想要的线索后,她连在76号过夜的时间都没有,便再次踏上了征程。

"她是在忙什么任务呢?"看着丁胜楠风风火火离去的背影,唐明俊眼中满是好奇。

在院子中静静地站了一会儿,唐明俊推开房门,进入了客厅。饶他早就有了心理准备,知道房间中的装潢不会太差,但当他看到满屋子的红木家具、精彩绝伦的壁画以及富贵逼人的各种古玩摆饰时,还是忍不住倒吸一口凉气。

"唐明俊,你可千万不要迷失在物欲的洪流中啊。"唐明俊被房屋的奢华所震慑时,一道低沉的声音突然间在他耳边响起,让他悚然惊醒。

"师父,您什么时候来的?"看到站在自己身后,已经帮忙掩上房门的老于,唐明俊满脸惊喜道。

"来了一会儿了。"老于自来熟地走到沙发边坐下,毫不客气地将桌子上的雪茄装进了自己的兜里,嚷嚷道,"年轻人不能贪图享受,这些东西就归我了。对了,还有那边的红酒,也给我拿过来。"

"师父,我还是学生,对这些东西不感兴趣的,房屋中的烟酒都归你了。"唐明俊听话地将酒柜里面的几瓶红酒都放到了老于面前。

"你都几个月没回学校了,你确定自己还是学生?"老于笑吟吟地看着唐明俊,斜睨着双眼问道。

"我还没有毕业,当然是学生。"唐明俊闻言,眼中流露出思念。这一刻,他想起了意姐,不过他的脑海中想得最多的却是温念君的身影。

"要是育才学校知道你是汉奸,他们不开除你么?"老于继续问道。

老于这句话,有如一记闷雷落在唐明俊头上,让他半天说不出话来,脸色也变得极为难看。

"要是你想成为一名真正的特工,就要跟以前的生活彻底决裂,包括朋友、亲人、知己。他们可能会误会你、辱骂你甚至出手对付你。你要忍常人所不能忍,受常人所不能受,有可能一辈子都背着污名过日子。"老于肃然道。

听到老于的话,唐明俊脸上的神色一点点地舒展开:"师父,我懂的,为了革命理想,个人荣辱不值一提。"

"你明白这个道理就好。"见唐明俊这么快便对自己的话心领神会,老于脸上露出了欣慰的笑容,他顿了顿,沉声道,"明俊,我很遗憾地告诉你,我将你想跟我一起参与任务的事情向'火种'汇报了,遭到了他的强烈拒绝。"

老于一边说话，一边递给唐明俊一张破译后的纸条：

"决不容许让一个孩子以身犯险，参与到革命的斗争中来"

看清楚纸条上的内容后，唐明俊咬了咬嘴唇，红着眼睛道："师父，'火种'肯定是不清楚我的本事，才会不信任我。我会用实际行动向他证明，我完全有能力参与你们的任务，为革命作出贡献。"

老于隐隐猜到了"火种"不让唐明俊参加任务的真正原因，不过他不敢说，而是点了点头，给唐明俊保留了一丝希望。

尽管唐明俊嘴中已经妥协，但是他心中还是极为难受，从来滴酒不沾的他拉着老于喝了很多酒，最后将自己灌得酩酊大醉，还是老于将他弄到床上的。

第二天一大早，唐明俊便被急促的敲门声惊醒。

"唐处，田中课长截获并且破译了重庆政府的电报，知悉他们的一个重要高层将在佘山的茶楼会面，让我们做好抓捕工作。"唐明俊开门后，邓军便语气焦灼地汇报道。

唐明俊摸了摸依然发涨的太阳穴，精神恍惚地跟在邓军的身后，钻进了一辆道奇车。很快，唐明俊跟邓军便抵达了茶楼附近，发现田中后岛早就在那儿等着了。

"田中课长好。"看到田中课长，唐明俊主动招呼了一声，关心地问道，"现在情况怎么样了？"

"唐处，你来得正好，我已经让特别行动处的人将茶楼重重包围。只要国民党的特工敢现身，我就让他有命来没命回。"看到唐明俊，田中后岛眼睛一亮，热情地说道，"唐处，这一次的行动你居功至伟啊。要不是你破译了重庆政府的高级密码，就不会有这一次的行动。"

"我破译了重庆政府的高级密码，我自己怎么不知道？"唐明俊指了指自己的鼻子，一脸的莫名其妙。

看到唐明俊困惑的样子，田中后岛不由得哈哈大笑："你还记得新人考核时，我最后给你和陈天明的考题么，那就是重庆政府目前正在使用的高级密码。正是因为你提供了正确的破译思路，我们才能准确获知国民党特工的这一次行动。"

"原来是这样啊。"得知真正原委后，唐明俊陷入了深深的自责，他没想到自己一不小心就成为了抗日统一战线的罪人。

就在唐明俊懊恼万分，想着如何挽救自己的过错时，他发现田中后岛鹰隼般的目光正打量着自己，他悚然一惊，随即舔了舔嘴唇，一脸贪婪道："田中课长，我立下这么大的功劳有没有奖励啊？"

"必须有奖励，等到拿下国民党的高层后，我们就论功行赏，你的功劳肯定排在第一位，至少有一个少尉军衔。"田中后岛原本还在怀疑唐明俊的身份，听到唐明俊的话，他瞬间大笑。

田中后岛跟唐明俊寒暄了几句后，便紧张地检查茶楼四周的布置。唐明俊看得出来他对这次活动极为重视。

唐明俊紧紧地跟随在田中后岛身后，心中却在琢磨如何给接头的国民党高层传递信号，可是跟着田中后岛转了大半天，愣是没想出好的办法。

眼看接头的时间就要到了，唐明俊的目光突然间落在了茶楼旁边正在懒洋洋睡觉的一只小黑猫身上。

与此同时，唐宪富毫无察觉地跨进了茶楼的大门，等待着接头人张壁的到来。

在田中后岛的指挥下，所有成员都检查好了枪械的保险，严阵以待。

就在田中后岛下令出击的高度紧张之际，唐明俊趁着大家没注意的功夫，抄起睡得正香的小黑猫便丢向邓军。

邓军的手指头本来就放在扳机上随时准备开枪，当他遭遇突袭时，他的手指头下意识地用力。只听得"砰"的一声闷响，小黑猫应声落地，茶楼里也是乱成一团。

"日本鬼子杀人啦，大家快跑！"张壁刚刚跨进茶楼，便听到了枪声，意识到不对劲的他跟唐宪富交流了一下眼神，大吼一声便朝茶楼外面跑。

唐宪富见状,打量了一眼茶楼外影影绰绰的人群,一个翻身便从二楼窗户跳了出去。

突然间的枪声和大喊声,让茶楼中人群惊慌失措,茶客们一边义愤填膺地破口大骂,一边疯狂地往门口方向拥挤。

田中后岛听到枪声时,便心中咯噔一声,知道行动要失败,他只是狠狠地瞪了邓军一眼,毫不犹豫地下令提前行动。

看到从茶楼中蜂拥而出的人群,田中后岛下意识地想要开枪震慑跑在最前面的人群,不过张壁的话却让他眉头紧皱。

"大家不要误会,我们只是进来抓两个国民党特工,不会误伤其他人的。"害怕引起群愤而导致巨大冲突,田中后岛不得不用流利的普通话跟疯狂逃窜的茶客们解释。

与此同时,田中后岛朝唐明俊使了一个眼色,便按照计划兵分两路,各自领着十几个特别行动处的成员,分别朝唐宪富和张壁逃跑的方向追了过去。

陈天明原本想跟唐明俊一组,继续和唐明俊较劲的,只是被田中后岛点名,他不得不跟田中后岛一组前去追击唐宪富,唐明俊则领着邓军一行人追击张壁。

邓军因枪支走火行动失败后,似乎陷入了疯魔状态,双眼通红,在追捕行动中特别积极,远远地将唐明俊等人甩在后面。

唐明俊紧张得手心直冒汗,他想出工不出力,又怕引起怀疑,所以只能紧紧地跟在邓军后面,时不时地乱放一枪,以起到警示的作用。

让唐明俊没想到的是,邓军竟然枪法不错,在追击的过程中,他愣是击中了张壁的随行人员,不过他自己也被张壁的随行人员反击而导致腿部受伤,没有办法继续追捕。

"你们几个人照顾好邓军,其他人继续跟我追击张壁。"唐明俊伸手在人群中点了几下,命令道。

唐明俊身为特别行动处的副处长,又是行动负责人之一,所以大家

157

都很配合地令行禁止。

另外一边,田中后岛凭着对地形的熟悉,很快便追上了唐宪富。看到前来跟张壁接头的人赫然是戴笠手下的王牌特工"五哥",田中后岛瞳孔一缩,握枪的手下意识地紧了紧。

"在场诸君,谁能够击毙徐敬塘,我可以授予你们少校军衔。"想起五哥的赫赫威名,田中后岛没敢第一时间冲向"五哥",而是朝身边一众特别行动处的成员大喊道。

听到"少校军衔"几个字,特别行动处的十几个人全部两眼放光。下一刻,子弹仿佛倾盆大雨一般,朝唐宪富所在的方向覆盖了过去。

唐宪富似乎早就料到了这一幕,他潇洒地朝田中后岛挥了挥手,然后身影凭空消失不见,仿佛从来没有出现过一般。

田中后岛气急败坏地冲到唐宪富消失的地方,才发现这是一个下水道的入口,入口旁边还有一块刚刚被掀开的井盖。很明显,"五哥"早就想好了退路,只是故意站在这里等自己一行人过来。

"追,全部给我下去追,另外通知情报处和机要处,让他们封锁所有的下水道出口。"想起"五哥"消失前看向自己那讥讽的眼神,田中后岛气急败坏地大吼道。

在"少校军衔"的刺激下,有两名行动处成员毫不犹豫地跳下了下水道入口,只是紧接着下水道中便响起了两道枪声。

田中后岛探头一看,发现刚刚下去的两名行动处成员额头中枪,身子瘫软倒地,已然失去了生命迹象。

"徐敬塘的枪中只有六颗子弹,而且刚刚逃跑的路上,他已经开了四枪,所以他的枪中已经没有子弹了,继续下去追击。"在一众行动处成员面面相觑的目光中,田中后岛厉声命令道。

"万一……他身上不止一把手枪呢?"其中一名行动处成员犹豫道。

这名行动处成员的话音刚落,田中后岛便直接朝他开了一枪:"不想死的就给我下去,76号不养废物。"

见识到田中后岛的残忍,以陈天明为首的行动处成员心中凛然,相互交换了一下眼神后,一个个闭着眼跳入了下水道入口,只是唐宪富此时早就跑得远了。

唐明俊并不想抓捕张壁,所以在领着几个特别行动处的成员远离邓军一行人后,他便宣布分头行动,然后身形一闪脱离了队伍。溜达半天后,看到时间差不多了,他才朝自己的手臂开了一枪,返回76号大楼。

回到办公室后,唐明俊写了一份手臂中枪的报告,便去了医务室。

审讯室中,田中后岛正在大发雷霆。

原本田中后岛对于这一次的搜捕行动寄予了很大的希望,未承想到关键时刻邓军擦枪走火而导致行动失败,最后只逮住了张壁的一个随行人员。这个随行人员还在押往76号大楼的路上流血过多死亡了。

"说,你是不是叛徒,76号还有哪些叛徒?"狠狠地一鞭子抽在邓军的脸上,田中后岛掐住邓军的喉咙,厉声质问道。

"田中课长,我不是内奸,我是冤枉的。"邓军有气无力地辩解道。

被关押在审讯室的一个小时内,邓军遭受了惨无人道的折磨,浑身鲜血淋漓,没有一处完好的地方,精神也萎靡到了极致。

就在田中后岛准备继续对邓军动刑时,一个行动处的成员推门而入,他看了一眼陈天明,见陈天明点头,这才大声道:"田中课长,唐处已经回来了,不过他在抓捕张壁的过程中,手臂中枪,导致张壁逃跑,现在正在医务室取子弹。"

"唐处受伤了么?"田中后岛闻言重复了一句,眼中闪过一抹思索。

"田中课长,我怀疑唐明俊才是内奸。之前在茶楼外面,我亲眼看到他抓了一只黑猫扔向邓军,邓军紧张之下擦枪走火,这才导致行动最后失败。"陈天明突兀地出声道。

"还有这种事情?"田中后岛瞪了陈天明一眼,不悦出声道,"你该不会为了包庇邓军而故意诬陷唐明俊吧?"

"我要是想包庇邓军,我在邓军被抓进审讯室时就会说出这件事情。我之前怀疑邓军是唐明俊的同伙，不过想了想又觉得不对劲。邓军要是真的跟唐明俊是同伙，他没道理重伤张壁的随行人员。所以我们现在只需要去一趟医务室，便知道唐明俊究竟是不是内奸了。"

田中后岛盯着陈天明看了片刻，见陈天明目光坦然，他这才点了点头，朝陈天明说道："你去机要室将唐明俊的中枪报告拿出来，然后跟我一起去医务室。"

陈天明应了一声"是"，随即转身离去。

田中后岛眼神复杂地看了一眼邓军，叹息道："将他也一起带到医务室吧。"

田中后岛一行人赶到医务室时，医生刚刚帮唐明俊取出手臂的子弹。

"唐明俊，你能够跟我说一下你追捕张壁的过程么？"田中后岛跟唐明俊招呼一声后，开门见山地问道。

唐明俊在回来的路上，早就想好了说辞，所以没有任何的犹豫，便绘声绘色地将追捕张壁的过程描述了一遍。

"你在撒谎，张壁在逃跑的路上跟情报处的人遭遇上了。根据情报处的消息，张壁身上没有任何伤痕，倒是他的枪支在逃跑的过程中不慎掉落，所以我很好奇你身上的枪伤到底是怎么回事！"唐明俊的话音刚落，便听到了田中后岛的厉声呵斥。

"啊？"唐明俊显然没料到还会有这样的插曲，他一时心神大乱，脸色也是变得煞白。唐明俊还没有想好如何解释，田中后岛已然走到装有子弹的托盘前，用镊子夹起子弹仔细端详。

几秒钟后，田中后岛脸色变得铁青，狠狠一巴掌抽在唐明俊的脸上："唐明俊，你能否告诉我，张壁是如何用你的枪射中你的臂膀的？既然他夺了你的枪，为何没有直接将你打死，而是仅仅让你轻伤，又将手枪还给了你？"

"我……我……"看到田中后岛讥讽的眼神，唐明俊一颗心直往下沉，他知道，自己的谎言已经被揭破了。

见田中后岛识破了唐明俊的内奸身份,陈天明不由得喜出望外,看向唐明俊的目光满是快意。

面对铁一般的证据以及田中后岛缜密的推理,事情真相已然被还原得八九不离十,唐明俊无从辩驳,直接被判以死刑,收押进了死刑牢房内。

得知唐明俊被76号判了死刑,心知肚明唐明俊重要性的老于瞬间坐不住了。老于毫不犹豫地启动了紧急联络方案,向"火种"汇报了这件事情,两个人商议了大半天,也没能想出一个完美的营救方案。

三天后,经过全面搜身之后,老于得以进入死牢探望唐明俊。

看到老于的瞬间,唐明俊嘴巴一张,下意识地便想张嘴喊师父,却见老于朝他使了一个眼色,又努了努嘴,唐明俊这才发现牢房内竟然安装有窃听器。

"于叔,我不是内奸,我不想死,我只是没追到张壁,不敢说实话,所以才朝自己开了一枪,想要博取田中课长的同情。"唐明俊忍住了自己想要说的话,趴在老于身上痛哭道。

"那黑猫的事情怎么解释?"老于朝唐明俊眨了眨眼睛,继续沉声问道。

"黑猫的事情我怀疑陈天明是贼喊捉贼,故意陷害我的。要是这次行动成功,我就会获得最大的奖赏,我怎么可能会故意破坏行动?只有陈天明有破坏行动的动机。"

"哎,即便你说的都是事实,你也没有证据。你不该自作聪明朝自己开枪,在76号,没有人可以骗得过田中课长,如今你想逃过这一劫,只有向田中课长证明你的价值这一条路。"

……

窃听器的另外一头,听到老于的话,田中后岛脸上不由得露出了思索的神色。

"田中课长,唐明俊不可能是内奸,他只是一个半大孩子,又是被你突然间俘虏到上海的。来到76号后,除了老于,他没有跟任何人接

161

触过,说他是内奸完全是无稽之谈。

"而且正是因为唐明俊破解了重庆政府的高级密码,才有了这一次抓捕行动。要是唐明俊真是内奸,他不告诉我们高级密码的破译方式,岂不是更省事,也更安全?

"这一次的行动,陈天明毫无作为,反而血口喷人。这种人我不想让他继续留在特别行动处,否则我选择离开76号。"

田中后岛还在犹豫如何处置唐明俊时,丁胜楠突然间破门而入,激动地朝田中后岛大吼道。

"丁处,我真的看到唐明俊朝邓军扔黑猫……"见丁胜楠维护唐明俊,却针对自己,一直暗恋丁胜楠的陈天明心如刀绞,他委屈地辩解道。

"你给我闭嘴!"陈天明的话还没说完,便被丁胜楠一声怒喝打断。

陈天明还想说话,监控室的房门突然间被推开,田中后岛的助理匆匆走到田中后岛身边,俯身在田中后岛耳边轻语了一番。

"丁处,看在你替唐明俊求情的分上,我就给唐明俊一次自证清白的机会。只要他能够破译我手中的电码,我便相信他对76号的忠诚!"田中后岛从助理手中拿过一份文件递给丁胜楠,然后头也不回地离开了监控室。

陈天明张了张嘴,想要跟田中后岛辩解一声,发现田中后岛根本没有搭理自己的意思。他又看向丁胜楠,丁胜楠冷哼一声,也跟在田中后岛身边离开了监控室,转瞬间监控室只留下了他一个人。

"唐明俊,你最好不要是内奸,不然你会死得很难看。"陈天明原以为唐明俊被押进死牢后必死无疑,没想到丁胜楠会帮唐明俊求情,田中后岛也愿意给唐明俊机会。这让陈天明心中失望的同时,也更加痛恨唐明俊。

离开监控室后,丁胜楠第一时间冲入了死牢,她先是帮唐明俊检查了一下伤口,确认并不致命后,这才恨铁不成钢地说道:"唐明俊,你太让我失望了，想要功劳就拿命去拼啊，弄虚作假算什么？"

"胜楠姐，我知道了，我以后不敢了。"感觉到丁胜楠对自己的关心，唐明俊一阵心虚。

"76号是一个没有人情味的魔窟，我想要一个搭档，所以你必须学会保护自己，你明白我的意思吗？"丁胜楠盯着唐明俊看了片刻，然后将嘴巴贴近唐明俊的耳朵，吐气如兰道。

唐明俊还在消化丁胜楠这句话的意思时，他突然间感觉到脸庞传来一阵温润的感觉，好像是被丁胜楠亲了一口。唐明俊诧异地看向丁胜楠，却发现丁胜楠仿佛什么事情都没有发生一样，朝自己递过来一份文件。

"田中课长愿意再给你一次机会，只要你能够破译重庆政府新的电码，你便可以保住自己的性命，你愿意尝试一下么？"

"我……我试试。"唐明俊本来想出声拒绝，只是想起老于跟自己的谈话，话到了嘴边，他又改变了主意。

"你能够破译之前的电码，我想这一次也应该没问题的。"丁胜楠鼓励地拍了拍唐明俊的肩膀，便离开了死牢。

接下来的几天时间，田中后岛见唐明俊迟迟没有破译出电码，只当唐明俊手中参考资料不够，又陆陆续续地往死牢中送了好几份电码文件。

事实上，唐明俊在拿到电码的第四天，便成功破译。只是他内心很是纠结，因为他害怕自己将电码的破译方法告诉田中后岛后，会造成抗日战线上无数军人和同志的死亡；可是不交出电码的破译方法，自己的性命就要不保。

纠结了整整一周后，唐明俊的脑海中反复盘旋着老于跟自己说过的一句话："你想逃过这一劫，只有向田中课长证明自己的价值这一条路。"

"新电码的出现，会不会是老于请示'火种'之后，他们故意倒腾出来的东西，仅仅是为了迷惑76号，营救自己呢？"唐明俊的脑海中突然间冒出这个念头,然后将破译后的电文交到了田中后岛手上。

"唐明俊,你果然是电码天才。"田中后岛亲自核验查收,确认电码的破译准确无误后,他丝毫不吝啬自己对唐明俊的夸奖。

唐明俊因为用实际行动证明了他对76号的价值,所以很快便被无罪释放。

田中后岛则根据唐明俊提供的破译方法,不断截获和破译重庆政府的电码,安排丁胜楠和唐明俊展开抓捕行动。

只是接下来的半个月时间,国民政府高层发过来的电文无关痛痒,田中后岛将破译后的电文扔给丁胜楠和唐明俊之后,便不闻不问。他已然对丁胜楠和唐明俊的抓捕行动不抱希望,甚至怀疑国民政府更换新的电码,纯粹是想将唐明俊从死牢中救出来。

在陈天明的蛊惑下,田中后岛忍不住再次下令抓捕唐明俊时,丁胜楠突然间冲进了田中后岛的办公室。

"什么,你抓到张壁了?"听到丁胜楠的汇报,田中后岛几乎不敢相信自己的耳朵,他激动地冲到丁胜楠面前,瞪圆了眼睛问道。

"是的,田中课长,我们根据您提供的电文,不费吹灰之力便在莱文电影院门口逮捕了张壁。"丁胜楠同样激动地回答道。

"好,太好了!张壁是国民政府的校级军官,这可是一条大鱼!我们先将他关审讯室晾几天,我觉得隐藏在76号的牛鬼蛇神很快就会被引出来的。"田中后岛兴奋地说道。

"张壁怎么会被抓?"得知信息后,唐明俊第一时间找到老于,怒气冲冲地质问道。

"你觉得张壁重要,还是你重要?"老于没有直接回答唐明俊的话,而是反问道。

"这不是谁重要不重要的问题。76号是根据我破译的电文抓捕到张壁的,而且我还参与了抓捕张壁的行动,我竟然成了杀害抗日战线军人的刽子手,你知道么?"唐明俊激动地嚷嚷道。

"你要是想让张壁白白牺牲,暴露自己的身份,你可以再大声点。"

老于瞪了唐明俊一眼,压低了声音道,"这一次的行动,是'火种'再三权衡后确定的计划。"

"由你抓取张壁,换取田中后岛对你的绝对信任,让你成功潜伏田中后岛身边,获得重庆大轰炸的情报,这可以拯救数以万计老百姓的性命,改变整个战争走势,所以,张壁同志的牺牲是很有价值的。"老于面色凝重地将行动计划跟唐明俊讲述了一遍。

"张壁同志知道这个计划么,他是自愿牺牲的么?"听完整个行动计划,唐明俊愕然,半响后,他苦涩地出声问道。

老于闻言,脸上神色一滞,没有回答唐明俊。

"你们这是谋杀,我坚决不同意你们的行动计划,共产党人永远不会拿革命同志的性命来换取自己的苟活。"看到老于的沉默,唐明俊瞬间又激动起来。

这一次,无论老于如何劝说,唐明俊都没有办法心平气和地跟他交流。两个人大吵了一顿后,唐明俊便气冲冲地离去。

回到四合院之后,唐明俊在床上翻来覆去地睡不着,脑海中全是张壁被抓时,对自己破口大骂的一幕。

"不,我不是汉奸,我不能任由抗日战线的军人被杀。"辗转反侧到凌晨一点时,唐明俊还是睡意全无,他一个翻身从床上爬了起来,趁着狱卒休息的当儿,蹑手蹑脚地潜入了关押张壁的审讯室。

唐明俊警惕地打量了一眼审讯室,发现张壁虽然是被铁链锁着,可是他身上伤势并不严重,而且已经陷入了沉睡。他的脸上不由得闪过一抹疑惑:以田中后岛对张壁的重视,76号怎么可能如此优待张壁?

很快,唐明俊便在张壁屁股底下的椅子上找到了一枚窃听器。

皱眉沉思片刻,唐明俊隐隐猜到了田中后岛的心思:76号想用张壁来钓鱼,将隐藏在76号内部的叛徒全部揪出来。

一时间,唐明俊内心陷入了挣扎,自己到底要不要救张壁?自己又能否躲过田中后岛的监控手段,成功营救张壁?几分钟后,唐明俊果断地将手伸向张壁身上的锁链。

唐明俊已经想通了：张壁是自己抓进来的，哪怕因此而遭受性命危险，自己也应该营救他；要是因为害怕危险而放弃营救张壁，他害怕自己会一辈子都遭受良心的谴责。

"你怎么来了？"身上的伤口被扯动时，张壁被惊醒，看着亲手抓捕自己的"刽子手"，瞪圆了眼睛，失声惊呼道。

"同志，我是来救你的。"唐明俊朝张壁做了一个噤声的手势，目光坦诚地说道。

"难道你不是汉奸？我冤枉你了？"怔怔地注视了唐明俊片刻，张壁喜出望外道。

唐明俊闻言，眼神一黯，嘴唇翕动了一下，不知道该如何回答，他手中的动作却没有任何的停顿。

隔壁的监控室中，田中后岛跟丁胜楠已然守株待兔了大半个晚上，他们一直戴着耳机窃听着审讯室内的动静。

陡然间听到耳机中唐明俊对张壁说的话，丁胜楠脸色大变，一下子便将耳机砸在了地上，想要冲到唐明俊的身边，质疑唐明俊的行为。倒是田中后岛此时异常冷静，他制止了丁胜楠的行为，而是捡起丁胜楠扔在地上的耳机，让丁胜楠继续窃听，看后面会发生什么事情。

正如唐明俊预料的那般，田中后岛之前抓捕徐敬塘和张壁的行动失败以后，他就怀疑76号内存在内奸。所以这一次他故意让狱卒擅离职守，让张壁处于一个无人看管的状态，目的就是引出潜伏在76号的内奸。

在田中后岛的眼神示意下，丁胜楠再次戴着耳机坐下后，她面沉如水，鼓鼓的胸脯也因为激动而剧烈起伏着。

"唐明俊，你可千万不要让我失望啊。"默默地在心中祈祷了一声，丁胜楠双目失神地看向审讯室的方向，突然间有点患得患失。

"你将我送到大通烟草店，那里是我们的秘密据点，到了那里，我们就安全了。"唐明俊还没有解开张壁身上的锁链，张壁便迫不及待地说出了国民党的据点所在。

听到张壁的交代，唐明俊手上的动作一滞，脸色变得特别难看。唐明俊默默地看了一眼窃听器，又眼神复杂地看了张壁一眼，微微叹了口气，恨不得立即转身离去，不过他后退了一步后，还是顿住了身子，打算再给张壁一次机会。要是两分钟时间内，76 号没有采取任何措施，他决定继续冒险解救张壁。

"唐明俊，你怎么停下来了啊？赶紧解开我身上的铁链，跟我一起离开 76 号啊，那样就不用提心吊胆地过日子了。"见唐明俊突然间停止了解铁链的动作，甚至还往后退了一步，张壁不由得急了。

张壁的话音刚落，审讯室外便响起了细微的脚步声，紧接着两道身影从审讯室外面走了进来。

看到唐明俊跟张壁之间的距离以及唐明俊脸上若有若无的讥讽神色，田中后岛愣了一下，随即大笑道："唐处长，你干得太漂亮了，不费吹灰之力便从张壁嘴中得知了国民党的秘密据点。这种高超的审讯技巧，估计整个 76 号都没人赶得上你。"

"田中课长过奖了，这些东西都是您教我的。"唐明俊朝田中后岛微微鞠躬，与此同时身子往旁边一站，将位置让给了田中后岛。

"唐明俊，我刚刚还以为你要背叛 76 号呢，着急死我了。"丁胜楠则是重重地捶了唐明俊一拳，看向唐明俊的目光激动中带着一点点崇拜。

"胜楠姐，轻点，痛。"唐明俊龇牙咧嘴地倒吸一口凉气，摸着肩膀痛呼道。

也是这个时候，丁胜楠才想起唐明俊才经历过 76 号的酷刑，还是一个伤员。她连忙嘘寒问暖，比唐明俊自己还要紧张，看得旁边的田中后岛哑然失笑，忍不住调侃了两人一番。

田中后岛跟丁胜楠不知道的是，唐明俊脸上的痛苦神色是真的，只是他不是伤口痛，而是心痛。此时此刻的唐明俊恨不得重重地扇自己两耳光，因为他知道，要不是自己冒险前来营救张壁，赢得了张壁的信任，张壁就不会说出国民党的秘密据点。

"唐明俊,你这个汉奸不得好死!"看到审讯室中三个人嬉笑打闹的样子,张壁脸色变得惨白,他瞪圆了眼睛看着唐明俊,破口大骂道。

唐明俊看了看张壁,欲言又止,最后转身离去。

田中后岛跟丁胜楠忍不住对视一眼,然后不约而同地点了点头。唐明俊的动作落在他们眼中,明显是唐明俊觉得张壁没有利用价值了,所以不想再多看张壁一眼了。

接下来的几天时间,田中后岛安排情报处对张壁进行了惨无人道的审讯。在76号的严刑逼供之下,张壁交代了所有他知道的国民党情报站,行动处和情报处一齐出动,将国民党的情报站一一捣毁,缴获了无数电台。

或许是张壁的被抓已然引起国民党情报人员的警惕,他们提前撤离,所以这一次76号并没有再次抓捕到国民党的情报人员。

饶是如此,当所有的功劳落到唐明俊的身上时,还是让他在76号的风头一时无两。

只是唐明俊并不快乐,甚至有种逃离76号的冲动。

两个小时前,张壁被宣布了死刑,而且是由唐明俊亲自执行的死刑。

面对张壁憎恨的目光以及谩骂的话语,唐明俊心如刀绞,根本就下不了手,最后还是在田中后岛的逼迫下,唐明俊才不得不开枪击毙张壁。

杀掉张壁后,唐明俊便将自己关在了院子中发呆。

唐明俊一会儿想起母亲死于日军大轰炸之下的惨烈画面,一会儿想起父亲带着自己四处奔波求学的温馨场景,一会儿想起育才学校的平静生活,一会儿想起张壁大骂自己汉奸和叛徒的一幕。

当院子突然间被倾盆大雨覆盖时,唐明俊并没有跑进房屋躲雨,而是跪在了地上,泪如雨下,痛哭失声。

四合院的另外一套房屋中,丁胜楠透过窗户,看到唐明俊大雨滂沱中痛苦不堪的样子,她的脸上露出了若有所思的神色;最后她默默地拉上了窗帘，并没有去打扰唐明俊。

第二天，76号为唐明俊举行了盛大的授勋仪式。因为亲手抓捕并诛杀国民党校级情报人员，缴获无数国民党电台，唐明俊被授予少校军衔，奖励金条一箱。

在76号全体特工的瞩目下，田中后岛亲自为唐明俊戴上了勋章。

田中后岛跟唐明俊握手的瞬间，镁光灯急剧闪烁，现场掌声如雷，唐明俊脸上的表情有点僵硬。

"唐明俊，几个月前，你跟我说你想要权力和金钱，你觉得自己现在有没有实现当初的追求？"田中后岛凑在唐明俊的耳旁，肆无忌惮地大声笑道。

唐明俊的嘴角扯动了一下，没有回答，不过他脸上的笑容已经是最好的回答。

"要不要我再奖励你一次进入日本慰安营的机会？那可是76号男特工最迷恋的地方哦。"田中后岛朝唐明俊眨了眨眼睛，露出了一个男人都懂的笑容。

"谢谢田中课长，我暂时没有这个需求。"想起关押在慰安营中的那些少女同胞，唐明俊心中很不是滋味，他委婉拒绝道。

"好，你想去随时跟我说，我给你安排。"田中后岛扔下一句话后，便转身离去。

在田中后岛的全力运作下，唐明俊很快便成为了76号的典型，各大机关报和上海报纸争相报道唐明俊的功绩。

一时间，唐明俊的故事不仅仅在上海广为流传，他的传奇甚至流传到了全国其他地方。各大报刊媒体宣传的核心思想只有一个：只要肯为汪精卫政府办事，只要愿意为日本人办事，就一定能够出人头地，一夜暴富。

"唐明俊怎么可能变成汉奸？这是不可能的事情。"

"唐明俊在学校品行良好，不会成为卖国贼的，这肯定是日伪在造谣生事。"

……

育才学校的师生们看到有关唐明俊的新闻时,他们开始还怀疑是同名同姓,不过随着76号铺天盖地的宣传,育才学校的师生们不得不接受一个事实:那就是最近风头正盛的汉奸唐明俊,正是自己学校人缘最好的唐明俊。

育才学校的师生们惊愕、质疑、出离愤怒,到最后全部陷入了沉默。他们出去参加社会活动时也变得底气不足,仿佛自己背后随时都有人在指指点点,讨论学校和自己的不是。

"育才学校绝不容许出现汉奸!"半个月后,廖意林终于承受不住来自学校师生们的巨大压力,痛苦地做出了开除唐明俊学籍的决定。

当所有人都在质疑和谩骂唐明俊时,温念君默默地收拾好自己的细软,踏上了前往上海的轮船,因为她一点都不相信唐明俊会成为汉奸,她想去上海了解事情的真相。

被开除学籍的通知书很快便寄到了唐明俊的手中。骤然间看到通知书的内容,唐明俊感觉有如五雷轰顶,整个人都蒙了。

行尸走肉地在76号大楼待了一天,待到下班,唐明俊便迫不及待地独自溜进了酒吧买醉。

唐明俊刚刚进入酒吧,便被酒吧的老板和客人认了出来。他们纷纷向他们行注目礼,酒吧的老板更是跟侍应生仔细交代了一番。

找了一个偏僻的地方坐下,唐明俊开始自顾自地喝闷酒。喝着喝着,唐明俊失声痛哭起来,让旁边的客人和侍应生看得直皱眉头。

几杯酒下肚后,不胜酒力的唐明俊已然双眼迷离。感觉到周围异样的目光,他一把掀翻桌子,然后脚步踉跄地走出了酒吧。

侍应生想起老板的交代,想要搀扶唐明俊,却被唐明俊一把推开。突兀地,唐明俊似乎看到一道熟悉的身影从自己面前经过,好像是自己魂牵梦萦的温念君。

唐明俊怔怔地注视了对方背影一会儿,然后傻笑起来,脚步一抬,便想去追对方,却没注意到脚下是台阶,一脚踏空,直接摔了一个狗啃食。

"念君……我不是汉奸……"唐明俊一边含糊不清地嚷嚷，一边揉了揉眼睛寻找温念君的身影，只是眼前早就没有了伊人身影。

摔了一跤后，唐明俊清醒了很多，他忍不住自嘲地摇了摇头：温念君现在在重庆，怎么会出现在上海街头呢？应该是自己太久没有看到温念君，心中想她了吧？

用力地搓了搓脸蛋，让自己变得更清醒一些，唐明俊高一脚低一脚地往回走。连续走了两条街道，唐明俊觉得有点不对劲，路过一个拐角时，他身形一闪，躲进了一家裁缝铺。

唐明俊藏好身形的瞬间，几道身影从拐角处露出身形，东张西望，似乎在寻找什么东西。

唐明俊狞笑一声，出其不意地走到其中一个人身后，伸手掐住了对方的脖子，让对方完全动弹不得。就在这个人的同伴想要从背后偷袭唐明俊时，唐明俊毫不犹豫地一个侧踢，将其踹飞。

"你们是什么人，为什么要跟踪我？"三下五除二地放倒跟踪自己的几个人后，唐明俊厉声质问道。

面对唐明俊的质问，为首的混混张程直接"呸"了一声，大骂道："国贼汉奸，人人得而诛之！"

"你不过一个小混混，跟我说什么民族大义！老实说，谁派你们跟踪我的，要是从你们嘴中听不到满意的答案，小心我让你们见不到明天的太阳。"

"我是小混混怎么了？小混混也比卖国贼强。"张程又是一口浓痰吐向唐明俊，看向唐明俊的目光充满了刻骨深仇。

唐明俊本来想第一时间躲开浓痰，却因为喝多了酒，动作慢了一拍，愣是让对方吐个正着，恼羞成怒之下，唐明俊便想继续动手收拾对方。

不过动手的瞬间，唐明俊隐隐觉得眼前的小混混有点面熟，而且对方言语间明显知道自己的身份；既然知道自己的身份，还敢尾随自己，并且对自己动手,这也未免太蹊跷了。

"我们是不是认识?"关键时刻,唐明俊的拳头没有落到对方的脸上,而是一脸疑惑道。

"你怎么可能认识我这种小混混呢?"张程冷笑一声,不屑出声道。

"你跟张壁是什么关系?"看到小混混脸上熟悉的笑容,唐明俊终于想起在哪儿见过这张笑脸了,他下意识地问道。

"卖国贼,你没有资格提我哥哥的名字!"听到张壁两个字,刚刚还满脸冷笑的张程瞬间双眼变得血红,他一头撞向唐明俊。

得知跟踪自己,并且被自己制服的混混竟然是张壁的弟弟,唐明俊不由得愣了一下,失神之下被张程撞倒在地。

张程显然没有料到自己能够撞倒唐明俊,他先是愣了一下,然后不管不顾地对唐明俊拳打脚踢,并且叫嚷着身边的其他几个人一齐动手。

另外几个人原本震慑于唐明俊的身手,不敢出手对付他,但看到张程打了唐明俊半天,他也没有还手时,他们的胆子渐渐大了起来,也一个个地围了上去。

无论是张程,还是其他人,都以为唐明俊是喝多了,酒意上涌才反应迟钝,任由他们殴打。他们越打越兴奋,越打越来劲。其实唐明俊的酒意早就醒得差不多了,只是得知张程和张壁的关系后,他的负罪感一下子涌上心头,所以他打不还手,骂不还口,任由以张程为首的小混混殴打,以弥补内心的愧疚。

"烧饼,看到那边的铁棍没,去给我拿过来,我要用铁棍收拾这个王八蛋。"张程殴打了唐明俊半天后,突然间觉得手有点酸痛。他眼珠一转,指着垃圾桶旁边的半截铁棍道。

"程哥,这家伙现在风头正盛,是76号的门面。要是闹出人命的话,兄弟们都会玩完的。"张程身边的一个花衬衣男子满脸为难道。

"怎么,他的命是命,我哥的命就不是命了? 76号也就是在利用他而已,不见得真的有多重视他,不然他一个校级军官身边能没有一个随

172

从？"张程撇了撇嘴道。

烧饼闻言眼睛一亮，然后迅速地将垃圾桶旁边的铁棍捡了过来。

张程接过铁棍，眼中闪过一抹狰狞，然后狠狠一抡，便朝唐明俊的头上砸去。

眼看张程手中的铁棍就要砸中唐明俊的脑袋时，一道人影突然间出现在张程身边，他一脚踹向张程的膝盖。只听得"咔嚓"一声脆响，张程的膝盖宣告脱臼，他的喉咙中不由自主地发出一声惨叫，身子也是瘫软倒地，手中铁棍无力地掉落地上。

这道人影眼疾手快地捡起张程掉落地上的铁棍，烧饼等人还没反应过来发生了什么事情，就被一阵棍影笼罩，然后大街上响起了凄厉的惨叫声和哀号声。

仅仅片刻的工夫，张程一行人便被打得落荒而逃，只剩下目瞪口呆的唐明俊。

来人拉低了一下帽檐，走到唐明俊身边，将唐明俊从地上拉了起来，关心地问道："唐明俊同志，你的伤势不要紧吧？"

被打得遍体鳞伤的唐明俊隐隐觉得来人的声音有点耳熟，他下意识地问道："您是？"

"我是'火种'，抓捕张壁的行动是我策划的。恭喜你已经成功赢得了田中后岛的信任，距离我们的计划成功又近了一步。"

听到"火种"两个字，唐明俊心中一阵激动，忍不住瞪圆了眼睛，想看清楚"火种"的长相，只是他们所处的位置几乎没有灯光，加上帽檐的遮挡，唐明俊只能隐隐看到"火种"的身形轮廓，完全看不到"火种"的五官。

"我们应该有更好的办法获取田中后岛的信任，为什么要出卖自己的同志？"唐明俊愤懑地问道。

"既然你在76号待了那么久，你应该听说过吴友国吧？张壁早就被吴友国收买，背叛了革命，只是田中后岛在极力肃清吴友国在上海的影响力，张壁没有机会再次投诚，不然的话，张壁估计早就再次成为特别行动处的外围成员了。"

"火种"的话,有如石破天惊,让唐明俊浑身战栗,他的脸上满是不可置信的神色:"张壁真的已经背叛了革命?"

"没错,这件事情老于也知道。""火种"点头道。

"既然老于知道,他为什么不告诉我,让我因为这件事情而愧疚这么长时间?"唐明俊质问道。

"是我不让他告诉你的,这也是组织对你的一次考验。可惜,你没能通过我们的考验。""火种"一脸遗憾地说道。

"我……"

"你是不是想说,革命不能以牺牲自己同志的性命为代价?"唐明俊刚刚张嘴,便被"火种"打断,"不要说张壁一个小小的校级军官,哪怕是我都可以随时为革命付出性命。这些年来,有无数英烈为了革命的最后胜利抛头颅洒热血,奏响了生命的凯歌。"

"这是一张前往重庆的船票,从现在起,你可以脱离76号,离开上海了。关于汉奸一事,我会替你澄清。""火种"一边说话,一边从兜里掏出一张船票递给了唐明俊。

听到"火种"的话,看着他递过来的船票,唐明俊眼睛一亮,心中也是激动不已:只要接过票,自己就可以回归以前的平静生活,汉奸的帽子也可以随之摘掉,这不正是自己这几个月来梦寐以求的事情么?

"要是我离开了76号,组织在76号还有比我更适合潜伏在田中后岛身边的人么?"犹豫半天后,唐明俊沉声问道。

"火种"闻言陷入了沉默,半天没有回答唐明俊。

"对不起,我现在不能离开76号,组织为我付出那么多的人力物力,我不能在关键时刻当逃兵。为了重庆千千万万人的性命,为了抗日战争的胜利,我必须完成组织交给我的任务,拿到重庆大轰炸的计划。"看到"火种"沉默,唐明俊朗声道。

"田中后岛是一个极度多疑,又生性残忍的人。你潜伏在他身边,随时都可能丢掉性命的。""火种"沉声道。

"我知道。"唐明俊脸上满是灿烂的笑容。

"你以后可能会在田中后岛的逼迫下，不得不动手杀害我们自己的同志。""火种"继续劝说道。

"我……知道。"想起张壁的死，唐明俊心中一阵不适，不过他还是点了点头，一脸的决然神色。

"随着76号对你铺天盖地的宣传，估计很多不知情的爱国人士和情报特工都恨不得将你杀之而后快，你会随时处于危险状态之中的。""火种"一脸肃然。

"我……不怕。"唐明俊犹豫了一下，目光坚定地回答道。

唐宪富闻言，忍不住叹了口气，他知道自己儿子的脾气，一旦决定了的事情，便是十头牛都拉不回来。想到这里，唐宪富不再劝说，而是沉声道："你想继续留在76号参与行动，先通过组织对你的考验再说吧。温念君同志今天晚上抵达上海后便失踪了，你要在三天之内找到她的行踪，并且将她送回重庆。"

"什么，温念君来了上海？"唐明俊的脑海中下意识地闪过之前酒吧门口发生的一幕，脸上也露出了激动的神色，"她怎么会来上海，执行任务么？"

"她应该是看到有关你的新闻后，想当面跟你问一个明白吧。"眼神复杂地看了唐明俊一眼，唐宪富起身离去。

唐明俊闻言一阵失神，他还想继续追问"火种"温念君的线索时，发现眼前已然没有了"火种"的身影。

下一刻，唐明俊疯狂地朝酒吧的方向跑去，希冀能够在酒吧附近找到温念君。只是唐明俊很快便失望了，酒吧附近并没有温念君的身影。

"念君初来乍到，她能去哪儿呢？"唐明俊一边四处打望，一边皱眉沉思，"她不会大胆到去76号找我吧？"想到这里，唐明俊再也稳不住了，拔腿便往76号大楼方向跑去。

"咦……"路过之前跟张程一行人斗殴的裁缝铺附近时，他突然间发现地上有一串手链。这一串手链正是温念君离开育才学校前，他精心编制，送给温念君的离别礼物。

捡起手链认真打量了片刻，唐明俊的脑海中电光石火间闪过无数画面，一点点地还原着温念君可能经历的场景：

"既然两年多时间过去，念君都将手链带在身上，那么她不小心将手链掉落地上的可能性极小。

"应该是她在这个地方跟人发生了争执甚至遭遇了绑架，以至于手链在挣扎过程中掉落，或者手链被其他人抢夺过去。

"以念君的身手，普通人根本就不可能是她的对手，所以这极有可能是一起团伙作案。"

……

想到这里，唐明俊眼睛一亮，从兜里掏出一大摞钞票，开始盘问附近的几家店主。两个小时后，唐明俊身上的钞票基本上花光，人也问得口干舌燥，他也基本上弄清楚发生了什么事情。

因为温念君身材窈窕，五官精致，笑容甜蜜，所以只要见过她的人，很难不对她留下深刻的印象。唐明俊之所以花了两个小时反复盘问，只是想确保自己掌握的信息准确罢了。

"张程，烧饼，你们真的是死有余辜啊。"想起周围店家对张程和烧饼等人面相的描述，唐明俊知道，温念君十有八九是被他们盯上了。而张程和烧饼等人干的赫然是人贩子的勾当，他们专门在大街小巷上搜寻漂亮的女性，绑架后贩卖到日本慰安营。

第十一章　青出于蓝而胜于蓝

唐明俊本来想单枪匹马前去抢救温念君的，可是想了想日本慰安营背后的田中后岛，他犹豫了。要是张程跟日本慰安营联系密切的话，说不定张程等人手中会有枪械，自己贸然冲过去，可能非但没法救回温念君，反而会将自己的性命也搭上。

寻思了片刻，唐明俊转身返回76号，动用副处长的职权紧急召集特别行动处的人。

只是唐明俊拿着喇叭在宿舍大楼前吼了半天，也没有几个人走出宿舍，反而听到了一阵阵讥讽声。

原来陈天明看到76号对唐明俊又是授勋又是宣传的，心中极度不平衡，无意中得知特别行动处其他成员也眼红妒忌唐明俊的待遇，便开始暗中笼络人心，将特别行动处的人全部团结到了自己身边，想在适当的时候给唐明俊一个下马威。

很显然，今天是给唐明俊下马威的最好时机。

唐明俊指挥不动特别行动处的人，只能说明他个人能力不行、人缘差。法不责众的情况下，田中后岛也没有办法处置大家。

事实上，唐明俊吼了半天后，发现没人将自己这个副处长放在眼中，他的确有点气馁，心中生出一股莫名的暴戾情绪。

"明俊，想揍人么，姐跟你一起！"就在唐明俊不知所措时，一道亲切的声音突然间在他耳边响起。

"胜楠姐，你怎么来了？"看着巧笑嫣然的丁胜楠，唐明俊有点蒙。丁胜楠不住宿舍楼，而是住在76号大楼外面的四合院，是听不到自己召集声的。

"我再不来，某些人就要哭鼻子咯。"丁胜楠打量着鼻青脸肿的唐明俊，眼中流露出无限柔情，"谁打的，还痛不？"

唐明俊言简意赅地将事情说了一遍，只是隐去了温念君的事情，说自己想要找张程和烧饼报仇。

听完唐明俊的话，丁胜楠不由得暴跳如雷，她抢过唐明俊手中的喇叭大吼道："特别行动处的人，是爷们的都给我滚出来，都被人骑到头上拉屎了，还一个个窝在宿舍装孙子，信不信我进去踢爆你们的卵蛋？"

原本躲在宿舍中看好戏的陈天明听到丁胜楠的话，他脸上笑容一僵，知道自己的阴谋落空了。陈天明虽然在特别行动处人缘还不错，可仅仅是因为他善于收买人心；丁胜楠却在特别行动处拥有绝对的权威，而且她完全是凭着自己的狠劲拼出来的。

丁胜楠一嗓子吼完，三分钟时间不到，特别行动处的数十人一个不落地全部集中到了宿舍大楼前面。

特别行动处的动静很快便引起了76号大楼的注意，田中后岛也是闻讯而来。

"你们气势汹汹地想干什么呢？"看到丁胜楠一副吃了火药的样子，特别行动处的成员全部噤若寒蝉，不敢说话，田中后岛好奇地问道。

"田中课长，唐处长今天晚上在外喝酒，被一群街头小混混尾随偷袭了。那些混混嘴中也说着一些不干不净的话，完全不将76号放在眼中，所以我想带行动处的兄弟们出去溜达一圈，称量一下那些小混混的本事。"丁胜楠冷冽出声道。

"在上海滩还有人敢对76号不敬的？那是应该教训一下，需要情报处和机要处配合么？"田中后岛闻言点了点头，随即关心地问道。

田中后岛本来只是客套一句，未承想丁胜楠却毫不犹豫地点头，分别跟前来看热闹的情报处跟机要处要了一些人。

生怕待得久了丁胜楠还会节外生枝，田中后岛、情报处、机要处的两位负责人跟丁胜楠寒暄了两句后，便匆匆离去。他们之所以急匆匆地赶过来看热闹，只是被特别行动处的气势吓到了，想弄清楚特别行动处的动向。得知特别行动处仅仅是想为唐明俊报仇，他们自然没有心思过多地干预。

在76号庞大势力的寻找下，唐明俊很快便找到了在医院就诊的烧饼。

躺在病床上的烧饼正在调戏一位美女护士，陡然间看到病房中多出十几个人，为首的一个人赫然是才分开不久的唐明俊。他脸色一变，也顾不得装重伤了，毫不犹豫地翻身而起，朝身后的窗户钻去。

眼看烧饼便要钻出窗户逃离病房时，唐明俊跨前一步，伸手抓住烧饼的脚踝，硬生生地将他从窗户外拽了回来。

"唐爷，饶命啊，我们不该尾随你，我们更不该对你动手。我向你磕头、道歉都可以，只求你饶了我这一条狗命！"看到没有希望逃跑了，烧饼"扑通"一声，毫不犹豫地跪在了唐明俊面前，"砰砰"直磕头。

"认识这根项链不？"看到烧饼磕头磕得头破血流了，唐明俊才从兜里掏出一根项链，压低了声音问道。

"啊……"看到唐明俊拿出来的项链，烧饼下意识地摸了摸裤兜，才发现裤兜中的项链不见了。他一张脸不由得变成了苦瓜色，自己怎么就那么手贱，非要去抢夺那个女孩身上的手链呢？

"给你三秒钟时间，要么说出那个女孩的下落，要么死！"突兀地，烧饼的脖子处多了一把匕首，他的耳边也传来了唐明俊漠然的声音。

"我……我说……"感觉到脖子处的冰凉，看着唐明俊毫无感情的目光，烧饼裤裆一热，毫不犹豫地将温念君的藏身之地说了出来。

"你最好祈祷那个女孩没事，不然的话无论是你还是张程，都将死无葬身之地。"唐明俊冷冷地扔下一句话后,便拎着烧饼,跟特别行动处一行人迅速地朝温念君的窝藏之地,也是张程的老巢走去。

与此同时,丁胜楠已然领着另外一支队伍摸到了张程的花园公馆外面,他们正打算破门而入时,唐明俊一行人及时赶到。

花园公馆内,一个肥头大耳的中年将两箱钱递到张程手上。张程满脸迷恋地看了一眼钱箱,这才走向屋子角落的一个麻袋旁,解开麻袋后,露出了温念君精致而娴静的面庞。

"快,立即给我准备一个房间。今天的妞质量不错,接下来的一周时间我全包了。"看清楚温念君的模样后,中年男子直流口水,忙不迭地大喊道。

"周主任,不着急,没人跟您抢的。"张程看着中年男人急不可耐的样子,他心中鄙夷,嘴中却是笑嘻嘻地招呼,"房间早就给你准备好,就在楼上,不过人就得麻烦你自己抱上去了,春宵一刻值千金,祝您玩得开心。"

一句话说完,张程便头也不回地提着两箱钱走出了房间,还不忘掩上房门。进入院子后,张程便将钱箱放下,迫不及待地数钱,脸上也露出了满意的笑容。

张程正在享受地闻着钞票散发出来的清香,院子外面突然间响起了烧饼的叫门声。张程警惕地看了一眼大门的方向,想叫人去开门,却想起原本守护院子的人都被自己支开了,只能骂骂咧咧地亲自去开门。

张程刚刚打开门闩,便听到砰的一声闷响,院子的大门直接被人一脚踹开。毫无防备的张程被撞得眼冒金星,一屁股坐倒在地。张程嘴巴一张,便想破口大骂,只是他还没来得及开口,就看到眼前一亮,一柄散发着银光的匕首已然架到了自己的脖子上。

"唐明俊,杀人不过头点地,你到底想怎么样?"看到是以唐明俊为首的特别行动处,张程瞬间怒了,他从地上爬起来,指着唐明俊怒吼道。

张程的话还没落音,他便感觉自己胯下传来一阵剧痛,整个人也不由自主地弓腰，脸上露出了极度痛楚的神色。关键时刻，却是丁胜楠看不惯张程嚣张的样子，直接一记撩阴腿踢在了张程的裆部："76号做事情，轮得到你指手画脚？"

看到张程痛苦的样子，唐明俊一阵头皮发麻，特别行动处的其他人也是下意识地远离了丁胜楠几步。

突兀地，一阵虚弱的求助声传入唐明俊的耳帘，唐明俊脸色大变，一个箭步冲进了正前方的屋子，然后三步并作两步跨上楼梯，一脚踹开房门，然后看到了外衣被撕开的温念君以及正抓住温念君双手，试图让温念君安静下来的中年男子。

"唐明俊，谁让你进来的，给我滚出去！"中年男子回头看了一眼，发现是76号的新人，他眼睛一瞪，厉声呵斥道。

唐明俊隐隐觉得眼前这张面孔有点面熟，只是实在想不起来自己在哪儿见过对方。

"我去你妈的！"唐明俊的目光扫过温念君被撕开的外衣后，顿时热血上涌，毫不犹豫地一脚踢向中年男子的裆部。他有生以来第一次觉得踢人裆部如此地痛快。

"我是政府高级官员，我跟田中课长很熟，你敢对我动手，我让你没好果子吃。"中年男子死死地捂住裆部，歇斯底里地怒吼道。

唐明俊闻言冷笑一声，直接单手拎起中年男子，将他扔到了门外。就在中年男子还想嚷嚷时，唐明俊毫不犹豫地掏出手枪，对着中年男子的额头便是一枪。

院子中，丁胜楠一行人还在审讯张程，听到这突然间响起的枪声，他们脸色一变，纷纷冲进房屋。看到怒发冲冠的唐明俊以及头部中枪，已然失去呼吸的中年男子，丁胜楠眼中不由得闪过一抹震撼和不解。

"丁处，这家伙肆意凌辱少女，该死！张程一行人抢掠少女，供新政府官员享受，硬生生地将这栋公馆经营成了一座窑子，更是该死！"击毙中年男子后，唐明俊脑袋突然间清醒了很多，只是想起中年男子和张程的所作所为，他义愤填膺地大骂道。

"唐明俊，你完了！周主任跟田中课长是拜把子兄弟，他们的关系好得可以穿一条裤裆，你却将周主任打死了，你就等着回去被处罚吧。"唐明俊的话音刚落，陈天明便在一旁幸灾乐祸地大笑道。

唐明俊闻言，一颗心不由得沉入了深渊，他下意识地看向丁胜楠，发现丁胜楠的脸色也十分难看。在唐明俊的注视下，丁胜楠缓缓地点了点头，承认陈天明所说属实。

"认识田中课长又如何，难道因为认识田中课长便可以任意凌辱女性？要是你家中的女眷被人绑架和凌辱，你能够做到熟视无睹？"唐明俊白了陈天明一眼，热血上涌道，"我今天将话撂在这里，哪怕回去后立即被处死，我也要将这个魔窟连根拔起！"

"唐明俊，你想死，可不要牵连我们……"陈天明见自己的话非但没有吓到唐明俊，反而激起了唐明俊的血性，他不由大急，下意识地出声呵斥。

只是陈天明的话还没说完，便看到一条洁白的长腿在自己眼中越来越大，然后他感觉下体一凉，所有的话都被吞进了肚中。剧烈的痛楚让陈天明不由自主地蹲下身子，他瞪圆了眼睛，不解地看着丁胜楠，不知道她为什么会突然间偷袭自己。

"你要是继续废话，我不介意踢爆你的卵蛋，其他人也都给我听着。我不想听到特别行动处内部有任何不和谐的声音，否则的话休怪我不客气。"丁胜楠冷冷地扫视了一眼特别行动处众人，最后大声道，"现在给我彻底搜查这套公馆，我倒想看看这里面还藏了多少污秽。"

随着丁胜楠一声令下，特别行动处的人迅速地展开了搜查行动。

"你是现在就坦白呢，还是等到我的人搜出证据了，再承认自己的罪行？"特别行动处的人四处散开后，丁胜楠皱眉看向张程。

"我自己说，我不是人，我是王八蛋！我这些年经常在大街上或者附近的村落和小镇绑架落单的年轻女性，将她们关押在这里，或者直接卖给新政府的官员，供他们肆意玩弄。等到他们玩腻了之后，我将她们卖到日本人的慰安妇营地之中，再大赚一笔……"

在丁胜楠跟唐明俊的威胁下，张程不敢有任何隐瞒，将自己这些年的所作所为全部供了出来，甚至将张壁帮他打掩护、擦屁股的事情也说了出来。

张程招供完他的罪行时，特别行动处也将花园公馆搜了一个底朝天，从地牢中带出了二十几个衣衫不整、容颜靓丽的少女以及十大箱钱、近百根金条、字画古董无数。

之前听张程坦诚罪行时，因为张程下意识地避重就轻，丁胜楠和唐明俊还没多大感觉，不过当他们看到被折磨得不成人形、双目无神的众多少女时，他们瞬间脸色大变，看向张程的目光直喷火。

张程察觉到不对劲，转身便跑。只是张程快，唐明俊和丁胜楠更快。

早就提防张程逃跑的唐明俊猿臂一展，抓住了张程的衣领，丁胜楠则是熟练地一记撩阴腿踢向张程的裆部，活生生地将张程踢晕了过去。

"明俊，你觉得应该如何处置这些人？"将张程踢晕之后，丁胜楠的目光又在烧饼以及特别行动处一路上抓捕的小混混身上扫了一眼，气喘吁吁地问唐明俊道。

"丁处，我们不如将这些人的处置权交给她们如何？"唐明俊没有第一时间回答丁胜楠的问题，而是转身看向旁边挤成一堆的二十几个少女。

见唐明俊征询的目光投向自己，二十几个少女不由得一愣。

原本双目无神的少女们亲眼目睹丁胜楠将张程踢晕后，她们眼中似乎多了些许光泽，而且涌出了希冀的光芒，有的人甚至失声痛哭起来。

唐明俊等了半天，也没有等到任何回应，反而是原本看向他们的少女们在他的注视下，一个个害羞地低下了头，根本不敢跟他对视。

"长官，你们能够帮忙杀掉他们么？"就在唐明俊一脸失望，准备替这群人做出决定时，一道熟悉的声音突然间在耳边响起，让唐明俊一阵失神。

"对，杀掉他们！"

"将他们碎尸万段！"

183

……

温念君带头出声后,其他少女也被温念君的勇气所感染,纷纷出声附和。

"姐妹们,你们都是好样的,受了欺负,就得勇敢站出来,而不是畏手畏脚地躲在角落中不敢说话。"丁胜楠激动地鼓了鼓掌,大声道,"你们想不想跟我一样,踢爆他们的卵蛋,出一口心中的恶气?"

丁胜楠说话的同时,狠狠地踢了一脚烧饼,还不忘回头大声喊道:"真的很爽的,大家都过来试试。"

看到烧饼被踢后唯唯诺诺的样子,压根不敢有任何反抗的动作,一众少女们想起自己被张程、烧饼等人绑架和凌辱的痛苦,她们不由得满脸兴奋,跃跃欲试。

清楚地将一众少女的反应看在眼中,丁胜楠为了鼓励大家动手,她又拳打脚踢,将另外十几个混混也全部放倒在地。

终于,以温念君为首的二十几个少女在丁胜楠的带动下,也开始对着地上的十几个混混拳打脚踢,甚至还有人下意识地模仿丁胜楠的动作。

这些少女,有的人已经被关押在花园公馆半个月之久,有的是刚被关进来几天,但是除了刚刚被送进花园公馆的温念君,几乎都被凌辱过,所以内心极为压抑和痛苦。突然间有了释放情绪的渠道,她们表现得比男人还要疯狂,一旁的特别行动处众人不由得目瞪口呆,眼皮直跳。

看着有如大姐头一样冲在最前面鼓励和带头殴打混混的丁胜楠,唐明俊的眼中不由得闪过一抹疑惑神色:他觉得今天的丁胜楠状态有点不对劲,对方的身上似乎隐藏着什么故事。

这群少女打着打着,突然间有人抱头痛哭起来,紧接着院子中哭声一片。

丁胜楠朝唐明俊使了一个眼色,唐明俊点了点头,然后领着特别行动处的人,将院子中的十几个混混全部拖出院子击毙。

重新回到院子时,唐明俊朝丁胜楠点了点头,表示所有的混混已经被杀掉。丁胜楠毫不犹豫地将这一消息告知了二十几个少女,迎来了她们由衷的欢呼，在少女们千恩万谢的感谢声中，特别行动处一行人转身离去。

临别前，唐明俊看了温念君一眼，很想跟温念君好好说一句话。但是因为丁胜楠和特别行动处其他人的存在，他根本就不敢跟温念君相认，两个人只能默默地眼神交流。

回到 76 号大楼前，丁胜楠忍不住又警告了特别行动处众人一遍，严禁他们将今天晚上的事情说出去，说这番话时，还特地看了陈天明一眼。

陈天明本来还想回去后偷偷向田中后岛打报告，结果丁胜楠直接来了一句："陈天明，要是我从田中课长那里听到任何有关今天晚上的事情，只要田中课长没有处死我，我就弄死你，不管消息是否从你嘴中泄露出去的。"

"丁处您放心，我生是特别行动处的人，死是特别行动处的鬼，绝对不会违背和出卖特别行动处的利益的。"看到丁胜楠眼中毫不掩饰的杀意，陈天明心中凛然，下意识地出声道。

唐明俊闻言心中不由得隐隐生出一丝感动，他知道，丁胜楠是为了保护自己，才不惜跟陈天明撕破脸皮的。

回到四合院后，在丁胜楠的邀请下，唐明俊跟她并排坐到了院子中的长椅上。

"胜楠姐，你没有必要这么帮我的，我冲动之下犯了错，理应受到惩罚。"沉默了片刻，唐明俊率先出声道。

丁胜楠看了唐明俊一眼，欲言又止，最后化为了一声叹息。

"胜楠姐，你今天晚上的反应有点异常，是不是有什么心事啊？"敏锐地察觉到丁胜楠的情绪不对劲，唐明俊关心地问道。

"明俊，你以为我今天仅仅是在帮你么？"丁胜楠沉声问道，不待唐明俊回答，丁胜楠已然自顾自说道，"你知道么？其实三年前，我跟那些少女一样，也是饱受凌辱，而且被卖到了妓院。只是我运气好，被田中后岛看中了我身上的狠劲，他帮我赎身，让我成为了一名特工……"

丁胜楠娓娓而谈，将她自己的过往跟唐明俊说了一遍。听完丁胜楠的身世，唐明俊不由得目瞪口呆。他做梦也想不到，眼前这个明媚动人的特别行动处处长，竟然曾经是一名风尘女子。

"知道我的不堪过往，是不是看不起我了？"见唐明俊用诧异的眼神看着自己，丁胜楠的目光一点点变冷，院子中的温度也陡然下降。

"没……没有……我只是在想，胜楠姐在三年时间内，能够从一个弱不禁风的小女子，变成人人谈之色变的76号女魔头，这中间到底付出了多少辛酸和汗水。"意识到丁胜楠误会了自己，唐明俊连忙解释道。

这一夜，丁胜楠在唐明俊面前完全敞开了心扉，让唐明俊了解了她不堪回首的过往。唐明俊对于丁胜楠的询问，基本上做到了知无不言、言无不尽。不过丁胜楠言语间的尺寸把握得极为到位，她并没有询问唐明俊敏感性的问题，仅仅是就他的身世、生活、学习经历进行了解，让唐明俊一直悬着的心渐渐落到实处。

一番深入交流后，两个人的关系迅速升华，到了最后，丁胜楠竟然差点靠在唐明俊的肩上睡着。

"这家伙，怎么就这么让人不省心呢？"秘密据点中，得知唐明俊大晚上的竟然集合了特别行动处的人去找张程和烧饼的麻烦，唐宪富忍不住叹了口气。

"您放心好了，有丁胜楠在，唐明俊不会有危险的。特别行动处虽然现在没有吴友国时期强，但也不是张程那些小混混能够奈何得了的。"老于在一旁安抚道。

唐宪富瞄了老于一眼，没有吱声，而是从抽屉中掏出两根雪茄，扔给老于一根，自己也叼了一根。老于则是眼疾手快地帮忙唐宪富点燃了嘴中的香烟，然后陪着唐宪富一起抽雪茄。

突兀地，据点中的电话铃声急剧地响起，两个人相互对视了一眼，都没有去接电话，而是默默地等待着。电话铃声响五声后便停下了，唐宪富的脸上露出了得意的笑容。

老于很想问"火种"为什么笑,话到了嘴边,又识趣地将话吞回了肚中。他太了解"火种"的处事作风了,除了必要的情报信息,"火种"根本不会向自己透露任何其他信息,以至于老于到现在还不知道"火种"的真正身份,摸不清楚他到底是否是地下党员。

一根雪茄抽完后,老于便被唐宪富下了逐客令。送走老于后,唐宪富拿起桌子上的另外一个电话,拨通了一串号码。

"温主任,这大老远的,我人在上海,你急匆匆地找我有什么事?要是暴露了我的行踪,耽误了戴老板的事情,你担得起责任么?"电话接通后,唐宪富便戏谑出声道。

"五哥,要不是有十万火急的事情我也不会找您啊。我的侄女温念君失踪好几天了,我通过中统的力量查询到她坐轮船去了上海,我估摸着她已经到上海了,可是上海那边的人找不到她的踪影,她有去找您么?"温东岳焦灼的声音在电话中响起。

"什么?念君到了上海?她一个女孩子来上海干吗?这边太乱了,黑帮到处抓人,76号也在抓人,全部往日本慰安营中送。"唐宪富激动得直嚷嚷,不经意间将上海的乱象说了出来。

电话那头的温东岳本来就担心侄女的安全,听到唐宪富的话后,他更是心急如焚,恨不得立即飞到上海来。

"五哥,您就别吓唬我了。上海再乱,您谈笑间也足以震慑群小,温念君是您的徒弟,你总不能眼睁睁地看着她受罪吧?"温东岳谄笑道。

"温主任,你是不是弄错了一件事情?我只是军校的教官,温念君只是我的学员,怎么到你嘴中就变成我徒弟了?"唐宪富的嘴角微微上翘,冷声道,"好了,我这边还有重要事情,等我忙完手中的事情就派人去寻找温念君。"

"五哥别忙挂电话,算我求您了。在不耽误戴老板任务的情况下,您帮忙找到温念君,将她送回重庆好么?只要您愿意帮忙救回温念君,我可以无条件答应您一个要求。"见唐宪富要挂电话,温东岳急了,在电话那头忙不迭地恳求道。

"三个要求。"唐宪富斩钉截铁地说道。

"徐敬塘，你这是趁火打劫！"电话那头的温东岳暴跳如雷道，只是过了片刻后，发现唐宪富根本不接招，他不由得气馁道："好，三个就三个，不过我要看到我侄女完好无损地回到我身边，否则一切免谈。"

"你放心好了，看在温念君跟我有过一段师生情谊的分上，我一定将她完好无缺地送回重庆。"见温东岳上当，唐宪富大笑着挂了电话。

跟温东岳结束通话后，唐宪富躺在床上盘算了一番后，蹑手蹑脚地走出了据点，进入了一家裁缝铺。看到裁缝铺一切正常，温念君也睡得正香时，他才下意识地松了口气。

"明天早上第一时间将她送上前往重庆的轮船，不能有任何耽搁，保护她的人再增加两个，远远地看着就好，不要惊动她。"看着裁缝铺的老板，唐宪富的眼中闪过一抹震慑人心的光芒。

"五哥，您放心好了，一切妥妥的。"裁缝铺老板点了点头，随即又面带豫色地问道，"五哥，唐明俊似乎察觉到了这一处据点的存在，我们要不要撤离？"

唐宪富闻言一愣，随即摇头道："不用撤离，也不要针对唐明俊有任何行动，就当什么事情也没发生过。"

唐宪富跟裁缝铺老板在谈论唐明俊时，老于却在唐明俊的四合院中品着红酒，抽着雪茄。

"师父，你到底有没有听我说话啊？"见自己说得口干舌燥了，老于没有半点回应，唐明俊气馁地问道。

"啊……我在听啊，我全部听着呢。被诱拐的少女命运凄惨很可怜，诱拐和贩卖少女的势力罪该万死，上海的黑帮很不像话……"老于仿佛才睡醒一样，张开双眼，敷衍唐明俊道。

"师父，你不觉得这个时代太过黑暗和腐朽了么？就是因为张壁和张程这些社会蛀虫的存在，我们国家半殖民地半封建社会的黑暗现实才会加剧。"见老于真的听进去了自己的话，唐明俊继续感慨道。

"是啊,要是没有这些社会蛀虫的存在,日本人不至于这么快便侵占大半个中国,我们的革命统一战线也不会如此被动。"老于吐了一个烟圈,有点失神。

"师父,难道我们就不能做点什么改变现状?"唐明俊满脸渴望地问道。

"要不我们血洗上海黑帮?"老于斜着一双眼睛问道。

听到老于的话,唐明俊不由得瞪圆了眼睛,整个人也变得激动起来,不过当他看到老于似笑非笑的表情时,他才知道老于是在跟自己开玩笑,不由得一脸的沮丧。

接下来的几天,唐明俊却惊呆了。

突然间,仿佛一阵龙卷风袭过,上海掀起了一阵腥风血雨,几乎所有的诱拐和贩卖女性的黑帮势力都被清洗了一遍,便是田中后岛经营的慰安营也被连根拔起。当上海的黑帮势力负责人几乎全部被暗杀一遍,田中后岛的慰安营也被捣毁时,唐明俊看向老于的目光变得怪怪的,他总觉得是老于在背后主导这一切。

"这一次的黑帮清剿行动,跟你们特别行动处前几天的行动有关系么?"突然间失去慰安营这么一个聚宝盆,田中后岛有点肉痛。当他得知特别行动处的人前几天找了张程麻烦后,他将丁胜楠叫到了自己办公室。

"田中课长,我们当时完全是为唐明俊出气,所以敲打了张程等人一番,详细过程您也可以询问行动处其他人。"丁胜楠早就想到田中后岛会找自己询问这件事情,她已经提前跟特别行动处的人统一了口径,所以脸上神色笃定。

田中后岛盯着丁胜楠精致的面庞看了一会儿,最后伸手摸向丁胜楠的面庞,却被丁胜楠机敏地躲开。

田中后岛显然没有料到丁胜楠会躲避自己的动作,他愣了一下,才讪讪道:"丁胜楠,你不要忘了是谁将你从那个地方捞出来的,又是谁让你有今时今日地位的。"

"胜楠永远不敢忘记课长的恩德，我一定会对特高课尽职尽力，不会有丝毫的不忠。"丁胜楠恭敬地鞠躬道。

丁胜楠知道，田中后岛已然怀疑自己，不过她也坚信，自己是田中后岛在76号的绝对心腹，他在76号找不到比自己更值得信任的人。这是丁胜楠第一次向田中后岛撒谎，她也希望这是自己最后一次对他撒谎。只是想起唐明俊英俊的面庞以及他毅然决然的眼神，丁胜楠又对自己没信心了。

在院子中呆坐了一会儿后，丁胜楠原本想去唐明俊的房间，找他聊天，又觉得这样太过突兀，会吓到他。纠结了半天，她还是先回到了自己房间睡觉。

第二天一大早，丁胜楠便敲响了唐明俊的大门。在唐明俊迷茫的目光中，丁胜楠将他拉上了自己的道奇车。

"你的枪法太烂了，得好好练练，不然出去会丢我们特别行动处的脸。"上车后，丁胜楠终于解答了唐明俊心中的疑惑。

"胜楠姐，我以前从来没有接触过枪械，进了76号后，也完全是自己在瞎琢磨，枪法能够达到现在的水平已经算不错了。"唐明俊嘟囔着解释道。

"你没有撒谎？"听到唐明俊的话，丁胜楠的眼睛突然间亮了，看向唐明俊的目光仿佛在看一块瑰宝。

两人有一句没一句地寒暄着，时间过得飞快，十几分钟后，道奇车抵达了隶属于76号总部的枪械训练场。

丁胜楠像老师一般，认真地跟唐明俊讲解了枪械的原理和使用方法，然后在他面前演示了一遍枪械的拆装过程。唐明俊也很是珍惜这次来之不易的机会，不仅听得非常认真，碰到自己不懂的问题，也会及时提出来。

唐明俊提出的很多问题，都是新手经常会犯的错误，有些问题只要上过枪械的常识课便知道，这让丁胜楠彻底相信了唐明俊在来时路上说的话。只是接下来的时间，丁胜楠又怀疑自己的结论好像下得早了点。

丁胜楠演示完枪械的拆装后,她让唐明俊也尝试一下拆装枪械,并且已经做好了足够的心理准备,打算用一个上午的工夫,让唐明俊彻底熟悉各种枪械的拆装。结果唐明俊上手之后,丁胜楠却看傻了眼。

尽管唐明俊拆装和组装枪械的动作很慢,但是唐明俊第一次拆装枪械的过程中竟然没有犯任何错误,机械地将枪械拆卸和组装了一遍。仿佛发现了好玩的玩具一般,他很快又开始再一次拆装枪械。当唐明俊第五次拆装枪械时,他的动作已然令人眼花缭乱,比丁胜楠的动作还要熟练和流畅,让她惊讶不已。

"你真是一个怪物。"看到唐明俊拆卸其他枪支,同样表现出惊人的天赋后,丁胜楠憋了半天,嘴中忍不住蹦出这么一句话。

紧接着丁胜楠又教唐明俊射靶,她同样先跟唐明俊讲解射击的基本原理和简单要领,然后跟唐明俊示范了一下射击姿势。

丁胜楠在讲解和示范射靶动作时,唐明俊眼睛瞪得圆圆的,一眨不眨地看着丁胜楠。朝晖的笼罩下,她精致的面孔仿佛在熠熠生辉,让唐明俊甚至有了刹那的心神失守。

在唐明俊的注视下,丁胜楠却是满脸娇羞,甚至动作也有点变形。她有心呵斥唐明俊,又怕吓到他,最后只能借口状态不好,让唐明俊自己练习。

很快,丁胜楠便再次瞪圆了眼睛,小嘴也是张得老大,几乎能塞进一个鸡蛋。唐明俊简单地试枪后,竟然就完全掌握了射击要领,而且做到了弹无虚发,百发百中。

"明俊,我严重怀疑你在来的路上欺骗了我,而且刚才你一直在演戏,你应该接受过极为专业的枪械训练,不然绝对达不到你这种水准。"当唐明俊将手枪中的子弹打完后,丁胜楠找到他,气呼呼地说道。

第十二章　父亲的线索

"胜楠姐，你真漂亮。"唐明俊还是第一次看到丁胜楠娇憨的一面，他的嘴中鬼使神差地冒出这么一句话。

"啊！"丁胜楠愣了一下，随即一抹羞红爬上了面庞，都忘记自己质问唐明俊的事情了。

意识到自己不小心说错了话，唐明俊脸上也露出了赧然的神色。他迅速恢复神态，认真地说道："胜楠姐，其实您的基础知识很扎实，姿势也标准，只是有一两个动作稍微有点不协调。"

唐明俊一边说话，一边示意丁胜楠重新举枪射击，他手把手地帮忙丁胜楠调整动作。

丁胜楠刚开始还以为唐明俊是在故意占自己便宜，羞得满脸通红，心神也没法集中，直到发现唐明俊满脸都是汗水，眼神一片清澈时，她才知道是自己多心了。

在唐明俊的帮助下，丁胜楠的枪法水平果然提升了一大截，而唐明俊和丁胜楠也不知不觉间完成了师生角色的转换。

丁胜楠在特别行动处数年，一直都以狠辣闻名，以至于很多人都忽略了她是一个女孩子，而且还是一个漂亮的女孩子，她同样有自己柔弱的一面。被唐明俊从身后环抱，肢体接触间，丁胜楠心中生出一种别样的情绪。

哪怕她已然意识到了自己动作变形的原因，而且已经可以纠正过来,不想结束"教学"体验的丁胜楠依然会不时地犯点小错误,然后娇嗔着让唐明俊帮忙纠正错误。

唐明俊刚开始并没看出丁胜楠的心思,所以非常认真地指出丁胜楠的错误,一点点地帮忙纠正,不过当他发现丁胜楠有时故意倒向自己怀抱,看向自己的目光也有点不对劲时,他顿时明白了是怎么回事,不敢再跟丁胜楠发生肢体接触。

发现自己再次碰触唐明俊的身体时,他会面红耳赤,而且枪法也会大打折扣,丁胜楠心中大喜。接下来的半个月时间,丁胜楠几乎每天都会约唐明俊去枪械训练场练习枪法,唐明俊尽管害怕丁胜楠的靠近,但是实在控制不住对枪械的爱好,还是欣然应约。一时间,两个人的关系突飞猛进,有关两个人的绯闻也在76号迅速传播开。

唐明俊无意间听到自己跟丁胜楠的绯闻时,一个头变成了两个大,下意识地想要远离丁胜楠,只是每次看到她笑靥如花的样子,他又不忍心伤害她。为了避嫌,唐明俊工作之余,大部分时间都将自己关在档案馆的资料室中忙碌,让老于乐得清闲。

这一天,唐明俊在整理旧资料的过程中,发现一份文件名带有"唐宪富"字眼的机密文件袋。他双手颤抖地打开文件,然后惊讶地发现,父亲从1938年到1941年期间,竟然在吴友国的麾下接受训练,并且执行了数次绝密任务。

"难道父亲消失的那几年,他做了汉奸?"想起母亲被炸死前的三年,父亲基本上杳无音信,只是偶尔托人带回家一点银票,唐明俊不由得一阵失神。

心中实在无法接受这一事实的唐明俊下意识地找到老于,跟老于倾诉了自己内心的苦闷之情。

"明俊,你不要胡思乱想。你父亲当年说不定也是一名地下党员,只是受组织派遣才潜入76号的,就像你如今在76号有自己的使命一样,难道我能说你是汉奸?"老于拍了拍唐明俊的肩膀,沉声安慰道。

唐明俊闻言,脑海中下意识地浮过父亲送自己去育才学校读书时,跟意姐在办公室攀谈甚久的一幕，心情瞬间好了很多。

"师父，'火种'应该认识我父亲吧？我想知道更多有关我父亲的消息。"唐明俊满脸期待道。

"组织内情报特工都是单线联系的，他们可能认识，也可能不认识，我下次见到'火种'时，可以帮你问一下你父亲的信息。你也可以自己碰到他时，亲自向他打听。"老于半眯着眼睛，若有所思地回答道。

唐明俊点头表示了解，看到天色已晚，他便跟老于告别，离开了档案馆。

心中想着父亲的事情，唐明俊走路时心不在焉的，完全没有意识到自己走出76号大楼时，身后已然多了几条尾巴。

就在唐明俊拐过一个巷道，眼看就要进入花园大楼所在的街道时，几个人突然间冒了出来，对着唐明俊便是一阵点杀。

猝不及防之下，唐明俊胳膊处中了一枪。要不是他关键时刻发现情况不对劲，及时地一个懒驴打滚躲避开突袭，估计他的脑袋和胸膛都要中枪。

"卖国贼，给我去死！"

"大汉奸人人得而诛之！"

……

唐明俊正准备举枪还击，听到对方义愤填膺的谩骂后，不由得脸色黯然，随便朝枪声响起的方向放了几枪做做样子，试图吓跑对方，然后自己趁机逃回76号大楼。

只是追踪唐明俊的几个人看到唐明俊受伤后，便对唐明俊穷追猛打，丝毫不顾忌惊动76号的人。

看到这几名爱国人士竟然抱着玉石俱焚的想法击杀自己，唐明俊心中大急。他不敢继续往76号方向逃跑，而是折身往远离76号大楼的方向逃跑。

只是唐明俊强行改变方向时，不得不再次将自己的身体暴露在几个人的枪口下，身上连中数弹，直接重伤倒地。

"我竟然要死在自己人手中么？"感觉到生命一点点流逝，那几个爱国人士还是满脸憎恨地举枪射向自己，唐明俊心中苦涩无比，自嘲地闭上了眼睛。

眼看唐明俊就要葬身于几名爱国人士的枪下时，几柄飞刀突兀地从暗中横绝而出，将爱国人士逼退。

唐明俊努力睁开眼睛，发现一道曼妙的身影正挥舞着双手，一柄柄明亮的匕首从她手中飞出，逼得爱国人士不得不一步步后退，最后仓皇而逃。可惜的是，因为流血过多，唐明俊仅仅睁眼了两秒钟时间不到，便昏迷过去。

"自己在育才学校遭遇土匪时，好像也是被飞刀所救，救自己的人会是谁呢？"意识完全陷入黑暗之前，唐明俊心中闪过一道念头。

唐明俊再次醒来时，发现自己已然躺在了76号的医务室，丁胜楠正一脸憔悴地坐在旁边。

"明俊，你醒了啊！感觉怎么样，还疼么？"看到唐明俊睁开眼睛，丁胜楠美眸一亮，抓住唐明俊的手掌，关切地问道。

唐明俊想张嘴说话，却发现自己喉咙中发不出任何声音，只能朝丁胜楠微微摇头。

丁胜楠焦灼地问了唐明俊好几句，才反应过来发生了什么事情，连忙跑去喊医生。

直到第二天下午，唐明俊的身体才摆脱虚弱状态。76号的人尤其是特别行动处的人，基本上都前来医院探望了唐明俊一遍。

躺在床上的两天时间，唐明俊想了很多，也捋清楚了一些事情：

田中后岛动用76号的所有资源，在上海乃至全国的所有媒体中曝光自己，表面上是为了宣传和吹捧自己，事实上却是将自己当成靶子，想利用自己引出上海的仇日分子，后知后觉的唐明俊恨不得重重地扇自己两耳光。

唐明俊正在想着如何找田中后岛算账时，田中后岛满脸欢笑地走进了病房，对唐明俊表达了诚挚的问候。

"唐处，让你受累了，之前袭击你的几个人，已经被我们全部抓捕并且击毙。以后但凡有任何人敢对你有不利行为，我们76号决不姑息半分。"田中后岛邀功似的跟唐明俊说道，言语间全是关心。

"田中课长，恐怕这一切都在您的算计之中吧？"就在田中后岛以为唐明俊会感动万分，并且趁机对76号表忠诚时，唐明俊却是冷笑一声，毫不客气地质问道。

"明俊，你这句话是什么意思？赶紧向课长道歉。"丁胜楠闻言脸色大变，毫不犹豫地出声呵斥唐明俊。

"胜楠姐，田中课长非常清楚我在说什么，而且也知道我想要什么，不是么？"唐明俊朝丁胜楠笑了笑，然后似笑非笑地看着田中后岛。

田中后岛闻言，脸色变了又变，最后一脸讪笑道："唐明俊，这件事情的确是我做得不对，没有提前跟你沟通。这样吧，我回头让人送一箱金条到你家中犒劳你。"

见田中后岛非但没有生气，反而补偿唐明俊一箱金条，丁胜楠不由得目瞪口呆，联想起最近发生在唐明俊身上的事情，她似乎隐隐猜到了事情的真相，不过见田中后岛跟唐明俊打哑谜，她也懒得拆穿，而是柔声道："明俊，以后你跟我一同出入76号，我贴身保护你。"

"胜楠姐，我这一次是想事情分神了才会受伤，正常情况下，我可以保证自己安全的。"知道丁胜楠一向出手狠辣，唐明俊担心丁胜楠伤害到爱国的民众，果断地拒绝了丁胜楠的请求。

"我承认你的身手和枪法厉害，但是你身体痊愈之前，必须无条件接受我的保护。田中课长，还请你同意我跟唐明俊住同一套房屋，方便我更好地保护他的安全。"丁胜楠却是对唐明俊的话置若罔闻，直接向田中后岛求援。

田中后岛的目光在唐明俊和丁胜楠身上来回扫视了几遍，最后哈哈大笑，欣然同意了丁胜楠的请求。

很快，76号的文书便下达到了特别行动处。

得知76号竟然特地下文书,让丁胜楠跟唐明俊同居,方便保护唐明俊的安全,特别行动处的人一个个忌妒得不行。有关丁胜楠跟唐明俊的谣言也彻底坐实,让唐明俊头痛不已。

让唐明俊更加头痛的还在后面。

丁胜楠阴谋得逞,可以光明正大地跟唐明俊同居后,她每次从76号回到家中后,都变得女人味十足,经常穿着性感的衣着前来挑逗唐明俊,让唐明俊心跳加速的同时,又害羞万分,好几次不得不逃出自己的房间躲避丁胜楠的骚扰。

好在唐明俊的身体素质不错,76号的医疗水平也还行,他的身体状态一天比一天好,很快便能够照顾自己,让丁胜楠没有了继续跟他同居的借口。

饶是如此,经过同居事件后,两个人的关系已然发生了翻天覆地的变化,至少落在76号其他特工的眼中,唐明俊跟丁胜楠已然是真正的情侣。

唐明俊不知道的是,他沉浸在被丁胜楠骚扰的"幸福烦恼"中时,76号大楼内已然有一双眼睛盯上了他,完全将他当成了眼中钉肉中刺,恨不得生啖其肉。

"陈哥,丁胜楠的眼中现在只有那个小白脸,根本容不下任何人,你就不要再做无用功了。"76号格斗训练场中,见陈天明盯着丁胜楠离去的背影发呆,邓军忍不住在一旁劝说道。

"你给我闭嘴!"陈天明狠狠地呵斥了邓军一眼,然后将护肘和护膝扔到一边,进了更衣室。

邓军担忧地看了陈天明一眼,也跟着一起进了更衣室。

"军子,我知道你是为我好,我斗不过唐明俊那个小白脸,可是我实在咽不下心中这口气,凭什么他一个新人抢走了我的副处长职务不说,还将我的女人也抢走!"见邓军一声不吭地跟在自己身后,陈天明忍不住悲从中来,吐露心声道。

"陈哥,我们加入76号,是觉得在这里有奔头,加上你又喜欢丁胜楠。可现在这种情况我们还不如到外面去闯荡，以我们俩的身手，应该很快就能在这乱世中闯出一片天地的。"邓军沉声道。

陈天明闻言不由得一阵意动，不过片刻后，他还是摇了摇头："佛争一炷香，人争一口气，不除掉唐明俊就离开76号，我怕自己会留下一辈子的遗憾。"

邓军看到陈天明完全陷入了魔怔，他不由得一阵担心，很想劝说陈天明两句，了解陈天明脾气性格的他又知道劝说根本就不管用。

沉默片刻，邓军环顾了一眼左右，压低了声音道："今天丁处在跟兄弟们打听上海的旧货市场，问哪里有小人书卖，我估计她十有八九想陪唐明俊出去散心。"

邓军说完这句话后，便转身离去了。

听到邓军的话，陈天明一阵莫名其妙，丁胜楠逛旧货市场关自己屁事啊。可是很快陈天明便回过味来，旧货市场那边出了名的乱，不仅仅黑帮横行，地下党、军统、中统以及76号的势力也在那里扎堆。要是自己在那儿制造一点混乱，76号根本查不到自己身上。

想到这里，陈天明心中一阵激动，他飞快地淋浴一番，便驱车前往旧货市场。

"胜楠姐，你到底要带我去哪里啊？我的伤势还没有痊愈，这个时候出去很危险的。"坐在丁胜楠的专车上，唐明俊苦着一张脸说道。

"你少跟我装，也不知道是谁这几天早上起来都要做一百个俯卧撑和一百个深蹲，弄得整栋楼都在摇晃，也不知道以后要便宜哪家姑娘。"丁胜楠瞄了唐明俊一眼，媚眼横生道，"除了没有去76号露面，你该干的都干了吧？"

被丁胜楠揭穿谎言，唐明俊一阵脸红，尤其是丁胜楠的话外之意，更是让唐明俊不敢接嘴。

今天的丁胜楠身着一件蓝白相间的紧身旗袍，将她火爆的身材和古典的气质完美地衬托了出来，一颦一笑间都透露出迷人的风情。

见唐明俊时不时地偷瞄自己一眼，丁胜楠心中窃喜，她轻咳一声道:"明俊,你会开车么?我今天穿旗袍,不是很方便开车。"

"我从来没有开过车,要是开车不难,胜楠姐又愿意教我的话,我可以试试。"唐明俊满脸期待道。唐明俊一直都渴望能有一辆自己的汽车,也想学习驾驶技能,只是一直没有找到合适的机会而已,所以听到丁胜楠的话后心动了。

"开车很简单的啦,你那么聪明,肯定很快就能学会。"丁胜楠闻言,让唐明俊坐到驾驶位上,她自己则坐到唐明俊身上教导唐明俊驾驶技巧。

唐明俊显然没有料到丁胜楠会直接坐在自己身上教自己开车。闻着丁胜楠身上散发出来的阵阵幽香,他深呼吸了好几次,才勉强让自己的心绪平静下来。

在丁胜楠的悉心教导下,唐明俊很快便掌握了驾驶技巧,但是因为丁胜楠不停地在旁边撩拨,让唐明俊根本没法注意路况,便是油门和刹车也是有一脚没一脚的,车子仿佛醉汉一般,在路上横冲直撞。

"小白脸,你太过分了!"提前抵达旧货市场,并且埋伏在绝佳位置的陈天明看到丁胜楠亲密地依偎在唐明俊怀中的一幕,不由目眦欲裂,恨不得一枪爆了唐明俊。只是因为车子的左右晃动,让陈天明很难瞄准唐明俊,他不得不耐心等到合适机会的出现。

突然间,唐明俊驾驶的车辆"砰"的一声撞到一个小贩的摊位。唐明俊跟丁胜楠招呼一声,然后下车跟小贩谈论赔偿问题。

"真是老天都在帮我啊!"一直等待合适机会的陈天明看到这一幕后,毫不犹豫地对着唐明俊的脑袋扣动了扳机。

就在陈天明以为肯定可以对唐明俊一击必杀时,一条大长腿突然间出现在他的视野中,完美地遮掩了陈天明的视线。

随着砰的一声闷响,唐明俊跟丁胜楠应声而倒。

陈天明本来还想再补一枪,但发现唐明俊的身子完全被丁胜楠压住,根本就找不到补枪的机会,人群中又有目光看向自己这边,为了避免暴露身份,他果断地收枪,迅速地隐入人群。

"胜楠姐，你不要紧吧？"唐明俊虽然听到了枪响，但是在枪响之前，他已然被丁胜楠一脚踢在颈子上，不由自主地跌倒在地。当他听到丁胜楠嘴中闷哼一声，身子也软绵绵地倒向自己时，他瞬间慌了。

"快……快抱我上车，先离开这里。"丁胜楠只来得及说出这句话，便头一歪，晕厥了过去。

唐明俊扫了四周一眼，发现很多人的目光都集中在自己身上。想起自己现在的身份和处境，他不敢有任何的耽搁，抱着丁胜楠钻进驾驶位，一溜烟地开车离开了现场。

车子快要抵达76号大楼时，丁胜楠适时地醒了过来，她声音虚弱地说道："不用去医务室，我们直接回家。"

"啊？"唐明俊脸上不由得露出了犹豫的神色。

"田中课长正在挑选去重庆执行大轰炸任务的人，要是他知道我受伤了，我可能会被排除在任务之外。"丁胜楠轻声解释道。

听到丁胜楠的话，唐明俊的心跳骤然加速。他点了点头，默默地掉转车头，将车子开到了四合院外面，然后将丁胜楠背进了卧室。

趴在唐明俊的背上，闻着唐明俊身上的气味，丁胜楠感觉到前所未有的安心。被放到床上后，她不由得一阵怅然若失。不过当她看到唐明俊一脸焦灼的表情后，她眼珠一转，立即有了主意：

"明俊，有一句话我一直想跟你说，我怕自己今天再不说就没机会了。"

"胜楠姐，有什么话以后再说，我先帮你处理伤口。"唐明俊从床底拖出工具箱，朗声回应道。

"不，我就要现在说，你应该看得出来，我喜欢你，而且喜欢你很久了，你喜欢我吗？"丁胜楠盯着唐明俊的眼睛，一字一顿地说道。

听到丁胜楠大胆而热情的表白，唐明俊不由得一阵心慌。他完全不敢看丁胜楠的表情，眼睛一个劲地盯着丁胜楠的伤口看。

"胜楠姐，你的伤势并不严重，你刚才是装的？"就在丁胜楠等着唐明俊的回应时，唐明俊的声音突然间在她耳边响起，让她心中涌起一阵无力感。

"榆木脑袋,不想跟你说话了。"被唐明俊揭穿后,丁胜楠直接从床上坐了起来,狠狠地瞪了唐明俊一眼,眼中满是幽怨的神色。

唐明俊讪讪地笑了笑,然后低头帮丁胜楠取出子弹,并且包扎伤口。看到唐明俊认真细心照顾自己时的侧颜,丁胜楠又是一阵脸红心动。

"胜楠姐,这颗子弹好像是我们76号的。"唐明俊将子弹清洗干净后,端详了片刻,他脸色难看地说道。

丁胜楠闻言脸色一变,她接过子弹一看,随即破口大骂道:"这颗子弹的制式和编号是陈天明的,陈天明居然敢对你下黑手,我去崩了他!"

"胜楠姐,别着急,这颗子弹我留着另有妙用,暂时我们就当不知道这回事吧。"唐明俊却是摇了摇头,阻挠了丁胜楠去找陈天明理论的冲动。

丁胜楠盯着唐明俊看了片刻,确认唐明俊并没有生气才作罢。

"胜楠姐,你在回来的路上,说76号正在筹备重庆大轰炸的任务是怎么回事,我怎么完全不知道?"唐明俊纠结了半天,还是将心中的疑问问了出来。

"田中课长还没有找你谈心么?"丁胜楠讶异地看了唐明俊一眼,朗声道,"据我所知,好像是田中课长接到了上峰指示,需要加快筹备轰炸重庆兵工厂,以此加快日军侵华的进度。最近田中课长明显跟日本那边加强了电报联系频次。"

唐明俊一脸困惑地摇了摇头:"田中课长并没有找我,难道他找了其他人?"

"是的,田中课长几乎约谈了76号的所有人,跟他们说了这个任务。你没看76号的人最近训练变积极了么,大家都觉得升官发财机会到了……哦,你没去76号,所以不知道。我估计也是因为你受伤,田中课长才没有找你谈心。"

唐明俊很想跟丁胜楠说一声,自己也想参与这个任务,又怕显得突兀，直到离开了丁胜楠房间时，他也没有开口。

晚上十点钟，老于准时出现在了唐明俊的房间内。

"76号最近的电报频次的确频繁了很多，应该是有大动作的前兆。可惜日军采用的是最高级的恩尼格码，无论是我党还是国民党都没有办法破译，所以我们没有办法获悉日军的具体活动计划。"听完唐明俊的汇报后，老于沉声道。

"师父，那我要不要主动跟田中后岛申请加入行动计划？"唐明俊激动地问道。

"按理来说，这是接触重庆大轰炸计划的最好机会，你应该主动申请。但是你说田中后岛几乎约谈了76号的所有人却没约谈你，这让我怀疑田中后岛是在故意放饵钓鱼，所以你这时要非常坚定地拒绝参与任务。"老于在房屋中来回踱步几分钟后，才说出了他的意见。

唐明俊闻言愕然，随即明白了老于的言外之意，看向老于的目光充满了钦佩。

"要是没有正当理由，拒绝参与任务也不好吧，田中后岛这个人很多疑的。"唐明俊沉思片刻后，朗声道。

"我有一个办法，可以让你光明正大地拒绝参加任务而不会引起田中后岛的怀疑。"老于一脸坏笑道。

"可是，我们的目的是真正参加任务啊！"唐明俊先是点了点头，很快又摇了摇头，"要是我拒绝参加任务，田中后岛真的不让我参与任务怎么办？"

"佛曰：不可言。"老夫指了指自己的脑袋，故作高深地笑了笑，却是没有再跟唐明俊多说。

第二天下午，田中后岛秘密约见唐明俊，地点是76号附近的一家茶楼。

"终于来了么？"想起丁胜楠跟自己透露的信息，唐明俊知道，田中后岛十有八九是想跟自己说重庆大轰炸的任务，要是自己将重庆大轰炸计划泄露出去，那么自己就很可能被锁定为76号的内奸。

唐明俊早早地来到了茶楼，当他眼角余光看到茶楼对面的裁缝铺时，他目光一凝，想起了无意中发现"火种"跨进裁缝铺的一幕。

就在唐明俊准备收回目光时，他发现裁缝铺外面有一个青衫中年人正在耍杂技，青衫中年人一边敲着手中铜锣一边大声吆喝。

唐明俊刚开始并没有注意铜锣敲击的节奏，而是饶有兴致地看着跟青衫中年一起的大胖墩。大胖墩正虎虎生风地在一片空旷的场地中练拳，引来观众一阵阵叫好声。

慢慢地，唐明俊的脸色变得凝重起来。因为青衫中年人的铜锣敲击节奏，很难不引起热衷于研究电码的唐明俊的注意。

默默地记下青衫中年人通过铜锣传递出来的电码，唐明俊迅速地在心中翻译了一遍，然后眼中露出了兴奋的神情。

唐明俊朝青衫中年人点了点头，示意自己已经收到信号，青衫中年人敲击铜锣的节奏才恢复了正常。谁也不知道，短短的两分钟时间不到，青衫中年人已经跟唐明俊完成了一次重要的情报传递。

"希望裁缝铺这个秘密据点不会因为这次行动而暴露！"唐明俊担忧地看了一眼裁缝铺的方向，然后收回目光，轻轻抿了一口茶。

"明俊，让你久等了，我刚才临时处理一封电报，所以来晚了一点。"唐明俊在茶楼坐了片刻，田中后岛姗姗来迟。

寒暄了几句后，田中后岛单刀直入道："明俊，你是我带进76号的，也是我最得力的助手，不知道你是否愿意参加重庆轰炸的绝密任务。"

"重庆是军统的大本营，我要是过去，会不会被他们撕成碎片？"沉默了半天，唐明俊满脸纠结地问道。

"不，哪怕军统的特工再厉害，他们内部也不是铁板一块……"田中后岛信心十足地说道，只是他的话才说到一半，便看到唐明俊突然间朝自己扑了过来。

田中后岛见状大惊，他以为唐明俊想要袭击自己，下意识地从腰中掏出手枪，对准唐明俊便要扣动扳机。

下一刻，沉闷的枪声传入了田中后岛的耳帘，让他扣动扳机的动作顿了一下,然后他看到唐明俊嘴巴一张,一口热血从中喷出。

"课长,快跑,有人在对面楼顶的天台上狙击你!"唐明俊顾不得擦拭自己嘴角的血渍,强行推了田中后岛一把。他自己却因为躲避不及,胳膊处又挨了一枪。

田中后岛原本还在目光警惕地打量茶楼外面的街道,查看暗杀自己的人藏身之处,听闻唐明俊的话后,他脸色大变,背着唐明俊就往茶楼外面跑。与此同时,田中后岛的随行人员迅速地封锁了茶楼对面大楼的进出口。

"明俊,你一定要坚持住,你不能有事。"看着脸色惨白的唐明俊,田中后岛满脸焦灼。

躲在对面楼顶天台的狙击手放了两枪之后,便迅速地撤离,让田中后岛的人扑了一个空。

唐明俊很快便被田中后岛亲自送进了76号急救室。

"唐处腰部和胳膊受伤,没有性命危险,但是估计得卧床休息三个月。"半个小时后,在田中后岛关切的目光中,主治医生擦了擦额头的汗水,跟田中后岛汇报道。

听说唐明俊没有性命危险,田中后岛悬着的一颗心总算落地。他朝主治医生点了点头,然后三步并作两步跨入病房。

"明俊,这次是我的失误,我不该约你到外面谈事情的。"走到唐明俊病床前,田中后岛毫不犹豫地鞠躬道。

"田中课长不用多礼,我在家中关久了,需要出去透透气。课长也是替我着想,只是没想到会碰到这种事情。课长,这次对方能够提前做好布置,明显是有备而来,我们会晤的地方,除了我们两个人外,还有其他人知道么?"唐明俊皱眉问道。

"这件事情我一定会查个水落石出,将藏在暗中的内奸揪出来。明俊,你只管安心养伤,另外,我会再送两箱金条以答谢你的救命之恩。"田中后岛闻言气得牙痒痒的,咬牙切齿地说道。

唐明俊闻言脸上闪过一抹惊喜的神色,半天后,仿佛才发现田中后岛还在病房中,他赧然道:"田中课长,我现在身受重伤,估计没有办法再参与重庆轰炸的绝密任务了,要是可以,我想申请一个人陪护照顾我的衣食起居。"

田中后岛并没有第一时间回复唐明俊,而是面色凝重地在病房中来回踱步,整个人眉头紧皱,似乎陷入了深深的思索之中。

唐明俊的目光也是随着田中后岛的移动而移动,一颗心提到了嗓子眼上。此时此刻的唐明俊已然隐隐明白了老于以退为进的策略。不得不说,老于的心理战术已然玩得炉火纯青,不过唐明俊还是担心老于会玩脱。

"明俊,你觉得丁处的陪护水平如何?"突然间,田中后岛停止了踱步,问了唐明俊一个莫名其妙的问题。

"丁处照顾人很细心啊。"唐明俊下意识地回答道。

"你满意就好,丁处之前照顾过你一段时间,你们两个人作为亲密搭档,一起行动也让我更加放心。这样吧,我让丁处来医院照顾你一段时间,等你伤势稍好,你就去重庆养伤,丁处陪你一路。"田中后岛以毋庸置疑的语气说道。

"啊,去重庆养伤?我现在这种状态,到了那边不是羊入虎口么?"唐明俊心中窃喜,脸上却是一片惊慌神色。

"你放心,重庆那边也有我们的人。只要你跟丁处谨慎一点,不会有危险。绝密任务的执行不能有半点马虎和大意,76号中,你和丁胜楠是我最信任的人,所以这个绝密任务非你们俩去执行不可。"田中后岛拍了拍唐明俊的肩膀,一锤定音道。

一周后,唐明俊的伤势刚刚稳定,便在田中后岛的催促下,跟丁胜楠一起踏上了前往重庆的轮船。

"胜楠姐,田中课长有跟你提绝密任务的具体内容么?"火车快要抵达重庆时,唐明俊终于忍不住出声问道。

"绝密任务的具体内容暂时只有田中课长知道,我们应该要任务临近了才可能获悉内容。田中课长是一个很谨慎的人,他会杜绝一切任务内容外泄的可能性。"丁胜楠细长的睫毛抖动了一下,柔声回答道。

"那我们到了重庆之后怎么安排呢?"没有从丁胜楠嘴中得知自己想要的信息,唐明俊不由得一阵失望。

"田中课长说得很清楚啊,在他抵达重庆之前,我们可以自由活动。我记得你是重庆人,应该比我更熟悉重庆,所以在重庆期间,我只管照顾和保护你,我们俩所有的行程都由你安排。"丁胜楠眨了眨眼睛,一脸的雀跃神色。

很快,丁胜楠脸上的笑容便一点点凝固,因为她发现唐明俊并没有回家的喜悦,眼中反而藏着淡淡的忧伤,整个人也陷入了沉默。

想起唐明俊的身世,丁胜楠不由得默然,她静静地注视着唐明俊,并没有去打扰他。

"胜楠姐,我想去一趟陵园。"下了船后,沉默了大半天的唐明俊突兀出声道。

"好,我陪你去。"丁胜楠非常干脆地点了点头。

两个人随便找了一家干净的酒店安顿好后,便马不停蹄地乘坐公共汽车前往陵园。

陵园很大,埋葬的基本上是重庆大轰炸的死难者。有的人是全家都死在了大轰炸之下,被好心人掩埋后,一直没有人前来祭祀和打扫,坟头上长满了杂草。

走进陵园后,唐明俊的情绪就变得异常低落,他面容悲戚,拖着沉重的脚步,一点一点地挪到母亲的坟墓旁。

看到被收拾得干干净净的墓地以及墓碑前的新鲜贡品,唐明俊眼中不由得闪过一抹疑惑,他原以为自己差不多一年时间没有回重庆,母亲的坟前已然长满了荒草。

"明俊,好长一段日子不见你踪影,这是带媳妇来给你妈扫墓了么?"唐明俊盯着墓碑前的贡品发呆时,一道苍老的声音突然间出现在他的身后,将唐明俊从沉思中惊醒。

唐明俊回头一看,发现是须发皆白的守墓人老张。因为唐明俊经常前来母亲坟墓祭奠，跟老张一来二去地便熟悉了，他也从老张的嘴中，听说了这座陵园中很多死难者的故事。

"张爷爷好，谢谢您帮忙打扫我母亲的坟墓。"唐明俊热情地招呼了一声，并且向老张恭敬行礼。

"明俊，我可不敢乱领功劳，你母亲的坟墓是每天都有人打扫，但是不是我。"看到唐明俊感激涕零的样子，老张慌忙摆手道。

"啊？张爷爷，请问每天打扫我母亲坟墓的人是谁啊？"唐明俊闻言万分诧异，好奇地问道。

老张张了张嘴，似乎又想起了什么，最后化为一声叹息："明俊，不是我不想告诉你，而是对方不让我说，你就不要为难我了好么？"

唐明俊原本是想打破砂锅问到底的，但看到老张一脸为难的样子，他不得不作罢，只是他心中已然隐隐有了一个猜测，经常打扫母亲陵墓的，极有可能是意姐或者温念君。因为在唐明俊的印象中，除了老张和自己外，只有这两个人知道母亲坟墓的位置。

介绍丁胜楠和老张相互认识后，唐明俊在母亲的坟前坐了半天，这才跟丁胜楠步履蹒跚地离开了陵园。

唐明俊不知道的是，他刚刚离开陵园，便有人从另外一个方向跨入了陵园。对方熟练地跟老张招呼一声，塞给老张一大包吃的，然后从老张那里借到了扫把和撮箕外加一把小镰刀，仔细地打理着唐明俊母亲的坟墓。

回到酒店后，唐明俊一直沉默着不说话，躺在床上昏天暗地地睡了两天。看到唐明俊痛苦和悲戚的样子，丁胜楠心中也异常难受。

丁胜楠并没有安慰唐明俊，只是默默地照顾着唐明俊的衣食起居，每天按时帮忙唐明俊清理伤口，更换纱布。

"胜楠姐，我想回学校一趟，你是跟我一道，还是自己去磁器口逛逛？"在酒店睡了两天后，唐明俊似乎缓过劲来了，他跟正在帮自己换纱布的丁胜楠说道。

"我还是跟你一路吧！没有我的保护，我担心你去学校被人打死！"

207

丁胜楠盯了唐明俊片刻，打趣道。

唐明俊闻言一愣，随即想起自己背负的大汉奸和卖国贼名头以及自己被育才学校开除的事情，他的脸上不由得露出了苦涩的神色。

"胜楠姐，我这时是不是不应该去学校啊？"唐明俊犹疑道，"去了也是招人嫌招人恨。"

"你是什么样的人，你自己最清楚。你想回学校就回呗。相信你的人，永远都会相信你。不相信你的人，你再努力也没有用。"在唐明俊忐忑不安的注视下，丁胜楠出声鼓励道。

唐明俊闻言，不由得深深地看了丁胜楠一眼，他觉得丁胜楠这句话似乎另有所指。不过丁胜楠这句话的确解开了唐明俊的心结，让他终于下定决心前往育才。他已经迫不及待地想看到意姐，告知他们自己这段时间的遭遇以及自己已经成长为一名出色特工的事情。

两个人先是坐了半天汽车抵达北碚，然后又坐上了前往合川的轮船。

丁胜楠是第一次来重庆，她看什么都新鲜，叽叽喳喳地缠着唐明俊问个不停，让旅途充满了欢声笑语。唐明俊看到丁胜楠一个劲地找自己说话，便放下满腹心事，主动跟丁胜楠讲述自己的身世以及自己在育才学校的事情。

在白沙沱码头下船之后，唐明俊陷入了沉默，丁胜楠也适时安静了下来，只是静静地跟在唐明俊身后。

半个小时后，两个人站在了古圣寺的门口，唐明俊深深地吸了一口气，这才在丁胜楠鼓励的目光中，迈步踏入了古圣寺的大门。

"唐明俊，是你么？"唐明俊刚刚跨入校门，便听到了一道熟悉的声音。他激动地转过身子，然后看到了曾经的好友曾景阳以及他身旁的温念君。

"景阳，念君，你们也回学校了啊，真巧。"骤然间碰到曾景阳跟温念君，唐明俊心情激荡，大声招呼道。

就在唐明俊笑容满面走向曾景阳跟温念君，想跟两个人一叙旧情时，曾景阳却是跨前两步，一把揪住唐明俊的衣领，大声质问道："你为什么要做汉奸？难道你忘记了我们三个人当初的约定么？"

看着出离愤怒的曾景阳，听着曾景阳歇斯底里的怒吼，唐明俊张了张嘴巴，却又因为丁胜楠在身边，他没有办法说出真相，只能沉默不语。

"你怎么还有脸回学校？你给我滚啊，滚得远远的，我不想再看到你！"见唐明俊无言以对，曾景阳更加激动，他指着门外的方向，朝唐明俊大喊道。

"景阳，念君，我……"唐明俊虎目含泪地看着曾景阳和温念君，想跟两个人解释，但是话到嘴边又被他咽了回去。

曾景阳开始还满脸期待地等着唐明俊给自己一个合理的解释，只是等了半天之后，发现唐明俊还是吞吞吐吐地嘴中半天蹦不出一句话来，他直接一拳抡向唐明俊的下巴，将唐明俊撂倒在地。

曾景阳的怒喝声吸引了越来越多的学生。当大家看清楚唐明俊的面容后，纷纷呵斥唐明俊是汉奸卖国贼，让唐明俊滚出学校，更是有情绪失控的学生朝着唐明俊拳打脚踢。

很快，唐明俊便被激动的育才学校学生团团围住，他想要转身都困难，更别说走出人群，瞬间便被打得鼻青脸肿，伤痕累累。丁胜楠实在看不下去了，她大喝一声，便伸手摸向了腰间的手枪。

关键时刻，唐明俊抓住丁胜楠的手，朝她摇了摇头。

眼看学生们彻底失控，唐明俊要被彻底淹没在学生们的拳脚中时，一声"住手"有如雷鸣般在众人耳边响起，然后人群瞬间安静了下来。人群很自觉地往两边分开，给来人让出了一条道，并且纷纷称呼"意姐"。

没有了众多学生的围殴，唐明俊艰难地从地上爬起，只是当他看到廖意林后，他瞬间泪崩，扑通一声跪在了廖意林面前。

廖意林盯着唐明俊打量了片刻，眸子瞬间变亮。她又看向温念君和曾景阳，见温念君朝自己微微点头，曾景阳则是一脸厌恶地看着唐明俊,她瞬间明白了是怎么回事。

"唐明俊,你是成年人,得为自己的行为负责。你已经跟育才学校没有任何关系,这里不是你应该来的地方,你赶紧离开这里吧!"廖意林轻咳一声,漠然出声道。

听到廖意林的话,唐明俊只觉得耳中传来轰的一声巨响,然后脑袋一片空白。好半天后,唐明俊才重重地朝廖意林磕了三个响头,然后在丁胜楠的搀扶下,心如死灰地离开了学校。

生怕在合川遭遇不测,丁胜楠带着唐明俊连夜赶回了重庆宾馆。

"唐明俊,之前从张程手中救出温念君时,你可没有跟我说过你认识她,而且你们还是同学关系。你是不是喜欢她,才会以公谋私,带着特别行动处的人去对付张程?"耐心地帮忙唐明俊清理完伤口后,丁胜楠突兀地出声问道。只是丁胜楠连续问了几遍,也没有听到唐明俊的回应。

丁胜楠担心地看向唐明俊,发现唐明俊一脸傻笑,她顿时来了气,敷药时,故意用棉签重重地戳了一下唐明俊的胳膊。

"哎哟……"唐明俊心中正在想着温念君,突然间感觉到胳膊处一阵剧痛,不由得满脸困惑地看向丁胜楠。

"你老实跟我交代,你召集特别行动处的人去找张程的麻烦,是不是为了救温念君,冲冠一怒为红颜?"丁胜楠横眉冷对道。

"啊?"唐明俊闻言,眼中闪过一丝慌乱。

唐明俊下意识地想要撒谎,只是在丁胜楠的美眸注视下,他脸上不由得露出一丝讪笑,"没错,我当时的确是猜到温念君可能被张程他们绑架了,才着急过去寻找的……"

"这个忘恩负义的女人,我要杀了她!"唐明俊的话还没说完,丁胜楠便怒气冲冲地拔出腰中的枪,站直了身子。

"胜楠姐,你不要冲动。"唐明俊一把拉住丁胜楠,"虽然说我以前跟温念君是好朋友,也相互产生过好感,但是我现在跟她完全不可能了。毕竟她的父母都是死于重庆大轰炸,我却在为重庆大轰炸的罪魁祸首田中后岛工作。"

"男人的嘴,骗人的鬼。我今天一直盯着你,发现你看向温念君的目光恨不得将她化了,你从来就没有用那种目光看过我!"丁胜楠冷哼道。

"有么?"唐明俊摸了摸鼻子,心虚地问道。

"明俊,要是温念君能够接受你现在的身份,你应该会毫不犹豫地回到她身边吧?"丁胜楠盯着唐明俊问道。

唐明俊迟疑了一下,才摇头道:"不可能的,她是坚定的共产主义者……"话说到一半,唐明俊才意识到这些话根本就不能跟丁胜楠说,他连忙闭上了嘴巴。

唐明俊满脸愧疚地看向丁胜楠时,才发现丁胜楠的脸上已然挂了两行清泪。

"胜楠姐,我……"唐明俊还是第一次发现丁胜楠流泪,他有点心慌意乱,不知道她好好的为什么会流泪,更不知道如何去安慰。

"我已经明白你的心意,你不用再解释。"丁胜楠淡定地揩拭了一下脸上的泪痕,然后起身离去。

只是过了片刻后,唐明俊便听到窗外传来丁胜楠压抑的哭泣声。

可能意识到自己的哭声会被唐明俊听到,很快,丁胜楠的哭泣声便越来越远,乃至最后消失不见。

几分钟后,随着一阵细碎的脚步声,房门被轻轻推开,唐明俊喜出望外地看向门口,嘴中也招呼出声:"胜楠姐……"

一句话说出口,唐明俊脸上的神色瞬间呆滞,因为他发现站在门口的并不是去而复返的丁胜楠,而是许久未曾见面的叶慕之。

"怎么,心中只有你的胜楠姐,就没有叶姐?"叶慕之瞪了唐明俊一眼,娇嗔道。

"怎么会?叶姐在我心中永远是最漂亮的!"久别重逢,看到叶慕之风采依旧,唐明俊瞬间心情大好。

"就知道油嘴滑舌,是意姐派我过来送跌打伤药的。另外,你的小女朋友也相信你没有成为汉奸，但是碍于你身边的丁胜楠，她们都不敢明说。"叶慕之纤纤玉指指了指唐明俊的额头，放下背上的包袱，笑靥如花道。

"啊，真的么，叶姐你没有骗我，意姐跟念君真的知道我的苦衷？"唐明俊先是一愣，随即激动地抓住了叶慕之的手。

骤然间被唐明俊抓住手，叶慕之莫名地心慌。她微微用力挣扎，发现根本无法挣脱唐明俊的钳制后，这才轻轻点头道："意姐有着一双火眼金睛，念君也是兰质蕙心，她们怎么可能看不出你的苦衷？"

听到叶慕之的话，唐明俊只觉得鼻子一酸，眼泪不由自主地便流了下来。

"明俊，你怎么就哭了啊？要是觉得委屈就回重庆吧。"看到唐明俊哭鼻子，叶慕之犹豫了一下，她轻轻地抱住唐明俊，轻声安慰道。

叶慕之不说这句话还好，她说完这句话后，唐明俊哭得更伤心了。

"叶姐，这是我在76号积攒下来的所有金条，麻烦你帮忙转交给学校，就说是爱国人士捐赠的，不要提我的名字，免得意姐为难。"哭了一阵后，唐明俊突然间想起了什么，从床底下摸出一个包袱递给叶慕之道。

叶慕之掂量了一下包袱的重量，看向唐明俊的目光满是柔情。她长长的睫毛忽闪了一下，正想说话，突然间听到有脚步声靠近，她身子一翻，直接越窗而出，几个蹿跃便消失不见。

第十三章 狙杀西田武

从育才学校回来后,唐明俊的情绪变得很低落,他知道,在自己的日伪特工身份结束之前,自己不可能被育才学校的老师和同学接受。

丁胜楠自从得知唐明俊跟温念君的情侣关系后,跟唐明俊的关系骤然间降到了冰点,除了每天依旧按时帮忙唐明俊清理伤口,其余的时间都神龙见首不见尾,不再纠缠唐明俊,让唐明俊轻松了很多。

将自己关在酒店几天后,唐明俊觉得闷得慌,他正准备出去转转时,恰好收到了"火种"的接头信号,接头的地方赫然是夜迷离酒吧,时间为晚上十一点钟。

晚上七点钟,唐明俊便抵达了接头的地方。谨慎地打量了四周,确认没有危险后,唐明俊才整了整衣帽,一头钻进酒吧。

再次踏入夜迷离酒吧,唐明俊有种物是人非的感觉,他的脑海中不由自主地想起了导致自己第一次进入夜迷离酒吧的老吴,这儿似乎是自己命运的转折点。

找了一个卡座坐下,唐明俊一边打量着酒吧中扭动的红男绿女,一边梳理着这一年来发生在自己身上的事情。唐明俊越想越是郁闷,自己明明是一名坚定的共产主义者,想要加入共产党,怎么就莫名其妙地成为一名日伪特工了呢?不知不觉间,唐明俊便将自己灌醉了,连"火种"什么时候坐到自己身边了也没有察觉到。

看了一眼醉眼蒙眬的唐明俊,"火种"眼中闪过一抹复杂的神色。

他很想就此结束唐明俊的任务，澄清唐明俊的身份，让唐明俊不至于痛苦地在酒吧买醉。可是想了想唐明俊的信仰以及唐明俊在76号的付出，"火种"又硬生生地打消了心中的想法。

"火种"并没有喝酒，而是将喝得烂醉的唐明俊搀扶到了酒吧外面的一处公园，临走前还不忘跟酒吧要了一瓶凉白开。

"身为一名特工，需要时刻保持清醒的头脑和敏捷的反应，你今天的表现实在太糟糕了。"被外面凉风一吹，唐明俊清醒了很多，与此同时，他的耳边也响起一道熟悉的声音。

听到这道声音，唐明俊心神一阵恍惚：父亲不是死了么，怎么会突然间出现在自己面前？

唐明俊激动地转过身子看向"火种"，却只看到暗黑路灯下长长的帽檐，完全看不清对方的脸庞。唐明俊死死地盯着眼前这个男人，他越是打量这个男人，越是觉得这个男人的身形像自己父亲。

"火种"并没有察觉到唐明俊目光的异常。他是为了解开唐明俊的心结而来，声音低沉地跟唐明俊讲述着无数心怀信仰的共产党同志为了革命事业而壮烈牺牲的悲壮故事。

听着"火种"嘴中那些为了革命事业而牺牲的同志，唐明俊的脑海中下意识地闪过老吴的身影，他的眼神渐渐变得坚定。就在"火种"越说越激动时，原本听得热泪盈眶的唐明俊突然间酒劲上涌，他闪电般伸手摘下"火种"的帽子，想要看清楚他的真正模样。

"唐明俊，你在干什么？"很是恼怒唐明俊的莽撞行为，"火种"厉声呵斥道。

"抱歉，你的身形和声音跟我一个熟人特别像，我想确认一下你跟他是否同一个人，冒犯之处还请见谅。"看到帽檐下遮挡的竟然是一张络腮胡脸庞，唐明俊心情失落的同时，诚挚道歉道。

"唐明俊，你的行为已经严重触犯组织纪律，我便是一枪崩了你，也没人会说我半句不是。""火种"漠然出声道。

唐明俊惶恐地点了点头，一个劲地向"火种"赔不是。经过认真甄别,他发现"火种"的声音虽然跟自己父亲很像,但是细微处还是有很多差别的。

"看来自己以后还是要少喝酒!"看到"火种"被自己气得七窍生烟的样子,唐明俊在心中暗暗告诫自己。

目送"火种"离去后,唐明俊喊了一辆黄包车回到酒店,发现丁胜楠竟然在自己的房间等着。

"胜楠姐,都这么晚了你还没睡啊?"唐明俊愣了一下,微笑着招呼道。

丁胜楠玲珑剔透的鼻子翕动了一下,随即脸色一沉,不悦道:"你伤势还未痊愈,谁让你出去喝酒的?"

"我……我心情不好,你又不陪我说话解闷,所以我就出去喝两杯咯。"在丁胜楠凌厉的目光中,唐明俊心虚地解释道。

丁胜楠闻言气极而笑道:"照你这么说,你出去喝酒反而是我的错了?"

唐明俊嘿嘿一笑,也不说话,算是默认了丁胜楠的说辞。

"真是拿你这个无赖没办法!"丁胜楠哭笑不得地揪住唐明俊的耳朵,将唐明俊拉到椅子旁坐下,又开始了日常的检查和清理伤口的任务。

"田中课长明天一早要过来,跟田中后岛一路的,还有他在东京帝国大学的学弟西田武以及几个飞行员。西田武参与过重庆大轰炸,而且还是重庆大轰炸的飞行员队长。"帮忙唐明俊清理伤口完毕时,丁胜楠突兀地说道,"对了,陈天明也要一起过来。"

"什么!"听到丁胜楠的话,唐明俊仿佛被人踩到了尾巴一样跳了起来。在丁胜楠诡异的注视下,唐明俊涨红着脸问道,"重庆大轰炸的飞行员不是都在武汉么,他们来这里干什么?"

"还能干什么?他们想看看自己在重庆留下的杰作,顺便耀武扬威一番呗。"丁胜楠冷笑道。

唐明俊闻言,一双拳头握得嘎嘣响,身子也因为愤怒而颤抖起来。

丁胜楠见状,脸上不由得流露出一丝担心的神色。她张了张嘴巴,最后什么也没说,悄无声息地退出了唐明俊的房间。

第二天一大早,唐明俊跟丁胜楠便前往码头迎接田中后岛、西田武一行人,并且在西田武等人的要求下,前往重庆大轰炸废墟参观。

抵达目的地后,西田武和几个飞行员嬉皮笑脸地在大轰炸的废墟上拍照、撒尿,根本不顾忌同行中还有女性存在,丁胜楠好几次都忍不住拔枪相向。最后田中后岛实在看不下去了,害怕丁胜楠冲动之下真的开枪,不得不示意丁胜楠提前离去。

随后,唐明俊跟田中后岛又陪着西田武一行人前往了大轰炸死难者的陵园。

在死难者的陵园中,西田武等人更是肆无忌惮,他们随意地践踏坟前的供品,又踹倒了几座墓碑。

守墓人老张看到西田武等人的行为,在一旁气得目眦欲裂,最后忍不住拿着铁棍前来阻止西田武等人对死者的不敬行为,却被西田武毫不犹豫地一枪爆头。

亲眼目睹西田武的行为,唐明俊心中怒火滔天,两只手掌的掌心也全部攥出了殷红的鲜血。他一次又一次将手摸向腰间,恨不得将西田武等人千刀万剐,以解心头之恨。只是害怕影响终极任务的完成,唐明俊不得不按捺住内心的愤怒。

"唐明俊,要是我没记错的话,你母亲好像也是死于重庆大轰炸,她有葬在这座陵园之中么?"陈天明的注意力一直集中在唐明俊身上,看到唐明俊脸色阴晴不定的样子,趁着唐明俊落在人群后面时,他故意凑近唐明俊耳边说道。

唐明俊冷冷地瞪了陈天明一眼,冷哼一声,便走到田中后岛身后,根本懒得搭理陈天明的挑衅。

参观陵园的行程快结束时,田中后岛突然间接到电报,匆匆离去,只剩下了唐明俊跟陈天明陪同西田武一行人。

"唐君,陈君,我在重庆还有几个东京帝国大学的同学,我想约他们晚上出来聚聚,你们有好的酒店推荐么?"回程的路上,西田武满脸兴奋地跟唐明俊和陈天明询问道。

"西田将军,您的身份特殊,一旦您的行程被人知道,很容易惹来性命危险。田中君临走前建议你不要节外生枝,最好连夜赶回武汉。"西田武的话音刚落,陈天明毫不犹豫地回答道。

西田武闻言,他脸上笑容一滞,面无表情地瞪了陈天明一眼,便钻进了自己的道奇车。

清楚地将西田武跟陈天明的对话听在耳中,唐明俊不由得眼睛一亮,心中已然有了计较。

西田武启动车辆的瞬间,唐明俊灵活地蹿上了西田武的副驾驶位置。

"西田将军,您的光辉事迹早就在大日本帝国和中国传播开,尤其是重庆这片土地上更是充满了您的传奇。您都来了重庆,怎么可以不跟昔日同窗一聚呢,那岂不是锦衣夜行?"在西田武疑惑的目光中,唐明俊"满脸崇拜"道。

"可是……陈天明不会让我如愿啊。"西田武闻言一阵意动,随即想起了什么,满脸为难道。

"西田将军,您是少将,陈天明不过是上尉,只要您亮出军衔,陈天明敢违背您的意愿?"唐明俊眨了眨眼睛,提醒西田武道。

"唐君,我多次听田中前辈表扬过你,说你知进退,懂变通,是帝国招揽的不可多得的人才,今日一见,果然名不虚传。谢谢你的建议,我回头就去命令陈天明,让他帮忙找一家好酒店。"西田武兴奋地拍了拍唐明俊的肩膀,脸上也洋溢出开心的笑容。

唐明俊谦虚了几句,然后回到自己的车上,他知道,自己的计划已经成功了一半,剩下的一半,就看西田武跟陈天明是否配合了。

回到山城宾馆后,西田武便将陈天明叫到自己的房间,让陈天明将重庆最大的酒楼包下来,供他和同学聚餐使用。

面对西田武的强硬态度,陈天明头大如麻,不得不紧急联系田中后岛,奈何田中后岛仿佛失踪了一般,他根本就联系不上。陈天明又去找丁胜楠和唐明俊商量,只是这两个人也仿佛商量好了,同时消失不见。

看到西田武的脸色变得越来越难看,陈天明只得硬着头皮,以自己的名义包下了重庆最大的酒楼。得知陈天明包下酒楼的信息后,唐明俊第一时间联系了"火种",让"火种"安排几位同志前来跟他共同刺杀西田武。

"西田武只是重庆大轰炸的执行者,暗杀他意义不大,只会打草惊蛇,影响终极任务的完成,等以后有合适机会再说吧。"唐明俊激动地跟"火种"说完自己精心设计的暗杀计划后,却只得到了"火种"冰冷的回复。

"火种"的话有如一盆冷水迎头浇下,让唐明俊有点无所适从。

唐明俊很想反驳"火种"一两句,可是他心中纵有千言万语,在"火种"漠然的注视下,半句话也说不出口。这一刻,唐明俊已经可以肯定,眼前这个男人绝对不是自己父亲,因为父亲不可能在面对西田武这么一个杀害自己妻子的罪魁祸首时如此冷静。

告别"火种"后,唐明俊失魂落魄地回到西田武所在酒楼,率领特别行动处的人负责西田武及其同伴的安保问题。

听着包间内推杯交盏的声音以及西田武得意扬扬地吹嘘他光辉战绩的话语,唐明俊的脑海中不由自主地闪过无数死于重庆大轰炸的同胞以及母亲临死前痛苦的一幕,他作出了一个艰难的决定——他要违背"火种"的命令,孤身一人刺杀西田武。

心中打定主意后,唐明俊无视了丁胜楠和陈天明诧异的目光,他整理了一下衣角,径直推开包间大门,以特别行动处副处长的身份,端着酒杯走向了西田武。

西田武本来很恼怒有人突然间闯入自己的酒席,看到是唐明俊,他点了点头,并且朝唐明俊举起了酒杯。

就在唐明俊已经走到西田武的身边,右手也摸向腰中的枪时,包间的门再次被推开,十几名宪兵涌入包房,其中一名宪兵更是挡在了唐明俊跟西田武之间。

"西田将军好，酒井二郎奉田中课长之命，率宪兵队前来护卫您的安全。"挡在唐明俊跟西田武之间的宪兵恭敬地朝西田武鞠了一躬，大声报告道。

"田中课长太客气了，我的安全就拜托诸君了。"意识到自己身处险地，西田武并没有托大，而是还了一礼，客气地回应道。

"唐处，田中课长派遣我们过来保护西田将军时，特地叮嘱这栋酒楼的安保问题由我们宪兵队全权接手，特别行动处可以回山城宾馆了。"酒井二郎跟西田武说完后，又将头转向了唐明俊。

唐明俊凝视了酒井二郎片刻，没有吱声，而是朝西田武举了举酒杯，一饮而尽后，这才大步离开包间。

唐明俊原本是打算趁着西田武走神的瞬间拔枪射杀西田武，哪怕与西田武同归于尽也无所谓。可是当酒井二郎率领一行宪兵进入包间后，唐明俊知道自己暗杀西田武的计划恐怕得从长计议才行。

回到山城宾馆的房间后，唐明俊来回踱步良久，反复检查了一下自己的枪械和子弹，然后蹑手蹑脚地离开了宾馆，朝西田武聚餐的酒楼走去。

唐明俊没有注意到的是，黑暗中，有人已经将他的一举一动尽收眼底。唐明俊刚刚走出山城宾馆，罗家湾19号的花园公馆便接到了电话。

"哎，就知道这家伙不会让人省心！"挂掉叶慕之的电话后，唐宪富忍不住揉了揉额头。他从抽屉中掏出配枪，领着早就在楼下集合的军统人员倾巢而出，直奔西田武聚餐的酒楼。

唐明俊潜入酒楼后，并没有去西田武所在的包间，而是走到电源室，准备切断电源。只是唐明俊还没来得及行动，他便听到酒楼中响起了枪声，声音赫然是西田武所在包间的方向传来的。

"有爱国人士抢先一步行动了？还是'火种'派了同志前来击杀西田武？"唐明俊眼中闪过一抹疑惑，脚下却没有丝毫停顿。切断电源后，他蒙上脸，飞速地朝着西田武所在的包间摸了过去。一路上只要看到有宪兵挡路，他都会毫不犹豫地举枪干掉。

唐明俊杀到西田武所在的包间时，借助微弱的光芒，他发现包间里面已然尸横遍野。只是唐明俊很快便头皮一阵发麻，因为他刚刚适应包间内的光线，便感觉后背被一个硬邦邦的东西顶住了，让他不得不举起双手。

很快，黑暗中又冒出一道人影，对方用枪对准了唐明俊身后的人，而唐明俊则是第一时间举枪对准了新出现的人影。

三个人都蒙着面，又身处黑暗之中，他们没有办法认出彼此。一时间，房间中的三个人陷入了尴尬的对峙之中。

突然间，一个没有死透的日本人从地上爬了起来，三人同时掉转枪口射向日本人，因为这个默契的动作，他们判断出彼此是友非敌。

"我去打开酒楼电源，你们密切注意酒楼动静，小心被西田武逃出酒楼。"唐明俊扔下一句话后，便迅速离去。

"我好像打中了西田武的胳膊，不过他被十几个宪兵团团护住，没法继续瞄准他。"

"既然他们人多，目标肯定大，应该好找，我们先去停车场寻找。"

唐明俊的身后，传来另外两个人的声音，分别是一男一女。唐明俊隐隐觉得声音有点像温念君和曾景阳，但是这两个人的声音有点嘶哑，让唐明俊没法确认。

酒楼灯光重新亮起的瞬间，一阵汽车轰鸣声在后院中响起。无论是电源室中的唐明俊，还是正在沿着血迹寻找西田武下落的其他人，都毫不犹豫地转身下楼，朝后院的方向追去。

此时，唐明俊才发现追杀西田武的不仅仅是自己和之前包间中碰到的那两个人，还有另外十几个爱国人士。

西田武的车辆刚启动，便被狙击枪打爆了轮胎，紧接着车辆的前挡风玻璃也被打得稀烂。要不是西田武及时低头躲闪，估计他已经见阎王了。

眼看西田武便要被十几个爱国人士围剿时，突然间一阵突突的机枪声在后院中响起，原本已经靠近西田武的十几名爱国人士没有任何预兆地倒地而亡。关键时刻，却是西田武提前埋伏在后院中的一支侍卫队起了奇效，将准备收割西田武性命的爱国人士全部撂倒。

"日他仙人板板的，小鬼子太阴了！"亲眼目睹十几名爱国人士毫无反抗之力地死在自己面前的一幕，唐明俊不由得目眦欲裂，他暗骂一声后，毫不犹豫地对着西田武身边的侍卫队成员进行点射。

与此同时，之前跟唐明俊在包房相遇的两个人也毫不犹豫地点射西田武身边的侍卫队成员。

西田武显然没有料到暗中还藏有其他爱国人士，看到身边的侍卫队成员一个个减少，他眼中不由得闪过一抹慌乱的神色。在幸存人员的保护下，西田武迅速地朝酒楼外面冲去。

只是西田武一行人仅仅跑了不到一百米，他们又狼狈地退回了后院，因为酒楼的大厅和四周全部被军统的人包围，便是一只蚊子也别想飞出去。

就在西田武以为自己今天必死无疑时，他听到酒楼外面响起了激烈的枪声，耳中也隐隐传来田中后岛的吆喝声。

"我们只有跟田中课长会合才能逃得性命，不然的话会被人瓮中捉鳖，所以我们现在必须拼死往外冲。"西田武一句话说完，便再次闷头冲向酒楼大厅方向。

酒店外面，田中后岛听到酒楼中传来日式枪支独有的枪声。他知道西田武还活着，心中松了口气的同时，下令身边的士兵不顾一切朝酒楼发起进攻。

在日本士兵悍不畏死的冲击下，军统在酒楼布下的包围圈很快被撕出一个缺口。西田武领着几个飞行员艰难地逃出酒楼，跟田中后岛的队伍会合到了一处。

田中后岛跟西田武会合之后，他让西田武跟一众飞行员先行撤离，田中后岛自己则是率着一众日本兵士继续跟军统特务和爱国人士周旋。

"你个龟儿子想跑，有经过大爷同意么？"酒店二楼的包间，透过窗帘看到西田武仓皇和飞行员离去的一幕，唐明俊冷笑一声，毫不犹豫地从后院中翻出酒楼，迅速地朝西田武离去的方向追了过去。离开酒楼之前，他还不忘在酒楼的显眼处留下记号，指出西田武逃跑的方向。

十几分钟后，唐明俊再次追上了西田武，让他兴奋的是，除了他之外，竟然还有其他人跟在西田武一行人身后。

不过唐明俊很快便兴奋不起来了，因为这些跟在西田武身后的爱国人士手中并没有像样的武器。而西田武在跟田中后岛会合之后，似乎从田中后岛那里拿到了大量的枪械补给。西田武一行虽然只有八个人，但他们却能够压着身后的爱国人士打。

看到爱国人士一个个倒在西田武和几个飞行人员的扫射下，唐明俊心如刀绞，他不得不小心翼翼地隐匿行踪，寻找合适的机会点射。

"这几个鬼子明显是久经战场的老兵，而且枪法特别准。我们在火力被压制的情况下，根本不是他们的对手。"唐明俊刚刚找好一个掩体蹲下时，他的耳边响起一道无奈的叹息声。

"哪怕是拿命去填，也得将他们的性命留在重庆。"唐明俊扫了一眼主动跟自己搭讪的中年人，见对方看向西田武方向的眼神迸射着怒火，他瞬间感觉到了亲近，咬牙切齿地说出了自己的心里话。

两个人说话的工夫，黑暗中突然间冲出一道身影。对方几个懒驴打滚后，已然接近西田武一行人的藏身之地，不过自己也完全暴露在了对方的枪口之下。

只听得滴滴答答一阵枪声响起，这名刚刚接近西田武一行人的同志还没来得及举枪，身体便被打成了筛子，看得唐明俊的心一阵揪痛。

就在唐明俊以为这名同志白白牺牲了时，又一道黑影从掩体中飞了出去。迎接这道黑影的，自然又是一阵密集的枪声。

借助微弱的月光，唐明俊模糊地看到，刚刚飞出的这道黑影明显穿着日本宪兵的制服，而且动作极为僵硬。

"小日本鬼子上当了，刚刚飞向他们的是日本宪兵的尸体。"似乎看出了唐明俊的疑惑，唐明俊身边的中年人解释道。

中年人的话音刚落,又从不同方向同时蹿出两道黑影,他们仿佛会听声辨位一般,对着枪声响起的地方便是一阵点射。只听得几声闷哼,西田武所在方向的枪声明显弱了很多。不过这两名同志最后还是倒在了对方的机枪扫射之下。

这一次冲刺之后,黑暗中再也没有人影冒出来,西田武那边也没有任何响动。一时间,交战双方陷入了死寂一般的对峙,气氛异常地压抑。

"西田武迟迟没有动静,他应该是在等待援兵,继续等待下去对我们不利。这一次我们俩配合一下,我去探出他们的位置,你随后点射他们。"唐明俊静静地等待了片刻,便跟身边的中年人商量道。

"你枪法如何?"中年人没有回答唐明俊,而是面色凝重地问道。

唐明俊认真思索了片刻,信心十足地点头道:"应该还行。"

"那吸引火力的事情还是交给我吧,我在追击西田武的路上胳膊受了伤,打枪没有准头。"中年朝唐明俊晃动了一下缠满了纱布的胳膊,又自来熟地从唐明俊的兜里掏出一个打火机,缓缓地抽了一根烟,这才眼神迷离地问道,"你有信仰么?"

"有!"

"三民主义?"

"共产主义。"

"原来是自己人啊,那我就放心了。谢谢你的火,小同志。我姓江,江河的江,以后要是有人问起我的姓名,你直接说老江便是。"老江一句话说完,便冲出掩体,朝西田武的方向杀去。

老江的动作跟他的言语一样干脆利落,以至于唐明俊想伸手拦住老江时,一手抓了个空。

看着老江有如飞蛾扑火一般冲向西田武一行人藏身的方向,唐明俊的脑海中回响着老江简单而质朴的话语,眼前挥之不去的全是老江憨厚而坚毅的形象。

唐明俊眼睁睁地看着一点点火星从黑暗中迸射出来,然后老江的身子剧烈地颤抖了几下,最后不甘地倒在了血泊之中。看着老江嘴中依然没有熄灭的烟火,唐明俊的眼睛一点点湿润,最后泪如雨下。

唐明俊的脑海中下意识地浮现"火种"跟自己说过的共产党同志的故事,他以前还对那些故事的真实性保持怀疑态度,觉得极有可能是"火种"为了鼓励自己献身革命而编造的。可是老江用实际行动给唐明俊上了一课,即便是萍水相逢,为了共同的目标,共产党的同志照样可以主动牺牲自己的性命。

"咦,老江没死?"就在唐明俊深深地吐了一口气,准备冲出掩体,凭着记忆点射西田武等人所在的位置时,他突然间看到老江持枪的手突然间动了一下,一下子变得激动起来。

下一刻,唐明俊有如离弦的箭一般,径直冲向了西田武等人藏身的方向。与此同时,他的食指连连扣动扳机。

之前老江冲刺时,唐明俊通过西田武等人的枪声,已然大致摸清了他们藏身的大概位置。所以几乎唐明俊每一次扣动扳机,都能够像死亡之吻一样,带走对方一条性命。

唐明俊的枪法引起了西田武一行人的骚动,他们足足花了半晌工夫才回过神来,然后迅速组织人手对唐明俊进行狙击。

只是亲眼目睹几个爱国人士死于西田武等人的机枪扫射之下后,唐明俊心中早就有了提防。在西田武等人还没来得瞄准时,唐明俊便闪电般躲到了掩体后面,让机枪的扫射完全落空。

就在西田武等人的注意力完全被唐明俊吸引,气急败坏地从掩体中冲出,准备结束唐明俊的性命时,原本躺在地上一动不动的老江突然间扣动了扳机。

只听得"砰""砰"两声闷响,刚刚从掩体中小心翼翼探出脑袋的两名飞行员一头栽倒在地。西田武跟另外一名飞行员以为自己中了埋伏,心中大骇,发现是身受重伤的老江朝他们开枪时,才下意识地松了口气。气急败坏地朝老江头部开了一枪,西田武跟仅剩的一名飞行员迅速地朝唐明俊的掩体逼近。

眼睁睁地看着老江被西田武爆头，唐明俊不由得目眦欲裂，只是正在换弹匣的他却无力阻止这一切。

唐明俊换好弹匣的瞬间，西田武跟他的飞行员恰好冲到了唐明俊藏身的掩体前面。看到西田武和飞行员手持机关枪，互为犄角缓步向自己的藏身之地逼近，唐明俊一阵头痛。

从唐明俊的角度，他只能点杀西田武身边的飞行员，而且他一旦成功，势必会遭遇西田武的机枪扫射，这并不是唐明俊想要的结果。

就在唐明俊绞尽脑汁，想着如何破解西田武跟飞行员的绞杀时，一阵尖锐的声音划破夜空的寂静，也吸引了唐明俊等人的心神。

也是这个时候，唐明俊才发现，自己跟一众爱国人士追击西田武的时候，竟然不知不觉跑进了重庆大轰炸死难者的陵园。

"好机会！"听到猫头鹰的凄厉叫声，唐明俊眼睛一亮，然后一个懒驴打滚，藏到了另外一处掩体后面。在更换藏身之地的同时，唐明俊还不忘朝飞行员开了一枪。

等到西田武跟飞行员从猫头鹰的尖叫声中回过神来时，飞行员已然额头中弹，不甘心地倒在了地上；西田武则是朝着枪声响起的地方疯狂扫射，却射了一个空。

没有了飞行员的掩护，又面临一个完全隐藏在黑暗之中的神枪手，西田武脸上明显露出了慌乱的神色，他朝身旁的几个掩体扫射了一阵后，转身便往来时的方向逃跑。

"这个时候才想到逃跑，你不觉得晚了么？"唐明俊冷笑一声，抬起胳膊便对西田武的背影放了两枪。

腿部中枪之后，西田武心中不由得生出一丝懊悔，自己犯了一个低级而致命的错误——将后背交给了敌人。

看到西田武跟跄倒地后，唐明俊对着西田武的胳膊又是两枪，直接废了西田武的双手，让西田武手中的机关枪无力地掉落地上。

"西田武，你不是很能跑么？你继续跑啊。"唐明俊不紧不慢地走到西田武身旁，冷声讥讽道。这一次，唐明俊并没有掩饰自己原本的声音，也摘掉了蒙在脸上的面巾。

"你……你是唐明俊……你不是 76 号的人么，为什么要杀我？"看清楚唐明俊的面庞后，西田武不由得愕然瞪圆了眼睛，满脸不解地问道。

"你觉得自己不该被杀么？睁开你的狗眼看看四周，你下午才来这里撒欢过，应该对这里不陌生吧？"

"假如你不知道这是什么地方，我可以告诉你，这里是大轰炸死难者的陵园，这座陵园中，埋葬着一万一千三百四十三名亡魂，他们全部都是被你们轰炸而死，今天，我便用你的血肉，来祭奠他们的亡魂！"

唐明俊越说越悲愤，最后他仿佛拎小鸡一般，拎起西田武的后领，一步步走到自己母亲的坟前。

"唐明俊，求求你放过我，我可以给你钱，很多很多的钱，而且我可以让你成为中校甚至上校。只要你放过我，我还可以让你加入大日本帝国国籍……"感觉到唐明俊身上浓郁的杀意，西田武心中恐惧，他忍不住大声哀求道。

"我放过你？你在重庆的上空投掷炸弹时，有放过重庆无数的无辜百姓么？"唐明俊歇斯底里地大吼道。天空不知道什么时候下起了淅淅沥沥的小雨，淋在唐明俊的脸上，冰凉冰凉的，正如他冰冷的内心。

唐明俊无视了西田武的哀求和利诱，他从腰间掏出一把匕首，一刀结果了西田武，唐明俊也突然间全身失去了力气，坐在坟地上大口地喘气，最后弯腰呕吐起来。

在母亲的坟前坐了半天，唐明俊一边打量西田武的尸体，一边想着如何善后。十几个呼吸的时间过去后，唐明俊割下了西田武的头，然后从贴身的衣服兜里掏出一颗子弹换上，对着西田武的脑门打了一枪，这才拎着西田武的脑袋下山。

因为西田武事件，包括田中后岛、丁胜楠和唐明俊在内的 76 号人员全部暴露，所以他们从山城宾馆撤离到了日本在重庆的行营。

唐明俊抵达行营时，田中后岛正在营房内大发雷霆，丁胜楠跟陈天明两个人战战兢兢地站在一边，完全不敢吭声。

"西田武来重庆的事情，只有你们和唐明俊知道。我一再叮嘱你们，不能让西田武出现在公众场合，结果你们不仅泄露了西田武的行踪，更是帮他包下重庆最繁华的大酒楼，你们是嫌他命长么？"田中后岛的目光在丁胜楠和陈天明身上来回扫视，厉声呵斥道。

"陈天明，究竟是谁给你的狗胆，让你敢违背我的命令，帮西田武包下整座酒楼的？"看到两个人一直不吭声，田中后岛更是火冒三丈，指着陈天明的额头大骂道。

"我……西田武将军拿军衔压我，我没有办法，想联系您，却联系不上……"陈天明委屈地解释道。

陈天明的话还没说完，田中后岛对着陈天明的脚下便是一枪，将陈天明吓得一屁股跌坐地上。

"田中课长，我觉得这件事情跟唐明俊有关系。从陵园回来时，我亲眼目睹唐明俊上了西田武的车，应该是唐明俊怂恿西田武拿军衔压我的，而且西田武聚餐时，他还闯进了西田武的包间。要不是酒井二郎他们来得及时，估计唐明俊已经在包间中动手了……"

坐在地上的陈天明被吓得一个激灵，将脑海中的几个疑点全部说了出来。

田中后岛闻言，眼睛滴溜溜地一转，陷入了沉默。

"丁处，陈天明所言属实么？"田中后岛思索片刻，询问丁胜楠道。

"课长，我提前离开了陵园，并不知道陵园中发生的事情。不过酒楼中，唐明俊的确对西田武表现得很是亲热，西田武也曾经对唐明俊发出邀请，让他一起进包间用餐，所以唐明俊进包房向西田武敬酒应该是正常的。"丁胜楠瞪了陈天明一眼，不卑不亢道。

"西田武跟唐明俊有杀母之仇，在陵园时，我无意间发现唐明俊看向西田武的眼神充满了恨意；在酒楼时，唐明俊也是心神不宁，手一直放在自己腰间的枪上；西田武出事后，他更是不见踪影，我怀疑他跟那些爱国人士一样，加入了追杀西田武的队伍。

"我有充分的理由怀疑唐明俊是隐藏在我们76号的叛徒和内奸。他潜伏在76号，就是为了给他母亲报仇雪恨，所以西田武将军的行踪十有八九是唐明俊泄露出去的。"

……

见丁胜楠都这个时候了还向着唐明俊，陈天明心如死灰，再也顾不得丁胜楠曾经的警告，将唐明俊的可疑之处和自己的判断全部说了出来。

"田中课长，陈天明是恼怒唐明俊抢了他的位置，所以才血口喷人。唐明俊的眼中只有权力和钱，根本没那么多弯弯绕绕，而且他为76号作出了巨大贡献……"

想起挚友西田武下落不明，眼前的丁胜楠和陈天明却吵闹不休，田中后岛心中异常地烦躁。他愤怒地一拳砸在桌子上，打断了两个人的争执，营房突然间变得安静下来。

就在田中后岛准备宣布对两个人的处罚时，营房的门突然间被推开，浑身浴血的唐明俊提着西田武的脑袋跨入了营房。

"西田君？"看到唐明俊手中提着的头颅，田中后岛先是瞪圆了眼睛，看到唐明俊点头确认，田中后岛才失声痛呼，三步并作两步跑到唐明俊身边，接过了唐明俊手中的头颅。

田中后岛捧着西田武的头颅在营房内来回踱步，嘴中念念有词，鹰隼般的目光不时地在丁胜楠、陈天明跟唐明俊身上扫过，吓得三个人大气都不敢喘，一颗心也提到了嗓子眼上。

"西田君死了！西田君死了，你们知道么？帝国的英雄死了！"田中后岛面色凝重地将西田武的头颅放到桌子上，朝着营房内的三个人大声咆哮道。

面对田中后岛的滔天怒火，丁胜楠、唐明俊跟陈天明都沉默以对。

"西田君死了，他是被你们害死的，甚至你们当中便有人是凶手！"田中后岛失控大喊的同时，掏出了自己的左轮手枪。

田中后岛先是凝视了丁胜楠片刻，装上一颗子弹，然后看了陈天明一眼，又装上了一颗子弹，最后瞄了一眼唐明俊，装上了第三颗子弹。

看到田中后岛的动作，丁胜楠的面色变得特别难看，唐明俊也是心中直打鼓，陈天明更是被吓得瑟瑟发抖。田中后岛这架势，明显是想杀掉自己三个人给西田武陪葬。

田中后岛拿着枪走到丁胜楠面前，见丁胜楠目光坦诚，丝毫没有躲闪的迹象。他点了点头，然后身子一转，将枪抵在了唐明俊的额头上。

"田中课长，唐明俊是被冤枉的。要是西田武真的为他所杀，他可以直接脱离76号，没有必要再回到这里送死！"看到田中后岛拿枪指着唐明俊，丁胜楠心中大急，连忙替唐明俊申辩道。

丁胜楠说话的同时，便想冲向田中后岛，阻止田中后岛朝唐明俊开枪。只是丁胜楠刚刚迈出一步，便被宪兵挡住了去路，没法接近田中后岛半步。

唐明俊则是认命地闭上了眼睛，脑海中回想起自己加入76号后的一幕幕，他惊讶地发现，自己脑海中出现最多的人影竟然是丁胜楠。

只是唐明俊心知肚明丁胜楠跟自己有着不一样的信仰，两个人不可能走到一起，所以很多时候，唐明俊刻意跟丁胜楠保持着一定的距离。

陈天明则是幸灾乐祸地看着唐明俊所在的方向，心想终于可以除掉这根眼中钉肉中刺了。

很快，营房内响起"砰砰砰"三道清脆的枪声。听到这几声枪响，丁胜楠痛苦地闭上了眼睛。

足足过了半晌工夫，丁胜楠才不忍地看向唐明俊所在的方向，然后她看到唐明俊好好地站在原地，对方正疑惑地看向另外一个方向。

顺着唐明俊的目光，丁胜楠看到陈天明的额头正在汩汩流血。他的身子有如烂泥一般，缓缓瘫软倒地，临死之前，陈天明眼中满是困惑和不解的神色。

田中后岛杀掉陈天明之后，犹自不解气，他走到墙边，取下挂在墙上的武士刀，一刀刀地劈砍着陈天明的尸体，直到气喘吁吁才停止下来。

唐明俊心中后怕的同时,他闭上眼睛,深深地松了口气。

原来,唐明俊上次跟丁胜楠一起逛街遭遇枪袭,发现丁胜楠伤口的子弹来自陈天明的手枪后,他便动了算计陈天明的心思。

陈天明的子弹很特殊,是他自己制作的空包弹。整个76号,也只有陈天明有这个癖好。唐明俊经过一番研究之后,仿制了一枚只有陈天明会做的空包弹,并将其射在了西田武的头颅上。在陈天明没有丢失配枪的情况下,这将成为陈天明杀死西田武的铁证。

当然,田中后岛会不会发现弹痕,或者说,田中后岛会不会不加审讯便杀死陈天明,唐明俊也不确定。这对唐明俊来说就是一场豪赌,赌注是他自己的性命,很显然,唐明俊最后赌赢了。

"西田将军是被陈天明这个刽子手杀掉的,他居然还想嫁祸唐明俊,简直愚不可及。"在丁胜楠询问的目光中,田中后岛轻声解释了一句。

帮西田武手刃"仇人"后,田中后岛在营地中为西田武举行了军人的葬礼,祭品则是陈天明的头颅。

在庄严而肃穆的哀乐中,唐明俊的内心十分愉快,乃至兴奋。因为唐明俊不仅仅为母亲和死于重庆大轰炸的同胞们报了仇,而且在击杀西田武后,他可以堂堂正正地告诉所有人,自己不是汉奸。

尽管田中后岛尽力掩饰,但西田武死亡的消息还是很快便在重庆传播开。听闻西田武跟一众参与重庆大轰炸行动的飞行员全部被杀,重庆人民都觉得出了一口恶气,大街小巷击掌相庆,气氛欢快得跟过节似的。

唐宪富看到报纸后,瞬间便猜到这是唐明俊的手笔。他脸上神色变幻不定,想着跟唐明俊再次会面时,应该如何跟他沟通。

第二天,唐明俊沾沾自喜地买了一本《上海年华》杂志,果然从中看到了"火种"约见自己的暗码。

怀着雀跃的心情,唐明俊一大早便抵达了接头的地方,不时地掏出怀表瞄一眼。看到接头的时间差不多到了,他才跟掌柜要了一壶热茶、两个茶杯,坐立不安地看向门口,等待着"火种"的到来。

在唐明俊期待的目光中,一个戴着毡帽的络腮胡准时地踏入了四季茶馆。

"唐明俊,你这一次不听指挥,擅自行动,对我们的计划造成了极大的影响。我约你出来,是想通知你,因为你的无组织无纪律,我决定革除你的联络员身份,并且你接下来要保持永久性的静默。"就在唐明俊还在幻想着"火种"会夸奖自己时,"火种"不带丝毫感情的话语有如晴天霹雳落入他的耳中,让他手脚冰冷,不知所措。

"火种,我……"唐明俊愣了半响,才从惊慌失措中回过神来,他嘴巴一张,便想说这一次击杀西田武的不易以及自己为母亲报仇雪恨的苦衷。可是当唐明俊抬起头时,发现"火种"已然走到了茶楼门口,他甚至连桌子上的茶杯都没有碰一下。

"为什么会这样?西田武是屠杀重庆人民的刽子手,我杀了西田武,组织上不是应该夸奖我,表彰我么,怎么反而会严厉斥责我?"

……

唐明俊心中既委屈,又失落,他完全想不通这是怎么回事。

失魂落魄地回到营地,唐明俊蒙头便睡。半夜时分,唐明俊听到营房内响起一阵窸窸窣窣的声音。他大惊之下,一个翻滚,藏在枕头底下的枪已经拿到了手中,并且第一时间抵在了来人的额头上。

"不要出声,是我。"黑暗中,熟悉的声音在唐明俊耳边响起,仿佛春风拂面,温柔而令人迷醉。

"意姐,您怎么来了?"唐明俊及时地收起枪,又警惕地倾听了一下四周的动静,这才压低了声音问道。

"营地不方便说话,我们找一个地方聊。"听出了唐明俊声音中的惊喜和激动,廖意林下意识地松了口气,轻声招呼唐明俊道。

唐明俊点了点头,然后两个人躲过岗哨,蹑手蹑脚地走出了营地。

"唐明俊同学,我从报纸上看到了西田武被杀的事情,你给育才学校增光了。"廖意林第一句话,便让唐明俊眼睛一亮,精神也变得亢奋起来。

"意姐，你怎么知道西田武是被我杀的？"激动之后，唐明俊一脸的困惑。

"你啊，还跟在学校时一样，勇气可嘉，心思却不够细腻，难道你没发现自己丢了一样东西么？"廖意林瞪了唐明俊一眼，指了指唐明俊的额头道。

"我丢了东西？"唐明俊闻言脸色大变，他第一时间摸了摸自己随身携带的怀表，然后又摸向另外一个兜，发现那个兜空空如也的同时，他的眼前出现了一支明晃晃的钢笔。

"温念君昨天晚上也去过陵园，她在陵园中看到了西田武和一众飞行员的尸体，同时也在你母亲坟前发现了诸多没有被清理干净的痕迹以及这支钢笔，所以我们可以确认西田武是被你杀死的。"廖意林微笑着将钢笔递给唐明俊，轻声解释道。

听到廖意林的话，唐明俊的额头直冒汗，心中也是一阵后怕。他完全不知道温念君跟在自己身后，更不知道她能够从陵园中残留的痕迹中判断出这么多的东西，要是跟在自己身后的是田中后岛或者76号的人，岂不是意味着自己已经露馅了？

"温念君怎么会去陵园？"唐明俊下意识地问道。

"你应该知道，温念君的父母都是死于日军大轰炸。她与日军，尤其是以西田为首的参与重庆大轰炸行动的飞行员有着刻骨深仇，所以她偷偷策划了刺杀西田武的行动。曾景阳无意中得知温念君的行动计划后，也暗中参与了行动。"

听到廖意林的话，唐明俊的脑海中下意识地闪过两道身影。

唐明俊现在可以确定，昨天晚上在西田武聚餐包间中跟自己狭路相逢的那两个人应该是曾景阳和温念君，只是当时三个人无论是外形还是声音都作了伪装，所以没能认出彼此。

从廖意林手中接过钢笔，唐明俊脸上闪过一丝缅怀神色：因为这支钢笔，赫然是1941年，唐明俊刚刚进入育才学校时，廖意林送给唐明俊的生日礼物，当时羡煞了班上很多同学。

"意姐，大家一切都还好吧？"深情地凝视了手中的钢笔片刻，唐明俊关心地问道。

"大家都好着呢，就是经常念叨你们几个人。"廖意林捋了捋额前的长发，脸上满是温柔的神色，"明俊，我看你一直愁眉苦脸的，是有什么心事么？"

唐明俊犹豫了片刻，叹气一声，将自己到了76号以后的经历悉数跟廖意林说了一遍。

听说唐明俊竟然是被田中后岛掳掠到上海的，并且在上海跟76号的人斗智斗勇、多次命悬一线时，廖意林忍不住轻轻地将唐明俊拥入怀中，心疼地安抚了他一阵。

"意姐，为什么我杀了西田武，'火种'非但不表扬我，反而革除我联络员的身份啊？你可以跟'火种'求情，让我重新做他的联络员么？"想起廖意林的身份，唐明俊满脸期待地问道。

"唐明俊，这一次的事情你真的做错了。既然'火种'让你不要打草惊蛇，说明他肯定有他的算计。昨天要是没有军统和游击队在酒楼门口狙击田中后岛一行人，你跟那些爱国人士非但没法刺杀西田武，反而可能将性命丢在酒楼中。

"你最终能够成功刺杀西田武，的确是大功一件，'火种'应该是关心则乱，并非真的生你的气。等这段时间过去了，他应该会原谅你。所以你也不用太担心，他应该很快便会让你做回他的联络员。"看到唐明俊脸色变得难看，廖意林及时地安慰道。

唐明俊闻言不由得大喜，他激动地在原地蹦跳了半天，又挥舞了一下拳头发泄心中的兴奋之情，这才对廖意林表示感谢。

"意姐，您这一次过来找我，除了送还钢笔，应该还有其他事情吧？"见廖意林用宠溺的目光看着自己，唐明俊赧然地摸了摸后脑勺，后知后觉地问道。

"唐明俊，组织决定对你进行最后一次考验，要是你能通过考验，组织就吸收你为中共地下党员,你愿意接受组织的严峻考验么?"廖意林突然间脸色变得肃穆,一字一顿地询问唐明俊道。

"啊……啊……我愿意!"听到这突如其来的喜讯,唐明俊喜不自禁,整个人也变得结巴起来。

多年夙愿眼看就要达成,唐明俊激动得面红耳赤,心潮起伏。

廖意林非常理解唐明俊的心情,所以她只是静静地看着唐明俊,让他独自消化这份喜悦,直到唐明俊的心绪慢慢平复下来,她才继续跟唐明俊聊天。

"明俊,虽然'火种'之前有给你布置任务,让你窃取重庆大轰炸的计划,但是,有关'火种'的身份,无论在延安还是重庆都是一个谜。我们甚至不确定他是否是组织的人,只知道他暂时是友非敌。

"所以,我想恳求你继续潜伏在76号,不惜一切代价阻挠田中后岛轰炸重庆兵工厂,'火种'那边你照常联系,不要暴露你的任务目标就行。"

廖意林的话,让唐明俊脸上的笑容一点点收敛,神情也变得肃穆,他下意识地反驳道:"'火种'应该是我们的人吧?当初让我去夜迷离酒吧阻挠'火种'接头的老吴明明是共产党员啊。"

"以前的'火种'的确是共产党员,而且那个人你也认识,他就是温念君的叔叔温东岳。可是温东岳几年前突然间叛变了组织,给组织造成了巨大的损失,要不是新的'火种'及时出现,后果不堪设想。"尽管事情过去了好几年,提起当年的事情时,廖意林还是心有余悸。

唐明俊闻言愕然,好半晌工夫后,他才消化廖意林所说的惊人信息,肃然道:"意姐,其实我这段时间听从田中后岛的指示,一直在调查重庆兵工厂的位置,只是找不到丝毫痕迹。"

"你找不到重庆兵工厂的位置,并不代表田中后岛找不到。"廖意林笑了笑,在唐明俊困惑的目光中,她叹气道,"国民党跟共产党不一样,共产党有着纯粹而崇高的信仰,国民党内部却充斥着各种利益纠葛和斗争,他们可以为了利益出卖任何东西的。"

"啊,你是说国民党的高层会主动向田中后岛出卖兵工厂的位置?"唐明俊满脸不可置信地问道。

"不好说,不过你现在是田中后岛的心腹,只要留意田中后岛的动静,应该很快便会知道结果。"廖意林摇了摇头,眼中闪过一抹淡淡的忧伤。

唐明俊跟廖意林久别重逢,心中有着说不完的话,两个人聊了整整一夜,直到晨鸡报晓,他才跟廖意林依依惜别,回到营地。

躺在床上,唐明俊辗转反侧,怎么也睡不着,一会儿兴奋得手舞足蹈,一会儿又愤怒得咬牙切齿,最后索性起身下床,一遍又一遍地练习五禽戏。

自从跟廖意林深入沟通后,接下来的时间中,唐明俊便多长了一个心眼,对于田中后岛的一举一动非常上心。

一周后,田中后岛屏退了所有的随从,戴上帽子和墨镜,乔装打扮一番后,独自一人离开了行营。

无意中将这一幕看在眼中,唐明俊觉得蹊跷,便毫不犹豫地尾随在田中后岛的身后。

在老于和丁胜楠的调教下,又有着档案馆中那么多的资料作为参考,唐明俊在76号的一年中,跟踪技术突飞猛进。即便是田中后岛这样的资深间谍,都没有发现唐明俊的存在。

半个小时后,田中后岛进入了一座基督教堂,恭敬地站到耶稣雕塑前,虔诚地祷告。

藏身教堂侧边槐树上的唐明俊却是忍不住翻了一个白眼,他知道田中后岛信奉的是日本武士道,绝对不可能信奉别的神明,所以田中后岛的行为实在太反常了。

果然,几分钟之后,又有一道身影进入了教堂,他旁若无人地走到田中后岛身边,找了一条凳子坐下,然后将手中的一幅画卷顺手放在了凳子上。"是他!怎么可能是他?"

看到这道熟悉的背影,唐明俊忍不住惊呼失声,因为他跟踪过这个背影很多次,对这个背影实在太熟悉了,而且通过对方的一些习惯性小动作,唐明俊几乎可以确定,这个人就是"火种"。

"火种"在凳子上坐了片刻,似乎想起了什么事情,很快便匆匆离去,只是他临走时,似乎忘记了自己放在凳子上的画卷,将它落在了教堂中。

唐明俊看了看"火种",又看了看田中后岛以及凳子上的箱子,他有点傻眼,自己现在是应该跟踪"火种",还是继续跟踪田中后岛呢?

纠结了片刻,唐明俊决定还是去跟"火种"问一个明白。生怕动作慢了"火种"走远,唐明俊纵身一跳,从槐树上跳落地面,然后他听到"咔嚓"一声,脸色也变得十分难看。

原来唐明俊没有注意到藏身的槐树下有一根枯枝,唐明俊的双脚正好落在了枯枝上面,然后发出了一声清脆的异响。

唐明俊下意识地看向教堂中的田中后岛,发现田中后岛也瞪圆了眼睛看向自己。

"唐处,你也来教堂了啊,正好帮我将这幅画带回营地。"唐明俊还在绞尽脑汁想着如何编织托辞时,田中后岛微笑着招呼道。

"田中课长,我是担心您的安全,才过来找您的,出了西田将军的事情后……"唐明俊讷讷道。

"唐处有心了。"田中后岛似乎有点心不在焉,他挥了挥手,打断唐明俊的解释,兴奋地说道,"我最近不是让你寻找重庆兵工厂的位置么?已经有着落了。"

听到田中后岛的话,唐明俊的脑袋轰地一下炸开了。

唐明俊都不知道自己是怎么跟着田中后岛回到营地的,他的脑海中只有一个念头:自己一直信任并且崇拜的"火种"竟然是叛徒,他将重庆兵工厂的地址交给了田中后岛!

回到营地后,田中后岛戴上手套,小心翼翼地摊开画卷,发现却是一幅正常的耶稣头像画卷。

就在唐明俊以为自己判断失误，错怪了"火种"时，只见田中后岛拉住画卷两端的丝线轻轻扯了一下，耶稣头像画卷中竟然存在一个夹层。田中后岛兴奋地取出夹层中的东西——赫然是重庆一座兵工厂的地图。

唐明俊下意识地便想将这一消息告诉廖意林，让廖意林提前做好准备，免得这座兵工厂被日本人袭击了。只是唐明俊还没想好如何向廖意林传递信息，田中后岛却叫来了丁胜楠，分别给唐明俊和丁胜楠斟满了一杯酒。待两个人喝下后，田中后岛才将兵工厂的地图拿出来，让丁胜楠、唐明俊跟他一起夜探兵工厂，确认兵工厂的真伪。

前往兵工厂的路上，唐明俊一会儿想着"火种"是叛徒的事情，一会儿想着如何跟廖意林通风报信的事情，哪怕是丁胜楠都看出了唐明俊的心神不宁。

"明俊，怎么感觉你今天心不在焉的，遇到什么事了？"丁胜楠关心地问道。

唐明俊闻言一愣，这才注意到自己的失态。

"胜楠姐，我们努力了一个多月都没弄到重庆兵工厂的地址，田中课长一出手就轻而易举地拿到了，我在琢磨田中课长是如何做到的。"见田中后岛用已经知悉一切的目光审视着自己，唐明俊凛然道。

"这只能说明田中课长比我们厉害啊。"丁胜楠不疑有他，微笑着说道。

"是啊，还好田中课长来了，不然的话，我们还不知道要拖到什么时候才能完成任务。"听出了丁胜楠的关心，唐明俊随声附和道。

接下来的时间，唐明俊不敢再胡思乱想，而是暗自提醒自己：务必不能在田中后岛和丁胜楠面前表现出异常情绪。

半个小时后，三个人来到了地图中所标识的兵工厂，发现这里是一座小山包，基本上是十步一岗，五步一哨，守卫十分森严。

田中后岛带着丁胜楠和唐明俊摸进了兵工厂的仓库之中，打开箱子一看，发现里面装载着崭新的枪支和弹药。

确认了兵工厂地图的真实性后，无论田中后岛，还是丁胜楠，脸上都露出了雀跃的神色，唯有唐明俊心中怒火滔天，偏偏在田中后岛面前，他还不敢表现出任何异常情绪。

"让你进入 76 号，真的是我这辈子做得最正确的决定。"田中后岛突然间拍了拍唐明俊的肩膀，兴奋地说道。

听着田中后岛这句没头没尾的话，唐明俊感觉到一阵莫名其妙。

三个人很快又溜出了兵工厂，就在丁胜楠和唐明俊准备上车时，田中后岛打了一个手势，示意丁胜楠不忙上车，他从车内掏出一个箱子递给了唐明俊："唐处、丁处，我到前面一公里远的地方等你们，麻烦你们将箱子内的发信装置安装到兵工厂最高处的哨塔上面。"

接过田中后岛递过来的箱子时，唐明俊提着箱子的手微微颤抖了一下，另外一只手不由自主地摸向了腰间的手枪。这一刻，唐明俊的脑海中突然间冒出一个疯狂的念头，要是自己在这里杀了田中后岛，或许日本轰炸重庆兵工厂的计划就直接泡汤了。

"丁处、唐处，我忘记告诉你们一件事情了，你们从营地出发前喝的酒中，我放了一点剧毒。你们只有成功地完成了我布置的任务，才能从我手中拿到解药。"似乎看透了唐明俊的心思，田中后岛似笑非笑地跟唐明俊说道。

听到田中后岛的话，丁胜楠脸色变得非常难看，她下意识地质问道："田中课长，您这是什么意思？"

"丁处、唐处，实在抱歉，轰炸重庆兵工厂的任务事关重大，出不得半点差错，哪怕是牺牲你我性命，这个计划也必须如期推进和完成。等任务完成了，我再给两位庆功，顺便道歉。"田中后岛无视了丁胜楠的愤怒，而是淡然道。

唐明俊闻言却是瞳孔一缩，他听出了田中后岛的话外之音：哪怕自己现在杀了田中后岛，也会有其他日本人接手重庆轰炸的任务，所以是否击杀田中后岛并不重要，自己得想别的办法来阻止日本轰炸重庆兵工厂的行动。

目送田中后岛开车离去后，丁胜楠和唐明俊站在原地沉默了片刻，几分钟后，两个人不约而同地苦笑出声，不得不接受田中后岛的任务，再次潜入兵工厂中。

一路上，丁胜楠碰到国民党的巡逻士兵时，习惯性地想要动手杀人，却被唐明俊及时阻止。被唐明俊一再劝阻，丁胜楠也不生气，而是乖巧地全部听从唐明俊的。

半个小时后，两个人顺利地靠近哨塔。就在唐明俊攀爬哨塔的时候，无数盏照明灯同时亮起，打在唐明俊和丁胜楠身上，哨塔周围突然间涌现出近百名国民党士兵，里三层外三层地将丁胜楠和唐明俊包围在了中间，领头的人赫然是唐明俊昔日的同学曾景阳。

"我们踏入陷阱了？"

在无数盏照明灯的照射下，丁胜楠跟唐明俊下意识地闭上眼睛，心中却是同时"咯噔"一声，脸色变得非常难看。面对重重包围，两个人不敢有任何异动，只能老实地放下武器，举起双手。

曾景阳冷笑着走到唐明俊跟丁胜楠面前，围着两个人转了一圈，嘴中也是啧啧有声："唐明俊，报纸上说你是卖国贼、大汉奸，我还不信，如今被我抓了现行，你还有什么好说的？"

看到曾景阳憎恶的眼神，唐明俊的嘴唇嚅动了一下，却没有辩解，大庭广众之下也不是辩解的场合。

曾景阳见唐明俊沉默，却以为唐明俊是死猪不怕开水烫，已经认命了，心中痛苦之极，他挥了挥手，将丁胜楠跟唐明俊押回了军营。

因为恼怒丁胜楠跟唐明俊的卖国行为，一路上，曾景阳对待两个人的态度异常粗暴。丁胜楠仅仅瞪了曾景阳一眼，便被曾景阳一个枪托砸晕了过去；唐明俊尽管没有吱声，也是挨了几个国民党士兵的重击。

"唐明俊，我真的很心痛，曾经志存高远、拥有坚定共产主义信仰的你，竟然会变成一个大汉奸、卖国贼，以出卖国家利益、牺牲人民幸福来获得权力和金钱，你怎么会堕落如此！"难道你忘记自己母亲是死于日军大轰炸，父亲也是死在日伪特工的流弹之下了么？"

……

将唐明俊押进自己的营房后,曾景阳痛心疾首地大骂道。骂着骂着,曾景阳似乎累了,他将枪口顶在唐明俊的额头上:"既然我说什么,你都冥顽不灵,那我就送你上路吧,希望你下辈子不要走错了道路。"

"景阳,假如我告诉你,我并非汉奸,而是潜伏在76号的特工,你信么?"眼看曾景阳就要扣动扳机时,唐明俊叹息一声,终于忍不住跟曾景阳坦诚自己的身份,他不希望曾景阳因为杀了自己而悔恨终身。

"你是潜伏在76号的特工?你有什么证据?你是哪一方的人?"曾景阳愕然瞪圆了眼睛。

"我是哪一方的人并不重要,你只需要明白我不是汉奸就好。证据很多,比如说我参与了击杀西田武的行动,最后西田武也是被我割了头颅后献给田中后岛的;比如说我今天晚上没有伤害任何一名国民党士兵……"

在曾景阳的注视下,唐明俊字斟句酌地说着,不过他言语间有所保留,并没有将自己接受共产党领导的事情告诉曾景阳,毕竟曾景阳现在是国民党的校官。

"什么?西田武是被你杀的!"曾景阳下意识地惊呼出声,当他意识到自己的失态时,他又慌忙捂住自己的嘴巴。

曾景阳探头看了一眼营房外面,发现没有人偷听自己跟唐明俊的对话,他这才满脸兴奋道:"难怪温念君那天晚上回来后,一直说你不是汉奸,而是大英雄。你快跟我说说,你是如何追上西田武,又是如何解决掉他和那几个飞行员的。"

"你这么容易就信了我?万一我是骗你的呢?"见曾景阳竟然毫不犹豫地相信了自己,唐明俊不由得讶然。

"其实我那天晚上也参与了击杀西田武的活动,而且还在西田武聚餐的包间遇到了你,甚至拿枪挟持过你。我借助微弱的光芒,看到了你后颈上的痣,当时就对你的身份起疑心了。"曾景阳笑了笑,咧嘴道,

"但是，我还是希望你能够亲口告诉我你不是汉奸！"

"我是不是应该感谢你那天晚上的不杀之恩？"听到曾景阳的话，唐明俊笑了。

误会澄清后，曾经熟悉的感觉又回来了，两个人互相捶了对方几拳，又轻轻地拥抱了一下，一切尽在不言中。

"什么，田中后岛给你下了毒，让你必须完成发信装置的安装？"当唐明俊跟曾景阳寒暄一阵之后，跟曾景阳和盘托出今天晚上的计划时，曾景阳忍不住再次惊呼出声。

一时间，曾景阳陷入了两难境地，一面是家国大义，一面是自己兄弟的性命。

"亏你们还是育才学校的高才生，竟然被这种小问题难住了。"一道突兀的声音突然间在营房内响起，吓了两个人一大跳。

曾景阳的手摸向腰间手枪的同时，发现温念君不知道什么时候进入了自己的营房。

温念君跟唐明俊和曾景阳点头招呼一声，这才脆声道："我所读的军校曾经讲过发信装置的校验原理，我可以对发信装置进行反向编译和改装，这样能让田中后岛完成校验的同时，让轰炸机通过转接装置接收到错误的信号，从而炸毁田中后岛的行营。"

"还可以这么操作？"

"你在军校还学了什么好东西啊？"

听完温念君的话，唐明俊跟曾景阳不由得面面相觑，看向温念君的目光满是兴奋。

"你们还想不想改装发信装置了？要是不想改装的话，我就走了，你们两个大男人继续秉烛夜谈。"温念君见唐明俊跟曾景阳都这个时候了，还在羡慕自己上军校的事情，她心中窃笑的同时，忍不住娇嗔道。

"改，必须改，这关系到明俊的身家性命，马虎不得！"见温念君"生气"，曾景阳连忙停止了跟唐明俊的争论，跟温念君说道。

唐明俊也一脸热切地看着温念君，激动道："要是你真的能够改装发信装置,让日本人轰炸田中后岛行营的同时,误以为轰炸重庆兵工厂的计划成功,你的功劳就大了。"

"既然这样,我们还犹豫什么,一起动手吧!"温念君笑了笑,低头拆开了唐明俊手中的发信装置,在唐明俊和曾景阳的配合下,一点点地对发信装置进行改动。

昏暗的营房中,三个曾经立志拯救中国的少年,如今已然成长为爱国青年,他们正在用自己的行动证明自己的赤胆忠心,为抗日战争的胜利贡献自己的绵薄之力。

两个小时后,温念君擦拭了一下脸上的汗水,又捋了捋额前的长发,这才喘气道:"幸不辱命,改装完成,接下来的任务就需要明俊独自去完成了。"

"念君,田中后岛狡诈如狐,这个转接装置不会被他看出什么端倪吧?"曾景阳看着唐明俊手中的发信装置和转接装置,眼中流露出一丝担忧。

温念君闻言,同样一脸的紧张:"我反复检查确认过,应该没有问题。"

"我相信念君的技术,我们提前预祝这次行动成功。"唐明俊却是洒脱地挥了挥手,转身走出了营房。

在曾景阳的配合下,唐明俊顺利地将发信装置安装到了哨塔之中,然后又将丁胜楠从兵工厂救了出去。

"唐明俊,我们这是在哪儿,你是怎么逃出来的?"唐明俊背着丁胜楠下山时,丁胜楠在唐明俊的背上悠悠醒来,声音虚弱地问道。

"胜楠姐,我趁着夜深,说有重要消息汇报,然后打晕了国民党的校官曾景阳,趁机逃了出来,我们应该马上要到跟田中课长会合的地方了。"唐明俊气喘如牛道。

听到唐明俊的喘息声,丁胜楠挣扎了一下,轻声道:"明俊,你放我下来,我自己走,我们得加快速度,免得再次被国民党士兵抓住。"

唐明俊闻言,轻轻地将丁胜楠放在地上,确认丁胜楠行走没有大碍后，两个人这才重新上路。回头看了一眼兵工厂哨塔的方向，又摸了摸贴身保管的转接装置，唐明俊似乎看到了计划成功的曙光。

山脚的一个三岔路口，田中后岛在车上等了大半个晚上，他已经有点不耐烦了。就在他以为丁胜楠跟唐明俊任务失败，准备开车离去时，却看到唐明俊和丁胜楠完好无损地从转角处走了出来。

"唐宪富啊唐宪富，你被我抓住了软肋，也只能喝我的洗脚水啊！"田中后岛不屑地冷笑一声，然后满脸热情地迎上了丁胜楠和唐明俊。

简单寒暄了两句，就在田中后岛准备询问唐明俊和丁胜楠执行任务的具体细节时，曾景阳已然率领军队追了出来。

"你们暴露了行踪怎么也不早说？"田中后岛狠狠地瞪了丁胜楠和唐明俊一眼。匆忙之中，他来不及多问，连忙从车辆的后备箱中拿出一个测试装置，对哨塔顶部的发信装置进行检测。

让唐明俊没有想到的是，也不知道是田中后岛的检测装置出了问题，还是哨塔顶部的发信装置出了问题，田中后岛的第一次测试竟然失败了。

唐明俊还在沉思到底哪里出了问题，一个冷冰冰的枪口已然顶在了他的额头上。

"唐明俊，我给了你活命的机会，看来你不懂得珍惜啊！"与此同时，田中后岛的声音在唐明俊耳边幽幽响起。

第十四章 传承火种

"田中课长,我敢保证,发信装置的安装绝对没有问题。"被喜怒无常的田中后岛拿枪顶着脑袋,唐明俊紧张得浑身直冒冷汗,脑海中过滤了一遍自己跟温念君、曾景阳改装发信装置的过程,他强自镇定道。

"田中课长,我是亲眼看到唐明俊将发信装置安装在哨塔顶部的,或许是测试装置不灵,要不您再试试?"丁胜楠看着越来越近的追兵,她帮着唐明俊求情道。

田中后岛盯着唐明俊和丁胜楠看了片刻,然后再次进行测试。只听到一道清脆的"叮"声,测试装置这一次终于有了反应。

"唐明俊,对不起,刚刚我错怪你了,我向你道歉。"看到测试装置上亮起的绿色信号,田中后岛向唐明俊鞠了一躬,嘴中也是道歉出声。

丁胜楠跟唐明俊闻言,下意识地松了口气,尤其是丁胜楠,仿佛全身力气都用尽了一般,脚下也是一个趔趄。

看到丁胜楠跟唐明俊心有余悸的样子,田中后岛钻进驾驶位,飞速地启动车辆,带着两个人踏上了回营的路程。

回去的路上,唐明俊发现丁胜楠时不时地盯着自己看,一副欲言又止的样子,似乎有很多话想要询问自己,只是碍于田中后岛在身边没有问出口。

唐明俊知道,丁胜楠肯定对这一次的兵工厂之行产生了很大的疑问,甚至开始怀疑自己的身份。他下意识地摸向了腰间的手枪,心中甚至冒出了杀死丁胜楠的想法,只是这个想法刚刚冒出来,就被他掐灭在萌芽状态中。

无论是丁胜楠在76号对自己无微不至的照顾,还是她刚刚为了掩护自己而向田中后岛撒谎,这都让唐明俊无法对丁胜楠下手。他从来没想过自己会有跟丁胜楠兵戎相见的一天,尽管两个人所处的立场是对立的。

回到行营后,唐明俊服下了田中后岛送来的解药,对于田中后岛送过来的其他东西,却是不敢再碰,随后很快便躺在床上沉沉睡去。

摸了摸怀中贴身藏着的转接装置,唐明俊在行营内惴惴不安地度过了一天。

好不容易熬到晚上,唐明俊绕过众人,蹑手蹑脚地爬上了行营的哨塔。就在唐明俊到处寻找安装转接装置的合适场地时,他看到丁胜楠有如幽灵一般,背对着自己坐在哨塔顶部的另一侧,一动不动地没有半点声音。

"明俊,你也是上来看月亮的么?你说是重庆的月亮圆,还是上海的月亮圆?"丁胜楠掏出一张手绢铺在自己身旁的地上,示意唐明俊挨着她坐下,柔声询问唐明俊道。

"月是故乡明,景是家乡美,我当然觉得重庆的月亮又圆又美啊。"唐明俊看了看天上皎洁的月亮,下意识地感慨道。

丁胜楠闻言愣了一下,随即抱住了唐明俊的胳膊,将头枕在唐明俊的肩上,吐气如兰道:"明俊,我想家了,好想这该死的战争早点结束。"

丁胜楠的话音刚落,一颗流星从天际滑过。

"胜楠姐,听说对着流星许愿很灵的,只要你闭上眼睛许一个愿,然后心中所想皆能如愿,我们许个愿吧!"看着那一长串的流星,唐明俊眼睛一亮,然后在丁胜楠兴奋的目光中,教丁胜楠如何许愿。

在唐明俊的教导下,丁胜楠虔诚地双手合十,闭上眼睛,唐明俊则是趁机将转接装置安装到了哨塔之上,并且用稻草将其掩藏。

"明俊,你刚刚许的什么愿?"唐明俊再次坐到丁胜楠身边时,丁胜楠恰好睁开眼睛,她脸上挂着满足的笑容,侧着脸询问唐明俊道。

"许愿是不能说的,说了就不灵了。"唐明俊敷衍道,沉默了片刻,唐明俊认真地问道,"胜楠姐,假如有一天,我们不得不兵戎相见,你会怎么办……"

当丁胜楠的冰凉小手摸向唐明俊腰间的皮带时,唐明俊终于清醒过来,他发现自己无论怎么劝阻都没用,索性强行推开丁胜楠,捡起地上的衣服直接开溜。

"唐明俊,要是你今天走了,我会恨你一辈子,我会杀了你,还会杀了你的红颜知己温念君!"丁胜楠美眸中闪烁着泪花,盯着唐明俊的背影,恶狠狠地喊道。

唐明俊的脚步顿了一下,背对着丁胜楠说了一声"对不起",随后头也不回地消失在了夜色深处。

唐明俊刚刚回到自己的营房,便看到田中后岛的随从正在营房中等候自己。他见状心中一个激灵,还以为田中后岛发现了自己的动作,脑海中杂念丛生,迅速地想着应对之策。

"田中课长在他的营房内弄了一桌宴席,想邀请唐处和丁处一起去他的营房内看烟花,还请唐处移步。"在唐明俊疑惑的注视中,田中后岛的随从恭敬地邀请道。

唐明俊凝视了随从片刻,点了点头,大步走出了自己的营房。

"我刚刚在外面散步时,碰到了丁处,她说自己想去哨塔顶部看月亮,或许你能够在那里找到丁处。"走出营房时,唐明俊犹疑了一下,还是忍不住跟随从说了一声。

"谢谢唐处告知,我刚刚去了丁处营房,没看到她,正发愁去哪儿寻她呢。"听到唐明俊的话,随从喜出望外,随即快步朝哨塔方向走去。

唐明俊抵达田中后岛的营房时,田中后岛已然倒好了红酒,正在一边哼着小曲,一边对发信装置进行信号测试。看到准确无误的校验测试结果，田中后岛脸上的笑容更加浓郁了。

"明俊，你来得正好，我敬你一杯，距离我们轰炸重庆兵工厂还有一个小时，一个小时后，你就可以再获得一个勋章，高兴？"田中后岛指了指长桌上摆放的闹钟，大笑着举起了杯中的红酒。

看了一眼田中后岛早就设置好的闹钟，唐明俊眼中闪过一抹复杂的神色，他并没有举起面前的酒杯，而是走到音乐盒面前，打开了营房内的音乐盒："信号发射装置是丁处跟我一同安装的，所以庆功酒应该等她来了再享用。"

田中后岛闻言一愣，随即点头道："你说得对，我们等丁处来了再一起干杯。"

跟唐明俊说完后，田中后岛拿起营房内的电话，拨通了武汉那边的电话，下达了轰炸的命令，只是田中后岛准备挂电话时，他隐隐感觉到有点不对劲，因为刚刚通话时，电话中传来一阵阵嘈杂的干扰音。

田中后岛知道发信装置的信号会影响电话的通话质量，可是自己的行营距离要轰炸的工厂近十公里，安装在兵工厂的发信装置的信号不可能影响到行营的电话通话质量。

想到这里，田中后岛额头直冒冷汗，他站直身子，便想吩咐随从去检查行营最高处的哨塔。只是田中后岛刚刚张开嘴巴，一柄手枪便顶在了他的后脑勺上，田中后岛已经猜出，自己身后持枪之人是唐明俊。

"田中课长，我们还是好好享受今天的庆功晚宴，而不要去做那些无用功，您觉得呢？"唐明俊冷冽出声道。

"唐明俊，你跟丁胜楠从山上下来时，明明身上除了手枪，并没有携带其他东西，发信装置被你藏在了什么地方？"短暂的失神后，田中后岛并没有表现出唐明俊想象中的惊慌，而是好奇地问道。

"这就不是您应该关心的事情了。"唐明俊在心中暗暗地给温念君点了一个赞，漠然回应道。

"你不说我也能够猜到，应该是你跟兵工厂的国民党特工相互勾结，改装了发信装置。其实你带回来的并不是发信装置，而是一个转接器，当时情况紧急，我大意之下忘记了对你进行搜身，才会犯下如此大错。"田中后岛满脸苦涩道。

"田中课长，我记得你曾经传授过我两条特别有用的特工经验：第一，永远不要在特工的面前卖弄专业知识，因为这对于一个特工来说是基础中的基础；第二，永远不要完全相信别人，因为只有自己最可靠。"

想起自己栽在田中后岛手中后，田中后岛对自己的教导，唐明俊的嘴角微微上翘，轻声讥讽道。

"唐明俊，看在我们师徒一场的分上，在我临死之前，可以跟我再下一次围棋么？"听到唐明俊的话，田中后岛似乎突然间苍老了许多，他佝偻着身子，轻声哀求唐明俊道。

不待唐明俊回答，田中后岛已然走到营房内的箱子前，打开一个抽屉。

"不许乱动，不然我不介意提前送你上路。"生怕田中后岛借机反杀自己，唐明俊厉声呵斥道。

"唐明俊，你不会提前送我上路的。因为你想让我死于自己人的大轰炸之下，为你母亲报仇雪恨；而且你害怕武汉那边在执行大轰炸计划之前，会打电话跟我确认，而我不接电话会耽误轰炸任务的正常进行。"田中后岛从抽屉中拿出围棋朝唐明俊晃了晃，淡然道。

听到田中后岛的分析，唐明俊心中凛然，因为田中后岛完全说中了他的心思。

田中后岛一边说话，一边走到长条桌旁坐下，同时示意唐明俊坐到他的对面。

整个过程中，唐明俊始终拿枪指着田中后岛的脑袋，额头上也渗出了细密的汗水。田中后岛被挟持后表现得实在太淡定了，而且好像一切都在他的掌控中，这让唐明俊心中极为不舒服，可是他又不知道田中后岛的后手在哪里。

就在唐明俊忍不住想一枪崩了田中后岛时，他的双臂处突然间传来一阵剧痛,却是一个巨大的铁笼从天而降,将唐明俊紧紧地困在了原地。眨眼间的功夫,唐明俊不仅仅手中的枪掉落地上,双臂也受了重伤。

原来,田中后岛早就预料到自己有可能会被劫持,所以他在自己的营房内安装了无数机关用以自救,今天晚上恰好用上了。

"唐明俊,你实在太执着于给你母亲报仇了,要不是你心中的执念,你刚刚直接一枪崩了我,我是完全没有机会踩下陷阱开关的。"看着一脸后悔的唐明俊,田中后岛狞笑道。

在唐明俊绝望的目光中,田中后岛拿起电话,喊来了数十个日本宪兵,吩咐其中一队人马去哨塔顶部拆除转接装置,一队人马对被困的唐明俊执行枪决处罚。

"田中后岛,我承认,这一局我输了,而且输得很惨。"看着一脸嘲讽的田中后岛,唐明俊嘴角满是苦涩的笑容,心中也被后悔所填充,他叹息道,"我的确很后悔,后悔自己刚刚没有打断你的四肢。"

田中后岛闻言哈哈大笑,他围着唐明俊转了两圈,拍了拍唐明俊的肩膀道:"唐明俊,其实你是我见过最有天赋的特工,我也一直在很用心地教你,可惜道不同不相为谋,要是下辈子有机会,希望我们能够成为真正的师徒。"

听到田中后岛的话,唐明俊脑海中下意识地闪过在76号跟田中后岛相处的一幕幕,撇开双方的立场不谈,田中后岛的确是一个合格的师父,唐明俊不由得陷入了沉默。

"唐明俊,临死之前,你有什么遗言么,看在你为76号作过贡献的分儿上,我可以帮忙将你的遗言转交给你父亲。"田中后岛的话惊醒了沉思的唐明俊,唐明俊甚至怀疑自己的耳朵出了问题。

唐明俊闻言瞪圆了眼睛,疑惑地看着田中后岛,希望田中后岛给自己一个合理的解释。

"看来你还不知道事情的真相,你就不好奇,育才学校那么多学生,为什么我就看上了你,将你掳掠到上海么……"

田中后岛正准备说出事情真相时,营房外面突然间传来一阵密集的枪声,伴随着日本宪兵的一声声惨叫。意识到来者不善,田中后岛顾不得继续跟唐明俊说话,他毫不犹豫地闪身躲到了营房内的书柜中。

唐明俊疑惑地看向门口的方向,非常纳闷日本的行军营中怎么会突然间发生动乱。

很快,唐明俊便愕然地张大了嘴巴,因为出现在他眼前的,赫然是身着旗袍、脚踩高跟鞋的丁胜楠。

此时的丁胜楠手持双枪,跟杀神一般,从容不迫地点杀着身边的宪兵。

冲进营房后,丁胜楠疑惑地看向唐明俊,用眼神询问唐明俊田中后岛的下落。

尽管唐明俊不清楚丁胜楠为什么会在日军的营房内大开杀戒,不过长时间一起执行任务养成的良好默契,让唐明俊下意识地跟丁胜楠使了一个眼色,告诉了对方田中后岛的藏身之处。

看清楚来人的相貌后,书柜中的田中后岛意识到发生了什么事情,他迅速地抢在丁胜楠前面开枪射击。

丁胜楠一直对田中后岛保持着高度警惕。得知田中后岛的位置后,她一个懒驴打滚躲开田中后岛枪击的同时,对着困住唐明俊的铁笼开了两枪,破坏了笼子上的铁锁,然后才不慌不忙地对着书柜方向还击。

"丁胜楠,你是76号的人,你怎么可以朝我开枪?"藏身之处暴露后,田中后岛已经从书柜中走了出来,他大声呵斥丁胜楠道。

丁胜楠闻言,眼中闪过一抹挣扎的神色,不过她手中的动作却没有丝毫的停滞,一边点射着不断从外面涌进营房的宪兵,一边跟田中后岛周旋。

唐明俊从铁笼中脱身之后,他毫不犹豫地捡起地上的双枪,跟丁胜楠背靠背,两人四枪,与涌入的日本宪兵混战。

最终,在一片狼藉之中,唐明俊与丁胜楠联手将闯入营房内的日本宪兵杀光,唐明俊也如愿以偿地用枪打断了田中后岛的四肢。

双手双脚全部中弹，田中后岛喉咙中发出一阵阵哀号声，但是整座行营内已经没有人能够听到他的声音。

不过唐明俊跟丁胜楠也没有好到哪里去，唐明俊原本就双臂受了重伤，刚刚完全是咬着牙，凭着一股毅力在坚持战斗，全身早就被汗水浸透。丁胜楠的身上也是血迹斑斑，分不清到底是沾染了敌人的鲜血，还是她自己中枪受伤了。

"胜楠姐，你不要紧吧？"看到丁胜楠脸色苍白，唐明俊关心地问道。

感受到唐明俊的紧张和关心，丁胜楠笑了笑，然后微微摇头："我不要紧，你赶紧给日本司令部那边发电文，免得耽误了你的任务。"

听到丁胜楠的话，唐明俊心神巨震，脑海中不由自主地闪过廖意林交代自己的任务。他愣愣地看了丁胜楠半晌，眼中闪过一抹复杂的神色。

"胜楠姐，谢谢你！"唐明俊发自肺腑地朝丁胜楠鞠了一躬，由衷地感激道。

也是这个时候，唐明俊才知道，丁胜楠早就知道了自己的身份，也知道了自己身上背负的任务，可是她非但没有揭发自己，反而在关键时刻站在了自己这边。唐明俊心中感动的同时，对丁胜楠也产生了一种莫名的情愫。

唐明俊在营房内找到田中后岛的电台，给日本司令部发送了一份与兵工厂玉碎的电文，随后，又走到田中后岛面前，轻声问道："田中课长，我们先前的话还没有聊完，要不我们继续说，要是您能帮我释疑，我也告诉您一个重要的信息。"

田中后岛此时目光呆滞，眼神空洞，仿佛根本看不到唐明俊。唐明俊连续问了好几遍，田中后岛都没有任何反应。直到耳中传来丁胜楠的闷哼声，唐明俊才不耐烦地踹了田中后岛一下，然后扶着丁胜楠走出田中后岛的营房。

"明俊，你知道么，我很早以前就发现你的身份不对劲了。"走出营房的刹那，丁胜楠突兀的一句话让唐明俊的身子陡然变得僵硬。

"要是我跟你一样参加革命，是不是就有机会跟你在一起了啊？"唐明俊还没想好如何回答丁胜楠，丁胜楠的声音又在耳边响起。

听到丁胜楠的声音不对劲，唐明俊连忙放下丁胜楠，检查她身上的伤口。

然后唐明俊的眼睛瞬间变得红肿，因为他发现丁胜楠身上的要害位置中了好几颗子弹，血水正汨汨地往外流，丁胜楠此时的脸色已经没有半点血色，随时都可能陷入昏迷状态中。

就在唐明俊手脚无措地想着如何治疗丁胜楠时，丁胜楠的眼角无声无息地滑落两行泪水。

"明俊，你不用为难，其实在我知道你的特工身份时，我就知道我们之间永远都不可能了。我是日伪特务，手上沾满了罪孽，我能想到最好的结局，就是为你而死，然后在你心中占据一席之地……"丁胜楠说着说着，就没了声音。

唐明俊下意识地低头看向丁胜楠，发现丁胜楠虽然脸上面容舒展，可是她已然闭上了眼睛，头也无力地耷拉到了一边。

"胜楠姐！"意识到丁胜楠的生命已经走到尽头，唐明俊情不自禁地大喊一声，然后无力地跪倒在地上，抱着丁胜楠的尸体泣不成声。

与此同时，唐明俊的头顶传来轰炸机的轰鸣声，地动山摇的爆炸将唐明俊的呐喊声淹没。

田中后岛在爆炸的最后一刻，爬到了桌前，看到了唐明俊发出去的电文，田中后岛万念俱灰地叹了一声："我输了……"话音未落，就被轰炸机炸得粉身碎骨。

目睹田中后岛的行军营被砸成废墟，唐明俊秘密地给丁胜楠进行了火葬。看着丁胜楠的骨灰随着袅袅的火灰随风而去，她生前所犯下的罪孽似乎也随风而逝。

"胜楠姐，我一直以来都知道你的心意，可是我们认识得太晚了，我不能辜负念君的情义。我发誓一定会早日结束这场战争，不让其他人重蹈你的覆辙。"跪在丁胜楠的衣冠冢前,唐明俊泪流满面。

唐明俊知道,这个乱世之中,有无数像丁胜楠这样的小人物。真正要为丁胜楠的悲剧负责的罪人,是发动残酷战争的日本帝国主义。

唐明俊在给丁胜楠举行葬礼时,日本人相信重庆兵工厂已然被田中后岛所炸,他们一边悼念田中后岛,一边举办庆功宴。

第二天,唐明俊红肿着眼睛来到了大轰炸死难者陵园,见到了早就等候在这里的廖意林和温念君。

看到眼前这个明眸善睐的女孩,唐明俊脑海中下意识地闪过丁胜楠昨天在日军行营内舍命相救的画面,然后紧紧地抱着温念君,半天不肯分开。

感受到唐明俊的激荡情绪,温念君没有任何的挣扎,任由唐明俊抱在怀中,面红耳赤地看着一旁微笑不语的廖意林。

"意姐,让您见笑了。"跟温念君拥抱良久,唐明俊才意识到自己的失态,他松开臂膀,朝廖意林讪笑道。

"明俊,你这一次的任务完成得非常漂亮,已经通过了组织的最终考验,可以成为一名真正的共产党员了,你愿么?"廖意林并没有笑话唐明俊,而是神色庄重地问道。

"我愿意!"唐明俊闻言,神色一整,眼中散发出夺目的光芒,朗声应道。

廖意林闻言,跟温念君交换了一下眼神,两个人下意识地松了口气,脸上露出了开心的笑容。

很快,温念君从身上掏出一面党旗,小心翼翼地展开。唐明俊在廖意林的引导下,向庄严的党旗宣誓,成为了一名真正的共产党员。

"念君,你是什么时候入党的啊?"看到温念君轻车熟路的样子,唐明俊好奇地问道。

"在某人加入76号,成为日伪特务的时候,我就入党了,因为我发誓要亲手诛杀某个大汉奸、卖国贼。"温念君轻咬银牙,娇嗔道。

唐明俊赧然地摸了摸后脑勺,嘿嘿干笑两声,然后向廖意林请示道:"意姐,田中后岛死在了重庆,76号那边群龙无首,我想回到76号,继续为抗日战争贡献自己的绵薄之力。"

想了想唐明俊在76号的影响力,廖意林沉吟片刻后,便点头同意了唐明俊的申请。

为了避免跟温念君缠绵而影响自己离去的决心,当天晚上,唐明俊便不辞而别,踏上了前往上海的轮船。

"糟糕,自己因为丁胜楠的逝世而心绪大乱,忘记了告诉意姐'火种'是内奸的事情。"轮船开动前的刹那,唐明俊想起田中后岛跟"火种"在基督教堂会晤的一幕,他毫不犹豫地站起身子,三步并作两步,敏捷地跳下了甲板。

唐明俊跳下轮船的刹那,他听到有人在焦灼地大喊着自己的名字,循声看去,看到温念君正气喘吁吁地追着船行驶的方向朝自己跑了过来。唐明俊揉了揉眼睛,还以为自己出现了幻觉。

"你为什么不辞而别,你是不是心中有了别的女人!"跟唐明俊紧紧拥抱片刻后,温念君不依地娇嗔道。

"没……没有啦……"唐明俊眼神不自然地躲闪了一下,脑海中却闪过丁胜楠的精致容颜。

不过温念君并没有注意到唐明俊的异常反应,她挥舞着手中的报纸,兴奋地跟唐明俊说道:"明俊,你不能去上海了,国民党高层今天为你正了汉奸之名,而且授予你中校军衔。你以后想继续为革命贡献力量,只能以国民党中校的身份进行了。"

"啊?"听到这则消息,唐明俊一头雾水,他接过温念君手中的报纸,逐字逐句读了一遍,发现果然如此。

"怎么会这样,没有人跟我提这件事啊……"半晌后,唐明俊讷讷道。

"明俊,难道你不想跟我在一起工作么,你不会真的在上海有放不下的女人吧?"温念君质疑道。

"不是……我只是好奇国民党高层怎么会授予我这么高的军衔,你比我早一年进入军统,现在也才上尉军衔吧?"唐明俊慌忙解释道。

"应该跟你杀死西田武有关吧,而且这一次轰炸田中后岛的行军营,你也是首功。我在军统一直都是负责后勤工作,立功的机会很少。而军统是最讲究论功行赏的地方。"温念君看向唐明俊的目光全是小星星,极大地满足了唐明俊的虚荣心。

"意姐知道这件事么?"经过温念君的解释,唐明俊勉强接受了自己成为国民党中校军官的事实,不过他很快便想起了自己的真实身份,下意识地询问道。

"意姐当然知道啊,她建议你接受军统的授勋,在军统进行抗日与革命工作,同时叮嘱你千万不要暴露自己共产党员的身份。"温念君点头道。

国民党高层的授勋打断了唐明俊的计划,让他没法去上海整合76号的势力。唐明俊心中遗憾的同时,也因为可以跟温念君朝夕相处而窃喜。

两个人有说有笑地走出渡口,然后回到了管二八,见到了早就等候在这里的廖意林。

"意姐,我有一件紧急事情想跟您汇报……"看到廖意林后,唐明俊第一时间将"火种"的事情告知了廖意林。

让唐明俊纳闷的是,他说完"火种"的事情后,廖意林非但没有生气,而是微笑着说道:"明俊,你不要激动,其实'火种'同志并非卖国贼,他跟田中后岛的交易另有隐情……"在唐明俊疑惑的目光中,廖意林侃侃而谈,将她了解的情况跟唐明俊叙说了一遍。

原来唐明俊与田中后岛前往的兵工厂,是"火种"特意为日军轰炸而仿造的空壳子,仅仅是为了掩人耳目,吸引田中后岛上当。未承想"火种"的计划被唐明俊、曾景阳和温念君三个人彻底破坏,唐明俊最后更是亲手将田中后岛杀害。

"……'火种'本来很恼怒你们几个人的行为,不过念在你们救国心切,而且有功无过,所以非但没有批评你们,反而对你们赞赏有加!"

听到廖意林的话，唐明俊下意识地跟温念君交换了一下眼神，心中却一阵后怕，还好自己几个人运气好，阴差阳错地完成了廖意林交代的任务，不然的话就万死难辞其咎了。

得知"火种"并非汉奸，唐明俊心结被解开，脸上露出了开心的笑容，对"火种"也更加敬佩。

"对了，'火种'让你晚上八点之前抵达左岸咖啡厅，说是要给你一个惊喜。"一阵寒暄后，廖意林抬起手腕看了一眼时间，提醒唐明俊道。

"'火种'要给我一个惊喜？"听到廖意林的话，唐明俊心中大喜，自己终于有机会看到他的真面目了么？兴奋至极的唐明俊顾不上跟廖意林跟温念君告别，转身便跑出了管二八，丢下廖意林跟温念君在办公室哭笑不得。

十分钟时间不到，唐明俊便赶到了咖啡馆，而此时距离晚上八点钟还有一个多小时。只是唐明俊丝毫没觉得自己提前了很多时间抵达接头的地点，而是局促不安地在咖啡厅中走来走去，脑海中也在组织着语言，回头见到了"火种"，应该如何跟对方交流。

唐明俊从来没有觉得时间过得如此缓慢过，他掏出怀表看了无数次，终于看到时针缓缓地指向了晚上八点整。想到自己马上就可以看到那个"亦师亦友亦父"的"火种"，唐明俊整理了一下衣领，又揉了揉表情有点僵硬的脸蛋，认真地观察着咖啡厅大门的方向。

"请问您是唐明俊先生么？"就在唐明俊望眼欲穿，等待"火种"到来的时候，一道稚嫩的声音突然间在他耳边响起。

唐明俊抬头看了站在自己面前的男孩一眼，脸上满是疑惑的表情。

"我不需要服务，谢谢。"唐明俊以为是咖啡馆的服务生，委婉地拒绝道。

看到唐明俊仅仅瞄了自己一眼，目光便再次落向咖啡馆的门口，站在唐明俊面前的男孩不由得满脸通红，他鼓起勇气道："唐明俊先生，是'火种'让我前来跟你接洽的，他让我做你的联络员，跟在你身边学习。"

听到男孩的话,唐明俊不由得一愣,他终于收回看向咖啡馆门口的目光,认真打量着眼前的男孩。看到男孩脸上青涩和期待的表情以及对方看向自己时毫不掩饰的炙热和崇拜目光,唐明俊仿佛看到了昔日自己的影子。

"'火种'还有跟你说什么吗?"得知"火种"今天可能不会过来,唐明俊的情绪陡然间变得十分低落。

男孩并没有注意到唐明俊的情绪变化,而是瞪着一双明亮的眼睛道:"'火种'让我跟在你身边好好学习,还让我务必保护好你的安全。我叫郭传博,您喊我小郭就好。"

被"火种"放了鸽子,唐明俊有如霜打的茄子,有点心不在焉的。不过看到小郭期待的样子,想起这是他特地派到自己身边的人,唐明俊还是点了点头,接受了小郭作为自己的联络员。与此同时,唐明俊下定决心,自己要像"火种"与老于对待自己一样,好好地培养小郭,将共产主义的火种传递下去。

两天后,罗家湾的花园公馆,国民政府为唐明俊举行了盛大的表彰仪式。

因为追击和诛杀西田武及其飞行员团队,并且设计炸毁田中后岛的行军营,成功破坏日军对重庆的大轰炸计划,国民政府将唐明俊当成了抗日的典型,给予了大力表彰,授予他中校军衔。

在所有参会人员羡慕的目光中,戴笠亲自为唐明俊戴上了中校勋章,并且亲热地鼓舞了唐明俊一番。

在雷鸣般的掌声和镁光灯的急剧闪烁中,唐明俊的脸上挂着明媚的笑容,只是他的脑海中始终盘旋着一个疑问:自己怎么莫名其妙地变成了一名军统特工?

"明俊,恭喜你啊,戴老板神龙见首不见尾,我们平时想见一面都难。他今天不仅仅出席了你的表彰和授勋仪式,更是对你亲热有加,你以后前途不可估量啊。"表彰和授勋仪式结束之后,曾景阳主动揽过了接待的活,跟唐明俊增进感情。

"景阳,在军统,你是老人,我是新人,以后还请多多关照。"想起以后可以跟曾景阳在同一个战壕里奋斗,唐明俊有点激动。

"不敢当,在军统没有老人新人之分,只有上级和下级之序,尊卑不能乱。"曾景阳小心翼翼地看了唐明俊一眼,恭敬地回答道。

察觉到曾景阳的异常,唐明俊下意识地皱眉,"景阳,我们是同学,你这样跟我说话,我感觉怪怪的。"

曾景阳闻言忍不住长长地叹了口气,脸上神色变幻不定,欲言又止地看着唐明俊,不知道是该说,还是不该说。

"景阳,你是遇到困难了,可以跟我说说么?"唐明俊关心地问道。

"哎,我之前是温副主任的人,一个月前才进入军统,所以中统的人视我为叛徒,军统的人视我为中统的眼线,我在两边都不受待见。事实上我是抵触中统破坏统一战线的行为,真心实意加入军统的。"曾景阳满脸苦闷地说道。

在曾景阳的耐心解释下,唐明俊才明白,国民党的特工组织分为中统与军统。中统属于党务部门的情报机构——主要负责处理国民党叛徒与共产党;军统属于军队的情报机构——主要负责对抗日伪政府与侵华日军。

抗战之前,中统的势力非常大,国民党的各级基层党组织,都是中统的特务网延伸;抗战期间,由于大片国土沦陷,沦陷区内的国民党基层机关基本上都被破坏,中统势力大为缩水,中统所获资源也渐渐不如军统,因此,军统势力渐渐碾压中统。

作为国民党的两大特务组织,军统和中统从来没有和睦相处过,两大特务组织互相仇视,甚至出现过杀害对方特工人员的行为,两大特务组织的争斗已进入白热化,所以从中统转到军统的曾景阳处境很是尴尬。

"原来党内的派系之争竟然严重到这种地步了?"听完曾景阳的叙

说,唐明俊下意识地感慨了一句,紧接着搂着曾景阳的肩膀道,"不过你放心,在我心中,你永远是我的同学,遇到什么困难,你随时可以跟我说。"

在曾景阳的引导下,唐明俊熟悉了军统的各个职能部门,最后进入了情报处,成为了情报处的副处长,可以说是一步登天。

接下来的几天时间,唐明俊熟悉情报处的日常工作之余,将花园公馆大楼内各个职能部门的办公室挨个拜访了一遍,算是混个脸熟。

进入军统的档案室翻查资料时,唐明俊下意识地想起了76号的老于,忍不住多看了几眼档案室保管资料的老头,还请他吃了一份叫花鸡,让老头受宠若惊。

一番试探之下,唐明俊发现老头只是一个混吃等死的普通小老头,他不由得有点失望。不过唐明俊也不是完全没有收获,他从老头那儿听说了徐敬塘的传奇故事,心生向往的同时,也多了一份警惕。

这一天,唐明俊正在处理日常工作,办公桌上的电话突然间急促地响起,却是行动处的处长陈树尧让唐明俊去他办公室一趟。

唐明俊下意识地想拒绝陈树尧的邀请,毕竟情报处跟行动处是同级职能部门,陈树尧想要见唐明俊,完全可以到唐明俊办公室来拜访,而不是端架子喊唐明俊过去。

不过唐明俊最后还是答应了下来,因为他这几天将军统的特工人员资料全部钻研了一遍,唐明俊了解到陈树尧表面上是行动处的处长,事实上却是徐敬塘的代言人,在军统几乎可以一手遮天。

唐明俊走进陈树尧的办公室时,陈树尧正在作画,头也不抬地招呼唐明俊一声后,便不再搭理唐明俊,而是自顾自地对着画板,专心致志地勾描,仿佛忘记了自己约见唐明俊的事情。

见陈树尧故意摆架子,好像想给自己下马威,唐明俊也不生气,而是悄悄绕到陈树尧身后,安静地观摩陈树尧作画。片刻后,唐明俊忍不住暗暗点头,他看得出来,陈树尧不是在附庸风雅,而是真的在绘画上花了不少功夫。

"你也懂绘画？"陈树尧收笔后，见唐明俊没有丝毫的不耐，而是盯着画板出神，他好奇地问道。

"叶大家曾经受邀在育才学校讲课，我有幸上过叶大家的课，所以略懂一二。"唐明俊谦虚道。

"叶大家？你是说叶浅予叶先生吧？"陈树尧愣了一下，随即满脸兴奋道，"对，你是育才学校出来的，叶大家的确去过你们学校授过课。哎，可惜我一个大老粗，这辈子是没机会聆听叶大家讲座咯。"

"世上无难事，只怕有心人。陈处要是想听叶大家的授课，回头有机会了我一定通知您。"见陈树尧真情流露，唐明俊突然间觉得眼前这个杀神也没那么可怕了。

"那我就先行谢过了。"陈树尧点了点头，客气地帮忙唐明俊泡了一杯茶，这才热情地招呼道，"在军统还习惯么，要是有人敢为难你，你直接跟我说！"

"陈处，您对我的态度转变得太快，我有点不习惯啊。"唐明俊端着茶杯，轻声打趣道。

"你很快就会习惯的，军统就是一个相亲相爱的大家庭，每一个军统人都是自己的兄弟姐妹。"陈树尧指了指唐明俊，想要戏谑唐明俊几句，最后又放下手臂，朗声道。

感受到陈树尧异样的热情，唐明俊心中虽然纳闷，表面上却是坦然受之。

"唐处，听闻你是76号的情报专家，我有一件事情想请你帮忙。"一番寒暄后，陈树尧突然间正色道。

"陈处尽管吩咐。"唐明俊脆声应道。

"你也知道中统一直跟我们不对付，目前中统在重庆的实际负责人是温东岳，我严重怀疑温东岳跟日本人有勾结，只是苦于没能找到确凿的证据。最近他的心腹曾景阳施展苦肉计混进了我们军统，我想让你从曾景阳身上下手，查出他们跟日本人勾结的证据……"

唐明俊没想到陈树尧第一次跟自己见面，就交给自己这么重要的任务，以至于陈树尧说完之后，唐明俊思绪翻滚，半天没有回过神来。

"陈处，曾景阳跟我一样是从育才学校出来的，而且一向热衷于抗日活动，应该不会跟日本人勾结吧？"陈树尧催促了几声后，唐明俊才讷讷道。

见唐明俊竟然毫不避讳地帮忙曾景阳辩解，陈树尧肃然道："唐明俊，你在我面前替曾景阳辩解也就罢了，在其他人面前，千万不要这么耿直，否则会给你带来不必要的麻烦。"

"实话跟你说吧，要不是曾景阳机灵，几天前主动跟你套近乎，估计他已经死于我们行动处的暗杀了。"在唐明俊愕然的注视中，陈树尧拍了拍唐明俊的肩膀道。

暗杀曾景阳？唐明俊吓了一大跳，军统也太凶残了吧？

"既然你顾及同学情谊，愿意相信曾景阳，我们就暂且饶他一命。不过我建议你跟曾景阳相处时多长一个心眼，毕竟当初是他主动跟随温东岳，现在又变换门庭进了军统，这个人不像表面上看起来那么简单。"陈树尧语重心长地劝诫道。

离开陈树尧的办公室时，唐明俊的心情很是沉重，一方面是陈树尧委托他的任务，让他感到蹉跎；另一方面，陈树尧的话让他心生疑窦，不知道自己是否应该继续相信曾景阳。

"明俊，你今天晚上有空么，我叔叔想邀请你到府上做客，不知道你是否方便。"临近下班的时候，唐明俊接到了温念君的电话。

唐明俊正在想如何接近温东岳，接到温念君的电话，他脸上露出了开心的笑容："要是你想我去温府做客，我就答应。"

"你爱去不去！"温念君显然没料到唐明俊会在电话中调戏她，娇嗔一声后，她便面红耳赤地挂掉了电话。

"那个家伙不会因为我的话而生气，拒绝赴宴吧？"挂掉电话后，温念君有点患得患失，不过想起叔叔最近的一些行为，温念君觉得唐明俊拒绝自己的邀请也不是什么坏事，"反正我已经打电话邀请过了，唐明俊去不去跟我没关系。"

走出花园公馆时,温念君便笑了,因为花园公馆的门口停着一辆小车,唐明俊正倚在车门上朝她挥舞着胳膊。温念君慌张地打量了一眼四周,发现并没有人注意到唐明俊和自己,她迅速地踩着莲步钻进了车辆。

"明俊,我们现在身处敌营,随时随地都要保持高度警惕,不能在外人面前暴露我们的关系,不然的话我们俩都会有性命危险的。"上车之后,温念君忍不住唠叨唐明俊道,"你永远不知道暗处有多少眼睛在盯着我们看。"

唐明俊还是第一次听到温念君如此认真而严肃地跟自己说话,他点了点头,承认了自己的孟浪,随即犹豫着问道:"念君,你说我们谈恋爱需要跟组织汇报不?"

"等到你想起跟组织汇报这件事情,黄花菜都凉了。"温念君瞪了唐明俊一眼,霞飞双颊道,"我早就跟意姐汇报过我们的事情了。意姐说,我们可以发展革命爱情,革命和爱情两手抓。"

听到温念君的话,唐明俊不由得瞪圆了眼睛,感动万分地抓住温念君的手,深情地说道:"念君,辛苦你了。"尽管唐明俊说得含糊其词,温念君却听出了唐明俊的言外之意,她含情脉脉地看着唐明俊,觉得只要能够跟唐明俊在一起,所有的付出都是值得的。

"明俊,虽然组织上同意我们谈恋爱,不过我们的爱情道路上还有一只拦路虎。"在唐明俊疑惑的注视下,温念君面露忧愁道,"我叔叔肯定不会同意我们之间的恋情的!"

"我们不让他知道不就好了?"唐明俊刮了刮温念君的鼻子,果断道。

"嗯!"温念君毫不犹豫地点头,随即两个人会心一笑,唐明俊迅速地启动车辆,朝温府方向开去。

因为知道彼此属于同一个阵营,唐明俊跟温念君之间没有任何的顾忌和隔阂,郎有情妾有意的情况下,唐明俊跟温念君的感情一日千里,进展神速。

一路上，两个人商量着如何运用间谍技巧来谈恋爱，以避免身边的人知道。两个人说话的工夫，时间过得飞快，车辆不知不觉间已然抵达温府门口。

唐明俊踏入温府大门后，依然被温府的奢华震慑住了。

"明俊，非常抱歉啊，我叔叔临时碰到一点事情需要处理，需要晚一点才到家，你先随便逛一会儿，我去厨房那边跟大厨招呼一声。"唐明俊还在打量温府的雕梁画栋时，耳边响起了温念君的道歉声。

唐明俊点了点头，表示理解，然后在温府管家的陪伴下，一点点地熟悉着温府。

"唐先生，别看我们府邸装修得富丽堂皇的，其实我们老爷子的日常生活过得非常简朴，甚至到了抠门的地步。

"老爷子一再叮嘱我们，淘米水不能浪费，可以用来冲厕所，或者浇花；去菜市场买菜，务必要记得砍价。"

……

温府的管家是一个话痨，仅仅片刻的工夫，便自来熟地跟唐明俊聊得火热，也让唐明俊对温东岳有了新的认识。

当唐明俊在管家的陪同下逛完温府时，温东岳终于赶到了家中，而厨房已经准备好晚餐，一份份饭前甜点和沙拉被端到餐桌上。

温东岳诚挚地跟唐明俊道歉一声，然后跟唐明俊讲述着前菜的由来。看到唐明俊不以为然的样子，温东岳这才想起唐明俊在 76 号待过一年多，而前菜在日本料理中极为常见，唐明俊应该对前菜很熟。他及时地停止了讲述，开始对唐明俊的工作和生活嘘寒问暖。

温东岳的态度让唐明俊受宠若惊的同时，心中暗生警惕，猜测温东岳应该是有求于自己，才会对自己这般客气。

很快，一份份牛排被端到餐桌上，温念君在温东岳的示意下帮唐明俊倒上了红酒。

推杯交盏中，在温东岳的刻意奉承下，唐明俊很快便不胜酒力，看到唐明俊满脸通红的样子，温东岳朗声道："明俊，我邀请你来府中做客，一方面是对你晋升为中校表示祝贺；另一方面，我想邀请你为我做事，成为中统在军统的卧底，不知道你是否愿意？"

"温……温主任，中统也好，军统也罢，都是给党国办事，哪有你我之分！"唐明俊醉眼蒙眬地看着温东岳，打了一个酒嗝道，"我妈死于日军大轰炸之下，所以我加入党国最大的愿望是将小日本撵出中国，对于其他事情毫无兴趣。"

听到唐明俊的话，温东岳不由得脸色大变，他死死地盯着唐明俊的眼睛，只是看了半天，也拿捏不定唐明俊到底是在装醉，还是酒后吐真言，最后冷哼一声，索性吩咐用人撤掉了唐明俊面前的红酒和牛排，不再搭理唐明俊。

"叔叔，不仅明俊母亲死于日军大轰炸，他父亲也是死于日伪特工的流弹，所以他才会一个人深入虎穴杀掉西田武和田中后岛……"看到叔叔一脸阴鸷的样子，温念君连忙给唐明俊打圆场。

"你给我闭嘴！"温念君的话还没有说完，便被温东岳打断。

温念君闻言便不再说话，而是默默地将自己的牛排切成小块喂食唐明俊，让温东岳看得更加冒火。

冷嘲热讽了唐明俊几句后，见他压根不接招，温东岳觉得意兴索然，直接拍桌而起，回到了楼上的卧室。

"明俊，对不起啊，我叔叔立功心切，根本就没有顾及你的心情。"送唐明俊回家的路上，温念君柔声道歉。

"你不用愧疚的，我在接到你的邀请电话时，就已经做好心理准备了。"唐明俊浑不在意地说道。经历过田中后岛的地狱式折磨后，唐明俊是真的没将温东岳的冷嘲热讽放在眼中，他甚至觉得，要是国民党的特工都像温东岳这样将喜怒哀乐都写在脸上，自己的潜伏任务会轻松不少。

"你不介意就好，我还担心你念及我在旁边，会跟我叔叔虚与委蛇呢。没想到你会生硬地拒绝他的邀请，太不给他面子了。"

"我们同学好几年，你又不是不了解我的性格。不是迫不得已的情况下,我是不愿意演戏的。"唐明俊赧然地笑了笑,他伸手接住一片飘落的樱花,好奇地问道,"念君,当时学校的老师和同学几乎都相信我是汉奸,怎么你就那么信任我呢?"

"因为你值得我信任啊,事实上你也没有辜负我的信任。"想起当年三个人在育才学校共同许下的愿望,温念君眉目含情道。

"与君初相识,犹如故人归。"看着眼前这个温婉动人的女子,唐明俊动情道。

"天涯明月新,朝暮最相思。"温念君莞尔一笑,柔声接道。

从温府回来后,唐明俊仿佛什么事情都没有发生一般,继续全身心地投入了军统情报局的日常工作。

在签发一份文件时,唐明俊发现文件中有一组数据不对劲。他让助理去机要室取一份资料前来佐证,可是当唐明俊处理完了手头所有的工作,眼看就要到午饭时间了,助理还是没有将自己需要的文件取过来。唐明俊以为助理有紧急事情处理耽搁了,只好亲自前往机要室。

唐明俊抵达机要室时,发现自己的助理正在机要室的办公室中一边嗑瓜子,一边聊天。唐明俊见状脸色一沉,不悦地喝问道:"武助理,我不是让你到机要室取文件给我么,你怎么在这里闲聊上了?"

"一组无聊的数据罢了,你直接签一个字的事情,有必要折腾人么?"姓武的助理抬头瞄了唐明俊一眼,漫不经心地回答道。

"这就是你玩忽职守的理由么?"唐明俊被助理的态度气着了,他指着助理的鼻子厉声呵斥道,"我们的战士在前方浴血奋战,我们文件中微不足道的一组数字,是前线战士们的汗水和鲜血所铸就。我们都应该认真工作,为抗日作贡献。"

"唐处长,不要以为你是中校就可以颐指气使、上纲上线,机要处的处长是我堂伯父。你要是觉得看我不顺眼,直接跟他说就是了。"被唐明俊一阵呵斥,武助理的眼睛马上就红了,他梗着脖子跟唐明俊大吼道。

"想在军统吃饭,就得懂军统的规矩,否则给我滚蛋,军统不养闲人。"助理的话音刚落,陈树尧的咆哮声在办公室门口响起。

见陈树尧帮着唐明俊说话,武助理如坐针毡。他慌忙不迭地跟唐明俊认错,并且迅速地将唐明俊需要的文件找了出来。

尽管事情得以顺利解决,唐明俊心中依然很不是滋味:国民党机关单位的工作纪律和工作作风实在太懒散了,跟76号的严肃和高效完全没法比。

"听说你跟自己的助理吵了一架,还在生闷气呢?"唐明俊坐在办公椅上陷入沉思时,曾景阳突然间蹑手蹑脚地进入了办公室,亲热地招呼道。

"你消息倒是灵通,这么快便知道了机要室发生的事情。"唐明俊苦笑道。

"明俊,不要忘了军统是干什么的,要是我们连自己办公大楼内的动静都没法掌控,怎么探悉敌情呢?"曾景阳得意扬扬地说道。

见唐明俊沉默着不吭声,曾景阳叹气道:"你可能初来乍到,还不习惯这边的情况。其实国民政府内部早就腐败不堪,每个人都想着中饱私囊,真正想干事情的人几乎没有。"

听到曾景阳的抱怨,唐明俊不由得眼睛一亮,曾景阳既然已经对国民政府失望,自己是否可以趁机说服他弃暗投明,加入中国共产党呢?

想到这里,唐明俊义愤填膺地附和道:"哎,你说的情况我也意识到了,前线的战士在浴血奋战,躲在后方的高层却是腐败之风和享受之风盛行,这样的政府迟早要完蛋。景阳,你有想过要加入共党么?"

唐明俊的话音刚落,他的办公室大门便被一脚踹开,却是几个中统特工破门而入。他们直接将枪顶在了唐明俊的脑门上,以抓捕共产党员的名义将唐明俊绑了起来。

突然间的变故让唐明俊脸色变得惨白,他下意识地看向曾景阳,发现曾景阳眼神躲闪,脸上满是歉然的神色,唐明俊这才意识到,自己不知不觉间被曾景阳套话了。

"你们中统的人公然跑到军统的地盘来抓人,是谁给你们的胆子?!"狠狠地瞪了曾景阳一眼后,唐明俊朝着居高临下的中统行动处处长张德清质问道。

"唐处,你还是省省吧,没有真凭实据,我怎么敢在太岁头上动土呢?我们中统干的就是抓叛徒和共党的活儿,即便戴老板是共党,我们也照抓不误。"张德清冷哼一声,挥了挥手,便将唐明俊强行押进了中统的审讯室。

审讯室中,张德清阴恻恻地笑了一声,先是对唐明俊进行了一番残酷的刑罚,想让唐明俊承认共产党员的身份。唐明俊非但没有屈打成招,反而对张德清破口大骂,将张德清气得七窍生烟,隔壁的温东岳也是听得直皱眉头。

火冒三丈的温东岳命令张德清对唐明俊施行老虎凳刑罚,就在唐明俊痛得意识模糊,被逼强行在供认书上摁手印时,陈树尧领着一队人马持枪闯进了审讯室,直接拿枪对准了审讯室的张德清一行人。

眼看双方一触即发就要进行火拼时,审讯室的电话急促地响起。

陈树尧跟张德清看着办公桌上响个不停的电话,两个人大眼瞪小眼,都不知道电话的那一头是谁,最后陈树尧示意张德清接听电话。

"唐明俊是我的人,你们中统要是无端搞他,就是在我头上拉屎,我不介意用轰炸机把你们中统局给炸了。"

随后温东岳又接到了顶头上司的电话,询问唐明俊是共产党一事是否有确凿的证据,如果没有就暂且先将唐明俊放了。

尽管温东岳不知道为何唐明俊一个小小的校官会有那么多的大人物来保他,他最终也只能以证据不足将唐明俊无罪释放。

第十五章 一波未平一波又起

处理完伤口回到办公室时,唐明俊惊讶地发现,曾景阳鼻青脸肿地跪在自己的办公室中,身上也有几个明显的脚印,那模样要多狼狈就有多狼狈。

"明俊,我早就跟你说过这个王八蛋不靠谱,让你提防着点,你愣是没将我的话放心上,这下吃了不少苦头吧?"唐明俊还在打量曾景阳时,陈树尧已然满脸关切地走到唐明俊身边,打量着唐明俊身上的伤势。

"还好尧哥仗义出手,不然的话,我这一次可能要栽在中统手中了。"唐明俊收回曾景阳身上的目光,由衷地朝陈树尧抱拳道。他感觉得出来,陈树尧是发自内心地关心自己。

"中统那群王八羔子就是欠操。"陈树尧满脸凶狠地吐了一句粗话,又踹了曾景阳一脚,这才征求唐明俊的意见道,"这个二五仔怎么处理?"

"明俊,请你相信我,这件事情真的跟我无关,我也不知道张德清他们为什么会突然间闯进你的办公室……"被陈树尧折腾掉半条命,曾景阳早就到了崩溃的边缘。他知道自己的生死完全在唐明俊一念之间,连忙恳求唐明俊原谅。

"你走吧,我不想再看到你!"想起自己在中统审讯室遭受的折磨,唐明俊恨不得一枪毙了曾景阳,可是面对曾景阳的求饶,唐明俊脑海中挥之不去的全是昔日校园中一起玩耍的场景，他最终还是选择了原谅。

曾景阳千恩万谢离去之后，陈树尧却是直摇头，"明俊，你不应该这么轻松放过他的。中统的人都是毒蛇，一直潜伏在暗处，随时可能咬你一口的。"

"陈处，我欠他一条性命，这一次就当我还他了。"唐明俊言简意赅地跟陈树尧说了一下自己在"兵工厂"被曾景阳抓捕的事情。

"反正我看不惯这孙子，他自己老实滚回中统也就算了。要是他敢继续赖在军统，休想有好日子过。"见唐明俊固执己见，陈树尧也不再劝说，而是放了一句狠话。

"对了，武助理已经被开除，是五哥亲自下的命令，谁也不敢违背。"走到门口时，陈树尧顿了顿脚步，头也不回地跟唐明俊道。

"还请尧哥帮忙谢谢五哥。"唐明俊下意识地回复道。

"你还是自己当面去谢五哥吧，我只负责告诉你这件事情。"陈树尧人走得很干脆，回答得更干脆。

目送陈树尧身影离去，唐明俊眼中闪过一抹思索的神色，徐敬塘为何如此关照自己？

沉思片刻没有得到自己想要的答案后，唐明俊开始检查自己的办公室，很快便在办公桌的抽屉下方找到一个窃听器，他终于确认张德清等人第一时间冲进自己办公室的原因了。

在自己办公室找到窃听器后，唐明俊突然间心血来潮，带着情报处一众人员，对军统行动处、情报处和机要室进行了地毯式的搜查。让情报处的人兴奋的是，几乎每个办公室都被搜出了窃听器，尤其是陈树尧的办公室竟然被搜出五个窃听器。

"中统这些孙子，打仗不得行，内战第一名。"看着堆成小山包一样高的窃听器，陈树尧的脸都变绿了。他对唐明俊感激一声后，便气呼呼地跑去跟徐敬塘汇报了。

其他军统特工也是一个个脸色变得非常难看，他们不知道中统到底掌握了自己多少秘密，跟唐明俊感谢示好后，全部心事重重地离开了唐明俊的办公室。

收获了一箩筐的感谢，唐明俊的心情却变得异常沉重。

唐明俊发现自己太小看天下英雄了，温东岳的城府远比自己想象中要深，甚至比田中后岛还要可怕；还有神龙见首不见尾的军统王牌特工徐敬塘，对唐明俊来说也像一层迷雾，让他完全看不透。唐明俊觉得在国民党潜伏并不比在 76 号潜伏轻松。

临近下班的时候，唐明俊被陈树尧堵在了办公室中，因为唐明俊帮忙军统清除了窃听器，为军统解决了一大隐患，陈树尧热情地邀请唐明俊到自己家中做客。

"中统那帮孙子拒不承认窃听器是他们安装的，不过他们是否承认并不重要，大家心知肚明是怎么回事，接下来中统的日子不会好过。

"说实话，你今天要检查大家的办公室时，所有人都不以为然，因为这几年来，军统的力量越来越强，尤其是重庆，更是被军统经营得铁板一块，根本就没有人敢在太岁头上动土，结果却狠狠扇了我们一耳光。"

……

中统局在军统办公室安置窃听器的事情有如一根刺横亘在陈树尧的喉头。回家的路上，陈树尧的情绪非常激动，一直不停地唠叨这件事情，甚至好几次开车走神，差点撞到路边摊。

二十几分钟后，陈树尧的车停靠在一栋白色的小洋房外面。

唐明俊跟在陈树尧身后进入房屋，发现房屋内异常简朴，除了必要的家具外，几乎没有多余的装饰，跟温府的奢华完全是两个极端。

陈树尧喊了两嗓子"素梅"，没有得到回应，他尴尬地笑道："内人喜欢捣鼓一些小玩意，一旦入迷就完全两耳不闻窗外事，估计她又在房间内捣鼓她的那些宝贝了。"

在唐明俊疑惑的目光中，陈树尧一脸骄傲地告诉唐明俊，他的妻子上官素梅是书香世家出身，比自己有文化，早年的时候曾在日本留过学,学习过工程学的知识,平日里的爱好就是捣鼓机械,现在正在改良一种能够定位电台信号的装置。

陈树尧大方地打开夫人房间的门,唐明俊紧随其后,发现陈树尧的妻子果然正在专心致志地摆弄一堆机械零部件。想起陈树尧喜欢绘画的事情,唐明俊的脸上露出一丝古怪的神色:一般来说,喜欢机械的应该是男人,喜欢文艺绘画的应该是女人,陈树尧夫妇却反了过来。

陈树尧跟上官素梅的感情极好,看到妻子没有注意到房屋内有人到来,陈树尧蹑手蹑脚地走到妻子后面,轻轻地拥她入怀。上官素梅则是很自然地将身子倚靠在了陈树尧的胸膛上,然后脖子一扬,清脆地亲了陈树尧一口,在陈树尧的脸上留下一个鲜红的唇印。

想起唐明俊就在身边看着,陈树尧老脸一红,连忙给妻子介绍唐明俊。看到家中有陌生人到来,上官素梅尖叫一声,神色慌乱地跟唐明俊招呼一声后,面红耳赤地跑进了洗漱间。

"尧哥,你跟嫂子的感情真好,实在羡煞旁人。"看到陈树尧支支吾吾地不知道如何跟自己解释,唐明俊满脸微笑道。

"嘿嘿,嘿嘿……"陈树尧一边傻笑,一边抬起胳膊擦拭脸上的唇印。

唐明俊的眼角余光无意间瞟到陈树尧衣服袖口中露出的文身一角,不由目光一滞。他清楚地记得,自己跟母亲在防空洞内躲避大轰炸时,有一个手臂上有文身的可疑男人曾经从他身边路过。

根据唐明俊的了解,田中后岛所经营的慰安营背后黑暗势力的手臂都有文身,难道陈树尧是76号潜伏在军统的特工?

心不在焉地离开陈树尧家后,唐明俊第一时间回到办公室,开始调查陈树尧的资料。只是陈树尧的资料一切正常,让唐明俊看不出任何端倪,最后他用了一顿叫花鸡从资料室的老头口中得到了一个八卦:当年六五惨案的时候,陈树尧也在那个防空洞内受了伤。

得知这个八卦的唐明俊对陈树尧怀疑更甚。

工作之余,唐明俊几乎将所有的时间都花在温念君身上,两个人的感情与日俱增，如胶似漆，恨不得时刻都泡在一起。

唐明俊将自己对陈树尧的怀疑告诉了温念君，温念君也觉得国民党内部潜伏有日伪特工，不然的话日军的好几次大轰炸不会那么精准。

两个人商量了半天，也没有一个确切的怀疑对象，最后决定一边留意身边的人，看是否有日伪特工的可能，一边重点调查陈树尧。

从唐明俊的嘴中得知陈树尧的妻子对机械很感兴趣，而且正在研究可以定位电台信号的装置，温念君很激动，因为她最近也在研究这个课题。她娇嗔着让唐明俊帮忙问清楚陈树尧妻子的研究思路，唐明俊自然满口答应。

接下来的时间，唐明俊有事没事便往陈树尧办公室跑，对于唐明俊的主动靠近，陈树尧非但没有任何反感，而是表示出了极大的热情。两个人在一起时很少讨论工作，他们更多是在交流和点评绘画。

这一天，唐明俊趁着给陈树尧点评绘画的机会，"不小心"将墨水滴在了陈树尧的袖子上，结果陈树尧大发雷霆，并且掏枪指着唐明俊，眼中冒出森然杀意。

唐明俊还以为自己对陈树尧的暗中调查被发现，所以陈树尧狗急跳墙，准备杀人灭口。就在唐明俊犹豫着是否要掏枪反击时，上官素梅突然间闯进了办公室。原来陈树尧之所以对唐明俊大发雷霆，是因为他身上穿的衣服是上官素梅亲手做的，陈树尧担心妻子会因为衣服被弄脏而不开心。

唐明俊闻言，一边忙不迭地向陈树尧夫妻道歉，一边帮忙陈树尧脱掉上衣，表示愿意亲手帮忙陈树尧清洗赔罪。

帮陈树尧脱上衣时，唐明俊如愿以偿地再次看到了陈树尧手臂上的文身。看清楚陈树尧手臂上的文身后，唐明俊心中忍不住一阵失望，因为这个文身跟他当年看到的那个文身并不一样。

"树尧，你就不要纠结衣服被弄脏这种小事情了。中统的人将我们的家给抄了，我刚刚研究成功的机器也被他们抢走了，你赶紧去给我要回来。"陈树尧还在跟唐明俊哼哼唧唧时，上官素梅终于忍不住打断陈树尧,满脸焦灼地催促道。

"什么,中统的人敢抄我们的家,他们吃了熊心豹子胆么?"听到妻子的话,陈树尧虎目圆瞪,惊讶失声道。

唐明俊同样目瞪口呆,也觉得中统的人疯了,一波未平一波又起,他们这是想彻底跟军统交恶么?

随着陈树尧一声令下,军统行动处的人迅速集合,气势汹汹地冲向中统办公大楼。唐明俊想了想,将情报处的特工也召集起来,跟在行动处的队伍后面呐喊助威。

只是陈树尧和唐明俊带着大队人马赶到中统办公大楼时,温东岳已然人去楼空。

陈树尧以为温东岳是故意找借口躲着自己,火冒三丈的他领着行动处的人在中统局内一顿狂轰滥炸,几乎将整栋中统办公大楼给拆掉。

最后还是唐明俊撬开了一名中统特工人员的嘴,得知温东岳真的不在中统办公大楼,而是去了育才学校。

"难道温东岳通过上官素梅研究出来的机器,定位到了育才学校有人正在使用电台?"想到这里,唐明俊瞬间坐不住了。

"尧哥,温东岳这次先抄你的家,紧接着就去抄我的家,完全是将我们军统的脸摁在地上摩擦啊。这件事情要是说出去,军统就要成为党国最大的笑话了。"想起温东岳对育才学校可能带来的危害,唐明俊跟陈树尧煽风点火道。

陈树尧闻言愣了一下,这才想起唐明俊是育才学校毕业的,从某种程度上说,育才学校的确可以说是唐明俊的家。

"日他仙人板板,我们去育才学校堵那龟孙子,今天我还就不信对付不了他了。"陈树尧的脾气一点就爆,他大手一挥,又跟唐明俊领着一群人风风火火地赶往了育才学校。

军统一行人马赶到育才学校时,温东岳正拿着一台黑黢黢的机器站在管二八的门口调试,嘴中也大声吆喝着,似乎在指挥下属搜索育才学校。

看到妻子辛苦研发出来的机器被温东岳折腾来折腾去的,陈树尧不由得火冒三丈。他怒吼一声,冲到温东岳身后,不由分说地从温东岳的手中将机器抢了过来。

温东岳还没来得及说话,陈树尧一个膝盖顶在了温东岳的腹部,让温东岳痛苦地弯下了腰,紧接着又是一个肘击落在温东岳的背上,将温东岳击倒在地。

"王八蛋,敢去抄我的家,我给你脸了么!"陈树尧一边用脚使劲地踩着温东岳的脸,一边厉声呵斥道。

唐明俊见状不由得暗暗咋舌,然后趁着两队人马对峙的工夫,他蹑手蹑脚地离开人群,轻车熟路地进入了育才学校藏有电台的地下室。察觉到地下室有人,唐明俊毫不犹豫地掏出手枪,持枪挟持了地下室的人。

点燃蜡烛之后,唐明俊发现地下室正在使用电台的人竟然是温念君,他一脸愕然。

"念君,你怎么会在这里?"

"明俊,你怎么来了?"

两个人几乎同时出声道。

看到唐明俊一脸焦灼的样子,温念君意识到肯定发生了紧急情况,她不再吱声,而是用眼神示意唐明俊先说。

在唐明俊的一番解释之下,温念君才知道自己叔叔竟然凭着那台定位电台的机器搜到了育才学校,她心中很是懊悔。

"明俊,对不起,是我在家中研究定位电台的机器时,被我叔叔发现了。他找我闲聊了几句,我不小心说出了上官素梅已经研究成功定位机器的事情……"温念君冰雪聪明,瞬间便想通了事情的前因后果。她朝唐明俊吐了吐舌头,跟唐明俊道歉道。

得知整件事件的罪魁祸首竟然是温念君,唐明俊不由得狠狠地瞪了温念君一眼,很想厉声训斥温念君一番,只是话到了嘴边又被他咽了回去,最后化为一声叹息。

"中统既然已经确认了这部电台的存在,他们肯定会对我们学校掘地三尺找出这部电台，要不我们将电台烧了吧。"沉思片刻后，唐明俊建议道。

"不，共产党的每一部电台都来之不易，这是革命的火种，我们必须保住它！"温念君果断地否定了唐明俊的建议。

"要想保住电台，我们唯有在国民党特工的重重包围之下将电台带出学校，让他们的搜索落空。"唐明俊知道温念君说的是事实，他面色凝重地主动承揽了转移电台的任务。

唐明俊跟温念君商量好逃跑方案时，温东岳也跟陈树尧说清楚了自己来育才的真正目的，并且拍着胸脯保证绝无冒犯陈树尧和军统的意思，纯粹是想抓捕隐藏在育才学校的共产党员。

在温东岳的再三道歉之下，陈树尧心中的火气终于消歇了一点。想起高层这段时间传达的命令，陈树尧也不敢做得太过分，狠狠地瞪了温东岳一眼后，他亲自调试机器，命令军统的特工跟中统的特工比赛，看谁先搜到育才学校的电台。

唐明俊背着电台，跟温念君一明一暗，凭着对地形的熟悉，绕开了军统和中统特工的追捕，顺利地逃到了学校门口。

眼看唐明俊跟温念君就要成功离开学校时，温东岳领着一队人马出现，堵住了学校大门。

唐明俊心中大惊，朝隐藏在暗处的温念君使了一个眼色。温念君立即从暗处走了出来跟温东岳招呼，吸引了温东岳的注意力，唐明俊则趁机隐蔽地将电台扔进了下水道中，然后坦然走向温东岳。

"温主任，不知道你是否有搜到电台？"温东岳正准备质问唐明俊怎么会一个人出现在校门口时，唐明俊先声夺人道。

温东岳狐疑地打量了唐明俊一眼，随即挥了挥手，大声道："拿下唐明俊，给我搜身！"

"我倒是想看看，有谁敢动我！"温东岳的话音刚落，唐明俊便掏出腰间的枪，一边拿在手中把玩，一边虎视眈眈地扫视着温东岳身边的十几个中统特工。

"唐明俊，你要是想洗脱共党的嫌疑，就老实地让我们搜身，不然的话不仅仅你自己要倒霉，育才学校也要跟着倒霉，何必呢？"温东岳冷笑一声，完全无视了唐明俊手中的枪支，一步步逼近唐明俊，将唐明俊的手枪拿下。

被温东岳缴获手枪后，唐明俊的脸上不由得露出一丝"羞愤"的神色："温主任，我也将话撂在这里，不要让我抓到任何机会，否则你的日子不会太好过。"

温东岳对唐明俊的话置若罔闻，只是用眼神示意身后的特工搜唐明俊的身。几分钟后，唐明俊全身上下里里外外全部被搜了一遍，没有发现任何可疑之处，温东岳这才不甘心地作罢。

随后，温东岳将调查的重心放到了唐明俊身上，他一直觉得唐明俊有可能是共党分子。恰在这时，温东岳收到线报，唐明俊最近一段时间行动鬼祟，好像在做什么见不得人的事情。

温东岳原本就觉得唐明俊身上疑点重重，听闻唐明俊的异常行为之后，他迅速地对唐明俊进行了声势浩大的抓捕行动。

当温东岳布下天罗地网，跟踪唐明俊到一座茶楼，将唐明俊和他的接头人堵在茶楼中时，却通过窃听器发现，唐明俊竟然是在偷偷摸摸地跟自己的侄女谈恋爱。

这一次抓捕活动军统和中统特工无人不知、无人不晓，最后却不了了之。一时间，温东岳针对唐明俊的抓捕行动成为军统和中统茶余饭后的谈资，温东岳也因此跟温念君大吵一架，并且禁足了温念君。

"景阳，我看得出来你喜欢念君，你为什么不去追求念君？"再次说服温念君无果之后，温东岳将曾景阳喊到了自己办公室，开门见山地问道。

"啊……"曾景阳显然没有料到温东岳会在办公室跟自己聊工作之外的事情，他愣了一下，才缓缓摇头道，"温主任，窈窕淑女、君子好逑，我一直都喜欢念君，可是念君不喜欢我啊。"

"念君的父母不在了，她的亲事我说了算。只要你点头答应，我马上就可以安排你们的亲事。"温东岳大包大揽道。

"温主任,实在抱歉,我不想因为自己的自私而让念君郁郁终生,除非她也喜欢我,不然我是不会答应这门亲事的。"想起唐明俊跟温念君的感情,曾景阳没有任何的犹豫,果断拒绝了温东岳的好意。

"滚,你给我滚出去!"曾景阳的话音刚落,一个烟灰缸便砸到了他的身上,温东岳的咆哮声也在办公室响起。

曾景阳狼狈地逃出温东岳的办公室,嘴角满是苦涩的笑容。他知道,自己这一次忤逆了温东岳的意志,肯定不会再被温东岳重用,甚至可能被中统针对,然后在军统和中统彻底成为孤家寡人一个。

"明俊啊明俊,我这一次可是因为你才变得姥姥不疼舅舅不爱的,我现在不欠你的了。"从来不喝酒的曾景阳跑到一个小酒馆,将自己灌得烂醉如泥。他也不知道自己今天的行为对还是不对,他只求问心无愧。

曾景阳喝得醉眼蒙眬时,他发现自己的对面突然间多了一道熟悉的身影。他以为自己眼花,揉了揉眼睛,发现果然是唐明俊坐在自己面前,对方正用复杂的眼神盯着自己看。

"唐明俊,你怎么敢过来找我,你就不怕这又是针对你的一个陷阱么?"曾景阳笑嘻嘻地招呼唐明俊道。

"上一次的事情,你应该是不知情的。"唐明俊端起酒壶,将曾景阳和自己的酒杯都满上,这才朗声道。

"你……你都知道了?"曾景阳正端着酒杯往嘴中送,听到唐明俊的话,他手中的酒杯哐当一声掉落地上,颤声问道。

"这么多年的朋友了,你是什么样的人,我能不知道么?"唐明俊跟店伙计重新要了一个酒杯,一边斟酒一边笑道。

曾景阳闻言哈哈大笑,心中的郁愤之气也是一扫而空:"明俊,有你这句话,我觉得自己这一辈子活得值了。"

"景阳,我们这一辈子还长,少说丧气话。另外,感谢你的成人之美,兄弟之间感激的话说多了矫情,所有的话都在酒中了。"唐明俊一句话说完,连饮了三杯。

很少喝酒的唐明俊三杯酒下肚后,似乎被酒呛到了,咳得满脸通红,惹得一旁的曾景阳又是一阵大笑。

"不愧是从 76 号归来的王牌特工,我前脚才跟温东岳顶嘴,你后脚便知道了。"曾景阳由衷地感慨了一声,又满脸迷茫道,"明俊,你说我加入国民党,到底能否完成自己的救国理念?"

唐明俊闻言,下意识地看了一下四周,半晌后,才压低声音道:"景阳,你有考虑过去别的地方么?"

"去别的地方?我能去哪里,明俊,你告诉我,去哪里才能实现我们救国的抱负,延安么?"曾景阳激动地大喊道。

"没错,只有延安才能拯救中华民族。"唐明俊凝视着曾景阳,决定赌一把。

曾景阳指着唐明俊,嘻嘻一笑:"你醉了,你醉了,哈哈哈哈哈!"

随后,曾景阳趴在了桌上,鼾声大作。唐明俊怅然地喝起了闷酒。然而,唐明俊没发现的是,曾景阳虽然在打着鼾,他的眼睛却是睁着的,一动不动地望着夜幕深处,不知道在思考着什么。

时间很快到了中秋节,唐明俊买了一些面粉和馅料,邀请小郭到自己家一起过节。

在小郭激动的注视下,唐明俊很快便端了一盆热气腾腾的月饼出来。

郭传博吃了一口月饼后,忽然间流下了两行眼泪。

"怎么了,是月饼味道不对么?"唐明俊拿起一块月饼端详了片刻,眼中满是疑惑神色。

"我想我爸妈了。"在唐明俊关心的目光中,小郭摇摇头,赧然解释道。

原来,小郭的父母以前每年中秋的时候,都会亲自动手做月饼给小郭吃。但是,因为重庆大轰炸,小郭成为了孤儿,再也吃不到父母做的月饼了,今天骤然间吃到唐明俊做的月饼,有点触景伤情。

"小郭,你现在不是孤儿,你有我这个哥哥,还有念君姐姐以及数以万计的跟我们一起共同奋斗的革命志士,他们都是你的兄弟姐妹。"唐明俊拍了拍小郭的头,轻声宽慰道。说这句话的时候,唐明俊自己心中似乎也得到了宽慰。

两个人吃饱喝足之后,见小郭看着吃剩的月饼挪不开眼睛。唐明俊一笑,拿出一张油纸,将剩下的月饼全部包了起来塞到小郭怀中,让他拿回家吃。

"小郭,你跟在我身边学了好几个月,基本的特工技能已经掌握。我现在有一个重要的任务想交付给你,不知道你有没有信心完成。"短暂的轻松后,唐明俊说起了正事。

听到唐明俊终于要给自己委派任务,小郭一下子来了劲,他激动地连连点头,满脸期待地看着唐明俊。

"武汉失守之后,日寇南下进攻,占领安乡、华容、石首一带,给湖南造成了空前的紧张气氛。今年年初,国民党第74军已经进驻常德……"唐明俊将当前形势言简意赅地跟小郭说了一遍,这才给小郭布置任务。

唐明俊从军统内部探听到了日军在常德附近的动静,他需要将信息传递给共党在常德的负责人老耿,但是温东岳最近对电台信息审查得十分严格,所以唐明俊只能选择纸质的书信方式来传递情报。

这个任务对于小郭来说并不困难,唐明俊也想小郭在革命的洗礼中迅速成长起来,所以他才想到将任务交给小郭。

接到任务的小郭非常兴奋,将月饼拿回家放好后,又连夜提了一堆祭品给父母上了坟,这才手舞足蹈地哼着小曲回家。小郭甚至梦想着自己完成常德的系列任务之后,也可以像唐明俊那样,成为人人景仰的大英雄,为拯救中华民族作出自己的贡献。

"王八羔子,走路不长眼睛么,直往人身上撞!"小郭正浮想联翩时,他仿佛撞到了一堵墙,身子不由自主地一个趔趄,耳边也传来了呵斥声。

小郭正想据理力争，不过当他看清楚撞到自己的人赫然是心狠手辣的中统特工张德清后，他瞬间额头直冒冷汗，强忍疼痛向张德清一行人道歉。只是张德清仿佛没有听到小郭的辩驳，揪住小郭的衣领便是几耳光扇了过去。

　　小郭有心反抗，又怕激起张德清更大的怒火，暴露自己的身份，所以只能选择忍气吞声，任由张德清打骂。张德清却是越打越兴奋，他觉得扇小郭的耳光不过瘾，又开始撕扯小郭的衣服，对小郭拳打脚踢，脸上也露出了残忍的笑容。

　　吴广达在一旁不停地劝阻张德清不要再打了，但是怎么也劝不住，孙强则是冷眼站在一边看戏。

　　"咦，这是什么？"孙强看到小郭身上飘落一张纸条，他好奇地捡了起来。

　　小郭看到唐明俊交给自己的情报被发现，他迅速地抽出匕首，犹豫着朝张德清的胳膊扎去，想要摆脱张德清的钳制。

　　"张处，小心，他是共党特工！"关键时刻，孙强看清楚了纸条上的内容。他大吼一声，同时堵住了小郭的退路。

　　张德清被孙强的大吼吓得一个激灵，然后看到了小郭手中的匕首，以及小郭恐慌的眼神。他眼中闪过一抹狠厉，巧妙地躲过小郭的匕首，随即狠狠地一拳抡向小郭的太阳穴。

　　可怜小郭虽然跟唐明俊学过一点功夫，却完全没有实践经验，关键时刻又没能狠得下心，匕首拿在手中迟迟没有扎进张德清的胳膊，结果被张德清一招撂倒在地。

　　"我们这叫踏破铁鞋无觅处，得来全不费工夫啊。温主任正在催促我们抓地下党员呢，这就有地下党员送上门来了。"张德清拎着小郭的脖子，得意扬扬地大笑道。

　　听闻小郭被抓的信息后，唐明俊恨不得第一时间抄起家伙前往中统审讯室救人。不过唐明俊很快便强迫自己冷静下来，他知道要是自己直接跑去中统抢人，非但没有办法将小郭救出来，反而可能将自己也陷进去。

辗转反侧了整个晚上,第二天一大早,唐明俊备了一份礼物前往温东岳的办公室。

见唐明俊登门造访,而且还特地给自己买了礼物,温东岳非常开心。他热情地接待了唐明俊,并且邀请唐明俊跟自己下围棋。唐明俊好几次想跟温东岳提小郭的事情,只是话到了嘴边又被他吞了回去。

恰在这时,楼下的审讯室中,小郭的惨叫声突兀地响起,声音传遍了整栋中统大楼。

"温主任,你们这是又抓了一名共产党员么?"唐明俊捏着一枚棋子,久久没有落下,而是蹙眉问道。

"咱们爷俩不说这个,专心下棋。"温东岳淡然一笑,避开了唐明俊的话题。

小郭的惨叫声一声比一声凄厉,唐明俊的心也是一阵一阵地揪痛。他很想直接出声向温东岳求情,只是温东岳的仇共心理实在太严重了,让唐明俊不敢露出丝毫的端倪。

因为小郭的惨叫声,唐明俊下棋时一直心不在焉的,最后输给了温东岳。

"明俊,看在你今天主动送礼的分上,我可以让你跟念君交往。不过想让我同意你跟念君的婚事,你必须为我做点实际的事情。"一盘棋结束后,温东岳点燃一根雪茄,盯着唐明俊,吞云吐雾道,"比如说揪出隐藏在党国机关内的地下党员!"

见温东岳主动提到这个话题,唐明俊眼睛一亮,立即出声问道:"正在被审讯的人是共产党员?"

"审讯室的那个人是张德清他们几个人昨天喝酒在大街上无意间撞到的,也不知道是张德清他们抓来滥竽充数的,还是真的共产党员。"温东岳一边说话,一边领着唐明俊走向审讯室。

唐明俊越是靠近审讯室,心跳得越是厉害,他既想尽快见到小郭,又害怕看到小郭。魂不守舍的情况下,唐明俊连小郭的惨叫声一点点变得虚弱,最后消失了也没有注意到。

"不是让你们从他嘴中问出点有用的东西么,怎么就将他弄死了？"温东岳的厉声呵斥让唐明俊悚然惊醒,唐明俊这才发现自己已然踏入了审讯室,然后他看到被铁链绑在椅子上的小郭脑袋耷拉在一边,似乎没有了呼吸。

"死了？"唐明俊喃喃自语了一声,脸色突然间变得苍白,要不是身边有温东岳等人,他忍不住要痛哭失声。

看着小郭遍体鳞伤的尸体,想起小郭的稚嫩笑容,唐明俊心中悲愤无比。

"温主任,随着您这两年的大力扫荡,现在共党的行动越来越隐秘,张处喝得醉醺醺的都能在路上撞到共产党员,他的运气真够好的。"唐明俊强忍怒气,冷嘲热讽道。

"唐明俊,你不要血口喷人,我们从郭传博的身上搜出了一份有关日军动态的情报,这足以证明他身份可疑。"张德清正在因为自己失手弄死了郭传博而懊恼,听闻唐明俊的话后,他瞬间暴跳如雷道。

"有关日军动态的情报,无论是军统还是中统的特工随手都能弄到,这能证明什么？证明你栽赃陷害的水平有多么的低劣么？"唐明俊冷笑道。

唐明俊一边说话,一边拿起从小郭身上搜出来的纸条,厉声呵斥道:"而且这张纸条上的文字是工工整整的正楷字,看不出任何的个人笔迹。要是凭着这么一张纸条就可以坐实一个人的共党身份,我可以从中统大楼抓出一百个共产党员！"

"你……"张德清被唐明俊怼得哑口无言,事实上他自己也没有办法断定郭传博的身份,这才用尽手段想撬开郭传博的嘴巴。奈何小郭守口如瓶,至死都没有吐露出半点有用的信息。

站在张德清旁边的孙强干咳一声,想替张德清辩解几句,只是看到温东岳狐疑的眼神后,他果断地保持了沉默。跟在温东岳身边多年,孙强跟吴广达非常清楚温东岳多疑的性格,一旦温东岳对一个人生疑,别人说再多的话也没用。

在温东岳的心中种下一根刺后,唐明俊便强忍悲恸离开了审讯室,浑然不顾背后张德清仇恨的目光。

回到军统办公大楼,唐明俊先是从机要室调阅了张德清的所有资料,紧接着利用情报处的力量彻查了一番张德清,几乎将张德清的祖宗十八代查了一个底朝天。

当唐明俊发现张德清在加入中统后的短短三年时间,竟然用各种酷刑折磨死二十几名共产党员时,唐明俊不由得双眼变得通红,直接将张德清列入了死亡名单。将张德清罄竹难书的罪行一点点地罗列到纸上,唐明俊的脑海中涌现出无数个针对张德清的想法。

"挪用中统公账包养一个青楼女子,张德清,你够无耻,也够大胆的。既然你自己不怕死,就不要怪别人心狠手辣。"将张德清的其他罪行一点点地划掉后,唐明俊很快就锁定了张德清其中一条罪名,并且以此为出发点,设计了一个让张德清必死的局。

唐明俊在布局针对张德清的时候,温东岳也给孙强和吴广达委派了跟踪张德清的任务,而这一切都在唐明俊的算计之中。

接下来的几天时间,唐明俊有如一个高明的猎人,他静静地潜伏在暗处,观察着张德清的一举一动。

终于,张德清有一天按捺不住寂寞,驱车前往了醉春楼。

收到消息后,唐明俊立即戴上眼镜,又在下巴处粘贴了一缕胡须,伪装成了外界想象中的共产党员形象,径直赶往醉春楼。

进入醉春楼后,唐明俊第一时间发现了孙强跟吴广达,这两个人正坐在大厅的角落喝花酒,只是目光时不时地扫向楼上的一个包房。

通过孙强跟吴广达的目光,唐明俊瞬间确定了张德清的位置,他冷笑一声,直接上楼,推开了张德清所在包房的门。

张德清刚脱下衣服,正准备跟相好的亲热,突然间看到一个陌生人闯入自己房间,他迅速地掏出手枪瞄准来人,眼中散发出危险的光芒。

"张处,你挪用公账包养女人的事情已经败露,你最好立即离开重庆，晚了就来不及了。"唐明俊缓缓举起双手，满脸诚挚地劝说张德清道。

张德清闻言头脑一片空白，缓了半晌，这才色厉内荏地呵斥道："想诓你家张大爷，你还嫩了点，除非你拿出确凿证据。"

看到张德清语无伦次的样子，唐明俊笑了："张处，我也是受人之托，你爱信不信，我已经将话送到，就不打扰你休息了。"一句话说完，唐明俊根本不给张德清反应的机会，转身便走出了包房。

路过孙强跟吴广达身边时，唐明俊的身上飘落一张纸条，他似乎"毫无察觉"地走出了醉春楼。

唐明俊踏入张德清包房的那一刻，他就成为了孙强跟吴广达的重点盯梢对象，所以唐明俊身上掉落的纸条第一时间被孙强和吴广达发现。

孙强捡起唐明俊掉落地上的纸条一看，然后脸色骤变，大声吆喝道："给我站住，不然我开枪了！"

吴广达眼角余光瞟了一眼纸条的内容，发现是一份共党的情报信息后，也迅速地掏出了手枪。

听到孙强的吆喝声，原本还是正常速度行走的唐明俊非但没有停下，反而突然间发力狂奔，很快便消失在人流中。孙强跟吴广达追到门口看了一眼，已然找不到唐明俊的影子了。

两个人见追不上唐明俊，交流了一下眼神后，迅速返回醉春楼，朝楼上包房冲去。

张德清被人打搅后，已然没有了继续玩乐的兴致，孙强在大厅的吆喝声更是让张德清心惊胆战。他穿好衣服偷偷往外面一看，正好瞅见孙强跟吴广达两个人持枪冲向楼梯。张德清吓得冷汗直流，连包房中的女人也顾不上了，直接跳窗离开了青楼。

只是张德清刚刚踏出青楼后门，便看到唐明俊笑吟吟地站在门口。

"张处，你这着急忙慌的，是家中失火了么？"想起小郭被张德清活生生折磨死的一幕，唐明俊就恨得咬牙切齿的。

"唐明俊，我现在没空搭理你，给我让开。"张德清瞪了唐明俊一眼，厉声呵斥道。张德清一句话说完，便伸手推向唐明俊，想将唐明俊推到一边。

在张德清眼中,唐明俊尽管跟自己一样是中校职衔,可是唐明俊在军统毕竟是新人,张德清压根就没将唐明俊当回事。下一刻,张德清嘴中发出一声哀号,脸上也露出了痛苦的神色。

原来张德清伸手推向唐明俊的瞬间,被唐明俊伸手抓住了胳膊。唐明俊一拉一推间,张德清的胳膊被扭成了麻花,整个人也不由自主地弯下了腰。

"张处,我要是让你走了,孙处跟吴处怎么跟温主任交代?"唐明俊看着从远处跑过来的吴广达和孙强,似笑非笑道。

"你……你们怎么会走到一起?"看了看唐明俊,又看了看急匆匆赶来的孙强和吴广达,张德清心中生出一股不妙的感觉。

"温主任让我从党国机构中揪出几个共产党员,我拟定了几个怀疑对象,一直在暗中关注和跟踪。"在张德清询问的目光中,唐明俊一脸阴鸷道,"至于孙处跟吴处为什么出现在这里,不如让他们亲自跟你解释一下?"

唐明俊对自己的化装技术极为自信,他敢肯定,无论是张德清,还是孙强跟吴广达,都没法认出来之前进入醉春楼的那个"共产党员"是自己。

"张处,我们看到你跟共产党员接头了。"孙强一脸失望地说道。

"我跟共产党员接头?"张德清愣了一下,随即想起了那个莫名其妙闯入自己包房的陌生人,他很想解释一下,却发现自己根本没有办法解释清楚这件事情,他瞪着孙强和吴广达问道,"我是什么人你们俩还不清楚么,我怎么可能跟共党接头?"

"既然你没有跟共党接头,那你看到我们上楼为什么要跳窗逃跑?"吴广达一句话问得张德清哑口无言。

张德清绝望地发现,除非自己坦陈挪用中统公款包养青楼女子的事情,否则自己根本没有办法解释今天的事情。

挪用公款包养青楼女子在中统是大罪,通共的罪名却没那么容易定下来……张德清权衡再三后,他觉得以自己在中统的威望,应该可以熬过审讯,证明自己的清白。想到这里,抱有侥幸心理的张德清任由孙强和吴广达将自己押回了中统局。

被关进审讯室后,看到审讯自己的人竟然不是孙强和吴广达,也不是中统任何一名特工,而是唐明俊时,张德清突然感觉到一阵恐慌。

"不,你不是中统的人,你没有权力审讯我,我要见温主任……"见唐明俊杀气腾腾地看着自己,张德清眼中露出了惊恐,他惊慌失措地大喊道。

"张德清,唐处是我亲自从军统请过来帮忙的。你必须好好配合他,一五一十地将醉春楼的事情交代清楚。"审讯室外面,温东岳冷冽的声音传入了张德清的耳朵,让张德清一颗心直往下沉。

等到张德清回过神来,想跟温东岳求情时,却听到了温东岳离去的脚步声。

"张处,是你主动坦陈自己的共产党员身份,还是我来教你怎么说?"唐明俊的目光在审讯室中的刑具上一一扫过,语气陡然间变得阴冷,仿佛地狱深处传来的声音。

"唐明俊,你不要以为温主任请你过来帮忙,你就将自己当回事了。我告诉你,这是中统的地盘,还轮不到你们军统的人来嚣张……"张德清此时还没有意识到自己的危险处境,而是趾高气昂地朝唐明俊嚷嚷道。

唐明俊笑了笑,没有说话,而是缓缓拿起一块已经烧红的烙铁,然后在张德清惊恐的目光中,没有半点犹疑地摁在了张德清的脸上。

"嗷呜……"

张德清惨绝人寰的哀号声在审讯室中响起,让整栋中统办公大楼的人都心颤了一下。

"张处,现在可以好好说话了么?"唐明俊捏住张德清的嘴巴,让他停止了惨号,冷笑着问道。

"唐明俊,爷爷在审讯犯人的时候,你还在玩泥巴呢……"张德清朝唐明俊呸了一声,桀骜不驯地骂道。

唐明俊闻言也不生气,而是心中暗暗高兴,要是张德清配合,这场游戏反而没那么好玩了。

下一刻,一块布满了钉子的皮鞭被握在了唐明俊的手中。唐明俊狞笑一声,狠狠地一皮鞭抽在了张德清的身上。

"唐明俊,你就使劲地作吧,只要让老子熬过这一关,以后有你受的……"

"啪!"

"唐明俊,不要让我逮到机会,不然的话我弄死你!"

"啪!"

"唐明俊,你这是在挑衅我们中统!"

"啪!"

……

审讯室中只有张德清气急败坏的嚷嚷声,唐明俊自始至终没有出声,不过他手中的鞭子却一直没有停下来过。

很快,张德清意识到情况不对劲了,因为唐明俊看他的眼神不带半点感情,仿佛在看一个死人;而自己被唐明俊抽了半天鞭子后,中统没有一个人赶过来替自己出头。

"难道有人想整我?"张德清的心中突兀地涌出这个想法,然后他不敢再嘴硬,而是准备出声求饶。

唐明俊自然第一时间察觉到了张德清心思的变化,他凑近张德清的耳朵,轻声道:"还记得前几天被你弄死的小郭么,他在黄泉路上等着你!"

听到唐明俊的话,张德清的瞳孔一缩,瞬间猜到了事情的真相。他嘴巴一张,便想喊出唐明俊共党的身份。

只是张德清张大嘴巴的瞬间,唐明俊却是狠狠地一拳撩向了他的下巴。巨大的咬合力之下,张德清的舌头被咬成了两截。

"其实这一切都是我设计的,只是你太愚蠢,到现在才发现。"看着张德清眼中的光泽一点点地黯然，唐明俊漠然说道。

就这样，张德清根本没有机会说出自己所犯何事以及在醉春楼逃跑的原因，就被唐明俊给活生生地弄死在了审讯室。

一直以来在审讯室称王称霸的张德清做梦也没有想到，自己最终会惨死在自己最擅长的刑讯中。

"温主任，张处长应该是隐藏在中统的共产党员。他是我见过的最顽强的共党分子，宁愿自杀，也不愿意吐露半点情报。"唐明俊气馁地跟温东岳汇报道。

"哎，没想到共党如此厉害，竟然将眼线都安插到我身边了，难怪我这两年的搜捕行动大部分都落空了。"温东岳通过窃听器监控了唐明俊审核张德清的全过程，所以他对唐明俊没有半点怀疑，反而非常感激唐明俊帮忙自己拔出了一颗毒瘤。

"革命战争如火如荼，容不得我们有半点马虎啊。"唐明俊摇头晃脑地感慨道。

"是的，革命尚未成功，同志仍需努力。"温东岳说了一句脍炙人口的名言，这才拍着唐明俊的肩膀大笑道，"以后你常来温府，多跟念君走动，军统那边的情报就麻烦你了。"

看着温东岳虚伪的面孔，唐明俊觉得一阵恶心，不过为了能够经常跟温念君见面，唐明俊跟温东岳虚与委蛇了一番，这才离开温东岳的办公室。

下班后，唐明俊摆脱跟踪，跟温念君一起来到了小郭的家中。

收拾小郭的遗物时，唐明俊在小郭的床头发现了用油纸层层叠叠包着的几块月饼。想起不久之前，小郭还在与自己嬉戏打闹，转眼间两个人却阴阳相隔，唐明俊的眼角不知不觉间变红。

这时候，温念君走了过来，轻轻地抱住唐明俊。

唐明俊突然间失声痛哭，无力哽噎着："是我害死了小郭……"

温念君拍打着唐明俊的肩膀，安慰道："这不是你的错，是这世道的错，是丧心病狂的国民党反动派的错。"

"念君，如果有一天，我要杀你的叔父，你会如何？"想起自己查到的一些蛛丝马迹，唐明俊试探着问道。

温念君沉默了片刻，叹气道："温东岳毕竟是我的叔父……"

因为唐明俊在密码学领域的深厚造诣，陈树尧邀请他一起参与驻扎常德日军的密码破译工作，唐明俊听闻可以为抗日战争作贡献，自然欣喜交加地答应了陈树尧。相对于国民党无意义的内斗，唐明俊更怀念在76号的日子，至少他是确确实实地在为抗日战争作贡献。

温东岳知道唐明俊参与了陈树尧的密码破译工作，一个劲地跟唐明俊索要情报。唐明俊只好选择性地将日军驻常德的情报以及潜入重庆的日军间谍信息汇报给温东岳知道，不过温东岳似乎对这些信息并不感兴趣，他更想从唐明俊嘴中得知共党的消息。

就在唐明俊准备去参加陈树尧组织的一次重要破译工作时，唐明俊接到了温东岳的电话："我给你介绍一个76号的熟人。"

唐明俊闻言，脑海中迅速闪过几道人影，然后匆匆赶往中统情报局，发现温东岳嘴中的熟人竟然是老于，唐明俊不由得愣了一下。

"明俊，好久不见。"这是老于看到唐明俊后说的第一句话。

唐明俊怔怔地看着老于，半天说不出一句话来。

温东岳介绍唐明俊跟老于认识之后，便以工作太忙为由离去了，留下老于跟唐明俊师徒俩面面相觑。

唐明俊很想问老于一声，是否是"火种"委派老于过来执行任务的，不过出于警惕的心理，唐明俊最终什么也没问。

"明俊，还是你的日子过得舒坦啊，在76号有豪宅美人相伴。到了军统，你照样香车美人，而且还成为了军统最年轻的中校。"老于熟练地揽住唐明俊的肩膀，嬉笑着打趣道。

"师父，我那是运气好。"唐明俊敷衍道。

"明俊，一段时间不见，你好像跟我变得生疏了？"老于见唐明俊一直打量着自己，也不怎么说话，他朗声道，"走，师父带你出去见见世面。"

在老于的带领下，唐明俊进入了一家地下赌场。

唐明俊看得出来，老于应该是这里的常客，因为他刚刚一进场子，便被门童一口一个于爷地带到了最里面的包厢中。

看着老于身穿西装，嘴中叼着雪茄，豪掷千金的样子，唐明俊完全无法将眼前的老于跟曾经那个吃一份叫花鸡都会激动半天的老于联系到一块。

唐明俊不是很习惯赌场里面的氛围，玩了几把牌之后，唐明俊便走到了一边休息。看着烟雾缭绕中的老于，唐明俊的心一点点地往下沉。尽管老于到现在为止什么也没说，但是唐明俊心中涌起一种强烈的不安，他觉得当温东岳领着老于出现在自己面前的那一刻起，老于已经不再是以前的老于。

"于叔，我看你今天晚上输了数百枚大洋，你怎么一点都不心疼啊？"回家的路上，唐明俊终于忍不住问道。

"明俊，要是换在以前，我或许会心疼钱，但是现在，钱在师父眼中只是一个数字罢了。只要你跟着我干，你就会知道赚钱是一件多么容易的事情。"老于炫耀道。

在唐明俊询问的目光中，老于沉声道："这些年来，我一直替'火种'卖命，但是在我遇到生命危险，最需要'火种'出现的时候，他并没有出现。然后日本特高课给我开出了一百根金条的价格买'火种'的行踪，我无法拒绝……"

第十六章 我就是死了也要保护学校

"您将'火种'的行踪泄露给了特高课知道?"老于的话还没说完,便被唐明俊激动地打断了。

唐明俊回到重庆后,便迫切地想见到"火种"。只是"火种"的行踪实在太隐秘了,便是老于都很难见到他,更别说唐明俊了,所以唐明俊陡然间听闻"火种"的信息,瞬间情绪失控。

"没错,我的确跟特高课泄露了'火种'的行踪。当时我面临两个选择:死亡或者一百根金条。正常人都会选择一百根金条的。"老于理直气壮地说道。

"那'火种'最后落到特高课手中了?"唐明俊关心地问道。

"'火种'落入了特高课精心设置的陷阱,身受重伤,不过特高课是否如愿以偿地抓到他,我就不清楚了,不然的话我现在就不是偷偷摸摸地跟温东岳见面,而是光明正大地加入中统替温东岳干活了。

"我跟你说,我这一次还跟中统达成了一笔交易,将共党在常德的负责人老耿的信息卖给了温东岳。只要重庆的共党跟老耿联系,便是我们收网的时候。"

……

看着眼前无比陌生的老于,唐明俊心中苦涩无比。

老于无视唐明俊越来越难看的脸色,得意扬扬地不停说着自己的计划。

"明俊,等我通过老耿这条线抓到了重庆这边向他提供情报的特工,我们师徒俩就可以拿到一大笔钱,再也不用过打打杀杀的日子,一辈子衣食无忧了。"老于激动地拍着唐明俊的肩膀,眉飞色舞道。

也不知道是雪茄的烟太过熏眼,还是别的原因,唐明俊觉得眼眶有些湿润,他怎么也想不通,被自己视为师父的老于怎么会背叛革命。

到了离别的时候,老于神秘兮兮地告诉唐明俊,如果向老耿提供情报的共党特工联系不上,他会毫不犹豫地启用紧急联络方案,越过"火种"联系上"火种"的上线廖意林,从而顺藤摸瓜将跟廖意林有联系的共党势力全部铲除。

唐明俊很想劝说老于及时收手,结果他发现自己的脑袋越来越昏沉。

"难道是老于发现自己脸色不对劲,知道自己抵触他背叛革命的行为,所以为了阻挠自己通风报信,提前在雪茄中藏了迷药?"昏迷之前,唐明俊下意识地想道。

唐明俊做了一个很可怕的噩梦,他梦见自己被温东岳逮捕,并被关进了审讯室,最后惨死在审讯室之中,重庆地区的所有共产党员排着队在他面前一一被枪毙。

等到唐明俊从噩梦中惊醒的时候,他发现自己被绑在一张椅子上。而此时距离老于跟自己分开已经有两个小时,唐明俊不顾一切地折断了自己的手腕与手指,挣脱了束缚。

唐明俊揉了揉发涨的脑袋,心中揣度着老于的去向。

"重庆这边,我是唯一跟老耿保持情报传递联系的,老于并不知道这一点。他想通过抓住我而诱捕其他共产党员是不可能的事情,所以他只能启用紧急联络方案联系意姐……"想到这里,唐明俊迅速地拨通了温念君的电话。

电话中,唐明俊仿佛什么事情也没有发生一般,只是跟温念君聊一些生活中无关紧要的小事情,却从温念君嘴中得知了廖意林的准确动向。

在前往接头地点的途中，唐明俊不止一次地向上苍祷告，噩梦中的事情千万不要成为现实。

听到枪声不断地在接头的地点响起，唐明俊的心不由得凉了半截。

正当唐明俊举起手枪，小心翼翼地摸到裁缝店外面，准备进去救人时，他耳边传来一声异响，然后嘴巴被人紧紧地捂住，耳边也传来了熟悉的声音："不要出声，是我。"

当唐明俊不再挣扎时，来人松开了唐明俊的嘴巴。

"意姐，你没事啊，吓死我了，刚刚的枪声是怎么回事？"被廖意林带到一个偏僻的角落后，唐明俊压低了声音问道。

"我没事，刚刚那一阵枪声，是我们针对中统的一场伏击战……"廖意林赞赏地看了唐明俊一眼，言简意赅地说道。

原来，这段时间共产党员接二连三地遭到出卖，廖意林早就意识到党内有可能出了叛徒，于是设了一局，既重挫了温东岳，又让唐明俊关键时刻现身营救，方便让唐明俊更好地在国民党内部进行潜伏。

装模作样地跟以廖意林为首的人马对放了几枪后，唐明俊冲进裁缝店，看到了重伤的老于以及一脸紧张的温东岳，还有几个紧紧保护在他们身边的中统特工。

"温主任，于叔，外面的共产党员已经撤退，我们安全了。"唐明俊摸了摸渗血的胳膊，龇牙笑道。

温东岳跟于德路闻言，半信半疑地看了唐明俊一眼，又派人查探了一遍外面，发现的确没有了共党的影子，他们这才钻进唐明俊的车中，迅速地回到中统办公大楼。

"温主任，你不觉得今天的事情太过蹊跷了么？"将老于安排进病房后，唐明俊找到温东岳，开门见山地问道。

在温东岳疑问的目光中，唐明俊踯躅道："温主任，你觉得老于可靠么？"

生性多疑的温东岳闻言，脑海中下意识地闪过几年前自己出卖老于，并且差点置老于于死地的一幕。

"老于是我的师父,他是一名坚定的共产主义信仰者,即便所有的人都叛党,他都不可能叛党。我觉得他之前出卖共党的行为,仅仅是为了获取您的信任,他的最终目的应该是除掉您!"唐明俊异常肯定地说道。

"这个狗东西,我还真的被他骗了!"温东岳闻言重重地拍了一下大腿,然后当着唐明俊的面,拨打电话下令抓捕和审讯老于。

"明俊,这一次要是没有你,估计我就性命不保了。"挂掉电话后,温东岳对唐明俊表示出了极大的热情,一再对唐明俊的救命之恩表达感谢。

唐明俊则是虚与委蛇,沉着应付。

"明俊,根据中统的调查,你在育才学校时是坚定的共产主义信仰者,并且一再请求入党,在76号时同样如此,你现在是共产党员了么?"两个人正聊得火热时,温东岳突兀地问道。

唐明俊闻言心神一颤,还以为温东岳已然抓到了自己的把柄,正强作镇定地盯着温东岳,思索着如何回答时,一道人影有如狸猫般从窗外蹿进了办公室,径直扑向温东岳。

"温叔小心!"看清楚来人赫然是老于,唐明俊大喊一声,下意识地摸向腰部的手枪。

让唐明俊瞠目结舌的是,面对老于的攻击,温东岳没有丝毫的慌乱。他一把抄起屁股底下的椅子,狠狠地砸向老于的脑袋。温东岳快速的反应和敏捷的动作,跟他臃肿的身形完全不匹配。

唐明俊还在发呆的功夫,被温东岳砸飞到唐明俊身后的老于毫不犹豫地切换目标,一把匕首架到了唐明俊的脖子上。在老于的独门擒拿绝技之下,唐明俊近乎毫无还手之力地就被制伏了。

"温东岳,你命令他们将手中的枪扔掉,放我出去,不然的话,我就杀唐明俊。"老于一面将唐明俊的身子挡在自己面前,一面恶狠狠地朝温东岳吼道。

温东岳办公室的剧烈响动,早就惊动了中统局办公大楼,密密麻麻的脚步声已然在走廊外响起，更是有十几名中统特工持枪冲进了温东岳的办公室，全部举枪瞄准了老于。

"好，我让他们扔掉手中的枪，你也小心一点，不要伤到唐明俊了。"在唐明俊诧异的目光中，温东岳将手中的枪扔到了地上，同时大声命令办公室其他特工扔掉手中的枪。

老于见状冷哼一声，然后押着唐明俊，小心翼翼地走出中统办公大楼。

就在老于将唐明俊当成人肉盾牌，一点点地退到中统局办公大楼院子时，老于和唐明俊惊讶地发现，中统局的特工并没有放他们离开的意思，反而是从四面八方涌了出来，紧紧地将他们围在了院子的中间。

"你……你们不顾唐明俊的性命了么？"看到温东岳戏谑的目光，老于惊慌失措地问道。

温东岳闻言也不说话，而是下令开枪扫射老于。

"叔叔，不要！"几乎在温东岳下令开枪的同时，温念君焦灼的声音也在院子中响起。

一众中统特工犹豫的当儿，温东岳却是毫不犹豫地夺过了身边一名中统特工的手枪，直接朝挡在老于身前的唐明俊开枪，避无可避的唐明俊被击中了肩膀。

"温东岳，你果然是一头白眼狼，唐明俊才救了你性命，你竟然连他都要杀！"老于大吼一声，毫不犹豫地朝温东岳开枪，打算跟温东岳同归于尽。

就在老于向温东岳扣动扳机时，几柄飞刀突然间射中老于的身体。

原来，早在丁胜楠学会老于的独门擒拿绝技时，唐明俊便找到了破解之道，只是他出于对老于的尊敬，一直不愿意使用这一招。性命攸关之际，唐明俊不得不出招反制老于，成功摆脱了老于的钳制。

曾景阳一直在等候营救唐明俊的机会，看到老于失去了对唐明俊的控制，他毫不犹豫地开枪射击，射中了老于的心脏，成功地救出了唐明俊。

"想不到几十年来无人能够破解的擒拿绝技竟然被你破解……我也算是后继有人了。"老于临死前,他眼神复杂地看着唐明俊,轻声感慨道。

看着躺在血泊中的老于,唐明俊隐隐觉得老于的事情有点不对劲,只是那一抹灵感从他脑海中一闪即逝,想继续抓住它时,已经没有了踪影。唐明俊只当自己多心了,只能在心中暗暗警示自己,绝对不能因为贪慕名利而重蹈老于的覆辙。

"明俊,我刚刚是为了吓唬老于,并非真的想要杀掉你……"见唐明俊目光突然间看向自己,温东岳一阵心虚,尴尬地解释道。唐明俊却是冷哼一声,然后走出人群,径直离开了中统局办公大楼。

关键时刻被温东岳放弃,而且还挨了温东岳一枪,尽管唐明俊有心继续潜伏在温东岳身边办事,但是一时半会之间,他很难做到心平气和地跟温东岳相处,索性一走了之。

温东岳张了张嘴,想要出声挽留,却不知道说什么,最后叹息一声,留在原地收拾残局。

唐明俊离开中统局办公大楼后,便马不停蹄地赶回了军统,陈树尧组织的常德会战破译工作还在继续,而且距离破译的截止时间只剩下最后半天时间。

专用的会议室内,所有的破译人员眼中都布满了血丝。他们知道,自己很可能在规定时间内没有办法完成破译任务了,但是强烈的使命感让他们强迫自己坚持奋战到最后一刻。

唐明俊进入会议室后,只有陈树尧朝他点头招呼,其余的人全部埋头专注于手中的破译工作,没有搭理唐明俊。

一声不吭地找了个空位坐下,唐明俊不顾身上的枪伤,迅速地投入了破译工作。

专心致志地浏览了几份密码文件后,唐明俊脸上露出了思索的神色。这些密码文件给唐明俊一种似曾相似的感觉,可是他绞尽脑汁也想不起来自己在哪里见过这种加密文件。

听着会议室内不断响起的沙沙声,唐明俊的好看的剑眉皱成了一团,将手中的密码文件看了一遍又一遍。

时间一点点地流逝,眼看距离截止时间还有最后二十分钟时,会议室内的破译人员脸上都露出了急躁的神色,陈树尧更是长长地叹息一声,似乎已经认命。

"陈处,我们军统有最新的恩尼格码密码机么?"就在所有人都近乎绝望时,唐明俊的声音突然间在会议室中响起。

"恩尼格码密码机?"听到唐明俊的话,陈树尧眼中闪过一抹惊讶的神色,下意识地问道,"唐处,你觉得我们截取的这些密码文件是用的恩尼格码加密方式?"

"不对啊,我们以前也见过恩尼格码加密文件啊,跟这些密码文件的加密方式好像不一样。"

"我们刚刚已经使用了恩尼格码密码机破解这些密码文件,但是失败了啊。"

"……"

唐明俊的话音刚落,办公室中一片哗然。

"大家手中的恩尼格码密码机之所以没有办法破译这些文件,是因为会议室中的恩尼格码密码机是一代机,而我们手中的密码文件采取的是二代恩尼格码寄加密。"在大家疑惑的目光中,唐明俊微笑着解释道。

其实唐明俊也没有见过二代恩尼格码密码机,不过曾经看到过丁胜楠持有的二代恩尼格码机的加密文件,他也是好不容易才回忆起这一茬。

"唐处,我们能够弄到一代恩尼格码密码机已经很不容易了,二代恩尼格码密码机我们是真的没有啊。一代恩尼格码密码机和二代恩尼格码密码机相差很大么,你能否用一代恩尼格码密码机将就一下,将这些加密文件破译出来?"陈树尧沉声问道。

唐明俊闻言没有吱声,而是扫了一眼办公桌上的两台一代恩尼格码密码机,脑海中飞速闪过自己在 76 号档案馆资料室中看到的有关二代恩尼格码密码机的构造图和文字介绍。

宫殿记忆法的构图一点点地在唐明俊的脑海中形成,唐明俊将两台一代恩尼格码密码机拿到自己面前,闭上眼睛沉思片刻,然后十指飞舞,迅速地将两台一代密码机拆解为了零部件,然后一点点地拼装。

十几分钟后,唐明俊停止了手中的动作,摆在桌子上的依旧是两台拆散的一代恩尼格码密码机,唯一的不同是,这两台一代恩尼格码密码机的很多零部件被唐明俊扔到了一边,它们的主干部分被唐明俊用线路连接了起来。

接通电源后,唐明俊调试了片刻,便将加密文件输入了机器。

见唐明俊终于开始破译密码文件,会议室中众人全部屏住了呼吸,紧张地盯着唐明俊的动作。

唐明俊第一次输入完整的密文时,似乎出了问题,迟迟没能破译出加密文件的内容,这让会议室中众人脸上不由自主地露出了失望的神色,而此时距离截止时间只剩下最后五分钟时间。

不过唐明俊并没有气馁,而是在其中一台机器上拨动了一下转子,再次输入密文。很快,破译后的文件内容被唐明俊一点点地记录了下来。

当唐明俊将破译后的密码文件递交给陈树尧时,办公室中响起了热烈的掌声和激动的欢呼声。

逐字逐句读完解密后的文件内容后,陈树尧才发现自己拿着的稿纸上渗有暗红色的血液,他下意识地看向唐明俊受伤的肩膀,然后面色肃然地朝唐明俊行了一个军礼。

会议室中的其他破译人员见状,他们不约而同地立正,整理好自己的仪容,朝唐明俊行了一个军礼。

感受到这些人的目光,唐明俊笑了笑,朝众人回了一个军礼。唐明俊知道,这一刻,会议室中所有人的抗日决心是一致的。他微微一笑,然后因为失血过多而晕了过去。

晕厥之前，唐明俊的脑海中下意识地闪过老于的身影。他知道，要不是老于教导过自己宫殿记忆法，让自己可以记住二代恩尼格码密码机复杂的构造图和原理，自己今天是无论如何也没办法依靠两台一代恩尼格码机破译出加密文件的。

因为以唐明俊为首的破译团队在最关键的时刻给抗日前线提供了准确的战报，让前线的军队取得了会战的最终胜利，军统受到了国共高层的一致褒扬，唐明俊更是拿到了个人一等功勋章。

为了以示庆贺，军统内部在重庆最大的鸿运酒店举办了盛大的舞会，鸿运酒店奢华的宴会厅中，点缀着数不清的小气球和彩灯，五光十色的亮片映出霓虹灯的光彩，缠绵的音乐不绝于耳，众人在舞池间翩翩起舞。不过众人在跳舞或者喝酒时，目光总是下意识地扫向酒店门口，因为他们的大英雄迟迟没有到来。

晚上六点整的时候，身着剪裁得体的米色休闲西服的唐明俊出现在了酒店门口，瞬间成为了舞会上的焦点。

唐明俊的皮鞋、领结都是精心搭配过的，发型也打理得一丝不苟，是当季最时髦的流行款。耀眼的外表，再搭配上光鲜的履历，让宴会大厅的漂亮女性们都浮想联翩，争相邀请唐明俊跳舞，唐明俊却不为所动，一一礼貌拒绝后四处寻找温念君。

温念君则是一脸微笑地坐在角落中，宛如一朵含苞待放的莲花。

华丽的丝绒长裙勾勒出温念君曼妙的身姿，锁骨间与手腕上相呼应的水晶首饰更是显得整个人纤细非常，柔顺的长发盘起，露出其修长白皙的脖颈。在众女性羡慕的目光下，唐明俊直直朝温念君走去。

伴随着舞池的音乐，唐明俊和温念君来到中央，一段舞蹈，从起跳就惊艳了全场。温念君与唐明俊的舞步师承于戴爱莲，舞步翩翩，优雅而明艳。

舞池中的其他人渐渐不约而同地离场，如欣赏艺术般欣赏着舞池中翩舞的一对璧人，两人的默契与舞技令在场的所有人都羡慕不已。两人跳舞的时候，温念君向唐明俊传来了廖意林的口头嘉奖令。

宴会大厅的角落中，看着唐明俊跟温念君聚焦了所有人的目光，曾景阳的嘴角满是苦涩的笑容，低头喝了一杯闷酒。

进入育才学校的那一天起，曾景阳便被温念君的美貌和气质所吸引，想方设法地吸引温念君的注意力。他也曾经一度跟温念君成为了无话不谈的好朋友，奈何唐明俊插到他们班之后，一切都变了。唐明俊与温念君就仿佛是天造地设的一对，互相吸引着。

两年前唐明俊突然间失踪，曾景阳还以为自己机会来了。未承想温念君心中一直装着唐明俊，哪怕唐明俊成了76号的英雄，被所有人唾弃，温念君依然对唐明俊深信不疑，而且跟温念君交流时，曾景阳能够从温念君的眼神中读出她对唐明俊的爱意。

要是换成其他人追求温念君，曾景阳早就主动出击，使出浑身解数去赢取温念君的欢心了。让曾景阳觉得苦恼的是，温念君喜欢的是唐明俊，是曾景阳欣赏和钦佩的好兄弟，这让曾景阳根本就没有办法向温念君坦露心声。

"或许，我这一辈子只能将对你的爱藏在心中了。"看着最好的兄弟跟最心爱的女人郎才女貌的样子，曾景阳低声呢喃了一句，不知不觉间泪水迷蒙了视线。

舞会后的第三天上午，唐明俊接到了学校的通知，让他回合川的古圣寺一趟，跟学弟学妹们分享常德会战的胜利成果。

唐明俊仅仅犹豫了片刻，便毅然决定接受学校的邀请，不过他还是向军统报备了自己的行程。

抵达古圣寺时，唐明俊受到了育才学校所有师生的热情欢迎，这让他受宠若惊的同时，也深感自己身上责任之重大。

躺在逸少斋的卧室中，唐明俊辗转难眠，索性蹑手蹑脚地下床，一边准备教案，一边思索。

常德会战的胜利，基本上洗脱了陈树尧内奸的嫌疑，调查当年日本大轰炸导致母亲遇害真相的线索再次中断。

叶慕之经过逸少斋时，看到唐明俊还没睡，以为是山上冷，唐明俊睡不着。她连忙为唐明俊加了一床被子,然后很自然地走到唐明俊身后,帮唐明俊研磨墨汁。

由于唐明俊的身上的伤还没有好,他写字时特别费劲,写得歪歪斜斜的不说,而且还痛得浑身直冒冷汗,叶慕之见状,很自然地把着唐明俊的手帮他写字。只是唐明俊已然不是几年前的唐明俊,如今的他知晓了男女之事,静谧的夜晚,感受着叶慕之的呼吸和体温,唐明俊不由得脸红心跳,最后字反而越写越差。

唐明俊有些不适应,只好借口天色已晚,让叶慕之早些回去休息,自己也准备睡了。

"明俊,你明天上课时,我帮你写字吧。"走到门口时,叶慕之脆声道。

唐明俊愣了愣,轻轻点头应允。

第二天一大早,叶慕之便准时抵达逸少斋,等候唐明俊起床和洗漱,一切就绪后,才领着唐明俊来到教室。

唐明俊跟叶慕之进入教室时,教室中爆发出了雷鸣般的掌声和欢呼声。同学们的热情足足持续了两三分钟,才在唐明俊的招呼下安静下来。

"非常感谢意姐的邀请,让我有机会再次回到学校……"看着双目噙笑坐在教室后面的廖意林,唐明俊心情激荡,开始了他的分享。

随着唐明俊侃侃而谈,教室中的氛围越来越热烈,叶慕之则是默契地在黑板上写出唐明俊讲述的一些关键词语和句子,配合得恰到好处。

叶慕之的字潇洒利落,有如她的身手一样漂亮。唐明俊清楚地记得,叶慕之刚来学校时完全不识字,还被很多调皮的同学调侃过。没想到几年时间过去,她的字可以写得如此娟秀隽永。

"叶姐,你现在的字比我写得还漂亮呢。"下课后,唐明俊由衷地夸赞道。

"都是你这个小老师教导有方啦,要不是你当年热情又有耐心地教导,姐还是一个文盲,哪会写字。"叶慕之霞飞双颊地回应道。

"不,没有长时间的坚持和练习,很难写出这么漂亮的字。这一切都是你自己的付出换来的。"唐明俊不敢贪功,而是发自内心地佩服叶慕之,做任何事情都是一丝不苟,有始有终。

"姐,你什么时候开始戴眼镜的啊。你戴上眼镜后,活生生的一学生啊,太淑女范了,谁也想不到你会是一个身怀绝技的高手。"唐明俊无意间注意到叶慕之脸上的眼镜,忍不住多看了几眼。

叶慕之扶了扶镜框,没有说话,心中却泛起阵阵涟漪,脑海中浮现出当年唐明俊跟自己说过的一句话:你要是戴眼镜的话肯定非常漂亮。

学校以分享常德会战胜利成果的名义邀请唐明俊回来讲课,事实上唐明俊在古圣寺讲课,不仅仅分享了常德会战的艰辛和不易,他还跟学生们探讨学术,畅想未来,几乎每天都会在逸少斋旁边的小池塘坐一会儿。

唐明俊回到学校的第二天,曾景阳跟温念君也来到了古圣寺。三个人一起读书闲聊,仿佛又回到了学生时代。平静而安谧的校园,美好得让人几乎忘记了战火的喧嚣。

一日深夜,唐明俊看到窗外有黑影浮动,便一个翻身从床上落地,透过窗户查看黑影的去向。当他看到黑影鬼鬼祟祟地摸向廖意林的办公室时,眼中闪过一道寒芒,连忙跟了上去,抢在黑影动手之前埋伏了进去。

隐藏在窗外的不速之客掏出手枪,唐明俊眼疾手快地拉了一下身边的绳索,只听得哐当一声,原本用竹竿撑着的木窗瞬间落下,将不速之客手中的枪扫落在地。

为了避免对方再次动枪,唐明俊一个欺身靠近了对方,跟对方进行近身肉搏。

唐明俊没有想到的是,这一名不速之客不仅仅带了枪,更是在扳指和鞋头处藏了锋利的刀片。十几招下来,身手敏捷的唐明俊非但没能从对方手中讨到半点便宜,反而被对方在身上划下数道深深的伤口。

终于,唐明俊在旧伤未愈又添新伤的情况下,难以招架对方的攻击,让不速之客再次捡到了掉落地上的枪支。对方残忍地笑了笑,对着唐明俊迅速地扣动了扳机;而此时唐明俊早就脱力地晕厥倒地,连最基本的躲避动作都做不到。

眼看唐明俊便要丧生在不速之客的枪下时,一道身影突兀地出现在唐明俊的面前,替唐明俊挡下了子弹。

唐明俊隐隐看到,挡在自己面前的身影手掌一扬,十几枚泛着银光的东西朝不速之客飞了过去。

这一切发生得太突然,当唐明俊意识到发生了什么事情时,挡在唐明俊面前的身影已然躺在了血泊之中。刚刚还在对着唐明俊扣动扳机的不速之客则是身上插满了飞刀,他不甘心地看了唐明俊一眼,然后也身子轰然倒地。

"叶姐,叶姐,你醒醒,你不能死!"唐明俊的目光落到替自己挡子弹的身影上面时,发现对方赫然是叶慕之。叶慕之身上好几个弹孔,浑身鲜血直流,他急得嗓子直冒烟。

看到不速之客身上的飞刀,唐明俊下意识地想起自己在上海好几次遇到危险时突兀出现的飞刀,他这才知道一直在暗中保护自己的人就是叶慕之。

唐明俊慌张地从一旁的窗帘处撕下布帛想为叶慕之止血,却被叶慕之制止:"明俊,不用白费力气了,我们都是游走在生死边缘的人,你应该知道我已经没救了。"

"不,你不可以死,我一定可以救活你的!"唐明俊状若疯狂地大喊道,同时不忘给叶慕之止血。可是叶慕之中枪的部位都是身上的要害,血水止不住地往外涌,无论唐明俊怎么努力都无济于事。

眼睁睁地看着叶慕之的脸色变得越来越惨白,生命气息也越来越弱,唐明俊像一个无助的孩子一般哭了。

"你为什么要一次又一次救我性命,这一次更是替我挡子弹?我只是跟你习武的学生罢了,不值得你付出性命的!"唐明俊握着叶慕之的手,痛哭流涕道。

叶慕之静静地瞪着唐明俊，仿佛要将唐明俊的模样铭记在脑海中，好半晌后，她才细若蚊蚋地说道："明俊，一定要隐瞒我的死讯，中统特工非常忌惮我的存在。我就是死了也要保护学校，让牛鬼蛇神不敢靠近学校半分！"说完这番话后，叶慕之艰难地从口袋中掏出一支钢笔，那是唐明俊几年前赠送给她的。

叶慕之将钢笔交回到唐明俊的手上，被他紧紧地握住。这支钢笔在叶慕之的身上放了多年，却依旧崭新如初，可想而知叶慕之有多么地爱护它。

唐明俊看着手中的钢笔泣不成声，廖意林走到唐明俊身后，轻轻地拍了拍唐明俊的肩膀，却不知道如何安慰他，最后化为一声长长的叹息。

不知道什么时候，窗外开始冒出一丝曙光，叶慕之的视线缓缓投向窗外，当她看到地平线上缓缓升起的太阳时，她满脸微笑地闭上了眼睛。

唐明俊在叶慕之的身前跪了半天，直到天色大亮时，他才站直身子。

唐明俊遵从了叶慕之生前的叮嘱，悄无声息地将叶慕之下葬了，没有让任何人知道。不过他与廖意林师生俩接下来的时间情绪特别低落，不时地到叶慕之坟前祭奠。

唐明俊进入叶慕之的房间帮她整理遗物时，发现叶慕之的房间内收拾得整整齐齐，仿佛从来没有人住过一样。坐在叶慕之曾经坐过的椅子上，唐明俊回忆起跟叶慕之认识以来相处的一幕幕，深深地叹了一口气。

就在唐明俊准备离开的时候，书桌上一个凸起引起了唐明俊的注意。一阵摆弄之下，书桌的暗格被唐明俊打开，里面整整齐齐地摆放着数十本日记簿。

犹豫了片刻，唐明俊最终选择翻开日记簿，在最上面的一本日记的最后一页，写着"唐明俊回来了，我在讲台上帮他写字，紧张"。

唐明俊从后往前翻阅，端正大方秀气的字逐渐变成歪歪扭扭甚至全是拼音。回想起自己第一次手把手教叶慕之写字时候的样子，唐明俊不由得一阵惆怅。

就这样，唐明俊一边漫不经心地翻看着叶慕之的日记，脑海中一边闪过叶慕之的一颦一笑，沉浸在了美好的回忆之中。突然间，日记簿中突兀冒出的三个字让唐明俊悚然一惊，下意识地从椅子上站了起来。

这三个字赫然是徐敬塘！

"他们两个完全没有交集的人怎么会有联系？"唐明俊感觉自己的心跳陡然加速，他开始逐字逐句地阅读叶慕之日记。花了大半天时间，唐明俊终于将叶慕之的日记全部看完，他整个人变得无比震撼，而且恐慌。

唐明俊惊讶地发现，叶慕之到育才学校，竟然是徐敬塘的安排。

叶慕之事无巨细地记录了她在育才学校的生活习惯和行程安排，而且还全部汇报给了徐敬塘知道。更让唐明俊脊背发凉的是，徐敬塘不仅仅知道自己跟温念君的共产党员身份，还知道廖意林是延安派过来的。

徐敬塘将叶慕之委派到育才学校的目的何在？自己有什么地方值得徐敬塘这样悉心安排，多年监视？难道一直潜伏在国民党内部，害死母亲，制造六五惨案的汉奸是徐敬塘？……

一连串的问题涌入唐明俊的大脑，让他惶恐。唐明俊迅速地将这件事情向廖意林做了汇报，廖意林在电报中只回了一句话：一切等我任务回来再说。

"既然叶慕之一直暗中保护你，又一次次地将你从死亡边缘拉回来，说明叶慕之对你没有恶意。这件事情或许另有隐情，你不用太过紧张。

"知道事情真相的人除了叶慕之，还有徐敬塘，只要你找到徐敬塘，便可以得到答案。"

唐明俊找到温念君，跟她说出自己心中的困惑后，冰雪聪明的温念君很快便捋清楚了事情的条理，三言两语间便让唐明俊心中担忧尽去，剩下的只是浓浓的好奇。

接下来的时间，唐明俊上班时经常去陈树尧的办公室喝茶，下班后，也会时不时去陈树尧家中做客，张嘴闭嘴都是徐敬塘，毫不掩饰自己对其的敬仰之情。

"明俊，我能够理解你想见到五哥的心情，但是五哥经常在外执行任务，我也很久没有见到五哥了。不过马上便是军统和中统高层会面的日子，到时五哥应该会出现，你要是实在想见到五哥，到时可以想办法混进会场。"被唐明俊逼得紧了，陈树尧建议道。

"五哥真的会出现在会场么？我怎么听说五哥最近在上海遇到了麻烦，好像陷入了特高课精心布置的陷阱？"想起老于跟自己说的话，唐明俊半信半疑道。

"明俊，不得不说，你太小看五哥的智慧了。我跟了五哥这么多年，只见过五哥算计别人，还从来没见有人能够算计到五哥头上的。五哥在上海只是将计就计，施展了一下苦肉计罢了，达到目的之后，他已然从上海转道延安……"陈树尧满脸兴奋地说道。

听到陈树尧的话，唐明俊脑海中传来轰然一声巨响。

"将计就计""苦肉计""达到目的"几个词在唐明俊的脑海中反复盘旋，他很想跟陈树尧问一个明白，又担心言多必失，引起陈树尧的怀疑，只是他对老于是否叛变革命的想法已然发生了动摇。

回到家中后，唐明俊开始筹备混进会场的事情。

军统高层跟中统高层之间的会面，不是想去就能去的，唐明俊没有资格参与。他想来想去，只有借助温东岳的身份混入会场最为保险。毕竟每一位高层都有一个随行人员名额，只要从温东岳手中要到名额，唐明俊便可以光明正大地进入会议场地。

只是当唐明俊找到温东岳时，温东岳却满脸为难地告诉唐明俊，他已经有了随行人员，没法带唐明俊进入会场。

唐明俊闻言只得作罢，转而开始暗中调查这一次高层会议的所有信息，着手暗中潜入会场的准备工作。

凭着娴熟的特工技巧，唐明俊很快便调查清楚了这一次国民党高层会议的具体时间和地点，也确认了徐敬塘会参与这一次的会面，他的心中也有了完整的潜入计划。

终于，国民党高层会面的时间悄然到来，唐明俊也按照计划一大早溜达到了会场附近。

会场的守备十分严密，唐明俊在场外绕行很久，才找到一个突破口。负责看守东北处偏门的安保队队长总是有点心不在焉的，时不时会调戏一下路过的漂亮女子。

很快，一位面容姣好的女子路过东北门，安保队长立即谄笑着上前调戏。女子不搭理他，他却强行拉住对方，将其往自己的守卫室拖。

唐明俊看得心中着急，但是又不想错过这个潜入的好机会，纠结了片刻，唐明俊叹息一声，迅速地溜进了会场。

进了会场后，唐明俊终于还是忍不住回头看向安保室，不过当他无意间看到地上的一颗石子后，他眼睛一亮，捡起小石子，瞄准安保队长的膝盖砸了过去。

安保队长没提防之下，嘴中哎哟一声，身子不由自主地趔趄倒地。女子则是趁机迅速逃跑，安保队长跟跟跄跄地爬起来向外追去。

看到女子跑得已然没有了踪影，安保队长站在门口骂骂咧咧的。唐明俊嘴角微微上翘，悄然消失在会场的角落中，换上了自己早就准备好的装束，然后摸向后厨。

厨房中忙得热火冲天，根本没有留意到突然间多了一个陌生人。唐明俊进去后，也不作声，只是默默地打着下手，然后趁着大家没留意的功夫，弄到了招待宾客名单图，了解到这一次会面的军统高层和中统高层的休息房间。

唐明俊意识到，会议开始前，所有高层都是在自己的独立休息室内，这是会见徐敬塘的最好机会。离开厨房后，唐明俊又来到酒店仓库，翻出一套闲置的侍者套装给自己换上，然后端了一盘点心走向徐敬塘的房间。

307

只是唐明俊还没靠近徐敬塘房间的门口,便被徐敬塘的随行人员给拦住了。

"我是来给首长送点心的,麻烦通融一下。"唐明俊满脸微笑地解释道。

徐敬塘的随行人员冷冷地扫了唐明俊一眼,漠然道:"首长在休息,你将点心给我就好了。"

"按照酒店规定,我必须将点心送到首长房间才行,不然我会被记违规的。"唐明俊试图说服对方。

"你要是继续啰嗦,打扰了首长休息,我现在就向你的上级投诉。"徐敬塘的随行人员油盐不进地回应道。

唐明俊闻言,只能放下点心悻然离去,寻思别的门路接近徐敬塘。

一个小时后,唐明俊听闻徐敬塘好像跟另外一名军统高层在酒店的天台吸烟,便立即激动地前往了天台,然后果然听到了徐敬塘跟另外一个人聊天的声音,只是有其他人在场,唐明俊不方便跟徐敬塘见面。

在天台外面的走廊上偷听了片刻,害怕被其他人发现异常,唐明俊思索片刻,来到了徐敬塘回房的必经之路上等待,那样才可能找到与徐敬塘单独相处的机会。

只是唐明俊等了半天,始终没有等到徐敬塘下楼,唐明俊再次前往天台时,发现天台上已然没有了人影。在天台上转悠了片刻,唐明俊才发现,原来天台上有更加安全的小道可以通往酒店的房间,他不由得懊恼地揪了揪自己的头发。

接下来的时间,徐敬塘好像知道唐明俊要找他一样,每一次都完美地躲开了唐明俊的堵截,唐明俊也不知道是哪里出了问题。有些时候只差一点点就能见到徐敬塘了,却会突然间发生意外事故,让唐明俊跟徐敬塘失之交臂。

"到底是意外,还是有人故意为之?"急性子的唐明俊被一件件突发事件弄得抓狂了。当他发现自己的身份有曝光的风险时,他不得不垂头丧气地离开了酒店,隐藏在酒店门口,想趁着徐敬塘离开酒店时,跟踪徐敬塘,并且与其见面。

唐明俊在酒店外面耐心地等待了一个小时,国民党高层的会面终于结束,一位又一位的高层离开会场,唐明俊很快便在人群中发现了徐敬塘的身影。

隐藏在暗处悄然打量徐敬塘的身影,唐明俊不由得一阵精神恍惚,他觉得徐敬塘的背影竟然像极了自己的父亲唐宪富。这种熟悉而亲切的感觉,就像是父亲将自己送往育才学校后,独自离开的身影。这个近在眼前、让唐明俊无数次想要抓住的身影,让唐明俊心中涌出一个荒谬的猜想。

就在唐明俊上前几步,忍不住跟徐敬塘招呼的时候,他突然间听到身后传来陈树尧的喊叫声。

陡然间听到陈树尧大喊自己的名字,唐明俊的身子一僵,他紧张地回头,发现陈树尧领着一群士兵朝自己走来,他的心瞬间跳到了嗓子眼:难道自己的身份暴露了?

"陈处,你找我有什么事么?"唐明俊转过身子,强自镇定道。

似乎察觉到了唐明俊的紧张,陈树尧咧嘴笑了笑:"唐处是希望我有事找你呢,还是没事找你?"

唐明俊很想回一句,我希望你有事没事都不要找我,不过做贼心虚的他此时此刻不敢说任何话,只是面无表情地看着陈树尧。

"麻烦唐处跟我去会议室一趟,我找你调查一点事情。"陈树尧似乎也发现此时不是开玩笑的时候,他朝唐明俊点了点头,然后便在前面带路。

唐明俊则是一边心情忐忑地跟在陈树尧身后,一边观察着周围的环境,思忖去会场的路上有哪些路线可以逃生,哪个角落有关键性物件可以顺利地掩护自己。

直到进入酒店,唐明俊也没有找到逃脱的机会。不过被带进会场后,唐明俊才发现自己是虚惊一场,原来陈树尧只是让唐明俊去会场给温东岳做证。

这一次国民党高层的会面表面上风平浪静，实际上并不平静。会议进行到一半时，有一名日本间谍趁着会议中场休息的工夫，在会议室中安装炸弹，却被徐敬塘逮了一个正着。查明对方不是酒店工作人员之后，安保组需要对所有高层的随行人员进行筛查。

其他高层的随行人员全部第一时间被集中到了会场，唯独温东岳的随行人员不见踪影，而温东岳在随行人员名单上填的赫然是唐明俊的名字。

知道事情的来龙去脉之后，唐明俊饶有兴趣地打量着温东岳，发现温东岳的神色中带着几分紧张。唐明俊被高层询问时，故意停顿了一会儿，眼睛一眨不眨地看着温东岳，看到温东岳果然脸色变得煞白，身子也是瑟瑟发抖，看向唐明俊的目光满是恳求的神色。

唐明俊最终还是点头承认了温东岳随行人员的身份，配合温东岳演完了这出戏，毕竟他也需要这个身份来合理化隐藏自己。唐明俊的出现让温东岳的嫌疑洗白，玩忽职守的安保队长被陈树尧当场枪决。

尽管唐明俊跟温东岳达成了默契，成功地应付了高层的盘查，但是两个人都心知肚明，对方身上必然隐藏着不为人知的秘密，就看谁能笑到最后，利用对方的秘密先发制人，一击毙命。

调查结束后，为了维持两个人关系的假象，唐明俊坐上了温东岳的车，一同离开了会场。一路上，两个人默契地保持着沉默，什么都没问，也什么都没说，一切尽在不言中。不过两个人的目光偶尔在半空中碰撞时，却是火花四射。

唐明俊跟温东岳仿佛绑在一根绳上的蚂蚱，他们都知道对方身上藏着不可告人的秘密，都捏着对方的把柄，与此同时提心吊胆，担心对方会出卖自己。但是无论是唐明俊还是温东岳都知道，这种相安无事不会持续太久，要想让对方真正替自己保守秘密，最稳妥的处理方式便是杀死对方，因为只有死人才会真正保守秘密。

接下来的几天时间中，唐明俊深居简出，同时不忘利用军统情报处的力量监控和调查温东岳，温东岳同样将调查重心放到了唐明俊身上。

这一天，唐明俊接到廖意林的电报，得知她已经完成任务，从延安回到了重庆时，决定秘密赶往管二八，想跟廖意林汇报国民党高层最近的动态。

只是唐明俊刚刚走出军统大楼，他的心中就生出一股不安的感觉。他下意识地扫了一眼左右，发现一切正常后，唐明俊忍不住自嘲地笑了笑：自己怎么就变成惊弓之鸟了呢？

唐明俊不知道的是，在距离他不到两百米的一处高楼天台上，一支德国造新式狙击步枪镜头正静静地瞄准他，等待着他的靠近。

"明俊，这边！"唐明俊习惯性地寻找掩体，准备以最快的速度赶往管二八时，一个青春靓丽的女孩站在他的左后方大声招呼他。见唐明俊回头，女孩使劲地朝他挥手，脸上绽放出开心的笑容。

这个女孩赫然是温念君。

看着温念君手中捧着的糕点，唐明俊才想起自己约了温念君下午一起去看电影，自己竟然完全忘了这件事情。唐明俊朝温念君挥了挥手，示意自己已经看到她了，然后大步走向温念君。

突然间，唐明俊发现温念君的脸上露出了惊恐的神色，她一个劲地朝唐明俊打手语。

"危险，你身后有狙击手，赶紧找地方躲起来！"看着温念君打着只有自己两个人知道的手语，唐明俊不由得脸色大变。

唐明俊第一时间想到是温东岳要杀害自己，心跳陡然加速，手心也微微沁出细汗。他竭力调整自己的紧张情绪，甚至在心底警告自己，集中精力，赶快找掩体躲藏起来。

眼看唐明俊即将通过敏捷的闪避动作，逃出高楼天台的狙击范围时，一辆轿车突然逆行，狠狠地撞向唐明俊。

唐明俊大惊之下，不得不慌忙后退，虽然最终狼狈地躲过了轿车的撞击，但是他的身子却暴露在了空旷之地。

突然之间，天台上那杆装了消声器的狙击枪，无声无息地射出一枚子弹，正中唐明俊的心脏，唐明俊瞬间倒下。

距离唐明俊不到一百米远的温念君见状,手中的糕点无力地掉落地上,整个人突然间瘫软倒地,失声痛哭起来。

很快,温念君从地上奋力爬起,捧起地上还没有摔坏的糕点,拼命地朝唐明俊跑去。

逆行撞击唐明俊的轿车在达到目的后,便迅速逃逸,唐明俊的身旁站着几个行人,他们很是好奇唐明俊怎么会突然间倒地。

重庆的冬天异常地冷,天空不知道什么时候开始飘雪,刺骨的寒风一个劲地往脖子里面钻,只是温念君的心比外面的天气还要冰冷,她怎么也无法相信,自己的爱人就这样倒在了自己面前。

温念君步履沉重地走到唐明俊身边,缓缓地跪在唐明俊的面前,一双柔荑轻轻地抚摸着唐明俊的脸。细小的雪花飘落在唐明俊的面庞,给唐明俊的睫毛蒙上了一层薄薄的霜。

突然间,温念君发现唐明俊的睫毛在颤抖,中枪的胸口也没有任何血迹。温念君眼中迸发出不可置信的光芒,她匍匐在唐明俊的身上,大声呼唤着唐明俊的名字。

唐明俊虚弱地睁开眼睛,从胸口掏出一块因为被子弹撞击而变形的怀表,发现自己十六岁生日时父亲送自己的怀表救了自己一命。唐明俊的鼻子突然间一酸,特别怀念自己的父亲唐宪富。

"念君,我们必须立即离开这里,狙击手有可能还在暗中关注我们。"意识到自己处境危险,唐明俊语气急促地跟温念君说道。

温念君点了点头,扶起唐明俊,迅速地离开了现场。

回家的路上,唐明俊好几次欲言又止,想说出是温东岳在暗中对付自己,但是又害怕温念君夹在中间难受,最后只能以自己的身份遇刺是常事来安慰温念君。温念君闻言默然,不再提及这事,而是拿出她亲手做的蛋糕喂食唐明俊,两个人一边吃一边研究徐敬塘的生平。

只是吃完一个蛋糕之后,唐明俊觉得自己的喉咙又痒又痛,下意识地咳嗽,竟然咳出了血丝。唐明俊立即意识到自己中毒了,而他今天唯一吃过的东西就是温念君亲手做的蛋糕。

"不,明俊,我不可能害你的,你要相信我!"听闻是蛋糕中有毒,温念君一下子激动起来,她从桌子上拿起一个蛋糕便往自己嘴里面塞,想证明自己的蛋糕没毒。

"我当然相信你不会害我,应该是你的蛋糕被其他人动了手脚。"唐明俊从温念君手中夺过蛋糕,又刮了刮温念君的鼻子,柔声道,"你要是也被毒倒了,谁送我去医院?"

温念君闻言破涕为笑,她甩了唐明俊一个白眼,然后擦干眼角的泪水,背着唐明俊便往外走。

温念君原本想开车送唐明俊去医院,可是走进院子后,才发现外面大雪纷飞,路上全是积雪,车辆难以通行。她只能折转身子回到房屋,拿起一床毛毯盖在唐明俊身上,这才再次冲进大雪,向医院的方向前行。

瘦弱的温念君咬着牙快步前行,在洁白的雪地中留下一长串重重的脚印,远方白色世界中耀眼的红十字成了支撑她前行的最大动力。

穿过皑皑白雪,温念君终于背着唐明俊抵达了医院。医生第一时间对唐明俊做了紧急处理以抑制毒素扩散,并迅速进行各项化验测试具体的毒素。

唐明俊的意识越来越模糊,他只能看到白色的身影在自己身边来来回回,但是周围的声音却变得越发清晰:医生与护士焦急的呼喊,急救病床轮胎摩擦地板的声音,金属器械之间相互的碰撞声,撕开药品包装袋时的窸窣塑料声,还有温念君一遍又一遍呼唤着他的名字。

渐渐地声音开始模糊,唐明俊下意识想抓住身旁人的手,抓住的却是一只温暖但粗糙的手掌后,他失去了意识。

也不知道过了多长时间,唐明俊依稀有了一点意识。他恍惚打量四周,然后看到父亲赫然坐在自己旁边。

"爸,我这是死了么?"唐明俊声音虚弱地问道。

"不要怕,你很快就会没事的。"唐宪富满脸慈祥地盯着唐明俊,沉声安抚道。

"爸，我真的好想你，特别想你，这几年来，我无时无刻不在想你……"唐明俊拉着父亲的手，倾诉着自己对他的思念。

"我也想你。"唐宪富叹了口气，轻声道。听到父亲的话，唐明俊脸上露出了幸福的笑容，再次沉沉睡去。

唐明俊再次醒来时，看到的却是温念君关心的目光。

"念君，我刚刚做了一个梦，跟真切发生的事情一般，我爸来医院看我了，而且还跟我说了很多话……"唐明俊吃着温念君帮忙削好的苹果，开心地分享着自己的快乐。

听到唐明俊的话，温念君的脸上不由得露出了古怪的神色，犹豫了半响，她才讷讷道："明俊，你中的毒很特别，重庆的医院束手无策，最后是徐敬塘从上海那边给你搞来了特效药剂，这才救回你的性命，而且徐敬塘这几天一直待在你的病房中，每次一待便是一两个小时……"

"啊？"唐明俊闻言不由得瞠目结舌，半天说不出话来。

第十七章　疑窦重重

　　唐明俊的脑海中迅速闪过徐敬塘的所有资料，忍不住兴奋地拍了一下自己的大腿。

　　因为唐明俊惊骇地发现，徐敬塘的相貌跟自己父亲的形体和相貌竟然有九成像。唐明俊之所以一直没有将两个人联系到一块，是因为两人的身份实在悬殊，而且两人身上的气质也相差了十万八千里。

　　唐明俊想起了父亲在76号被吴友国特训三年的经历、徐敬塘在重庆殊死搏斗的事件以及廖意林与父亲秘密约谈的一幕，心中那个荒谬的想法再次冒了出来：真正的徐敬塘已经死亡，现在的徐敬塘是自己父亲假扮的。

　　理智告诉唐明俊，父亲只是一个性格懦弱任人欺辱的商贩，不可能成为心狠手辣杀伐果断的王牌特工，他的内心却强烈地想寻找各种能够证明徐敬塘就是自己父亲的蛛丝马迹。

　　"明俊，我明白你失去亲人的痛苦，也知道你对亲情的向往，同样理解你对徐敬塘的情感投射，可是你硬要说现在的徐敬塘就是你父亲，这也未免太异想天开了吧？"当唐明俊激动地将自己的推测告诉温念君时，温念君下意识地摇头，委婉地否定了唐明俊的猜测。

　　"念君，你要相信我的直觉，因为我需要你跟我一起寻找证据。"唐明俊目光坚定地跟温念君说道。

　　"我相信你，也愿意帮助你，因为我也希望你能够找到自己的亲人。或许这个世界上真的有奇迹呢。"感觉到唐明俊的决心,温念君轻轻地抱住唐明俊,答应了唐明俊的请求。

唐明俊知道,温念君其实还是不相信自己的推测。不过唐明俊同样知道,只要温念君答应的事情,她一定会一丝不苟地完成。

接下来的时间,两个人开始商讨求证的方案:一方面是了解徐敬塘的生平事迹,看他是否在某些时间节点上发生了突然间的变化;另一方面则是找廖意林了解情况,毕竟当年廖意林跟唐宪富秘密约谈了差不多一个下午,说不定那个时候唐宪富就被秘密发展为了党员。

要想了解徐敬塘,从跟随徐敬塘多年的陈树尧入手是最好的选择。

于是,陈树尧困惑地发现,原本就跟自己走得很近的唐明俊突然间跟自己变得更加亲热起来,不仅仅经常到自己办公室探讨时局、商量国是,还时不时到自己家串门,或者邀请自己去他家做客。

陈树尧知道徐敬塘重视唐明俊,而且对唐明俊抱有极大的善意,所以他并不抵触唐明俊的亲近,反而非常乐意跟唐明俊走动,没有丝毫的提防之心。

通过不经意间的旁敲侧击,唐明俊终于从陈树尧嘴中得知了徐敬塘身上的一些变化:1941年下半年,徐敬塘待人接物突然间不像之前那般冷漠霸道,作风开始变得圆滑,而且他不再抽曾经绝不离手的老牌子雪茄,而是换了一种新牌子雪茄。

"唐明俊,你打探这些信息干什么?要不是你一直以来都对五哥很尊重,我都怀疑你小子想对付五哥!"见唐明俊老是打探徐敬塘的个人情况,陈树尧忍不住打趣道。

唐明俊心中的猜想一点点得到印证,他心中兴奋不已,朗声道:"尧哥,你懂不懂什么叫偶像情怀!五哥是我的偶像,我自然要了解他的生平事迹以及心态转变的节点,然后寻求上进的动力,好向五哥学习!"

尽管陈树尧觉得这个理由有点牵强附会,不过他也想不出唐明俊一再打听徐敬塘事迹的其他理由,也只能不了了之。

从陈树尧这边得到了自己想要的信息后，唐明俊听闻廖意林已经出差归来，他又迅速地回到了管二八，私下里为廖意林接风洗尘。

"意姐，有一件事情我非常好奇，当初入学考核时，我明明考砸了，为什么学校还是会破格收录我，你是不是跟我父亲达成了什么交易？"帮忙廖意林夹了几筷子菜后，唐明俊突兀出声道。

廖意林闻言，手中的筷子微微颤抖了一下，看向唐明俊的目光变得复杂："都过去那么长时间了，你怎么现在才想起要问这件事情？"

"其实这个疑问埋藏在我心中很久了，一直觉得没有必要追问，只是突然间到鬼门关走了一遭，特别想念父亲，所以忍不住问了出来。"唐明俊眼睛一眨不眨地凝视着廖意林，动情道。

"明俊，我能够理解你对父亲的思念之情，不过这件事情涉及组织机密，超越了你的职权范围，所以我没有办法回答你。"廖意林沉默了半晌，委婉地拒绝道。

唐明俊闻言不由得愕然地瞪圆了眼睛，他原以为从廖意林嘴中打听育才学校破格收录自己的原因是一件很简单的事情，怎么还牵涉到组织机密了呢？

"意姐，既然这件事情跟我有关，我自然有权利知道。我父亲的事情对我非常重要，组织应该给予我信任，至少不应该在这件事情上隐瞒我。"唐明俊据理力争道。

看到唐明俊倔强的目光，廖意林有点为难。房屋中的气氛突然间变得沉默，寂静无声的对视中，时间一点点地流逝。

"唐明俊，我太了解你的性格了，你突然间问我这个问题，是不是发生了什么事情？"廖意林打破沉默道。

唐明俊点了点头，将自己这几天命悬一线、徐敬塘不遗余力抢救自己性命的事情说了一遍，而且他还将自己从76号资料室看到的有关父亲的机密文件信息告诉了廖意林。

"什么，你父亲曾经在76号受过三年特训？"突然间得知这一消息，廖意林激动得站直了身子，同时失声惊呼道。廖意林的脑海中下意识地闪过当初唐宪富跟自己交流的画面,她的两只手掌不停地交合揉搓,额头上也涌出了细密的汗珠。

唐明俊连续喊了廖意林好几次,她才从巨大的震惊中回过神来,打量了唐明俊片刻,叹息道:"你父亲送你到育才时,我刚从重庆回到合川,无意间看到你父亲的面容,我便请求他假扮徐敬塘,你父亲也答应了……"

"等等……你是说,你在重庆时,已经看到徐敬塘的尸体,而且已经确认他死亡,那你怎么会觉得徐敬塘后来又活过来了呢?"听到关键时刻,唐明俊打断了廖意林的话,激动地问道。

"徐敬塘是军统王牌特工,行踪非常神秘,真正见过他相貌的人少之又少,了解他的人更是几乎没有,我也只是远远见过他一眼,所以我并不确定当时那具尸体就是徐敬塘的;而且以徐敬塘的能力,弄一个替身假死也是很正常的事情。"廖意林解释道。

"那你又是如何认出我父亲的尸体?"唐明俊瞪圆了眼睛凝视了廖意林片刻,面红耳赤地问道。

廖意林被唐明俊这句话问倒了,她压根就没见过唐宪富的尸体,甚至她当初告诉唐明俊有关唐宪富死亡的信息,也是她杜撰的,目的是让唐宪富能够更好地潜伏在军统,同时也是为了保护唐宪富和唐明俊父子的安全。

只是唐宪富跟蒋浩轩分开之后,便再也没跟蒋浩轩联系过,仿佛从这个世界上消失了一般,这让廖意林极为困惑。她暗中试探了徐敬塘好几次,发现徐敬塘的表现没有任何异常,压根就不像是唐宪富假扮的,这让她怀疑徐敬塘的死亡只是一场假象,而唐宪富已经遇害。

正是因为廖意林觉得是自己害死了唐宪富,所以心中愧疚的廖意林才会在学校中对唐明俊照顾有加。

"……我并没有看到你父亲的尸体,可是你父亲只是一个商贩,徐敬塘这几年来杀掉的人至少超过了三位数,怎么可能是你父亲假扮的?"既然已经将事情说开了,廖意林不再有任何隐瞒,而且将自己的判断也说了出来。

　　唐明俊闻言一愣,他这才发现自己光注意到徐敬塘对自己的好了,完全忽视了徐敬塘睚眦必报、暴虐凶残的一面。徐敬塘能坐稳现在的位置,必然是在生死之间游走无数回,手上也必然满手鲜血,这怎么看都不像是自己父亲能做出来的事。

　　"意姐,我父亲毕竟在76号特训过三年,而且是作为徐敬塘的替身进行的针对性培训。以吴友国对徐敬塘的了解,我父亲扮个八九分像应该不难吧?"唐明俊抱着最后一丝希望道。

　　"要是徐敬塘真的是你父亲扮演的,我只能说你父亲是一个天生的特工,没有人比他更厉害。"廖意林并没有否定唐明俊的推断,而是感慨道。

　　"意姐,组织现在弄清楚'火种'的真正身份了么?"想起自己无意间撞破徐敬塘跟西田武在教堂会面,并且从细节中推断出"火种"跟徐敬塘是同一个人的事情,唐明俊突兀出声问道。

　　廖意林下意识地摇头:"'火种'同志实在太神秘了,尽管组织一直在努力调查他的身份,但是始终没有查出任何线索。要不是'火种'同志从来没有做过不利组织的事情,我们都怀疑这个人向组织传递情报的目的。"

　　唐明俊很想跟廖意林说出徐敬塘便是"火种"的事情,只是话到了嘴边后,却被他鬼使神差地吞回了肚中。

　　因为唐明俊的脑海中此时想起了另外一件事情:西田武在重庆大宴宾朋时,唐明俊曾经请求"火种"安排几位同志跟自己共同刺杀西田武,却被"火种"冷漠地拒绝。唐明俊觉得父亲不可能在面对西田武这么一个杀害自己妻子的罪魁祸首时如此冷静。

　　心不在焉地跟廖意林告别后,唐明俊的脑海中突然间浮现出田中后岛曾经对自己说过的一些话语:

　　"唐明俊,临死之前,你有什么遗言么?看在你为76号作过贡献的分上,我可以帮忙将你的遗言转交给你父亲。"

"看来你还不知道事情的真相,你就不好奇,育才学校那么多学生,为什么我就看上了你,将你掳掠到上海么……"

这一刻,唐明俊有点后悔自己在杀死田中后岛之前,没有从他嘴中获知更多有关父亲的信息了。当时纯粹是觉得田中后岛在对自己施展心理战术,分散自己注意力,现在想来,田中后岛极有可能真的知道自己父亲的信息。

想起田中后岛跟徐敬塘在基督教堂的会面以及徐敬塘为自己正名,又亲自送药为自己解毒,更是派叶慕之保护自己那么多年等种种事宜,都不像是一个萍水相逢的上司会做出的事。

回家后,唐明俊便迫不及待地跟温念君说出了自己的推断。

温念君听完后却是黛眉轻颦,她缓缓摇头道:"明俊,根据你的描述,伯父跟徐敬塘完全是两种不同的性格,按照心理学的说法,人的性格难以在短期产生如此大的变化,除非是受到极端情况的刺激,但可能性较小。

"而且经年累月的完美伪装是一件极其困难的事,操作性极低。从目前已经掌握的信息推断,也许伯父的确与徐敬塘长得很像。徐敬塘之所以对你关照有加,是因为伯父曾经是他的替身,伯父替他死亡后,重情重义的徐敬塘想要对伯父做出补偿……"

温念君也知道自己的言语对唐明俊来说太过残忍,但是她认为唐宪富是徐敬塘的可能性不大,担心唐明俊陷在里面太久,反而容易受到失去父亲的二次伤害,不如及早理清事实。

看着唐明俊眼中的光泽一点点地变得黯淡,温念君极为心痛,她很想继续迎合唐明俊,让唐明俊不至于如此沮丧和绝望。但是,温念君更明白长痛不如短痛的道理,她希望唐明俊能够尽早地从这个泥沼中走出来。

唐明俊失神地望着窗外,脑海中盘旋着两个问题:父亲真的死了么?徐敬塘是因为父亲替他死亡,才会对自己照顾有加?

"明俊……"看到唐明俊脸色不对劲,温念君张了张嘴,想要出声安慰。

"我没事,其实我觉得你的推断很有道理,是我太想念父亲了,所以……"唐明俊赧然地笑了笑,随即转移了话题,"念君,你现在想起来都有谁碰过你做的糕点了么?"

尽管唐明俊和温念君这段时间的调查重心放在徐敬塘的身份上,但是唐明俊差点中毒身亡,他俩也不可能当成什么事情都没有发生,温念君甚至将更多的心思花在了调查谋害唐明俊性命的凶手上面。

"我在家做糕点时,没有任何人靠近过我,而且做好糕点后我还尝了一块,所以糕点原料应该是没问题的。唯一的可能性是我拿着糕点在军统大院门前等你时,一个有着黑龙文身的人撞了我一下,我怀疑是那个人在我的糕点中下了毒……"

听到黑龙文身几个字,唐明俊的瞳孔猛然一缩,脑海中突然浮现出这些年来一次又一次缠绕他的梦魇。

1941年6月5日,伴随着防空警报和轰炸声,唐明俊母子俩跟数以万计的无辜民众躲藏在防空洞内瑟瑟发抖。母亲不断地安慰唐明俊,等出去后就给他买纸杯蛋糕吃。唐明俊一边想着纸杯蛋糕,一边四处张望,他注意到一个手臂上有黑龙文身的人从人群中闪过。

在温念君诧异的目光中,唐明俊走到书桌前,拿出纸和笔,将黑龙文身的图案摹写了出来。

"没错,就是这个图案,跟我看到的一模一样。"看到跃然纸上的黑龙图案,温念君惊喜出声道。

"有了线索就好,我们分头调查这个图案背后隐藏的信息。"唐明俊朗声道。

接下来的几天时间,唐明俊几乎整天都窝在机要室中,温念君则是通过温东岳的关系网,在黑市中寻找相关信息。

通过几天不眠不休的调查,唐明俊终于在浩瀚如云烟的档案中翻出了黑龙图案标志的资料。

原来黑龙图案标志是日本军国主义黑帮"玄洋社"的文身。玄洋社是日本民间扩张主义右翼团体,一直鼓吹效忠天皇和向外扩张,是日本军国主义的急先锋。它同日本政府的军方有密切的联系,派大批浪人和间谍到中国刺探情报,大搞颠覆活动。

与此同时,温念君也通过她发展的下线在黑市中打听到了一些消息,得知手臂上纹有黑龙图案的是日本的一个黑帮组织。该黑帮有着严密的等级,纹的位置与图案代表了不同的等级,潜伏在重庆的各大娱乐场所。

"是我错怪了温东岳,还是温东岳跟日本人狼狈为奸?"唐明俊眼中闪过一抹思索神色,随即决定设计一场针对"玄洋社"的诱捕行动。

唐明俊请画师在自己的手臂上绘上黑龙图案,但是故意在图案上露出了几处破绽,一番乔装打扮之后,便到了夜迷离歌舞厅。

身为重庆人气最旺的舞厅,夜迷离舞厅今天组织了一次大型的假面舞会,场面极为火爆。唐明俊进入舞厅之后,先是故意打翻装满了水的杯子,对服务生呼来喝去,随后又不断地调戏大厅中的女性,惹来一阵阵尖叫,紧接着强行让驻唱歌手换歌,惊动了整个舞厅。

"这位先生,还请您不要影响我们舞厅的正常经营秩序……"唐明俊一而再再而三的胡搅蛮缠,终于引来了舞厅的保安。

"滚,你知道我的身份么,你有什么资格在我面前叫嚣?"保安的话还没有说完,便被唐明俊粗暴地推开了身子。

"这位先生,如果您继续捣乱,我们就只能请您出去了!"另外几名保安见状,满脸怒火地围上唐明俊,厉声威胁道。

"你们要是不想舞厅关门大吉就对我动手!"唐明俊一边说话,一边故意撸起袖子,露出了手臂上的黑龙文身,冷笑道。

看到唐明俊胳膊上的"玄洋社"标志,几名保安脸色大变,他们凑在一起交头接耳了一阵,最后转身去跟老板汇报情况去了。

而唐明俊看到自己已然引起了舞厅所有人的注意,他冷哼一声,大摇大摆地离开了夜迷离舞厅。

唐明俊离开舞厅不到两分钟,便有一道人影鬼鬼祟祟地离开了舞厅，尾随在唐明俊身后。当唐明俊走进一个偏僻的小巷子时，这道人影突然间蹿到了唐明俊前面，拦住了唐明俊的去路。

"你是谁，为什么要冒充我们'玄洋社'的人招摇撞骗？"来人伸手怒指唐明俊，义愤填膺地质问道。

唐明俊的嘴角却露出了一抹讥讽的笑容："难道你没看到我胳膊上的文身么？你凭什么说我是冒充的？"

"年轻人，'玄洋社'的人不是其他人能够冒充的。"来人阴恻恻地笑了一声，然后伸手抓住唐明俊的胳膊，指出了唐明俊胳膊上文身的破绽，而且直接抹掉了唐明俊胳膊上的图案，"冒充我们'玄洋社'的人后果很严重，你做好受罚的心理准备了么？"

唐明俊闻言也不吱声，而是目不转睛地打量着眼前的玄洋社人，虽然对方普通话说得还算可以，但是言语中带着一股特有的腔调，让唐明俊很容易就认出了对方日本人的身份。

就在这名日本人准备问罪唐明俊时，唐明俊直接一个掌刀砍在对方的脖颈上，将对方给击晕。

唐明俊击晕日本人的同时，陈树尧领着一队人马从巷子深处走了出来。他看了看唐明俊，又看了看躺在地上昏迷不醒的日本人，招呼道："明俊，就这么一个小日本鬼子，你居然喊我带着行动队的人过来支援？"

"尧哥，小心驶得万年船嘛。"唐明俊嬉皮笑脸地回应道，"是你跟我说的，'玄洋社'在重庆拥有很强的力量，而且行事疯狂，我哪敢拿自己的小命去赌博？"

"你做得没错，是小鬼子大意了。要是他们知道你是军统情报处的处长，估计跟随你过来的就不是一个而是一个队'玄洋社'成员了。"陈树尧面色肃然地点了点头，随即命令身后的行动处成员将日本人押回了军统审讯室。

被押入审讯室后，'玄洋社'的日本人一直骂骂咧咧的，不过行动处的人也不生气，笑嘻嘻地用老虎凳、辣椒水、"披麻戴孝"等酷刑挨个招呼了这名"玄洋社"成员一遍。

很快,这名日本人便招架不住,说出了陈树尧跟唐明俊想要的信息。

陈树尧跟唐明俊得知"玄洋社"的具体人数和据点后,意识到钓到了一条大鱼,毫不犹豫地向上峰汇报了这一信息。

因为打击"玄洋社"一直是军统的要务,军统高层接到陈树尧跟唐明俊的汇报之后特别重视。他们迅速成立了特别行动组,陈树尧跟唐明俊分别担任正副组长,拥有调动军统所有人马的权力。

陈树尧跟唐明俊率领大队人马奔向玄洋社的据点时,温府的外面,一个穿着青衫长袍的中年谄笑着在跟管家招呼,温府的管家却是鼻子朝天,懒得搭理对方,直到青衫男子从身上掏出一根金条塞到管家手中,管家才将青衫男子引进温府。

"马三,你怎么找到府上来了?"看到青衫男子,温东岳眉头一皱,不悦呵斥道。

"……温主任,最近小姐一直在跟我们打听'玄洋社'标志的事情,我们这边却没有接到您的任何命令。我担心小姐是自个在闹着玩,所以想告知您一声……"被温东岳瞪了一眼后,青衫男子身子轻微地颤抖了一下,随即结结巴巴地将自己想要汇报的事情说了一遍。

要是温念君在这里的话,她就能够认得出来,这个马三正是她这些年来发展的两个下线之一。只是温念君不知道的是,围绕在她身边的人大多是觊觎她与温东岳的关系,利用她温家大小姐的身份作威作福,并没有真的把她当朋友。

"什么,念君竟然在跟你们打听'玄洋社'的信息?事情都过去两天了,你怎么现在才告诉我,出了问题你负责?"温东岳闻言大惊,怒声呵斥道。

痛斥马三之后,温东岳想要打电话通知"玄洋社"一声,又怕家中的电话被监控,索性直接召集人马赶往"玄洋社"据点。

想到温念君有可能查到了"玄洋社"的具体信息,温东岳一阵头疼。很多事情他都是背着温念君做的，压根没想到她有朝一日会查到自己头上，这让他心中焦灼的同时，有点不知所措。

当温东岳率领自己的亲信抵达"玄洋社"据点时，他看到唐明俊已然领着大队人马包围了这儿，而且正准备硬闯，这让他头皮一阵发麻。

"唐明俊，你怎么会在这里？"温东岳热情地跟唐明俊招呼道，一双眼睛也是滴溜溜直转，想着如何拖延时间，给"玄洋社"的人创造撤退的机会。

"温主任，我接到线报，过来抓捕几个共党。你怎么也来了这里？"看到温东岳的到来，唐明俊心中已然有所猜测，漠然回应道。

"胡闹，这里是我们中统的一个据点，哪来的共党？"温东岳闻言眼睛一瞪，厉声呵斥道，"唐明俊，你只是一个情报处的处长，哪来的权限调动这么多人马？你是不是有什么不良居心，信不信我一个报告打上去，你立即被关禁闭！"

"温主任，你确认这里是中统的据点？要是你敢对自己的话负责，这一次的行动可以取消。"唐明俊似笑非笑道。

温东岳被唐明俊的眼神瞪得心中发毛，就在温东岳准备强行命令唐明俊撤退时，他的随行人员急匆匆地从远处小跑到他身边，在他耳边轻语了一番。他闻言瞬间脸色大变，看向唐明俊的目光变得极为复杂。

暗中示意随行人员为"玄洋社"传递情报后，温东岳这才抬头继续看向唐明俊："我才收到信息，我们中统在这里的据点已经转移，所以里面藏有共党也是极有可能的。不过今天是你们军统特别行动组的行动，你怎么也不跟我解释一声？"

清楚地将温东岳的脸色变化看在眼中，唐明俊心中冷笑。温东岳的反常行为，已然让唐明俊认定温东岳就是指使玄洋社社员给自己下毒的幕后黑手，也是跟日本人一伙的叛国汉奸。

"温主任，我们军统的行动，什么时候需要向您汇报了？您是想故意拖延时间，方便'玄洋社'的人逃脱么？"唐明俊看了看院子的方向，轻声质问道。

被唐明俊说中心事，温东岳的心跳都慢了两拍，随即嘴巴一张，便要辩解。只是温东岳还没来得及开口，便听到了砰的一声巨响，院子的大门已经被撞开，以陈树尧为首的行动队人员已然冲了进去。

"温主任，还忘记告诉你一件事了，这一次的特别行动组，我只是副组长，真正的负责人是陈处，所以你拖着我是没用的。"唐明俊讥讽地看了温东岳一眼，随即大步跨入了院子。

温东岳脸色煞白地跟在唐明俊身后跨入了院子，一颗心七上八下的，额头上也冒出了细密的汗珠。

很快，唐明俊脸上的笑容凝滞了，因为院子中除了陈树尧为首的军统人员，几乎看不到陌生人。

"温主任，你不要得意太早，这些日本人跑不掉的。"看到温东岳眼中的得意神色，唐明俊不屑地回应道。

"唐明俊，我真的不知道你在说什么，我们都是在为党国办事，你不觉得自己的言语会影响到我们军统和中统的团结么？"发现"玄洋社"的人已然全部撤离，温东岳心中松了口气的同时，看向唐明俊的目光也多了几分冷意。

只是温东岳的话音刚落，他便听到了一阵急促的机枪声，然后发现原本已经撤离的玄洋社人，正在仓皇失措地从院子的后门涌入，只是他们的双腿显然没有子弹快，一个个全部倒在了血泊之中。

"这些日本鬼子也是够傻的，要是他们躲在据点中死守，我们可能要付出很大的代价才能拿下他们，他们却偏偏要撤离据点……"看到脸色急剧变化的温东岳，唐明俊仿佛是在解释，又仿佛是在自言自语。

原来唐明俊早就料到会有人向"玄洋社"的人通风报信，所以他跟陈树尧在部署行动时，机枪手跟狙击手并没有参与搜捕，而是埋伏在"玄洋社"成员逃跑的几条必经之路上。不仅如此，唐明俊更是联系了廖意林，让她也派了一些神枪手隐藏在暗处狙击"玄洋社"的人，成为了围堵"玄洋社"成员的一支奇兵。

"玄洋社"的成员们从据点撤退后，四散奔逃，他们完全没有想到自己正好落入了唐明俊精心布置的陷阱。

在唐明俊的安排下，据点周围埋伏众多狙击手，或者伏在窗格子上，或者隐于暗巷之中，目光沿着枪管延伸，瞄准着一个个将死之人。伴随着密密麻麻的枪声，"玄洋社"据点的四周成了宛若天罗地网的修罗场。

"温主任，我们特别行动组的人需要清扫战场，我就不陪你多聊了，见谅！"看到枪林弹雨之后，大批士兵开始检查尸体，处理善后。唐明俊跟温东岳招呼一声，便带着人去围追堵截正在逃亡的"玄洋社"余孽。

温东岳正在绞尽脑汁想着如何避免"玄洋社"更大的损失，却看到唐明俊突然间回头看了自己一眼，目光中闪烁着阵阵寒意，唐明俊留在原地的两名军统特工更是向温东岳靠近了两步，让温东岳的心猛地一沉。

一番激战之后，这一次的抓捕行动大获全胜，除了"玄洋社"的一位高层被唐明俊打中腹部之后选择了自尽，其余的成员大部分战死。被俘虏的二十几个"玄洋社"成员中，赫然有几个小头目。

"温主任，感谢你为我们提供这么准确的消息，党国不会忘记你的功劳。"押送"玄洋社"的人路过温东岳身边时，唐明俊由衷地感激道。

温东岳闻言心神巨震，等到他反应过来唐明俊是在套路自己，想要厉声呵斥唐明俊时，却发现唐明俊已然押着一队俘虏远去，对方压根就没有想过要听自己的解释。

"小兔崽子，你以为自己这就赢了么？"对着唐明俊离去的方向狠狠地吐了一口痰，温东岳领着自己的人马狼狈离去。

唐明俊跟陈树尧将"玄洋社"的人押回军统刑讯室后，连夜对这些人进行了突击审讯。

阴森潮冷的刑讯室中，"玄洋社"的人一个个被铁链锁在邢架上，在军统特工的严刑拷打下伤痕累累，萎靡不振。只是他们的口风都很紧，哪怕唐明俊跟陈树尧使尽了浑身解数，甚至折磨死了好几名成员，幸存者还是什么信息都不愿意吐露。

"看来今天晚上是别想有收获了，先晾他们一个晚上吧。"

忙碌了大半个晚上，唐明俊跟陈树尧也是累得够呛，两个人交换了一下意见后，觉得从他们的嘴中问出情报只是时间问题，并不急于一时，于是各自回家休息。

然而第二天一大早，唐明俊跟陈树尧便接到通知，刑讯室中的"玄洋社"成员集体中毒，即将死亡。

唐明俊赶往刑讯室时，发现这些人所中的毒正是自己当初所中的毒，想起先前是徐敬塘给自己解的毒。唐明俊跟陈树尧连忙赶往徐敬塘的办公室，跟徐敬塘讨要了解药，只是当他们拿着解药来到刑讯室时，所有的"玄洋社"成员全部毒发身亡。

看着满脸乌黑、口吐白沫的成员们，唐明俊跟陈树尧也是脸色发黑，因为这些人死亡后，意味着这一次的行动战果大打折扣。

"我们军统有内奸！"陈树尧气急败坏地说道。

"不一定是我们军统的人下的毒。刑讯室又不是铜墙铁壁，我们晚上的防守也不是那么严密。只要想进来，肯定还是能够想到办法的。"唐明俊笑眯眯地摇了摇头，在陈树尧疑惑的目光中，他让人喊来了曾景阳。

"景阳，昨天晚上你有发现可疑人物进入过刑讯室么？"招呼一声后，唐明俊开门见山地问道。

"昨天晚上除了狱卒，便只有温东岳来过刑讯室一趟。"曾景阳如实回答道。

原来，唐明俊回到家中后，心中隐隐觉得不安，忍不住连夜找到曾景阳，让他躲藏在前往刑讯室的必经之路上，留意刑讯室的一切动静。

"温东岳？你确认是温东岳？"听到曾景阳的话，陈树尧瞬间变得激动起来。

"尧哥，你说温东岳是否也是日本'玄洋社'的成员呢？"唐明俊若有所思地问道。

"我去将那个王八蛋抓过来！"陈树尧大吼一声，立即召集人马。

"尧哥,不要那么激动。温东岳是党国高层,我们没有权力抓他。"唐明俊微笑着劝慰陈树尧,轻声道,"不过我们可以一起过去找他,'玄洋社'成员所中之毒跟我身上所中之毒一模一样,我想跟他要一个解释。"

"明俊,你不会觉得是温东岳对你下的毒吧?"听到唐明俊的话,陈树尧跟曾景阳异口同声地问道。

"是不是温东岳对我下的毒不好说,不过我怀疑他也是日本'玄洋社'的成员。他昨天下午出现在我们的行动现场就很不正常,连夜杀掉关押在刑讯室中的'玄洋社'成员更是做贼心虚,你们觉得呢?"唐明俊眼中闪过一抹阴狠,反问陈树尧跟曾景阳道。

很快,以陈树尧和唐明俊为首的特别行动组便抵达了中统局大楼,而且直奔温东岳的办公室。

温东岳原以为自己昨天晚上所做的一切神不知鬼不觉,正在办公室中一边听着小曲,一边品着热茶,突然间办公室的大门被踹开,他被吓得浑身一个激灵,热茶差点洒了一裤子。

"你……你们怎么随便闯入我的办公室,军统的人这么不懂规矩么?"看清楚来人后,温东岳脸色一沉,厉声呵斥道。

"跟自己人当然要讲规矩,只是跟汉奸还需要讲规矩么?"唐明俊一双眼睛死死地盯着温东岳,阴恻恻地笑道。

温东岳闻言,眼中闪过一抹慌乱的神色,随即强撑着站直了身子,指着唐明俊的鼻子大骂道:"唐明俊,你知道随意污蔑党国高层的下场么?"

"我当然知道,不过你觉得我没有证据的话,我敢直接领着人马来你办公室么?"唐明俊冷笑一声,随即挥了挥手,示意行动组人员强行脱掉温东岳的衣服进行检查。

"唐明俊,你怎么可以这样,你这是对党国高层的极大侮辱,你眼中还有没有规矩了?"温东岳显然没有料到唐明俊如此不给自己面子,他脸红脖子粗地大声嚷嚷道。

"假如我找到了你是'玄洋社'成员的证据，你自然就没有资格继续担任党国高层。要是没有找到证据，我甘愿关禁闭。"唐明俊冷冽出声道。

唐明俊一句话说完，他发现温东岳的眼中竟然闪过一抹奸计得逞的笑容。他心中不由得咯噔一声，隐隐觉得有点不对劲，可是现在箭在弦上、不得不发，实在想不出哪里不对劲的他并没有下令停止行动。

尽管温东岳"奋力"挣扎，但在几名特别行动组成员的合力下，他身上的衣服还是被脱得精光，只剩下了一条内裤。

唐明俊的目光第一时间锁定温东岳的两条胳膊，却发现上面干干净净，没有半点文身的迹象。紧接着唐明俊跟陈树尧不死心地检查温东岳全身，两个人上上下下、里里外外检查了一遍，也没有从温东岳身上找到黑龙文身。

一时间，陈树尧面沉如水，唐明俊则是脸色煞白。

陈树尧跟唐明俊不知道的是，狡猾如温东岳，一开始就料到会有被检查文身的一天，因此他从来没有在自己身上文身，他加入玄洋社的文身是用油彩画上去的。

"陈树尧、唐明俊，你们有从我身上找到证明我是'玄洋社'成员的证据么？要是没有的话，你们是否要给我一个交代？"看到陈树尧跟唐明俊不说话了，温东岳冷哼一声，开始发难。

"今天的事情跟其他人没有关系，是我强行要求过来抓捕你的。"唐明俊用眼神示意陈树尧跟曾景阳不要说话，将所有的责任都揽到了自己身上。

听到唐明俊的话，陈树尧跟曾景阳心中感动的同时，脸上满是担忧的神色，不过他们也知道自己此时帮不上什么忙，要是乱说话，反而可能所有人都折进去。

"好，你有种，我倒是想看看进了禁闭室后，你是否还这么有种！"温东岳原本还想将唐明俊、陈树尧和曾景阳一网打尽，见唐明俊独自承揽责任，他不由得恼羞成怒，看向唐明俊的目光冒出一阵阵森寒的杀气。

慢腾腾地穿上衣服后,温东岳打了一个电话,很快便有人过来,将唐明俊强行押往禁闭室。

陈树尧好几次想下令特别行动组的人解救唐明俊,又怕给徐敬塘招惹麻烦,只能眼睁睁地看着唐明俊被押走,最后气得扇了自己两记耳光。

唐明俊趁着温东岳没注意的工夫,给曾景阳使了一个眼色,希望他能够留意自己的去向。

走出中统局办公大楼后,唐明俊便被黑布袋蒙住了脑袋。车上一阵颠簸之后,当唐明俊再次重见光明时,他发现自己已经来到了一间林间小屋,看起来像是废弃的监狱。

房间里布置简单,光线很暗,而且房间的造型很奇特,长长窄窄的,青色的地砖上有陈旧的滴沥物,形成黑红相间的不规则条纹,很压抑,很邪恶,很醒目。墙上还有烧过的焦痕,气氛很诡异,押送唐明俊的士官告诉他这里原本是关押女死囚的房间。

禁闭室的门被锁上后,唐明俊心中便隐隐感觉到一阵不安。通过对方向和车程的大概估计,他发现禁闭室极为偏僻,已经靠近郊区,而且门口的守卫只有一个人,这一切的布局仿佛是背后有人故意为之,目的就是为了杀人灭口。

研究了一下房屋的布局之后,唐明俊挪动了一下房屋中的家具,方便自己防守,然后这才故意跟守卫聊天,试图从守卫嘴中套出一些有用的信息。

让唐明俊诧异的是,守卫并不知道唐明俊被关禁闭的内情。他对唐明俊特别热情,还说自己听说过唐明俊的很多英雄事迹,嘴中丝毫不吝啬对唐明俊的欣赏和钦佩,表达出想要成长为唐明俊这样厉害大军官的意愿,还跟唐明俊请教了很多有关时局的问题。

唐明俊一时间有点恍惚,他仿佛看到了已经牺牲的联络员小郭,对其多了几分关心,无意间提及此处偏僻,有些危险。小看守拍着胸脯称自己会完成任务,保护好唐明俊的。

从守卫嘴中得知监狱不远处有两栋高楼后,唐明俊心中了然,开始盘算发生意外时自己的逃跑路线。

进入禁闭室后,唐明俊时刻警惕提防,却没有任何事情发生,跟守卫有一搭没一搭地聊着,不知不觉间到了后半夜。极度疲倦之下,唐明俊很快陷入了沉睡。

听到唐明俊发出的均匀呼吸声,守卫眼中露出了炙热的神色,同时还有一点点期待:"要是自己这一次能够保护好唐明俊的安全,他出去后应该会提携我一下吧?"

守卫的心中刚刚涌出这个想法,便听到背后传来一阵沙沙声,他眉头一皱,身子毫不犹豫地往前一蹿,想要躲避来自身后的危险。只是脚下跨了两步之后,守卫却感觉脖子处一阵剧痛,同时整个人有种头晕目眩的感觉。他下意识地伸手摸向脖子,然后摸到了一股黏热的液体。

"我被割喉了?"守卫一头栽倒在地,脑海中闪过最后一个念头。

尽管唐明俊入睡很快,睡梦中的他却依旧保持着警惕。

听到守卫倒地的声音,唐明俊悄然睁开了眼睛,脑海中电光石火间闪过无数种可能发生的变故以及应对策略。

"唐明俊,饭到了。"来人推了推监狱的门,发现门竟然被反锁了,他嘶哑着声音叩门道。

"将饭放门口,我还想再睡一会儿。"唐明俊装作没有发现外面的异常,哈欠连天地回答道。

"你随意,不过放在外面的饭菜要是被野猫野狗吃掉了,可不要怪我。"来人撂下一句话后,便转身离去。

听到逐渐远去的脚步声,唐明俊心中一阵疑惑,在地上躺了片刻后,他还是忍不住翻身而起,蹑手蹑脚地走向门口。

唐明俊拉开门闩的刹那,一股巨力从外面传来,只听得"砰"的一声巨响,禁闭室的铁门被人一脚踹开。

早就有所准备的唐明俊并没有站在门后,成功躲过一劫,可是紧接着他便看到一个黑乎乎的枪口对准了自己的脑袋,持枪者是一个蒙着黑色面巾的男子。

唐明俊扣在手中的几枚飞刀条件反射一般飞出,直取对方面门。

蒙面人显然没有料到唐明俊被关禁闭了,身上竟然还藏有飞刀,猝不及防之下被伤到了耳朵,不得不闪身后退。

唐明俊看到门口的路被让了出来,他迅速地蹿了出去,夺路而逃,蒙面人则是紧随其后。只是唐明俊一边逃跑,一边甩出袖中的飞刀,娴熟而高超的飞刀技巧让蒙面人不敢追得太紧,只能远远地跟在唐明俊身后射击。

眼看唐明俊借助树林的遮挡就要逃出蒙面人的视线时,一颗子弹悄无声息地凌空而至,击中了唐明俊的肩膀,将唐明俊放倒在地。这还是因为唐明俊的注意力始终集中在禁闭室不远处的高楼上,没有放松警惕。

在狙击手和蒙面人的联合追杀下,身上中弹的唐明俊只能艰难地借助树林的遮挡勉强挪腾身子,根本没有办法做出有效的反击。

眼看蒙面人越追越紧,唐明俊就要体力不支倒地时,树林外面突然间传来了密集的枪声。

突如其来的枪声让蒙面人脸色大变,他再也顾不得继续追击唐明俊,而是毫不犹豫地转身走人,躲在远处高楼上的狙击手也是不甘地收起枪械撤离现场。

"唐明俊,你没事吧?"陈树尧第一时间找到了斜靠在树上浑身血污的唐明俊,关心地问道。

"我没事,尧哥,你怎么过来了?"唐明俊摇了摇头,意外地问道。

"曾景阳说可能会有人对你不利。他知道了你被关禁闭的地方之后,担心自己应付不了隐藏在暗处的凶手,所以向我求助了。"陈树尧言简意赅地解释道。

"明俊,实在抱歉,躲藏在高楼上的狙击手太谨慎了,我开枪击中他的肩膀后,他竟然毫不犹豫地转身就跑,我没能够看清楚他长啥模样。"陈树尧的话音刚落,曾景阳爽朗的声音也在唐明俊的耳边响起。

"没事，跑了就跑了吧，他们应该是怕泄露身份，所以不敢跟我们过多纠缠。"唐明俊闻言浑不在意地笑道，"还好你们来得及时，不然我的小命就玩完了。"

几个人有说有笑地回到禁闭室时，发现了倒在地上的年轻守卫，只是守卫此时已然没有了一丝的生命气息。他们又一起来到狙击手藏身的高楼，这里除了一点血迹，没有留下任何其他痕迹。

"明俊，你觉得这件事情是谁干的？"陈树尧面色凝重地问道。其实陈树尧问出这个问题的时候，他心中已经有了答案，唐明俊跟曾景阳亦然。

"其实你们都猜到了是谁干的，但是没有证据的情况下，我们也拿他没有办法。"沉默了半响，唐明俊还是没有说出温东岳的名字，因为他不想温念君夹在中间难受。

一行人回到军统大楼后，唐明俊向上级汇报了自己的遭遇，处理完伤口后，唐明俊主动申请继续接受关禁闭的惩罚。

陈树尧跟曾景阳担心唐明俊再次遇险，暗中加强了对唐明俊的保护，温念君更是每天亲自给唐明俊送饭菜，将唐明俊照顾得无微不至。反而唐明俊自己一身轻松，他知道，温东岳在耳朵受伤的情况下，应该不会再亲自出手对付自己，甚至会找机会离开重庆。

事实也正如唐明俊预料的那般，温东岳在刺杀唐明俊未遂之后，毫不犹豫地离开了重庆。

半个月后，唐明俊的禁闭惩罚结束，他再次回到了军统情报处。

就在唐明俊琢磨着如何对付温东岳时，一个轰动全世界的消息迅速传播开，让包括唐明俊在内的所有中国同胞欣喜万分——日本天皇接受波茨坦公告，向全世界无条件投降。

这一刻，无论是国共两党还是普通民众，全部激动得相拥而泣。他们放下了手中的工作，一齐庆祝反法西斯战争的伟大胜利。

重庆育才学校的师生们收听到日本投降的消息时，他们兴奋地跑出了学校，上街游行欢庆祖国的胜利，用一场场激动人心的演说歌颂着中华民族的力量。

抗日战争的胜利，是中国人民近百年来第一次取得反对帝国主义侵略的完全胜利，是中华民族由危亡走向振兴的历史转折点，正是因为中华民族在世界反法西斯战争中对日本军队的牵制和削弱，在战略上有力地配合和援助了世界各国人民的反法西斯战争。

举国欢腾，家国之仇尘埃落定时，党派之争的漩涡却没有停歇，国共形势也发生了巨大的变化。

国民党军队此时在武器装备上不但有39个师的全新美式装备，还接收了日军120多万军队的全套装备，大约百万伪军也重归旗下。国民党的统治区土地面积达730余万平方公里，占全国土地面积的76%；人口3.39亿，占全国总人口的71%。国民政府控制了全国75%以上的城镇，几乎包括全部大城市。

而共产党控制的解放区土地面积只有228万平方公里，占全国土地面积的24%；人口1.36亿，占全国人口的29%。解放区绝大部分经济落后，土地贫瘠，资源缺乏，不过共军在抗战中打出了地盘，锻炼了军队，培养了大批干部，得到了大量人民的拥护。

国共双方无论谁想统治和发展中国，都需要最大限度地争取民心，任何先发动内战的一方，都会受到全国舆论的讨伐，承受民心背离的结果。

因此，蒋介石迫不及待地三次电邀毛泽东前往重庆商讨国内和平问题，毛泽东也果断答应蒋介石，将于8月28日抵达重庆参与会谈。表面的和平之下，重庆高层秘密向军统下达了一个刺杀中共代表团的任务。

唐明俊与曾景阳都被选为任务的参与者，所有相关人员在任务前夕都被统一隔离，断绝一切对外交流手段。事发突然，唐明俊没有来得及准备，但消息紧急，必须尽快传递出去，不然极有可能导致中共代表团伤亡惨重。

但是由于这次任务重大，保密性极强，唐明俊要想顺利离开隔离地点，着实困难，稍不注意极有可能被逮捕。唐明俊为了将情报传递出去，尝试了各种手段，不仅出入口严防死守，就连信号也被屏蔽了。眼看中共代表团就要抵达重庆，唐明俊愈发焦急。

时间一点点地流逝，严峻的考验让唐明俊坐立不安，心急如焚。

"景阳，我可以信任你么？"实在没有办法的情况下，唐明俊决定赌一把，选择相信自己昔日的同窗曾景阳。毕竟曾景阳多次配合他完成了军统的任务，算是一名合格的老搭档了。

"我值得你信任么？"曾景阳没有直接回答唐明俊，而是微笑着反问，"而且你此时此刻除了信任我，貌似没有其他选择吧？"

唐明俊闻言愕然，下意识地问道："你是不是知道了什么？"

"你忘了在校园中时跟我争论国共长短的事情了？你每次谈起自己的共产主义信仰时都两眼发光，这样的你又会甘于在国民党苟活？"迎着唐明俊的目光，曾景阳苦涩道，"我曾经以为国民党才能救中国，当我目睹了太多国民党内部的腐败后，我的信仰已经崩塌了。"

听到曾景阳的话，唐明俊变得激动起来："这么说，你也被中共代表团无惧生死、前来重庆的高尚情操感动了，觉得只有共产党才能代表中国未来？"

"我也不知道中国的未来在何方，但是我知道共产党一直在为之努力，所以我愿意配合你传递情报，避免中共代表团发生不必要的损失。"曾景阳诚挚出声道。

唐明俊没料到曾景阳竟然如此通情达理，这让他感动的同时，也变得尤为兴奋，他很快便将自己的计划跟曾景阳说了一遍。

听完唐明俊的计划，曾景阳皱眉沉思了片刻，说了一些自己的想法。两个人商量半天后，决定趁着军队演练的机会，借助枪炮声的掩盖，悄悄炸开西南角的废弃门洞，让唐明俊趁机出去传递情报。

确定了行动计划后，唐明俊借日常检查盘点武器库之名，进入了库房。武器库的看守警惕地跟在唐明俊的身后进行监督。曾景阳见状，以核实近期进出库房的人员名单为由，转移了看守的注意力，让唐明俊在混乱之际取得了炸药。

成功拿到炸药后，曾景阳不再跟看守纠缠，而是迅速走到了西南角的废弃门洞前跟唐明俊会合。两个人一边听着演练场的枪炮声，一边安装炸药。

突然间，唐明俊听到一阵零碎的脚步声，唐明俊跟曾景阳使了一个眼色，示意他继续安装炸药，自己则是主动走了过去跟来人招呼。

原来是一名受伤的军官出来抽烟，听到唐明俊的招呼声，对方下意识地回应了一声，很快，他便眉头一皱，沉声问道："唐处，您此时不是应该在营房中么，怎么会在这里闲逛？"

"在营房中待了半天，出来透透气。"唐明俊强装镇定地回答道。

"营房中的确闷得慌，不过为了成功完成任务，我们也只能暂时忍着。"受伤的军官微笑着感慨，与此同时，他手中的烟头一弹，便朝唐明俊身后飞去，同时利索地递给了唐明俊一支烟。

下一刻，受伤的军官瞪圆了眼睛，因为唐明俊并没有伸手去接他的烟，而是满脸惶恐地一脚踢飞了自己扔出去的烟头，而且杀气腾腾地看着自己。

"唐处，你这是怎么了？"受伤的军官警惕地后退了两步，紧接着指着唐明俊身后的曾景阳道，"他在干什么？"

"钱少校，我们的营地中屯有大量的炸药，烟头没有熄灭之前是不能随便乱扔的。"唐明俊一边慢慢靠近受伤的军官，一边呵斥道，"要是因为你的一时大意，而导致整个营地的官兵受伤，这个损失你承担得起么？"

"你……你别过来，你再过来我就开枪了。"钱少校如临大敌地盯着唐明俊，厉声呵斥道。

唐明俊却是耸了耸肩，懒得多看钱少校一眼，跟钱少校擦身而过，径直离去。

就在钱少校以为自己误会了唐明俊，放松了警惕，准备收起自己手中的枪械时，曾景阳突然间从他的背后蹿了出来，一个掌刀击晕了钱少校。

337

"安装得怎么样了，还需要多长时间？"见曾景阳搞定了钱少校，唐明俊停住脚步，关心地问道。

"还需要十分钟左右，这期间你必须帮忙引开巡逻兵，避免他们发现这边的动静。"曾景阳擦拭了一下额头的汗珠，满脸疲倦道。

"没问题，巡逻兵交给我，演练马上就要结束，你得加快速度，不然我们就没机会了。"唐明俊沉声道。

曾景阳点了点头，然后迅速转身，继续安装炸药。

唐明俊看了看昏迷倒地的钱少校，他打量了一眼四周，不知道应该将钱少校的身体藏到什么地方，最后索性蹲下身子，掏出一支烟插进钱少校的嘴中。

"唐处，钱少校怎么了，需要我们帮助么？"两个巡逻兵绕外线经过时，看到了倒在地上的钱少校，他们关心地问道。

"营房中闷得慌，我跟钱少校在外面透气呢。"唐明俊头也不抬地回答道。

听到唐明俊的回答，两个巡逻兵并没有立即离去，而是笑嘻嘻地走了过来，想要跟唐明俊讨要香烟。

做贼心虚的唐明俊却是下意识地摸向了腰中的枪，满脸警惕地盯着两名巡逻兵，直到看见对方直勾勾地盯着自己手中的香烟，他才松了口气，扔了两根香烟给对方。

唐明俊知道，要是两名巡逻兵待在这里的时间长了，肯定会发现钱少校的不正常，可是他又不敢随便动手，以免引来更多人的关注。

"咦，钱少校这是睡着了，还是昏迷过去了？"点燃嘴中的香烟后，其中一名巡逻兵疑惑出声的同时，弯腰去检查钱少校的身体。

另外一名巡逻兵想起唐明俊刚才异常的反应，他也顾不得继续抽烟，掏出手枪便对准了唐明俊："唐处，非常时刻，任何人不得在外面逗留，麻烦你和钱少校赶紧回营地吧，免得我们难做。"

"大壮，钱少校是昏迷过去了，唐处和门洞处的那个家伙可能有问题……"检查钱少校身体的巡逻兵大声喊道。

看到自己跟曾景阳的行动已然曝光，千钧一发之际，唐明俊来不及跟曾景阳做任何沟通，他抬手便是一枪，击毙了掏枪对准自己的巡逻兵。

"明俊，形势紧迫，没有办法继续安装炸药了，再不炸开门洞，我们都得交待在这里，记得好好照顾念君。还有，不要忘了我们共同的理想。"就在唐明俊准备开枪击毙另外一名巡逻兵时，他的耳边响起了曾景阳的声音。

在唐明俊目眦欲裂的瞪视中，曾景阳抱着另外一名巡逻兵一起跳向了废弃的门洞。

"景阳，不要！"终于意识到曾景阳想要干什么，唐明俊惊慌失措地大喊道。

"明俊，快跑！"曾景阳的声音中满是决然。

只听得轰隆隆一阵巨响，废弃的门洞被炸出一个巨大的口子，曾景阳的身子完全被淹没在炮火之中。

唐明俊想要寻找曾景阳的尸体，但是看到远处迅速冲过来的巡逻队，他只能强忍泪水，咬牙穿过曾景阳用血肉之躯打开的生死之门，带着曾景阳拯救中华民族的理想，迅速离去。

第十八章 大仇得报

趁着营地慌乱的工夫,唐明俊借助破败瓦房的掩护,在荒地中狂奔。

一路上,唐明俊谨慎地反侦察,直到确认身边没有任何跟踪和埋伏,他才迅速地潜入一间可以发出电报的秘密小屋。

这是唐明俊做特工以来最为紧张的一次,不仅仅是因为死亡的威胁,更是因为他身上背负着曾景阳的使命和信仰。曾景阳以性命相托,唐明俊不忍辜负,也不能辜负。

满脸紧张地将情报传递出去后,无穷无尽的疲倦涌入唐明俊的身体,让他无力地瘫软倒地,默默地等待着死亡的到来。

唐明俊知道,国民党高层现在应该知道了自己的所作所为,而且很快便能找到自己的藏身之处,自己已经没有任何退路。

从兜中掏出温念君的照片,唐明俊怔怔地抚摸着照片上温念君的脸庞,脑海中涌现出两个人相处的一幕幕,脸上露出了幸福的笑容。

"念君,你一定要好好地活着!"唐明俊用打火机点燃了照片,轻声呢喃道。

唐明俊不敢去找温念君,他怕连累到她,他不想自己手中有任何痕迹指向温念君。

突然间,原本静默的电台响了起来,唐明俊的目光一凝,落在了电台上面。

"城南剧院会面,火种。"短短一行电码,却让唐明俊眼中重新焕发出夺目的光芒,原本疲倦的身心也再次振奋起来。

唐明俊一个骨碌从地上翻身而起,迅速地赶往城南剧院。

抵达剧院时,唐明俊耳边传来一阵咿呀咿呀的京剧声,却是剧院的戏合上正在上演经典剧目《白良关》,讲的是唐太宗征北,尉迟恭为先锋,却在战场上与自己身在敌营的儿子相逢,父子二人一起斩杀掳走母子俩的守将刘国桢。

唐明俊的目光在剧院中扫了一圈,很快便锁定剧院角落中一个嗑瓜子的中年男人。中年男人身着粗布麻衣,头顶一个旧毡帽,鼻子上架着一副黑框眼镜,俨然是父亲之前在江津县城当商贩时的装束。

陡然间看到父亲以这种装扮出现在自己面前,唐明俊鼻子一酸,眼睛瞬间红肿,心中的很多疑惑迎刃而解,脚下的步履却是重逾千钧。

"欺母仇人哪一个?白良关前刘国桢。我儿带路关前进,哪里去?为父去杀刘国桢!且稍停来慢稍停,里应外合杀仇人。假战三合败了阵,钢鞭一举叫三军!"

看着眼前普通而平凡的父亲,唐明俊的脑海中飞速地闪过徐敬塘和"火种"的模样,最后三个人的形象完美地重合到了一块。

唐明俊在深情地凝视父亲唐宪富时,唐宪富也是眼睛一眨不眨地盯着唐明俊,眼中满是慈祥和疼爱。

"爸,是您么?"在唐宪富面前坐下后,唐明俊动情地喊道。

唐宪富闻言一怔,随即愧疚地点头:"明俊,因为一些迫不得已的原因,爸对你隐瞒了身份,没有尽到一个做父亲的责任,我向你道歉。"

"爸,我知道这些年来您一直有在暗中保护我,而且您给我做了很好的榜样,作为您的儿子,我很荣幸。"看到父亲一脸歉意地看着自己,唐明俊慌忙安抚道。

听到唐明俊的话,唐宪富下意识地松了口气,看向唐明俊的目光也多了几分柔情和欣赏:"明俊,这几年辛苦你了,我为你的成长而感到自豪和骄傲,我知道你心中肯定有很多疑问,你今天尽管问,我一并替你解答了。"

伴随着台上演绎着的《白良关》的戏曲，父子俩一问一答间，原本笼罩在唐明俊心中的迷雾被一层层揭开。

1938年，唐宪富带着重病的唐明俊四处寻医，耗尽钱财，山穷水尽之际，他被告知自己跟一个叫徐敬塘的人相貌极为相似。对方希望他能够假扮徐敬塘取代对方的身份，潜入国民党内部为汪伪政权获取情报。

唐宪富回去与妻子商量，纠结犹豫了好几天，最终因为唐明俊病危，唐宪富不得不接受了假扮徐敬塘的任务。因为行汉奸之事不体面，唐宪富一直不让妻子将这笔钱的来源告知唐明俊，也让妻子跟唐明俊隐瞒了日伪特工的经历。

1941年6月，吴友国率领76号行动处精英前往重庆暗杀徐敬塘，担心家人在重庆大轰炸中遇害的唐宪富同样回到了重庆，结果还是没能见到妻子最后一面，导致父子感情产生裂隙。几经周折后，唐宪富将唐明俊送进了育才学校。

唐宪富成功地以徐敬塘的身份潜伏进入军统后，在徐敬塘家中发现一份死亡替身计划。唐宪富索性用徐敬塘的尸体骗过了田中后岛和廖意林等人，让自己成为了自由之身，不过，担心唐明俊安危的唐宪富还是派了叶慕之暗中保护唐明俊。

得知唐明俊被俘虏到76号进行特训时，唐宪富不仅仅让潜伏在76号的老于暗中帮助唐明俊，更是用"火种"的身份守护在唐明俊的身边，成为他亦师亦友亦父的"革命战友"，唐明俊在76号执行的一切任务，或多或少都有唐宪富的参与。

不过也正是因为对唐明俊太过关爱，让田中后岛推断出徐敬塘身份的可疑。田中后岛以唐明俊的安全为筹码，迫使唐宪富交出重庆军工厂的地图，唐宪富只能照做。

唐明俊加入军统后，唐宪富担心跟唐明俊走得太近会引来温东岳的注意，导致这些年的努力全部白费。他处处回避唐明俊，拒不相认。

听完父亲的讲述，唐明俊才意识到，自己一直以来都误会了父亲，父亲从来没有抛弃过母亲和自己，甚至在父亲"死后"的这些年，自己看似险象环生的间谍生活，父亲一直在背后替自己遮风挡雨，保驾护航。

"爸，你有查出1941年6月那次大轰炸时向特高课提供精准定位，间接导致母亲死亡的凶手吗？"见父亲说了半天，都没有提到导致母亲死亡的真凶，唐明俊忍不住主动问道。

"其实我不说，你也猜出了真凶是谁，不过我也是最近两天才找到确凿证据的。"唐宪富眼中闪过一抹悲恸的神色，"国民党内部，除了一心抗日的爱国将领，还有很多眼中只有金钱和利益的蠹虫，温东岳便是其中之一。

"温东岳原本是中共地下党员，拥有坚定的革命信仰。但是在看到身边的亲人和战友一个个死亡后，他的革命信仰崩塌，开始出卖战友以换取金钱。重庆大轰炸的大部分重要信息以及国共高层的名单，都是温东岳向日本人提供的……"

一曲《白良关》唱尽，唐明俊还有千言万语想要跟父亲诉说，然而，以温东岳为首的中统人马已经将剧场包围。唐明俊满脸焦灼地想寻找后门跟父亲一起离开，却看到父亲微微一笑，然后张开双臂，紧紧地抱住了自己，唐明俊也下意识地抱住了父亲。

这个久违的拥抱，唐明俊想了好多年。从父亲将他留在育才中学独自离开后，唐明俊就一直渴望与父亲重逢，能够跟父亲拥抱，如今他的愿望终于实现了。

"爸，我们以后是不是可以经常联系，一起在隐蔽战线奋斗？"唐明俊激动地问道。

在唐明俊期待的目光中，唐宪富眼中闪过一抹挣扎神色。

"明俊，你这一次行动的所有痕迹我都帮你清除了，你一定要好好活着，将革命的火种传承下去。"唐宪富无限留恋地看了一眼儿子，然后毅然举枪射向自己的太阳穴。

突然间的枪声，让唐明俊呆若木鸡。看着父亲高大的身影轰然倒地,唐明俊完全不敢相信眼前发生的事情,他才跟父亲重逢,还幻想着以后可以一直陪伴父亲左右。没想到梦想还没有开始,就这样破碎了,而且破碎得如此彻底,再也没有任何机会。

"爸!"唐明俊呆滞良久,才推金山倒玉柱一般,重重地跪在父亲的尸体前放声痛哭。

舞台上的京剧表演早就结束,剧院中的观众也全部被疏散,伴随着一阵急促的脚步声,原本包围剧院的中统人马全部涌进了剧院。

想起父亲临终前的嘱托,唐明俊红着眼,颤抖着拿起了父亲的配枪。

尽管唐明俊痛恨父亲不跟自己商量,就将一切都安排好了,可是人死不能复生,既然父亲已经付出了生命的代价,唐明俊唯一能做的,就是陪着父亲,将这场用生命上演的大戏送上高潮,而不能在关键时刻掉链子。

强忍内心的悲恸,唐明俊站直身子,神色冷峻地看着地上的尸体,然后漠然地看向朝自己冲过来的温东岳等人。

温东岳原以为赶到剧院后,会看到唐宪富跟唐明俊父子相认的场面,然后趁机抓捕唐宪富和唐明俊,从而立下大功。只是看着躺在角落中的尸体以及一脸漠然的唐明俊,他发现眼前的场景跟自己想象中的完全不一样,他一时间愣在了那里。

"徐敬塘背叛党国,我已经将其就地正法,温主任怎么会在这个时间点赶过来,莫非你跟徐敬塘有勾结?"趁着温东岳发愣的工夫,唐明俊先声夺人道。

"唐明俊,你少血口喷人,我只是接到线报,说这里有共党接头,所以才过来围捕。既然情报失误,我就先走了,这里的情况我也会如实跟上峰汇报。"温东岳盯着"徐敬塘"的尸体看了片刻,这才冷哼一声,悻然离去。

唐明俊抱着"徐敬塘"的尸体回到军统大院时,以温东岳为首的特别行动组马不停蹄地闯进了唐明俊的家中,从唐明俊的家中搜出了有关徐敬塘为共党做事的大量罪证,证明了唐明俊一直在暗中调查和跟踪"徐敬塘",是一名"忠党爱国"的好干部。

原来,唐宪富早就料到会有这一天的到来,所以他刻意制造了很多"罪证"。得知唐明俊从营地逃脱的信息后,他迅速地将这些"罪证"藏到唐明俊的家中,用自己的性命保全唐明俊,尽到了一位父亲最后的责任。

不仅仅如此,唐宪富更是在营地中发动了一场动乱,几乎将营地中的行动队精英屠戮殆尽,更是制造了他被唐明俊追杀到南城剧院的痕迹,这也是温东岳能够第一时间赶到南城剧院的原因。

因为揪出并且击毙隐藏在军统高层中的地下党特工,唐明俊得到了重庆上层的嘉奖,被授予上校军衔,顺利进入军统高层。

所有人都认为这是唐明俊的风光时刻,殊不知对于唐明俊来说,这是他的至暗时刻。无论曾景阳还是父亲,都是他生命中非常重要的人,可是这两个人关键时刻选择了牺牲自己的性命来保全唐明俊,用生命谱写了革命的篇章。

尽管他们都是为了唐明俊好,但同时他们也剥夺了唐明俊选择的权利,留给了唐明俊无尽的遗憾和痛苦。

唐明俊恨这乱世,自己明明已经努力攀爬到了如此高位,却仍然守不住自己的亲人和挚友。

"五哥怎么会是叛徒?五哥不可能是叛徒!"有关徐敬塘背叛党国的内部通报出来后,陈树尧直接崩溃了。在陈树尧的心中,徐敬塘不仅是他的偶像和精神支柱,更是为了党国利益可以牺牲一切的绝佳领袖。任何人都可能背叛党国,唯独徐敬塘绝无可能。

"一定是唐明俊跟温东岳狼狈为奸,栽赃陷害五哥,我不能让五哥就此蒙上不白之冤!"将自己关在家中好几天,陈树尧脑海中闪过温东岳和唐明俊的种种可疑行为,越想越觉得不对劲,然后开始暗中调查和跟踪唐明俊。

只是唐明俊刚刚立下大功,又成为了军统高层。为了避免他遭遇性命危险,唐明俊每次出行时,身边都被安排了很多守卫,这让陈树尧迟迟找不到机会接近唐明俊。

直到半个月后,唐明俊难得地独自外出时,才让陈树尧在一条偏僻而幽静的巷子里面堵住。

陈树尧原本准备悄无声息地偷袭暗杀唐明俊,唐明俊却凭着出色的反侦察能力,察觉到了陈树尧的存在,并且敏捷地躲过了他的偷袭。

经过一番艰难的打斗,唐明俊固然是气喘吁吁,几乎脱力,陈树尧也是浑身伤痕累累,完全力竭。

"尧哥,兄弟之间有什么事情不能直接说么,犯得着这样大动干戈?"唐明俊一把夺过陈树尧手中的枪,沉声问道。

"我呸!"唐明俊的话音刚落,陈树尧便吐出一口浓痰,满脸厌恶道,"谁跟你是兄弟,要不是五哥吩咐我关照你,你觉得我会多看你一眼?早知道你是白眼狼,老子直接一枪毙了你!"

唐明俊闻言,下意识地打量了一眼四周,发现附近没有任何人影时,他才叹气道:"要是五哥真是我杀的,你觉得我会花时间跟你废话,直接一枪毙了你多省事?"

听出了唐明俊的话外之音,陈树尧眼中不由得闪过一抹疑惑神色,他下意识地问道:"五哥不是你杀的,那他是怎么死的?"

"在我回答你的问题之前,你先告诉我一声,要是五哥真的背叛了党国,在为延安做事情,你还会继续为他报仇雪恨么?"唐明俊不答反问道。

"五哥不可能背叛党国……"陈树尧第一时间反驳道。

唐明俊也不说话,只是静静地看着陈树尧。

陈树尧犹豫了半天,这才沉声道:"我是五哥提拔并培养的,这几年来,五哥更是将我当成了亲兄弟,对我照顾得无微不至,无论他是否背叛党国,我都要替他报仇雪恨。"

"恐怕你没有机会替五哥报仇雪恨了,因为我爸已经替他报仇雪恨了。"想起跟吴友国同归于尽的徐敬塘,唐明俊眼中闪过一抹复杂的神色,在陈树尧询问的目光中,唐明俊轻声问道,"你还记得我调查五哥生平的事情么?"

"是有过这么回事,不过你到底想跟我说什么啊,我听着有点糊涂。"陈树尧点了点头,又摇了摇头,看向唐明俊的眼神满是困惑。

"其实三年前,五哥就跟吴友国同归于尽了。那之后的五哥一直是我父亲扮演的,我父亲不仅是徐敬塘的替身,也是他最好的兄弟……"唐明俊沉默了片刻,将事情的真相告诉了陈树尧。唐明俊同时也告诉了陈树尧,父亲之所以自杀,完全是情势所逼,不得已而为之。

"不,你在撒谎,我不相信五哥在三年前就死了,更不相信这三年来的五哥是你父亲扮演的。"耐心地听完唐明俊的讲述后,陈树尧的头摇得跟拨浪鼓似的。

唐明俊没有去跟陈树尧辩解,而是默默地瞪视着陈树尧,直到陈树尧安静了下来,唐明俊才从兜里掏出三枚银元往空中抛了几下。

陈树尧刚开始还没有注意到唐明俊手中的动作,当唐明俊连续抛了三次银元之后,陈树尧的眼睛瞪圆了,他看向唐明俊的目光也变得激动起来。

因为那三枚银元在空中摆出来的造型,是徐敬塘跟陈树尧之间特有的暗语,不可能被其他人知晓,唐明俊此时却熟练地使用了这个暗语,意味着唐明俊是徐敬塘绝对信任的人,所以几乎可以排除徐敬塘被唐明俊击毙的可能性。

想起徐敬塘这些年来对唐明俊的异常关心,陈树尧的脸色一点点地变得缓和,他已经逐渐消化了唐明俊刚才说出来的大量讯息。

"你父亲是延安那边派来的卧底,还是他成为五哥替身之后才被延安那边收买的?"陈树尧震惊之余,接受了唐宪富就是徐敬塘替身的事实,他想知道自己有没有被欺骗或者被出卖。

"我父亲不是延安的卧底,也没有被延安那边收买。他只是一个普通的父亲,一直在努力尽一名父亲的义务。"唐明俊微笑道。

听到唐明俊的话,陈树尧下意识地松了口气:"我就说嘛,五哥不

347

可能背叛党国,他这些年为党国做了那么多事情,而且好几次差点毙命,是党国对他太绝情了……"

"尧哥,你这是?"感觉到陈树尧突然间透露出来的亲近,唐明俊有点猝不及防。

"以前的五哥虽然也让我们敬畏有加,对他的命令不敢有任何违逆,但是1941年后的五哥将我们当成了家人在照顾,更让我们疯狂和折服。我现在才明白,军统兄弟们真正崇拜的是你父亲唐宪富,而不是徐敬塘。"陈树尧一脸感慨道。

"明俊,既然你父亲教了你我跟他之间独有的暗语,便是让我全力辅佐你的意思。要不是你父亲的照顾,估计我十条命都不够温东岳算计的,所以以后我便是你的刀,你让我捅谁,我就捅谁!"陈树尧神色坚毅地说道,"军统的其他兄弟同样如此。"

见陈树尧自愿辅佐自己,帮忙自己坐稳军统高层的位置,唐明俊不由得喜出望外。

从陈树尧的嘴中,唐明俊知道了父亲这些年来在军统所做的很多事情。父亲唐宪富不仅凭着他的人格魅力在军统积攒了良好的人缘,更是在三教九流中培养了大量势力,被委以重任、负责管理这些势力的人赫然是陈树尧。

"正常情况下,即便'徐敬塘'真的背叛党国,国民党高层也会反复调查,不会这么迫不及待地宣布'徐敬塘'的罪行。应该是'徐敬塘'功高震主,让戴笠意识到了徐敬塘的威胁,这才想借机铲除'徐敬塘'。"唐明俊如是想道。

在陈树尧的帮助下,唐明俊一点点地接触父亲暗中为他准备的三教九流的势力。

随着"徐敬塘"的死亡,一些三教九流势力的负责人有了异心,想趁机摆脱陈树尧的控制,另立门户。

但是唐明俊已然不是刚出校园的毛头小子,他先是让陈树尧极力团结愿意继续跟随自己的人,安抚人心,紧接着摆了一桌鸿门宴,在饭桌上大张旗鼓地为陈树尧站台,并且言语间暗示军统掌握有大家的把柄,让众人安分守己。

作为炙手可热的军统新贵,唐明俊的名气震慑住了大部分势力的负责人,但是还是有少部分人不服,想直接动手,却被早就潜伏在暗处的军统精英从二楼的窗户中扔了出去,摔在楼下哀号不已。

唐明俊的铁血手段让宴席上的众人彻底噤声,纷纷表示愿意继续服从领导,紧接着唐明俊又采取怀柔政策,对这些势力进行组织协调。

经过半个月的努力,船工的生意更好,乞丐、流氓也有了合法收入,三教九流势力生活得到大力改善的同时,他们的精神面貌也是焕然一新,这标志着唐明俊彻底地接收了父亲暗中为他准备的所有势力。

唐明俊在陈树尧的帮助下收拢和整顿一众势力的时候,以温东岳为首的中统特工一直在不遗余力地推进暗杀计划。只是温东岳的部署再周全,行动实施时总会出现各种岔子,导致暗杀计划最终失败。

温东岳怀疑行动组内部有人向共党通风报信。生性多疑的他秉持宁可错杀不可放过的理念,严刑拷打了行动组多个成员,导致行动组在执行任务时战战兢兢,如履薄冰,毫无积极性可言,甚至敷衍了事。

直觉告诉温东岳,行动的失败应该跟唐明俊脱离不了干系。温东岳也多次试图跟踪调查唐明俊,却都被唐明俊及时地发现,最后一无所获。

温东岳不知道的是,唐明俊在整合了诸多势力之后,如虎添翼,根本就不是那个初来乍到军统的新人,而是成为了军统力量的掌控者和决策者,无论是在国民党内的地位,还是手中掌握的力量,都已然稳稳超越了他。要不是为了重庆谈判的大局着想,唐明俊早就出手对付温东岳,而不是虚与委蛇,忍辱求全了。

在中国共产党的全面指挥下,自1945年8月28日至10月10日的43天里,唐明俊利用手中的势力,配合党内的同志们,跟暗杀行动组的王牌特工们斗智斗勇,一次又一次巧妙地截取和传递温东岳的行动计划,让温东岳绞尽脑汁部署的绝杀行动全部功亏一篑。

1945年10月10日，国共两党成功签订《双十协定》，中共代表团安然回到延安，唐明俊的任务圆满完成，以温东岳为首的行动组刺杀中共代表团的任务则彻底失败。

国民党高层领导尤为震怒，对温东岳进行了严厉的批评和责罚，甚至予以降级处理。尽管温东岳觉得唐明俊有问题，可是在没有确凿证据的情况下，他却不敢随便乱咬，因为唐明俊已然足够强大，他没有办法承受唐明俊的反扑。

温东岳的退缩和忍让，并没有换来唐明俊的大度原谅。在处理温东岳时，唐明俊义正词严地对温东岳的诸多问题进行了指责，丝毫不掩饰他跟温东岳针尖对麦芒的敌对态度。随着唐明俊跟温东岳之间矛盾的冲突和升级，夹在两个人中间的温念君越来越难受，而这也是让唐明俊迟迟没有对温东岳下死手的原因。

"念君，要不你以后不要回温府了？"这一天，送温念君回温府的途中，唐明俊突兀出声道。

温念君自然听懂了唐明俊的弦外之音，她身子一颤，知道唐明俊准备对自己叔叔动手了。她并没有出声劝阻的打算，因为她知道自己一旦开口，会直接葬送自己跟唐明俊之间的感情，而且她在得知叔叔的所作所为后，已然对叔叔彻底灰心和绝望。

"嗯，我会尽快搬离温府，不给他威胁你的机会。"温念君非常干脆地答应道。

"你怎么不劝阻我？"唐明俊诧异道。

"我叔叔不仅是你的杀母仇人，也是多次想要谋害你的凶手，更是迫害了无数同志性命的叛徒。我没有理由，也没有立场阻挠你。"温念君淡然出声道，好像在说一个跟自己毫不相干的人。

唐明俊心疼地将温念君揽入怀中，他非常清楚，温念君跟自己一样渴望亲情的温暖。尽管温东岳身上有万般不是，但他是温念君唯一幸存的亲人，对温念君也尽了一个长辈的义务。

"我已经将你叔叔以权谋私的证据以及他勾结日本人的把柄交给了

戴老板,我想看戴老板如何处理。如果戴老板迟迟没有反应的话,我会亲自动手。"拍了拍温念君的后背,唐明俊语气坚定地说道。

回家的路上,唐明俊觉得当着温念君的面杀掉温东岳,对她来说还是太过残忍了,他心中不由得萌生出了将她送离重庆的念头。等到解决温东岳之后,再亲自将温念君接回来,跟她一起迎接崭新的人生。

唐明俊不知道的是,重庆谈判之后,温东岳就一直在小心翼翼地提防他,更是在温念君的包中放置了一个窃听器。

当温东岳偷听到唐明俊准备对自己下死手时,他眼中闪过一抹森然的神色。他在书房中抽完一根烟后,便吩咐管家收拾出门的细软,自己则是径直来到了客厅,等待着温念君的归来。

"叔叔,你这是准备搬家么?"温念君踏入客厅时,看到客厅中大包小包的东西以及楼上楼下忙碌的管家和用人们,她强自镇定道。

"唐明俊都准备对叔叔下死手了,叔叔不走,难道要坐在家中等死么?"温东岳似笑非笑地看着温念君,一脸阴鸷道。

"叔叔,你是不是对明俊有什么误会?你们之间虽然发生过很多矛盾和冲突,可是同为党国高层,你们也不至于生死相搏啊……"在温东岳的瞪视下,温念君一阵心慌意乱,下意识地替唐明俊辩驳。只是温念君的话才说到一半,便被人从身后捂住了口鼻,温念君挣扎片刻就失去了意识。

跟温念君道别后,回到家中的唐明俊始终觉得心神不宁,眼皮也是跳个不停。唐明俊冲了一个冷水澡,又抄写了一遍金刚经,这才让自己的心绪慢慢平静下来。

突然间,客厅的电话铃声急促地响起,唐明俊一个箭步冲到角柜旁,等到电话响到第四声时,他才缓缓拿起电话。

"什么,温府的人疑似在搬家?"听到电话那头线人的汇报,唐明俊忍不住惊呼失声,随即吩咐道,"给我继续盯着,温府有什么动向第一时间向我汇报。"

挂掉电话后,唐明俊顾不得惊动温东岳,连忙拨打温府的电话,想要联系温念君，只是电话响了半天也没人接听，唐明俊的一颗心慢慢地往下沉，脸色也变得异常难看。

焦灼不安的唐明俊在客厅来回踱步片刻后，拨打了陈树尧的电话，让陈树尧召集行动处的人马全城搜索，对温东岳进行抓捕行动，他自己则是带着一队人马直奔温府查看究竟。

唐明俊来到温东岳的豪宅后，发现温府中值钱的物件儿全部消失不见，偌大的府邸中空无一人，院子里的血泊中躺着两个人，赫然是唐明俊安排监督温府动静的线人。

将温府里里外外全部检查了一遍后，唐明俊不由得面沉如水。唐明俊知道，温东岳应该是早就有了撤离的心思，而且一直像蚂蚁搬家一样，在慢慢地转移温府的贵重物品，不然的话不可能短短半天时间便将偌大一个府邸搬运得这么干净。

空荡荡的温府，仿佛一张巨大的笑脸，在嘲讽唐明俊的后知后觉，让唐明俊出奇地愤怒。

"我就不信你能插翅而飞！"唐明俊皱眉沉思片刻，一系列的命令从他嘴中发布出去，他的脸上也露出了嘲讽的神色。

此时的温东岳正带着几大包值钱的家当，和温念君一起坐在亲信的车上，赶往唐家沱码头。他准备坐船沿长江而下，抵达珠江出海口后转越洋渡轮前往美国避难。

温东岳没有注意到的是，温念君趁他没注意的工夫，往车外扔了一条手绢，而这条手绢很快便被一个乞丐看到。乞丐捡起手绢查看片刻，发现了上面用指甲强行刮出的暗码，他迅速地将手绢上交给了自己的暗线。

十几分钟后，这条手绢到了唐明俊手中，同时到达唐明俊面前的，还有捡到手绢的乞丐。

听完乞丐的详细汇报，又看了一眼手绢上代表"码头"的暗码后，唐明俊想起温念君曾经跟自己提过的一个信息——温府的鱼基本上是唐家沱码头供应的，唐明俊怀疑唐家沱是温东岳借着供鱼之名打通的水上渠道。"尧哥,立即让人包围唐家沱码头,不得让任何船只离开港口!"随着唐明俊一声令下,唐家沱附近三教九流的势力全部往唐家沱码头涌去。

"念君,你在期待唐明俊过来送你么?"注视着脚下的滚滚江水,温东岳柔声道。

温念君好久没有看到叔叔用这种慈祥的神色看着自己了,她愣了片刻,声音低沉地问道:"叔叔,你能告诉我你为什么要背叛革命么?"

温东岳似乎早就料到温念君会有此一问,他叹了一口气,将目光转向波涛汹涌的长江,幽幽道:"经历的绝望多了,人就麻木了,理想也好,信仰也罢,太过虚无缥缈,都没有金条和钞票来得实在,只有金钱永远不会背叛……"

听到叔叔发自肺腑的话,温念君眼中的泪水完全不受控制地涌出。她失望地瞪了温东岳一眼,拔腿便往甲板方向跑,企图下船,却被温东岳的两个随从强行阻挠。

温念君挣扎拉扯之际,唐明俊已然带人赶到,而温东岳所乘坐的船也被其他船只团团围住。

温东岳显然没有料到自己的行踪这么快便被唐明俊查到,更没想到自己经营了数年的唐家沱码头也被唐明俊的势力渗透,他看向唐明俊的目光不由得多了几分畏惧。

"唐明俊,你要是想保住温念君的性命,就让周围这些船只让开道路!"就在唐明俊以为温东岳无路可逃时,温东岳却将枪口顶在了温念君的额头上,厉声命令道。

温东岳的动作完全出乎了唐明俊的意料,便是温念君也是目瞪口呆。

"明俊,不用管我的死活……"温念君反应过来怎么回事后,她心若死灰,泪流满面地朝唐明俊大喊道。只是温念君的话音刚落,她便感觉到后脑勺一阵剧痛,然后眼前一黑,失去了意识,却是温东岳见温念君不受控制,担心发生意外,直接一个枪托敲晕了温念君。

"你不要乱来,我让你离开便是!"亲眼目睹温东岳的冷酷无情后,唐明俊一颗心涌到了嗓子眼上,他朝温东岳大喊道。

温东岳冷笑一声,押着温念君缓缓退进了船舱。

当码头的其他船只一点点散开,给温东岳所乘坐的船只让出一条道路时,温东岳押着温念君再次来到甲板上。他朝唐明俊大喊道:"唐明俊,江湖路远,从此别过,后会无期。"

唐明俊没有搭理温东岳,目光一直集中在昏迷不醒的温念君身上。下一刻,让唐明俊目眦欲裂的事情发生了,温东岳一句话说完,竟然突兀地将温念君推下甲板,让她掉落进了波涛汹涌的江水之中。

"温东岳,你在找死!"唐明俊大吼一声,然后一个猛子扎进了江中。以陈树尧为首的行动处精英则是对着温东岳站立的地方扫射,只是温东岳的身影已然隐入了船舱。

"陈树尧,唐明俊跳江喂王八了,我也送你一份大礼吧!"船舱中,温东岳猖狂大笑道。

听到温东岳的话,陈树尧不由得面色大变,他顾不得开枪,而是警惕地打量四周。

"卧倒!"当陈树尧发现几张陌生的面孔一脸冷笑地往人群中扔手榴弹时,他头皮一阵发麻,歇斯底里地大喊道。

只听得轰隆隆一阵巨响,唐家沱码头发生了剧烈的爆炸,原本密集的人群死伤一大半,其中损失最为惨重的莫过于陈树尧的人马以及接到陈树尧命令之后赶往唐家沱码头集合的三教九流势力。

一盏茶工夫后,陈树尧灰头土脸地从地上爬起,他晃了晃脑袋,好半天后嗡嗡作响的耳朵才清静下来。他看了一眼四周,发现温东岳所乘坐的船只已然消失不见。

"怎么哭丧着一张脸,发生什么事情了?"陈树尧清点完所有损失,气得牙痒痒时,唐明俊的声音传入了他的耳帘。

看到唐明俊已然将温念君救了回来,陈树尧下意识地松了口气,然后将刚刚发生的事情跟唐明俊述说了一遍。

"既然温东岳被我们发现了他想通过水路逃跑的意图,他肯定不敢继续走水路,水路太慢,容易被我们沿途设伏拦阻,所以他刚才拿温念君威胁我也罢,故意引爆轮渡也好,都是为了制造混乱趁机逃走。"

当陈树尧还在为温东岳从自己布下的天罗地网中不翼而飞而懊恼时,唐明俊的一番话让他眼睛一亮,他狠狠地拍了一下脑袋。

"明俊,温东岳这个王八蛋敢跟我玩阴的,我不让他脱两层皮,我以后跟他姓!"陈树尧扔下一句话,急匆匆地离去。

唐明俊伸了伸手,想叮嘱陈树尧几句,不过看到陈树尧急匆匆的样子,他只得作罢,继续低头照顾温念君。

正如唐明俊推断的那般,温东岳并没有乘坐轮渡离开,而是趁乱伪装了自己,然后坐着一辆车逃离了港口。

只是温东岳显然低估了唐明俊想要抓捕他的决心,当温东岳的车辆驶离唐家沱码头时,遭遇了重重盘诘和搜查,让他想要顺利逃脱码头的心思彻底落空。

悄无声息地暗杀掉三波盘诘和搜查的人马后,温东岳的行踪已然暴露。温东岳的人马跟三教九流的势力展开了激烈的枪战,原本已经跑到温东岳前面的陈树尧闻讯后,迅速返回。

唐明俊此时已然跟温念君换上了干净的衣裳,两个人仿佛什么事情都没有发生一般,驾车回到了花园公馆附近的家中。

"念君,天色晚了,你今天就在这里休息吧。"给温念君泡了一杯热茶,唐明俊柔声道。

今天发生的事情似乎对温念君打击太大,她乖巧地点点头,喝完热茶后,便依偎在唐明俊的怀中睡去。

确认温念君睡着了之后,唐明俊小心翼翼地将温念君抱到床上放好,然后蹑手蹑脚地再次出门,脸上也瞬间布满严霜,跟在房间中时判若两人。

经过一番激战,温东岳身边的人基本上死光了,只剩下了一个司机。陈树尧就像猫戏老鼠一般,用嘲讽的目光看着温东岳,也不亲自动手,任由一群手下跟温东岳玩耍。

眼看温东岳就要被擒获之际,温东岳以他的司机作为挡箭牌,躲过了致命的一击,闪进了小巷溜走,陈树尧则是率人慢悠悠地跟在他的身后。

进入巷子之后,温东岳迅速地脱掉外套扔进垃圾堆中,又变戏法弄了一顶假头发戴到头上,这才继续逃亡。

一路上,温东岳时不时看到到处搜捕自己行踪的三教九流势力,哪怕他已经化身为了女人,依然没有被那些势力放过。

温东岳就这样战战兢兢地躲了一夜,也逃了一夜。等到他最终来到一个废弃的防空洞中时,他已经弹尽粮绝,精疲力尽,恨不得立即倒下休息。

就在温东岳刚刚靠墙坐下,气喘吁吁地想要歇息一会儿时,他听到黑暗中传来了规律的脚步声,这让他神经骤然绷紧,不得不瞪圆了眼睛看向洞口。

一道高大的身影踏着月光缓缓靠近洞口,最后走到了温东岳的面前,这个人正是温东岳现在最害怕看到的人——唐明俊。

"对这里熟悉吗?"唐明俊居高临下地问道。

"我又没来过这种地方,怎么会对这里熟悉?"温东岳啐了一口唾沫,恨声道。

"那我给你一个提示:1941年6月5日,防空隧道大惨案。"

"什么!"温东岳闻言瞳孔一缩,他这才发现,这里赫然是当年他给日军的轰炸机发送定位信号,让日军得以精准炸毁通风管道,导致数万民众被活埋的较场口隧道。

原来,温东岳的行踪暴露后,他的逃跑路线便一直在唐明俊和陈树尧的掌控之中。他最终能够逃到较场口,正是唐明俊的刻意安排。唐明俊要让温东岳亲身体会到当年自己和母亲以及所有惨遭轰炸的重庆民众的绝望。

温东岳对唐明俊的身世进行过详尽的调查,自然知道唐明俊母亲死于1941年日军大轰炸的事情,也知道唐明俊一直念念不忘的事情便是为母亲报仇雪恨。看到唐明俊眼中透露出来的仇恨和森然,温东岳意识到不妙,转身便朝隧道的另外一个出口逃跑。

只是温东岳跑了几步后,身形便骤然停住,因为前往隧道另外一个出口的通道已然被炸毁。

温东岳缓缓转过身子,想跟唐明俊殊死一搏,却发现唐明俊一脸冷笑地跟在自己身后。他手中举着一根引线,顺着引线,温东岳看到自己跟唐明俊之间的通道中间安置着大量的炸药,只要唐明俊拉动引线,自己就会被活埋。

"我建议你不要轻举妄动,否则的话我的手一抖,你就会跟这个世界告别!"看到温东岳一双眼睛滴溜溜地乱转,唐明俊冷冽出声道。

"明俊,我可以再跟我叔叔说两句话么?"唐明俊的话音刚落,温念君的声音便在他的身后响起。

唐明俊闻言,脸色变得异常难看,他没想到温念君会跟踪自己,更是在关键时刻站了出来。沉吟片刻,唐明俊后退两步,示意温念君向前跟温东岳说话。不过唐明俊的心一点点地往下沉,害怕温念君替温东岳求情。他强行抑制了自己跟温念君交流的冲动,目光甚至不敢看向温念君。

看到温念君的出现,温东岳却是大喜,他毫不犹豫地朝温念君跪下,一边磕头一边爬到温念君身边,声泪俱下道:"念君,叔叔错了,看在叔叔这些年照顾你的分儿上,求求你让唐处高抬贵手,让他饶叔叔一条性命!"

看到曾经风光得不可一世的叔父,此时披头散发、男不男女不女的样子,毫无尊严地跪在地上朝自己磕头,温念君精神一阵恍惚。

就在温念君心中犹豫是否要向唐明俊开口求情时,温东岳突然间暴起,一个俯冲想要制伏温念君。未承想温念君吃了一次亏之后,已然对温东岳有了防备心理。她毫不犹豫地一刀横在自己胸前,仿佛温东岳主动求死一般,径直冲向了她手中紧握的飞刀。

眼睁睁地看着飞刀没入自己的腹部，又看了看温念君冰冷而漠然的眼神，温东岳一阵愕然，也是这个时候，他才想起自己的侄女并非表面上看起来那么柔弱，而是"徐敬塘"培养出来的得意门徒，其身手并不比自己弱。

"叔叔，你不是一直说你很爱我么？短短的一天时间内，你为了自己苟活，已经第二次伤害我了。"温念君一击得手后，并没有乘胜追击，而是一脸悲恸地质问道。

"我……"看到侄女眼中的疏远和冷漠，温东岳想要解释一声，一时间却找不到好的说辞，最后讷讷道，"念君，叔叔本来是深爱你的，可是你执迷不悟，非要跟这个腐朽的无可救药的国家共存亡。革命是不可能成功的，逃到美国才是我们唯一的生路！"说着说着，温东岳的声音越来越大，最后像是疯了一般大声咆哮。

"温东岳，你到现在还觉得自己是对的么？"唐明俊打断了温东岳歇斯底里的嘶吼，厉声道，"身为一名曾经坚定的共产主义信仰者，如今却沦落为金钱的奴隶，我真的替你感到悲哀。

"我们所站立的这片土地上如今正在进行一场以民众性命与中华国运作为赌注的战争，而不是个人争输赢的名利场。身为这片土地的子民，哪怕最终付出生命的代价，也要浴血奋战到最后一刻，而不是卑微地向侵略者投降苟活……"

唐明俊从共产主义宣言说到中国共产党的成立，从八一南昌起义说到日本帝国主义的投降，从一隅之地点燃星星之火说到革命火种呈燎原之势燃遍中华大地，从无数共产主义战士的牺牲说到当前革命战争的大好形势。

温东岳听着听着不由得痴了，最后颓然坐到了地上。

"我错了，我全错了，我对不起同志们！"短暂的平静后，温东岳重重地扇了自己几耳光，然后头也不回地冲向炸药，亲手拉断了引线。

看到温东岳疯狂的动作，唐明俊眼皮狂跳，毫不犹豫地拉着温念君的手往防空洞外面跑。

随着一阵轰隆隆的巨响，防空洞轰然倒塌。直到确认没有任何危险，唐明俊跟温念君才停止了逃跑的脚步。两个人回头看了一眼完全塌陷的防空洞，一齐陷入了沉默。

"念君，对不起，我最终还是没能信守承诺，亲手杀掉了你叔叔。"沉默了片刻，唐明俊满脸愧疚道。

"明俊，我不怪你，其实我已经知道他先后好几次刺杀你的事情……"温念君轻轻拥抱唐明俊，将自己的头依偎在唐明俊的肩头，柔声道，"明俊，你曾经说过抗日战争胜利后就跟我结婚的，你不会忘记了吧？"

唐明俊闻言，心中悬着的一块石头终于落地。他紧了紧怀中的伊人，重重应道："我等这一天已经很久了，怎么可能忘呢？"

防空洞中的温东岳意识渐渐模糊，无数回忆在脑海中浮现。当年的自己与兄嫂一同加入中国共产党，也曾有过共产主义信仰，也曾立下拯救中华的宏伟志愿……想着想着，温东岳痛苦地闭上了眼睛，泪流满面，他扪心自问：究竟是从什么时候起，自己心中的火种熄灭了呢？

离开较场口的防空洞后，唐明俊牵着温念君的手，双双跪在父母的灵牌前，告诉他们大仇得报，可以安息了，并且告诉父母自己与温念君的婚期。

1946年初夏，唐明俊与温念君一起挑选婚纱与喜糖，秘密结婚，并邀请廖意林作为他们的证婚人。

也是这一天，蒋介石撕毁了双十协定，唐明俊跟温念君同时接到了延安的紧急任务，以最快的速度揪出隐藏在延安的国民党情报特工。这一对新婚燕尔的夫妻顾不上度蜜月，便全身心地投入到了紧张而危险的革命任务之中。

因为他们坚信，革命一定会取得最后的胜利，幸福的生活终究会到来。

（全书完）